다문화사회의 상생과 평화

국립중앙도서관 출판예정도서목록(CIP)

다문화사회의 상생과 평화 / 지은이: 공론동인회, -- 서울 : 한누리미디
어, 2017
   p. ;   cm, -- (글로벌 문화포럼 공론동인 수필집 ; 8)

ISBN 978-89-7969-739-1 03810 : ₩22000

한국 현대 수필[韓國現代隨筆]

814.7-KDC6
895.745-DDC23   CIP2017007528

글로벌 문화포럼 · 공론수필동인집 ❽

다문화사회의
상생과 평화

한누리미디어

同人憲章

一. 우리 동인은 전문 분야가 다른 각계 사람들끼리 정답게 모여 인간 본연의 자세로 돌아가 대화의 공동광장을 마련하고, 생활철학을 바탕으로 한 새로운 수필문화 세계를 수립한다.

一. 우리 동인은 남녀 노소·빈부·정파·종파를 초월하여 휴머니즘의 건전한 터전 위에서 양심과 신의로 상호친선 및 공동 발전을 도모한다.

一. 우리 동인은 변천하는 역사 환경과 각박한 생활환경 속에서도 예지와 지성, 그리고 사랑과 봉사의 정신으로 문화적인 복지사회 건설은 물론 세계적인 인류사회의 평화를 위해 기여한다.

西紀 一九六三年 十月 十二日

空論同人 (가나다順)

姜淳元	姜周鎭	高凰京	權純永	金鏡	金白峰	金鳳基
金思達	金安在	金玉吉	金載完	金芝烈	金八峰	金衡翼
明石祝子	朴巖	邊時敏	徐燉珏	徐柱演	徐仲錫	孫在馨
安浩相	梁炳鐸	吳相淳	吳蘇白	元鍾睦	俞鎭午	尹虎永
李圭復	李洋球	李俊凡	李恒寧	張基範	全圭泰	趙南斗
趙東弼	朱碩均	秦學文	千鏡子	崔季煥	崔秉協	崔臣海
崔玉子	崔衡鍾	韓太壽	韓何雲			

共同宣言

隨筆은 思想・情緒・哲學에서 비롯하여 보다 直接的・行動的으로 眞善美를 풍겨내는 叡智요、知性의 結晶이다.

오늘날 人間은 切迫한 歷史環境과 生活現實 속에서 叡智와 知性을 바탕으로 휴머니즘의 前衛가 되며 人類社會의 平和를 위해 寄與한다.

우리는 專攻과 分野가 다른 各界 사람들끼리 눈높이의 『空論同人』이 되어、生活哲學을 바탕으로 健全한 社會論評과 새로운 隨筆文化를 樹立한다.

西紀 二〇一二年 二月 三日

空論同人 (가나다順)

강종일　具綾會　權冕重　權寧海　金敬男　김길주　김대선

金大河　金明植　金務元　金白峰　金相九　金相哲　金永甫

金容煥　金載燁　金載完　김종서　金芝烈　金惠蓮　都泉樹　無相法顯

박서연　배우리　卞鎭興　徐英淑　宋洛桓　송두영　송일봉　辛龍善

申瑢俊　梁　鍾　오금남　오서진　禹元相　元鍾睦　尹明善

李康植　李瑞鎭　李善永　李在得　李讚九　林炯眞　全圭泰

鄭相植　趙貞鎭　朱東淡　李在得　정봉태　全圭泰　崔季煥

崔香淑　河銀淑　韓萬洙　洪思光　邢基柱　崔季煥　최광식　최명상

인류사회의 상생과 평화를 위하여

기다리고 기다리던 '글로벌문화포럼 · 공론수필동인회'의 대화 광장인 '사회논평 · 수필동인지' 제8권이 각계 사회 인사들의 뜻 깊은 관심 속에 '다문화사회의 상생과 평화'라는 이름(표제)을 붙이고 발간됩니다. 이 동인지에 담긴 사회논평과 수필 등은 오늘날 우리 인간들이 다양한 삶의 경로에서 부딪히는 역사적 환경과 문화적 생활 현실 속에서 정서적 예지와 철학적 지성을 바탕으로 휴머니즘의 선도자가 되고, 또 인류사회의 행복과 평화에 기여하고자 정성껏 집필한 '글모음집'입니다.

한편 오늘날 우리 사회는 국내외적으로 매우 혼란스럽고 예측을 불허하는 상황입니다. 다시 말하자면 국헌(國憲)이 흔들리고 나라의 역사관(歷史觀)이 혼탁의 소용돌이 속에서 국민의 이상적 활로(活路)가 무너져 가고 있는 듯합니다. 국가경제의 향상적 안정과 국제정세의 변화에 따른 국가간의 질서는 혼탁되고 있으며, 인간적 이성과 사회적 정의는 외면당한 채 정치적 갈등 · 윤리도덕성의 실종, 상대간의 중상모략에 이은 이기적 책략과 붕당적 당리당략 등으로 엄청난 혼류를 빚고 있습니다. 더군다나 성장 동력을 잃은 경제 살리기는 피안의 화제가 되었고, 문제의 '최순실 국정농단' 파장으로 인한 '박 대통령 탄핵안 국회 의결' 이후의 여파는 언제까지 국태민안을 흔들고 있을지 크게 우려됩니다. 여기에 우리들의 냉정한 사리판단을 근거한 시대적 정세의 정확한 파악, 그리고 대도대의(大道大義)에 따른 지도력과 적극적인 방안제시가 꼭 필요하다고 하겠습니다.

경애하는 동인 여러분! 우리는 변함없이 글로벌인류사회에 꾸준히 봉사하고 사랑을 나누면서 보람찬 복지사회를 열어가는 데 기여하여야 됩니다. 특히 이번 동인지에는 지난 3월 18일(금) 저녁시간에 한국 프레스센터 19층 국화실에서 '다문화사회에서의 상생과 평화' 라는 주제로 '제5회 글로벌문화포럼' 을 개최한 바 있는데 그날의 주제발표 내용과 지정토론 내용, 그리고 참가자들의 종합토론 및 질의응답 내용 등을 가감 없이 게재하였습니다. 이날 주제를 발표하신 김종서 박사님(서울대학교 부총장 겸 대학원 원장)을 비롯하여 지정토론에 임해주신 한만수 박사님(국제기독교언어 문화연구원 원장)과 조정진 박사님(세계일보 논설위원)에게 심심한 감사의 뜻을 전하며, 종합토론으로 촌평을 남겨주신 전규태 박사님(연세대 석좌교수)과 이날 질의응답에 참여해 주신 우리 동인 여러분께도 깊은 감사의 인사를 드립니다.

끝으로 어려운 여건임에도 불구하고 출판에 정성을 다해 주신 도서출판 '한누리미디어' 의 김재엽 회장과 김영란 대표, 편집직원 여러분께도 감사드리며, 우리 동인회의 운영위원과 편집위원 여러분께도 감사의 뜻을 전합니다.

2016년 12월 10일

글로벌문화포럼 대표
공론수필동인회 회장   김 재 완

20 16년부터는 연간 2회 발행을 목표로 3월 총회부터 각오를 다져
왔는데 사정이야 어떻든 정작 1회도 발행 못하고 이월된 채 이
제서야 발행하게 되어 참으로 송구하고 안타깝기만 하다. 역시 얼어붙
은 출판시장의 여파로 제작비 부담이 큰 숙제로 남겨졌는데 스폰서 확
보 차원에서도 심각하게 고민할 때가 아닌가 싶다. 어쨌든 연간 2회 이
상 발행하고 동인회도 사단법인체로 등록하여야 본연의 의도대로 동
인회를 이끌어 나갈 수 있을 텐데 왠지 터널 안에 갇힌 느낌이다.

그리고 안타까운 소식으로 2월 29일에 박성수 동인께서 러시아 특별
강좌 시행중 별세하시더니 8월 31일에는 국민상조 대표로서 신망 받던
나기천 동인께서 유명을 달리하는 비보를 접하게 되었다. 다시금 삼가
고인들의 명복을 빌어 드리면서, 이제나마 여러 악재를 뒤로 하고 공론
수필동인지 제8집《다문화사회의 상생과 평화》를 발간하게 된 점 기쁘
게 생각하며 편집과 관련하여 특별히 일러둘 사항을 적어본다.

우선 표제에 있어 3월 18일 본회 주최로 한국프레스센터 19층 국화
실에서 거행한 제5회 글로벌문화포럼의 주제가 '다문화사회에서의 상
생과 평화' 였기에 그 연장선상에서 우리나라의 현실이 이미 다문화체
제로 접어들었음을 상기하여 그 실태를 점검하는 차원에서《다문화사
회의 상생과 평화》로 정하였고, 당일 발표한 김종서 박사의 주제논문
을 비롯하여 토론문 등과 해당 테마의 작품들을 모아 특집으로 꾸몄다.

작품집 전반에 걸친 게재순서는 가나다순을 원칙으로 하되 원년멤
버인 최계환, 전규태, 김재완 동인을 우선하였으며, 권말에 '공론동인
회 경과' 와 '공론동인회 규정' 등도 실었다. 독자들께 소중한 읽을거
리가 되기를 기대해 본다.

차례 Contents

특집　　다문화사회에서의 상생과 평화

제1부　　길 위의 인문학

차례 Contents

제2부　한반도 비핵화와 상생평화통일의 길

제3부   동아시아 시민성 함양

특집

다문화사회에서의
상생과 평화

제5회 글로벌문화포럼

다문화사회에서의 상생과 평화

ㅣ때 : **2016**년 **3**월 **18**일 오후5시 30분~9시 ㅣ곳 : 한국프레스센터 19층 국화실

참석자

● 사 　 회 **김재엽**(도서출판 한누리미디어 대표)
● 기조인사 **김재완**(글로벌문화포럼 공론수필동인회 회장)
● 주제발표 **김종서**(서울대학교 부총장 겸 대학원장)
● 지정토론 **한만수**(국제기독교언어문화연구원 원장)
　　　　　조정진(세계일보 논설위원)
● 총 　 평 **전규태**(문학박사, 연세대학교 석좌교수)
● 종합토론 및 질의응답
　　　　우원상(한겨레얼살리기운동본부 감사)　　　　　**강종일**(한반도중립화통일협의회 회장)
　　　　이서행(전 한국학중앙연구원 부원장)　　　　　**구능회**(솔리데오장로합창단 부단장)
　　　　김대하(사단법인 한국고미술협회 회장)　　　　　**주동담**(시정신문 회장, 한국언론사협회 회장)
　　　　이강우(한국문인협회 권익옹호위원)　　　　　　**무상법현**(전 태고종 총무원장, 열린선원 원장)
　　　　김명식(대한예절연구원 원장)　　　　　　　　　**송낙환**(사단법인 겨레하나되기운동연합 이사장)
　　　　신용선(블랙펄코리아(주) 대표이사)　　　　　　**이선영**(사단법인 민족종교협의회 감사)
　　　　오서진(사단법인 대한민국가족지킴이 이사장)　**김혜연**(천부경나라 대표)
　　　　하은숙(사단법인 전국언론사연합회 사무처장)　**최향숙**(민주평화통일자문회의 자문위원)
　　　　홍사광(동서코리아(주) 대표이사 회장)　　　　　**박서연**(교보생명 V-FP)
● 사 　 진 **이주영**(시정신문 기자)

지난(2016년) 3월 18일 오후 5시 30분부터 9시까지 3시간 30분 동안 서울시청 옆 한국프레스센터 19층 국화홀에서는 공론동인회 제5회 글로벌문화포럼 및 공론동인수필집 제7집《한국정신문화의 세계화를 위하여》출판기념회가 전규태 박사를 비롯한 30명의 동인이 참석한 가운데 조촐하면서도 매우 뜻 깊게 개최되었다.

이날 김재완 공론수필동인회 회장은 기조인사에서 전년도 제4회 글로벌문화포럼을 '한국정신문화의 우수성을 말한다' 라는 주제로 최광식 전 문화체육관광부 장관의 주제발표와 전규태, 이서행 동인의 지정토론으로 거행했던 바 각처에서 대단한 호평을 받았음을 상기시키고, 바야흐로 우리나라도 외국인 200만 명의 다문화사회로 접어든 만큼 우리 글로벌문화포럼이 다문화사회에서 생겨나는 갈등과 문제점을 극복하고 상생의 체제에서 평화를 구현하도록 노력할 것이며, 더불어 우리 글로벌문화포럼을 향후 대한민국의 문화예술부문에서 대표적인 포럼으로 성장시킬 것도 다짐하였다. 이어서 서울대학교 부총장 및 대학원장으로 재직하고 있는 김종서 박사께서 '다문화사회에서의 상생과 평화' 라는 발제로 30여 분간 강연을 하였다. 뒤이어 국제기독교언어문화연구원 원장이신 한만수 동인과 세계일보 논설위원이신 조정진 동인의 지정토론이 이어지고, 연세대 석좌교수이신 전규태 동인의 총평이 있었다. 그리고 참가한 모든 동인들이 인사를 겸한 종합토론의 시간을 가짐으로써 2시간 동안 열띠게 진행된 포럼은 막을 내렸다.

잠시 기념촬영을 한 뒤 만찬을 겸한 2부 행사로 공론동인 수필집 7집《한국정신문화의 세계화를 위하여》출판기념회가 진행되었고, 정관을 일부 개정하는 정기총회도 열어 3시간 30여 분 동안 진행된 장시간의 행사였지만 매우 유익한 자리였음에 모두들 만족하는 분위기였다. 이에 본지에서는 이날의 의미 있는 행사를 되새기고 기록으로 소중하게 남기고자 김재완 회장의 기조인사와 김종서 교수의 주제논문, 한만수 동인과 조정진 동인의 지정토론문, 그리고 전규태 동인의 총평 등을 특집으로 싣는다.

제5회
글로벌문화포럼

기조인사

김 재 완

존 경하는 우리 동인회원 여러분! 대단히 반갑습니다.

오늘 이 자리에는 각계 요로의 지도적 위치에서 활동하고 계시는 지성적인 동인 여러분이 한 자리에 함께 모여 제5회 "글로벌 문화포럼"을 갖게 되고 아울러 공론동인지 제7집 "한국정신문화의 세계화를 위하여"라는 책자의 출판기념회를 갖게 된 것을 무한히 기쁘게 생각하는 동시에 감개무량한 마음 그지없습니다.

특히 오늘은 '다문화사회에서의 상생과 평화'를 주제로 글로벌 문화포럼을 갖게 되는 이 자리에서 서울대학교 부총장 겸 서울대 대학원 원장을 겸하고 계시는 김종서 박사님께서 주제 담론을 발표하시고, 또한 여기 토론담론 발표에는 얼마 전 관동대학교 교수와 전국대학원협의회 회장을 역임하시고 현재 국제기독교언어문화연구원을 운영하고 계시는 한만수 박사님께서 맡기로 하셨으며, 또 지정토론의 한 분으로는 세계일보 논설위원 및 한국기자협회 기획위원장을 맡으셨던 조정진 박사님께서 참가하기로 하셨습니다. 매우 귀중하고 의미 깊은 시간이 아닐 수 없습니다.

다 아시는 바와 같이 오늘의 포럼주제인 "다문화사회에서의 상생과 평화"는 21세기 인류문화가 가속도로 발전되어가고 나날이 국제적 교류문화가 융성해 가는 과정에서 매우 중대한 우리의 과제라고 아니할 수 없습니다.

지금 "다문화사회의 상생이냐?" "인류사회의 평화냐?" 하는 것은 바로 우리 인간사회의 상생적 협력방안과 풍요로운 평화방안을 어떻게 발전시키느냐에 달려 있다고 봅니다.

지금 이 지구상에 인류는 73억 이상이 살고 있으며, 세계 속의 민족과 부족들이 5500종이 넘는다고 합니다. 이러한 가운데 우리 인류사회는 '다종교적' 또는 '다원리적' '다문화적' 사회를 형성하며 선진국 혹은 후진국이라는 체제 속에서 삶을 누리고 있는 것입니다.

특히 우리나라도 외국인 거주자가 200만 명이 넘는다는 통계가 나와 있습니다. 단일민족이 아닌 중국, 베트남, 필리핀, 일본, 캄보디아, 몽골, 태국, 미국, 러시아, 대만 등 여러 민족의 남녀가 만나 함께 살고 있습니다. 과연 이들은 어떻게 가정을 갖고, 직장을 유지하며 자녀를 잘 양육시키면서 모두 행복하게 살아가고 있는지 궁금할 것입니다. 이와 같은 세계적 문화 흐름 속에서 과연 우리나라와 우리 겨레가 하여야 할 일은 무엇이겠습니까?

무엇보다도 오늘의 포럼에서 훌륭하신 주제발표와 지정토론 그리고 존경하는 동인 여러분의 자연스러운 담론들로 하여금 우리 국가사회의 발전과 세계문화 발전에 큰 역할이 되기를 기대하면서 간단한 개회 인사로 갈음하겠습니다.

대단히 감사합니다.

다문화사회에서의 상생과 평화

김종서 (서울대 교수/ 종교학)

주제발표를 하는 김종서 교수

1. 현대 사회와 다문화 현상
2. 다문화사회의 상생 논리
3. 인간 윤리의 진화론
4. 동류의식의 확대와 평화의 의미

1. 현대 사회와 다문화 현상

오늘날 세계는 다문화의 시대를 지향하고 있다. 교통수단도 발달하였지만 급속한 정보화 혁명은 인터넷을 통해 아주 색다른 문화들을 가깝게 만들어 왔다.

여행이 보편화되면서 동남아시아, 미주지역과 유럽 등은 물론 동유럽 발칸, 아프리카 및 중남미지역 문화들까지 우리 생활 속에서 이야깃거리가 되고 있다. 뿐만 아니다. 고대 메소포타미아나 이집트 문화 그리고 남태평양과 아마존의 원시문화들까지 가상현실로 눈앞에서 경험할 수가 있다.

미국 뉴욕이나 영국 런던의 지하철을 타 보면 알 수 없는 언어들이 난무한다. 매우 다양한 문화권에서 온 사람들이 제 나라 말들을 서슴없이 하니 다문화 시대임을 실감하게 된다.

미국 캘리포니아대학교 버클리 캠퍼스에 가 보면 백인, 흑인, 황인종과 멕시칸 중심의 남미계 학생들이 거의 4분의 1씩 섞여 있어서 마치 인종 백화점 같다.

우리나라도 이제 외국인 거주자가 150만 명이 넘는다. 서울 근교를 비롯해 지방에도 외국인들의 집단 거주지들이 속출하고 있다. '단일민족'의 신화는 이제 아무도 염두에 두지 않는다. 여러 나라에서 온 사람들이 먹는 음식들이 등장하고 종종 한국 음식과 퓨전 음식이 되기도 한다. 특히 이슬람권에서 온 사람들을 위한 특별 절차(할랄)를 거친 고기나 가끔 유태인을 위해 처리된(코셔) 고기를 사용한다는 음식점들도 생겼다.

다양한 문화유산들이 공존하는 사회는 분명히 더 많은 가능성에 열려 있다고 할 것이다. 본래 '창조' 라는 것은 완전히 무(無)에서부터 만들어지기보다는 다양한 것들이 조합되어 새로 생성되기가 더 쉽기 때문이다.

이런 면에서 우리나라는 동서양 문화들이 엇비슷한 비중으로 공존하고 있고, 또 정보통신 분야가 최첨단을 이루고 있어서 분명히 세계적으로 다른 나라들보다 앞서 가장 다문화의 특성을 잘 누리고 있는 선진국이라고 할 수 있다.

그러나 다문화사회는 각각의 문화들 간에 필연적으로 충돌로 인한 갈등이 있게 마련이다. 스웨덴의 경우 인구 900만 명 중에 400만 명 이상이 터키, 파키스탄이나 방글라데시 등 이슬람권에서 온 외국인이다. 네덜란드의 암스테르담의 경우는 65% 이상이 외국인이다. 이렇게 외국인들이 늘어나면 당연히 그들의 다른 문화도 딸려오게 마련이다. 이런 나라들의 경우 국민소득이 높다 보니 청소 등 허드레 일들을 하기 위한 인력들을 외국인들에게 열어 놓은 셈인데 그러다 보니 자국인과 외국인 사이에 소득 격차로 인한 다양한 문제들이 발생한다. 또 최근에는 시리아 난민들이 대거 주변국들로 유입되면서 매우 심각한 상황들을 야기하고 있다.

이런 문제들은 특히 종교 등 다양한 문화적인 문제들과 결합되어 심각한 갈등을 초래하기도 한다.

우리나라에서도 외국인 노동자들에 대한 혼인과 체류 및 임금체불 등 다양한 사회문제들이 종교 등 문화적으로 더 얽혀 갈등 요인이 되어 왔다.

2. 다문화사회의 상생 논리

그러면 이러한 갈등 요인들을 어떻게 풀어 나아가야 할까? 여러 가지 모델이 있지만 주류 집단의 이주민에 대한 수용 태도에 따라 '동화주의/ 다문화주의' 모델은 잘 알려져 있다. 우선 '동화주의'는 이주민의 문화를 소수로 간주하고 이를 주류 문화에 흡수해 동화시키는 것을 주된 목표로 삼는다.

동화주의적 접근 태도는 주류 문화가 갖는 우월성을 바탕으로, 공동체의 통합을 추구한다는 점에서 단일문화주의를 바탕으로 다문화사회로 처음 진입하게 되는 단계에서 흔히 찾아볼 수 있다. 그 대표적인 사례로는 1960년대 미국의 용광로(melting pot) 모델이나 프랑스의 초기 이민 정책이 여기에 속한다.

반면 '다문화주의'는 이주민들의 고유문화를 인정함으로써 일방적인 동화가 아닌 집단의 공존을 추구하는 모델이다. 이른바 '샐러드 보울'(Salad Bowl), '인종적 모자이크'(Ethnic Mosaic), '무지개 연합'(Rainbow Coalition)과 같은 다양한 명칭으로 일컬어지는 다문화주의는 서로의 차이와 다양성을 인정하는 가운데 서로 다른 문화가 만들어내는 문화의 풍성한 공존을 목표로 삼는다.

우리는 어느 방향으로 갈 것인가? 대체로 국제적인 추세는 동화주의로부터 점차 다문화주의를 향해 왔다고 할 것이다. 이렇게 다문화사회로의 진전이 시대적 환경 변화에 따라 불가피하며, 서로 다른 문화와 인종이 평화적으로 공존하는 공동체가 지향해야 할 이상임에는 분명하지만 다문화주의가 항상 옳은 것으로 공동체의 모든 성원이 추구해야 한다고 단정하는 것은 매우 위험할 수도 있다는 점을 주목해야 한다. 다문화주의에 기초한 다문화사회는 이주민들의 적응과 통합을 도모함으로써 상호공존 즉 상생의 정신을 구현하는 사회임에는 분명하다. 하지만 급격한 다문화주의로의 전환이나 지나친 다문화주의의 강조는 오히려 내부에 역효과를 가져올 수도 있다.

동화를 기반으로 하는 단일문화주의의 '단일성'이 지나치게 강조되면 배타적이 되고, 다문화주의에서 '소수자의 정체성'이 지나치게 강조되면 분리주의가 될 수 있다는 것이다.

즉, 다문화주의는 다양한 문화 혹은 인종 집단의 평화적 상호공존이라는 이상적 가치를 내포하고 있지만, 현실적인 상황을 도외시한 극단적이고 이상주의적 다문화주의의 추구는 오히려 사회통합을 저해할 가능성이 있다. 각각의 사회마다 상황을 고려하면서 적절히 균형 잡힌 '동화주의/다문화주의'의 모델을 나름대로 창조해 나가야 하는 것은 그래서 중요하다.

3. 인간 윤리의 진화론

그렇다면 다른 문화에 대한 가장 잘 균형 잡힌 태도는 무엇인가? 이것은 쉬운 말로 하면, '우리' 는 누구이고 어디까지 우리라고 할 수 있는가 하는 문제라고도 생각된다.

즉 우리가 아닌 '남' 에게로의 열린 관용(tolerance)을 말하는 것이기도 하다. 미국의 생태윤리학자 로드릭 내쉬(Roderick Nash)는 벌써 오래 전에, "인류는 윤리적으로 진화해 왔다"고 한다. 그리고 "동류(同類)의식을 느낄 수 있는 범위가 더 폭 넓을수록 더 진화된 존재다"라고 말한 적이 있다. 그러니까 인류의 진화는 역피라미드로 나타낼 수 있다는 말이다. 즉 과거로부터 시간이 흘러 현재를 거쳐 미래로 나아갈수록 인류는 더 넓은 존재들에게 동류의식을 갖게 되고 더 진화가 되었다는 것이다.

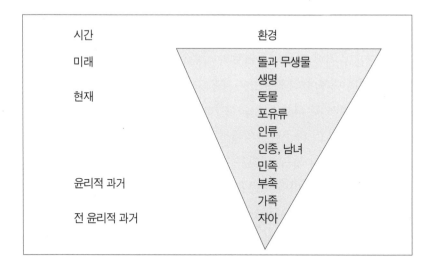

시간		환경
미래		돌과 무생물
		생명
현재		동물
		포유류
		인류
		인종, 남녀
		민족
윤리적 과거		부족
		가족
전 윤리적 과거		자아

물론 진화란 개체가 아니라 종의 개념에 집단적으로 적용되는 것이지만, '개체 발생은 계통 발생을 반복한다' 는 유전의 법칙을 적용해 보

자. 예컨대, 갓난아이는 손에 잡히는 모든 것을 자기 입으로 가져간다. 자기만을 안다. 그러다가 조금 크면 아빠, 엄마와 형제자매들을 인식하면서 그들의 것임을 알면 자기 것으로 하지 않는다. 이런 가족들을 동류라고 느끼기 때문이다.

그러니까 자기만 알던 갓난아이에 비해 가족까지를 폭넓게 동류로 보는 정도로 진화된 셈이다. 이것보다 더 나아가서 민족이나 모든 동포들을 동류로 생각하기는 쉽지 않다. 즉 가족을 희생하면서 민족을 위해 독립운동을 한 안중근 의사나 윤봉길 의사 등은 분명히 보통 사람보다 더 폭넓게 민족에 동류의식을 느낀 분들로서 훨씬 윤리적인 진화가 높은 단계에 있었기에, 우리는 그들을 애국자로 존경하고 있는 것이다.

그러나 사실 동서양의 역사나 위대한 경전들을 읽어보아도 여성들에 동류의식을 느끼기 시작한 것은 비교적 최근의 일이다. 트로이전쟁에 나갔다 돌아온 오디세우스는 데리고 있던 여자 12명이 모두 간통한 사실을 알게 되자 즉시 전쟁터에서 썼던 칼을 뽑아 그 열두 명의 목을 쳐 죽여 버린다. 인간이 어찌 이럴 수 있는가 놀라게 되는데, 한 번 더 놀라게 되는 것은 오디세우스가 그들을 그렇게 죽여 놓고도 전혀 죄의식을 갖지 않았다는 것이다. 가지고 있던 소유물을 처분해 버렸다고만 생각했다.

그러니까 당시에 여자들은 결코 동류의식을 느낄 수 있는 대상이 아니었던 것이다. 요즘처럼 여성의 권위가 강한 시대에는 상상도 할 수 없는 일이다.

4. 동류의식의 확대와 평화의 의미

한편 오늘날에는 인간들끼리의 윤리적 관계를 넘어서 동물의 권리도 존중되는 시대다. 토마스 아퀴나스(Thomas Aquinas)나 임마누엘 칸트

(Emmanuel Kant) 같은 대 철학자들도 당시에 동물은 이성이 없으므로 동류의식을 느낄 수 없다고 권리를 인정하지 않았었다.

그러나 오늘날 피터 싱어(Peter Singer) 같은 동물보호론자는 왜 이성만이 기준이 되어야 하는지 반론을 제기한다. 오히려 강아지도 발로 차면 아프다고 소리를 내는 것을 보면 감성을 가지고 있는 것을 알 수 있다. 즉 감성을 기준으로 하면, 동물도 사람처럼 느낄 수 있다는 점에서 동류의식을 가져야 한다는 것이다. 아마도 동물에까지 동류의식을 느낄 수 있는 사람은 분명히 인간에만 동류의식을 느끼는 사람보다 더 폭넓은 존재에 동류의식을 느낄 수 있다는 점에서 더 윤리적으로 진화된 존재라고 할 수 있을 것이다.

오늘날에는 심지어 나무 같은 식물에서도 감성을 느끼고 동류의식을 가질 수 있다고 하는 사람들이 있다. 그리고 나아가 산에 있는 바위, 돌도 권리가 주장되면서 그들과도 자연 속에서 하나가 되는 것, 즉 동류의식을 느낄 수 있는 존재라고 느낄 수 있는 사람들이 있다. 이렇게 무생물에까지 동류의식을 확장시킬 수 있는 사람은 정말 윤리적 진화의 최고봉에 있다고 할 수 있을지 모른다. 역으로, 동류의식을 전혀 못 느껴서 남과 싸우고 갈등하는 사람은 그만큼 윤리적으로 진화가 안 된 존재들이라고 할 수 있다.

우리가 살고 있는 세상에는 실로 다양한 문화들이 있다. 지역이 다르고 연령대가 다른 문화들이 있는가 하면, 얼굴 생김새와 피부색이 다르고 생활방식도 아주 다른 외국으로부터의 이주자들이 가져온 다른 문화들도 있다. 시야를 더욱 넓혀 보면, 우리가 사는 생태계 속에 있는 모든 존재들의 문화와 상생하며 사는 것은 중요하다. 상생이라는 것이 단순한 양보만을 뜻하는 것은 아니다.

올림픽 경기에서 마라톤이든 수영이든 같이 경쟁하는 선수가 경쟁

할 만한 힘든 상대일 때 오히려 극적인 신기록이 나온다고 한다. 그러니까 좀 더 높은 차원에서 다시 생각해 보면 경쟁자가 귀한 동반자이자 길벗일 수가 있는 것이다.

다른 문화도 갈등의 상대만이 아니다. 오히려 더 높은 차원의 문화를 바라볼 수 있는 창문이 될 수 있는 것이다. 종종 평화는 단순히 전쟁 없이 화목하게 사는 것을 뜻한다.

흔히, 전쟁이 일어나도 스스로를 지킬 수 있는 힘이 있어야 평화를 지킬 수 있다고 한다. 그래서 원자폭탄의 피해를 당했던 일본 나가사키 평화공원에 있는 '평화기념상(平和祈念像)'은 근육질의 힘을 상징하는 조각이다. 쉽게 말하자면, 힘이 모자라 전쟁에 져서 평화를 잃었다는 생각이다. 그러나 진정한 평화는 다른 문화를 우리와 같은 문화의 범주 속에서 인식하는 동류의식에서 비롯되는 것이 아닐까? 어려운 이야기지만 꿈꾸어 본다.

'다문화사회에서의 상생과 평화'의 주제하에 토의문제 제기와 그 해결방안 모색

한만수 (박사, 사단법인 국제기독교언어문화연구원 원장)

지정토론을 하는 한만수 박사

제5회 글로벌 문화포럼 주제 "다문화사회에서의 상생과 평화"에서 다문화사회의 상생과 논리, 인간윤리의 진화론, 그리고 동류의식의 확대와 평화의 의미로 주제논문 강의를 전개하고 있음을 본다.

이에 다음과 같은 문제제기와 이에 따른 그 해결책을 강구하게 된다. 주제발표에서 논의된 바 우리가 사는 지구촌 시대는 급속한 세계화와 정보화 시대로서 다문화사회(multi-cultural society)로 변해 가는 열린 사회를 지향하고 있다. 다문화사회는 각기 다른 이질문화간의 충돌로 인한 갈등이 필연적이다. 문화충격과 함께 언어충격, 다문화인들의 경제적인 어려움, 외로움, 편견의식과 차별적 경험, 나아가서 종교의 부자유, 종교간의 갈등, 자기정체성의 상실, 사회문제의 무관심과 몰이해, 포용력의 결여 등의 문제가 야기되고 있음을 볼 수 있다.

주제발표에서 논의된 다문화사회의 상생논리에서 다문화주의 지향은 너무나도 타당하다. 실로 다문화사회의 세계화 과정에서 다문화주의 정책을 추진한다. 이에 앞서 다문화주의에 대한 개념과 바른 이해가 필요하다. 좁은 의미에 있어서 다문화주의는 이주문제에 대한 적절한 해법을 모색하려는 시도이고 넓은 의미에 있어서는 현대사회가 평등한 문화적, 정치적 지위를 가진 상이한 문화집단을 끌어안을 수 있는 확고한 신념이다.

다문화사회의 상생논리에서 논의된 다문화사회의 다문화주의 정책을 추진함에 있어서 제기되는 문제 해결을 모색한다.

1) 외국인의 한국사회 적응하기 위하여 경제적 지원, 언어교육, 이민자의 잠재력을 개발한다.

2) 언어교육을 통한 한국사회 문화의 습득을 위해 상호이해 교육을 강화한다.

3) 다문화가정을 위한 중장기 정책으로서 이민자의 생활안정, 다문화에 대한 인식과 태도 개선, 공동체적 가치관을 확립한다.

4) 체계적인 다문화 교육활성화를 위하여 다문화 자녀 양육지원을 위한 정부의 다문화 교육사업 실시, 다문화 가족방문 실시, 다문화 아동의 자아정체성을 확립한다.

5) 다문화주의 정책의 핵심으로서 원주민과 이주민이 상호 긍정적으로 상호경계심과 반감, 긴장과 불안을 극복하기 위한 사회적 통합을 수립한다.

6) 다문화교육 내용을 확립한다.

　① 주류사회 언어 및 문화교육

　② 이주민을 위한 언어 및 문화교육

　③ 상호존중과 공동체 의식 교육

　④ 다문화축제 및 행사의 효율성

　⑤ 인성교육진흥법을 기초로 하는 교육의 인성교육 및 다문화교육
　　프로그램 실시

　⑥ 다문화주의 법을 기초로 하는 정치,경제,사회 및 문화 전반의 기
　　본원칙 확립

　⑦ 인성교육진흥법을 기초로 하는 협동심, 인권존중, 다문화 이해,
　　그리고 건전한 인간관계 수립 및 의사소통 능력 함양

　⑧ 인성교육 진흥법을 기초로 하는 다문화 교과과정의 개발, 다문화
　　소통 프로그램 실시, 단계적으로 유아에서 성인 대상으로 실시

7) 상생사회를 위한 다문화주의 정책수립

　① 동화주의 정책을 기반으로 하는 다문화주의 정책의 효율화

　② 다양한 문화와 사회통합 정책을 사회적 합의에 따라 수립

　③ 윤리적 접근을 근간으로 하는 법제도와 복지정책을 수립

　④ 정부지원하에 지자체가 주체가 되는 다문화가족의 요구에 따르
　　는 다문화 사업의 실효성 있는 정책을 수립한다.

"인간윤리 진화론"에 있어서 인간은 윤리적인 존재임을 강조하면서
인간미 있는 심성에서 우러나오는 평화공존의 통합이야말로 진정한
평화를 구축한다.

"동류의식 확대와 평화의 의미"에서 인류가 자연과 함께 다른 생태
계 속에서 같은 감성을 느끼며 갈등 속에서도 서로 조화를 이루고 사회

문화를 발전시키며 진화해 간다. 결국 문화의 조화가 평화를 구축하게 된다. 그러므로 서로에 대한 무지나 오해에서 오는 내적 갈등을 해소하기 위하여 서로를 수용하는 이해심과 성숙한 대화를 통한 의(righteousness)와 평강(peace)과 희락(joy)의 삶을 추구한다.

결론적으로, "다문화사회에서의 상생과 평화"의 주제하에 다문화사회는 다문화주의를 지향하는 과정에서 서로를 받아들이면서(receiving one another) 다양성 있는 통합성(integrity in diversity)을 이룩하는 사회 풍토로서 평화를 이룩하는 사회이다.

다문화사회, 홍익인간사상에 길이 있다

조 정 진 (세계일보 논설위원)

지정토론을 하는 조정진 논설위원

서울대 국립대 최초로 교내에 이슬람 기도실 마련 (뉴스1, 2011.12.09)

서울대학교가 국내 국립대학으로는 처음으로 기숙사 내에 이슬람권 학생들을 위한 기도 공간을 마련했다. 서울대는 지난 9월부터 이슬람교를 믿는 학생들이 지속적으로 기도실 마련을 요청해 와 지난 10월부터 920동 기숙사의 다용도실을 이슬람 기도실로 이용할 수 있도록 허가했다고 9일 밝혔다.

김성희 서울대 기숙사 사감교수는 "이슬람에 대한 부정적 인식 등으로 일부에서는 기도실을 마련하는 데 걱정을 하기도했지만 막상 기도실을 운영하는 지금 그런 걱정은 전혀 없다"며 "종교적인 자유를 최대한 배려하는 차원에서 기도실을 만들게 됐다"고 말했다.

서울대 기숙사에는 88개국에서 온 1200여 명의 외국인이 거주하고 있다.

한국이슬람대책위원회 (페이스북, 2016년 3월 3일)

얼마 전 서울대 조찬기도회에서 공대 교수님이 자신이 당한 사건을 들려주었습니다. 과거에는 무슬림 학생들이 강의실에 한두 명밖에 없었는데 최근에는 70명이

들어가는 강의면 4~5명이 들어옵니다. 강의를 하는데 무슬림 학생들이 갑자기 한꺼번에 일어나더니 땅바닥에 엎드리면서 큰 소리로 기도를 했습니다. 교수는 점잖게 말했습니다. "나는 제군들의 종교를 존중한다. 그러나 지금은 수업시간이니 잠깐 밖에 나가서 기도를 하고 다시 들어와서 수업에 참여해 달라."

그러나 그 학생들은 자신들의 기도를 방해했다며 계속 소리를 지르고 큰소리로 항의하며 강의를 못하게 하였습니다. 그들은 강의 후에도 실험실 전화로, 교수의 핸드폰으로, 인터넷 홈페이지로 계속 항의를 했습니다. 그들은 집 전화로까지 전화를 해 이렇게 말합니다.

"알라를 경배하는 것을 네가 방해했기 때문에 너를 처형하겠다. 너를 그냥 두지 않겠다. 너의 둘째 딸이 어느 유치원에 다니는지 알아냈다."

다음 날 출근을 하자 총장실에서 전화가 왔습니다. 대사관에서 공식항의서가 왔는데 그 내용은 다음과 같았습니다.

"우리 학생들을 귀교에 유학시켰을 때는 모든 것이 안전하게 유학할 수 있는 환경이 보장이 된다는 조건하에서다. 알라를 경배하는 것은 가장 중요한 조건인데 그것이 보장되지 않았다. 학습권보다 더 중요한 이 권한을 보장하라. 기도 처소를 만들고 알라를 경배하는 것을 방해한 그 교수를 처벌하라. 학생들의 종교생활을 지원할 수 있는 이맘을 학생 10명당 1명을 파견할 수 있도록 보장하라."

한국인 남편, 귀화 베트남인 전처와 딸 살해 후 자살 (한국일보, 2015.12.7)

베트남 출신 부인과 딸을 살해하고 목을 매 숨진 50대 남성이 경찰에 발견됐다.

서울 구로경찰서는 7일 오전 신도림동의 한 육교에서 조모(51)씨가 밧줄로 목을 매 숨진 채 발견됐다고 밝혔다. 또 조씨가 목을 맨 곳에서 20여m 떨어진 곳에 주차된 차량 내부에서는 베트남에서 귀화한 전처 윤모(30) 씨와 딸(6)이 숨진 상태로 있었다.

경찰은 조씨의 유서 내용에 비춰 조씨가 이혼에 대한 비관과 전처에 대한 배신감으로 범행을 저지른 것으로 보고 있다. 2013년 조씨와 이혼한 윤씨는 베트남인과 재혼해 최근까지 경남 진주에서 딸과 함께 살았다.

한편, 베트남 정부가 한국인과 결혼한 자국 출신 여성이 잇따라 피살되자 청와대, 경찰청 등 관계기관에 공문을 보내 재발방지 대책을 촉구했다. 또 범인들을 강력히 처벌해 달라고 요구했다.

앞서 2014년 7월 전남 곡성에선 남편이 보험금을 노리고 베트남인 부인을 살해했고, 12월엔 경북 청도에서도 베트남 여성 1명이 남편에 의해 숨지는 등 9명의 베트남 결혼이주 여성이 희생됐다.

1. 대한민국, 다문화사회로 진입 중

대한민국에서 '다문화사회의 상생과 평화'가 거론되는 것은 역설적이게도 5000년 이상 '단일민족' 체제를 유지하다 졸지에 '다문화사회'로 진입하고 있는 우리 사회가 아직은 새로 편입한 다문화 구성원에 대한 이해가 부족하고, 더불어 사는 '상생(相生)'이 안 이루어졌으며, 모두가 바라는 '평화(平和)'도 오지 않았다는 것을 의미한다.

모두에 인용한 5건의 기사를 보면 우리 1990년대 이후 갑작스럽게 다문화사회로 진입하면서 발생한 사례들이 압축돼 있다. 베트남·필리핀·캄보디아 등 동남아 출신 결혼이주 여성, 오랜 별리 끝에 조국에 돌아와 경제활동을 하는 옌볜조선족자치주 출신 중국 동포들, 한국에 공부하러 온 유학생들, 그리고 조선민주주의인민공화국(북한)을 극적으로 탈출해 짧게는 수개월에서 길게는 수년 동안 중국과 몽골, 동남아를 떠돌다 가까스로 국내에 입국한 북한이탈주민의 안타까운 사연까지 다양하다.

우리나라에 본격적으로 다문화사회가 시작된 것은 1980년대 말 세계평화통일가정연합(일명 통일교)의 국제합동축복결혼식이다. 가정연합이 50년여 동안 결혼시킨 전 세계 36만여 쌍 중 한·일 가정이 1만 5000여 쌍, 한·필리핀 가정이 5000여 쌍이나 된다. 종교적 신념으로 교차결혼을 수용한 젊은이들이 국적이 다른 배우자와 다문화 가정을 이룬 것이다. 충남 공주와 부여 등지의 문화관광해설사와 학원가의 일본어 강사 중엔 상당수가 이때 한국으로 이주한 일본인 여성들이다. 이들은 대부분 고학력자이고 자발적인 결혼을 통한 이주였기 때문에 생활고 등과는 거리가 멀었다. 또한 종교와 피부색이 같고, 역사도 상당 부분 공유하고, 언어도 금세 습득이 돼 크게 사회문제로 비화하지 않았다.

그 후 1988년 서울올림픽과 2002년 한·일 월드컵을 계기로 외국의 젊은이들이 대거 서울로 몰려들면서 우리나라는 세계인종전시장을 방불케 했다. 용산구 이태원에서 맴돌던 외국인들은 신촌 홍익대 앞 클럽을 점령하다시피 진출해 이 일대를 순식간에 국제도시로 만들어 버렸다. 이참 전 한국관광공사 사장, 국제변호사 겸 연예인 로버트 할리 등 과거에는 금기시 되던 한국 여자와 외국인 남자와의 국제결혼이 급격히 증가했고, 프랑스인 이다도시를 시작으로 벽안의 외국인 며느리들도 줄줄이 국내에 둥지를 틀었다.

중국 동포들과 탈북자, 그리고 동남아를 필두로 한 국제결혼이 본격화된 것도 이 즈음이다. 외국인들 대부분이 초기엔 직장을 찾아온 경제적 유민이었지만, 개중에는 결혼과 귀화로 한국인이 되는 경우도 많아졌다.

행정자치부에 의하면 2016년 3월 현재 국내에 정착한 다문화 가족은 총 82만 명이다. 북한을 탈출해 국내에 입국한 북한이탈주민도 곧 3만 명을 돌파한다. 바야흐로 5000년 동안 폐쇄적 단일민족국가를 지켜오던 한민족이 20여 년이라는 짧은 순간에 다문화사회로 급변한 것이다.

2. 낯선 얼굴의 한국인들, 정체성 혼란

다문화 청년 20% 니트족… 한국서 겉돈다 (한겨레, 2016.3.9)
다문화 가족의 청년층(15~24살) 자녀 5명 중 1명은 학교를 다니거나 일을 하지 않는 '니트(NEET)' 상태에 처해 있는 것으로 나타났다. 다문화 가족의 자녀수가 최근 10년 사이 8배가량 늘어났지만 한국 사회에 제대로 적응하지 못하는 이들이 많다는 것으로 해석된다. 정부는 다문화 유치원을 현재보다 두 배로 늘리고 학교 적응을 돕는 예비학교를 늘리는 등 다문화 가족 정책 방향을 결혼이민자 정착 지원에서 자녀 지원으로 옮겨가기로 했다.
9일 정부는 황교안 총리 주재로 '다문화 가족 자녀지원 종합대책'을 심의했다. 정부는 "2006년 4월 처음 다문화 가족 사회통합지원대책을 마련한 이후 10년이 지난 시점인 만큼 앞으로는 성장주기별 자녀지원정책을 추진하는 데 중점을 두겠다"고 밝혔다.
18살 이하 다문화 가족 자녀수는 2006년 2만 5000여 명에서 지난해엔 20만 8000명으로 늘었다. 이 가운데 초·중·고교에 다니는 학생은 지난해 기준 8만 2536명으로, 전체 학생의 1.35%를 차지했다. 초등학생 중 다문화 학생 비율은 처음으로 2%를 넘어섰다.

이런 다문화 학생의 학업 중단율은 1.01%(2014년 기준)로, 전체 학생(0.83%)에 견줘 높은 수준이다. 여성가족부가 '2012년 전국다문화 가족 실태조사'를 보면, 가정 형편이나 친구·선생님 관계, 한국어 문제 등이 학업중단 사유로 꼽혔다.

특히 15~24살 다문화 자녀 중 20.3%(2012년 기준)는 학업이나 취업, 직업훈련 등을 하지 않는 니트 상태였다. 외국에서 태어나 한국에 온 '중도입국자녀'로 한정해서 보면, 니트 비율은 32.9%로 올라간다. 2014년 기준으로 청년층 중 니트 비율은 14.5% 정도다.

정부는 유치원부터 취업까지 성장주기별로 맞춤형 지원을 강화할 방침이다. 우선 영·유아기 지원을 위해 다문화 유치원을 지난해 30곳에서 올해 60곳으로 늘릴 계획이다.

올해부터 전국 다문화가족지원센터 81곳에서 심리상담과 진로교육을 받을 수 있다. 아울러 정부는 청년기 다문화 자녀를 돕기 위해 군 병영생활규정을 보완하고 군부대 개방 행사를 여는 등 여건을 조성해 나가기로 했다. 이중언어 인재 데이터베이스도 구축해, 다문화 자녀들의 노동시장 진입을 원활하게 할 수 있도록 지원하는 계획도 포함됐다.

혐오와 배제 넘어 상생과 화합 만들자 (한국기독공보, 2015.12.2)
― 재일대한기독교회, '마이너리티 문제와 선교' 국제회의 ―

최근 일본 사회에서 재일 한국인에 대한 노골적인 비난과 모욕, 공격을 선동하는 이른바 '해이트 스피치(hate speech·증오언설)'가 날이 갈수록 그 수위가 높아지고 있는 가운데 이에 대한 과제와 선교적 대응을 논의하는 자리가 마련되어 관심이 모아졌다.

재일대한기독교회는 18~21일 도쿄 YMCA본부에서 '마이너리티 문제와 선교' 국제회의를 개최, 일본 사회의 소수자의 인권 차별 문제에 대한 현황과 과제에 대해 토론했다.

'해이트 스피치를 넘어서 공생의 장막을 펼치자'를 주제로 재일대한기독교회가 주관한 이번 회의의 발제자들에 따르면 일본의 극우주의자들은 한국인들에 대해 "좋은 한국인이든 나쁜 한국인이든 모두 죽여라", "조선인은 목을 매고 독약 먹고 뛰어내려라", "츠루하시에 대학살을 실행하자" 등 입에 담기 힘든 폭언을 길거리에서 공공연하게 자행하고 있는 것으로 확인됐다.

이러한 해이트 스피치가 재일동포나 교민들의 주요 이슈로 떠오른 것은 2009년경부터다. 당시 해이트 스피치를 주도하는 극우단체는 교토에 있는 조선민족학교 학생들에게 폭언과 모독을 퍼부어 어린 학생들과 학교가 많은 정신적 피해를 입었다. 뿐만 아니라 이러한 공격적이고 인종차별적인 시위가 주로 대도시 한인들이 밀집해 있는 지역을 겨냥해서 일어나고 있어 일본 내 한인들이 경제적, 정서적으로 큰 고통을 겪고 있는 사례가 빈번해진 것으로 조사됐다.

단군 이래 처음으로 단일민족의 벽을 스스로 허문 대한민국은 2000년을 전후해 들어서며 자연스럽게 다인종(다민족), 다문화사회로 접어들었다. 1980년대부터 급증하기 시작한 여성들의 높은 대학 진학률에 따른 사회 진출 확대와 경제적 자립, 골드 미스들의 결혼 회피, 무자녀 풍조 등의 영향이 적잖이 작용했다.

여기에 더해 자녀 교육비 증가와 수명 증가로 인한 노인복지 비용 상승과 출산율 저하, 경제성장률 지체로 인한 실질 수입 감소 등도 자녀 출산 기피로 나타났다. 저출산은 급기야 산업 현장의 노동력 부족 사태를 불러왔고, 저개발국의 저임금 노동자들이 그 자리를 차지하기에 이르렀다. 나아가 혼기를 놓친 농촌 총각과 저소득 미혼 남자들이 동남아와 중국 등에서 배우자를 구하는 국제결혼이 붐을 이루면서 5000년 순혈주의를 고수하던 한국 사회는 급격하게 다민족, 다인종, 다문화사회로 접어들었다.

다문화 가정이 사회적 관심사로 부각되기 시작한 것은 일본인, 조선족 이외 여타 민족과의 부부 사이에서 태어난 혼혈 2세들이 성장하면서부터다. 언어가 어눌하고, 피부색에서 차이가 나는 이들 다문화가정 2세는 전통적인 한국 아이들과 쉽게 동화되지 못하고 주변인으로 전락하거나 도태하는 경우가 많다. 역사적 연고가 적은 나라보다는 악연이 많은 일본인 남편과 한국인 아내 사이에서 태어난 2세들에 대한 시선

< 다문화가족 자녀 연령별 현황 >

(단위 : 명)

연도	연령별 현황				
	계	만6세이하	만7~12세	만13~15세	만16~18세
2015	207,693	117,877	56,108	18,827	14,881
	100%	56.8%	27.0%	9.1%	7.1%
2014	204,204	121,310	49,929	19,499	13,466
	100%	59.4%	24.5%	9.5%	6.6%
2013	191,328	116,696	45,156	18,395	11,081
	100%	61.0%	23.6%	9.6%	5.8%
2012	168,583	104,694	40,235	15,038	8,616
	100%	62.1%	23.9%	8.9%	5.1%
2011	151,154	93,537	37,590	12,392	7,635
	100%	61.9%	24.9%	8.2%	5.0%
2010	121,935	75,776	30,587	8,688	6,884
	100%	62.1%	25.1%	7.1%	5.7%

* 출처 : 외국인주민현황조사('15.7월), 행정자치부

< 다문화가족 자녀의 학업중단 사유 (단위: %) >

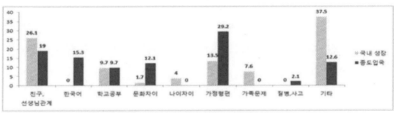

* 출처 : 2012년 전국 다문화가족 실태조사 원자료 분석

< 다문화가족 자녀 서비스 지원 요구 >

(단위: %)

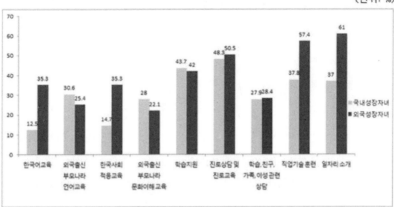

* 출처 : 2012년 전국 다문화가족 실태조사 원자료 분석

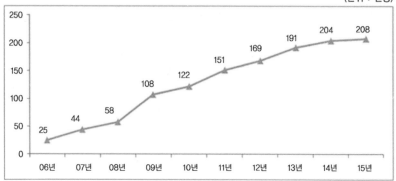

(단위 : 천명)

은 여전히 곱지 않다.

다문화 가족 82만 명 중 18세 이하 자녀는 2016년 현재 20만 8000여 명이다. 2006년(2만 5000여 명)과 비교해 10년간 8배 증가했다. 24세 이하 중도입국자녀도 해마다 늘어 1만 7000명(2012년 기준)으로 추정하고 있다.

그래픽에서 보듯 이들의 전체 규모는 늘고 있지만 이들은 사회적 편견 등으로 교육, 취업, 사회복지의 사각지대로 내몰리고 있다.

지난해 통계에 따르면 다문화 학생의 학업중단율은 1.01%로 전체 학생 학업중단율(0.83%)보다 0.18%포인트 높다. 경제활동이 가능한 15~24세 다문화가족 자녀 중 학교에 다니는 비율은 57.8%에 머물고 있다. 20.3%는 제도권 교육을 받지 못한 채 사실상 방치돼 있다.

한국에서 태어난 아이들은 피부색과 생김새가 다르다는 이유로, 한국에서 재혼한 어머니를 따라 중도에 입국한 청소년들은 언어소통 등의 문제로 사회적 외면을 당하고 있다.

이들을 계속 내버려두면 사회적 문제 발생은 물론 국가 통합에도 커다란 문제가 될 수 있다. 국민의 의무인 국방의 의무도 강제하지 않아

토종 한국인들에 대한 역차별 문제도 간과할 수 없다. 이는 북한이탈주민의 경우도 마찬가지다. 이들은 본인이 원하지 않는 한 국방의 의무를 지지 않아도 된다. 그나마 다행인 것은 유럽 등에서 폭넓게 일어나는 종교간 갈등이 우리나라에선 거의 없다는 점이다.

다문화사회 정착 훼방 놓는 종교(매일종교신문뉴스, 2010.10.29)

세계 최대의 제국을 이룬 로마와 미국의 번영은 이민자에 대한 개방 등 다문화사회의 정착에서 생겨났다. 인종·종교·배경을 따지지 않고 인재를 모으는 관용정책이 대국을 만들었으며 이민자에 대해 배타적인 정책을 채택하면서 몰락이 시작됐다는 역사학자들의 분석이다. 그러나 세계는 지금 지구촌시대를 맞아 그 어느 때보다 다문화사회로의 정착이 활발해진 시점에서 반 이슬람정서 등에 의해 바람직한 다문화사회가 도전을 받고 있다.

이민사회 정착을 위해 그에 동화하려는 이민자의 의지 부족도 문제지만 이민족 문화를 받아들이려는 국가의 그릇된 자세 역시 갈등의 골을 깊게 만든다. 서로 상대의 종교와 관습을 이해하고 배려하는 정신이 부족한 탓이다.

'톨레랑스(관용)의 나라' 프랑스가 공공장소 부르카착용 금지와 집시 추방을 추진했는가 하면 스위스의 이슬람 첨탑금지를 비롯해 이탈리아와 벨기에서 반이슬람 정서가 확산되는 가운데 차별정책을 금기시했던 독일마저도 반이민자 정서가 고개를 들고 있다.

앙겔라 메르켈 독일 총리는 10월 16일 포츠담에서 기독민주당의 젊은 당원들과 만나 "이주자들과 함께 살면서 행복하게 느낀다는, 이른바 물티쿨티(다문화주의) 접근방식은 완전히 실패했다"고 선언하며 "이민자들이 독일문화에 융화될 수 있도록 더 노력해야 한다"고 촉구했다.

독일은 1960년대부터 모자라는 노동력을 충당하기 위해 터키인 250만 명 등 이주노동자를 적극적으로 받아들여 왔다. 대다수가 이주자인 독일 내 무슬림 인구는 400만 명에 달한다.

독일의 정치문제 연구소인 프리드리히에베르트재단이 최근 실시한 여론조사에 따르면 독일인 중 32%가 "독일인의 일자리가 위협당할 경우 이주노동자들을 고향으로 돌려보내야 한다"고 답했고, 35.6%는 "독일이 이주민들로 들끓고 있다"고 밝혔다.

10월 18일 고용노동부 등에 따르면 고용노동부 홈페이지에는 '이슬람국가를 노동송출국가에서 제외시켜 주세요'라는 글 1500여 개가 올라왔다. "유럽은 최근 방글라데시와 파키스탄 등 이슬람국가 인력 수입을 금지하고 있다"며 "우리나라도 다문화정책을 포기해야 한다"고 주장했다.

특히 이들은 현 정부의 다문화시책에 단체 항의를 제안하면서 고용부와 국민신문고 홈페이지를 연결해 올려둔 데 이어 지난해 12월 다문화통합기본법을 발의한 모 국회의원실 전화번호를 공개하는 등 인터넷 특유의 공세를 강화하고 있다. 광우병, 타블로 등에 대한 허황된 소문 확산처럼 이슬람공포증을 확대 재생산시키고 있는 것. 심지어 "이슬람출신 노동자가 한국 여성 200명을 성폭행했다"는 근거 없는 자극적 내용도 있다.

한편 일본에서도 이슬람 교리에 따른 매장 방식의 묘지조성을 둘러싸고 논란이 일고 있다. 10월 18일 아사히신문에 따르면 도쿄의 종교법인 이슬람문화센터가 도치기현에 마련하려는 이슬람식 묘지 조성사업이 주민들의 강한 반발에 부딪쳤다. 9 · 11테러 이후 생긴 이슬람교에 대한 편견, 그리고 화장률 99.9%인 일본인 정서에 묘지매장은 용납할 수 없는 일. 주민들은 "시신이 매장돼 있는 땅을 보는 것이 무섭다" "묘 가까이로 지나가고 싶지 않다"는 불만을 쏟아내고 있다.

그러나 일본 거주 무슬림들로서도 묘지 문제는 양보하기 힘든 사안. 방글라데시, 이란 등에서 이주해 온 노동자들이 늘어나고, 이들과 결혼한 일본 여성들의 개종으로 일본의 무슬림 인구는 현재 외국인 약 10만 명, 일본인 약 1만 명으로 추산되지만 이슬람식 묘지는 두 곳밖에 없는 상황이다.

그러나 이슬람 한편에선 각 국가의 문화에 적응하려는 노력을 기울이고 있으며 해당 국가에서도 이슬람문화에 대한 관용을 최대한 베풀고 있는 모습을 보여주고 있다. 한편 이슬람이 철칙으로 지키고 있는 종교문화관습 중에는 다른 문화에서는 도저히 받아들일 수 없는 폐습이 여전히 존재하고 있다.

이렇듯 국내외적으로 일고 있는 다문화사회 갈등과 조화에 대해 종교학자와 사회학자들은 "이슬람 역시 평화와 상생을 최고의 가치로 여기는 종교이며, 당연히 존중해야 한다. 그러나 그들 역시 이슬람 원리주의자들의 테러와 종교관습이 타문화에 거부감을 주고 있다는 사실을 인식하고 동화하는 노력을 보여주어야 진정한 지구촌 다문화사회가 조성될 것"임을 강조하고 있다.

차별보다 '이중잣대'가 더 아픈 이주노동자 (세계일보, 2016.3.14)
— 미국서 왔다고 하면 친절… 가나서 왔다고 하면 욕설 —

가나에서 온 이주노동자 A(28)씨는 회사에서 갖은 욕설과 폭력에 시달렸다. A씨는 차별보다 한국인의 이중잣대에 마음이 더 아팠다. 그는 "주말에 쉴 때 한국 사람을 만나면 일부러 미국에서 왔다고 했어요. 그러면 영어 배우고 싶다면서 친절하게 대해 줬어요"라고 털어놨다.

　다문화가정과 이주민에 대한 인식이 점차 나아지고 있지만 여전히 선진국에 비해 편견이 적잖은 것으로 나타났다. 특히 고연령층과 저소득층일수록 다문화에 대해 부정적 태도를 보였다.

　여성가족부는 14일 한국여성정책연구원에 의뢰한 '국민 다문화수용성 조사'에서 다문화지수는 100점 만점에 53.95점으로 2011년 조사(51.17점)보다 2.78점 상승했다고 밝혔다. 이 조사는 문화개방성, 고정관념·차별, 세계시민행동 등 8개 구성요소별 점수를 종합해 산출한다. 설문조사에는 성인 4000명과 청소년 3640명이 응답했다.

　연령대별 수용성지수를 보면 청소년은 67.63점으로 가장 수용성이 높았다. 이어 20대 57.5점, 30대 56.75점, 40대 54.42점, 50대 51.47점, 60대 이상 48.77점으로 연령이 높아질수록 다문화에 부정적인 태도를 보였다. 반면 다문화교육을 지속해서 받거나 관련 활동에 참여한 경우 수용성지수가 높았다. 이주민, 외국인과 접촉이 많고 해외거주 경험이 있는 경우 다문화에 긍정적이었다.

다문화수용성 주요지수 (단위: 점)

항목	2011년	2015년
다문화수용성 지수	51.17	53.95
문화개방성	48.08	49.36
국민정체성	48.84	50.32
고정관념·차별	61.73	64.60
일방적 동화기대	49.91	46.44
거부회피정서	55.17	66.01
교류행동의지	43.61	45.81
이중적평가	46.96	48.88
세계시민행동	53	56.98

자료: 한국여성정책연구원, 세계가치관조사(WVS)

　학력과 소득도 다문화 수용성과 비례했다. 고졸 이하, 월소득 200만 원 미만 조사대상에서는 수용성지수가 평균보다 낮았다. 단순노무(51.22점), 농림어업(51.83점) 등 이주민이 다수 진출한 업종의 종사자도 다문화에 부정적이었다. 취업경쟁 등 이해관계가 영향을 미친 것으로 해석된다.

　다문화수용성지수를 주요 선진국과 비교해 보면 다문화에 대한 부정적 인식은 여전히 높았다. 2010~2014년 59개국이 참여한 6차 세계가치관조사에 따르면 한국의 '외국인 노동자와 이민자를 이웃으로 삼고 싶지 않다'는 응답은 31.8%로 미국(13.7%)과 호주(10.6%)보다 약 2.5배, 스웨덴(3.5%)보다는 10배가 많았다. 다른 인종에 대한 수용성 항목에서도 51위로 하위권에 머물렀다.

특집 · 다문화사회에서의 상생과 평화/ 조정진　**45**

3. 상생을 위한 대안, 다문화 민주주의

다문화 가정은 싫건 좋건, 원하든 부인하든 이제 우리 사회의 한 축을 담당하는 구성원이다. 특히 산업단지와 농어촌이 산재한 농촌에서는 다문화 가족의 비중과 역할이 점점 커지고 있다. 다양성을 바탕으로 한 글로벌 국가를 건설하기 위해서는 이제 다문화에 대한 편견을 털어내고 보듬어야 한다. 그러기 위해선 그들에게 동등한 교육의 기회와 일자리는 물론 사회복지 혜택도 제공돼야 한다.

다문화사회에 대해 실감이 가지 않으면 8 · 15 광복 이후 일본에 남은 재일교포들의 삶을 떠올려 보라. 70년이 지난 지금까지도 재일교포들은 여전히 일본 내에서 비주류이고, 이방인이다. 오랫동안 참정권과 피선거권을 제한받았으며 외국인 지문 날인이라는 비인간적인 대우도 받았다. 일본에 귀화하지 않아 치르는 대가다.

1960년대 조총련과 일본적십자사에 속아 북송선을 탔던 재일교포와 일본인 처들의 북한에서의 삶 또한 반면교사로 삼을 만하다. 조총련과 북한은 북한을 지상낙원이라고 속여 데려가 그들을 인질로 삼아 수십 년 동안 대북송금을 갈취하고 있다.

우리나라는 어떤가. 별반 다르지 않다. 구로에 자리 잡은 중국인거리는 그들 나름의 이방인촌을 형성하고 있다. 그들끼리 모여 그들의 생활방식 그대로 살아갈 뿐이다. 동화나 습합이 아닌, 물과 기름처럼 좀처럼 섞이지 않는다.

다인종, 다민족, 다문화시대를 거론하지만 대한민국에 진정한 다문화사회의 도래는 아직 멀었다. 오래 굳어진 생활양식은 하루아침에 바뀌지 않는다. 절대적인 세월에 체계적인 교육과 양질의 일자리, 그리고 토종 한국인과의 결혼 등으로 교차결혼을 해야 비로소 동화될 수 있다.

임진왜란 때 한국에 귀화한 일본인 무장 김충선(金忠善, 1571~1642) 사례를 보자. 그는 1592년(선조 25) 가토 기요마사의 좌선봉장으로 내침하였으나 조선의 문물이 뛰어남을 흠모하여 부하들에게 약탈을 금지하는 군령을 내리고, 조선 백성에게는 침략할 뜻이 없음을 알리는 효유서(曉諭書)를 돌렸다. 명분 없는 조선 침략에 불만을 품었던 까닭이다.

이어 휘하 병졸 500명과 함께 경상도병마절도사 박진에게 귀순하였다. 그 후 조총 제조법을 전수하고 누차 큰 공을 세워 도원수 권율, 어사 한준겸의 주청으로 김해김씨성과 충선이라는 이름을 하사받았다. 임금이 하사한 성씨라고 해서 사성김해김씨(賜姓金海金氏)라고 부른다.

그 후 지금까지 누구도 김충선과 사성김해김씨 일가를 귀화 일본인이라고 차별하지 않는다. 자연스럽게 녹아든 덕분이다. 영화배우를 거쳐 국회의원이 된 필리핀 출신 이자스민 의원과 북한이탈주민 출신 조명철 의원도 대한민국에 성공적으로 안착한 사례다.

참으로 다행스러운 것은 한국 사회는 종교 간 갈등이 거의 없다는 점이다. 종교다원주의를 신뢰하는 국민성과 전통종교인 무속과 유교, 불교, 가톨릭, 기독교 등이 황금비율로 균형 있게 성장한 덕분이다. 종교의 배타성을 국민이 용납하지 않는다. 세계사에서도 찾아보기 어려운 위대한 종교적 관용이다.

4. 국조 단군의 위대한 포용정책, 홍익인간사상

다문화사회, 국가 통합의 이념적 대안으로 거론되는 게 국조 단군이 제시한 홍익인간(弘益人間)사상이다. 인간을 널리 이롭게 한다는 뜻으로 우리나라의 건국이념이며 교육이념이다. 홍익인간은 우리나라 건국이념이기는 하나 결코 편협하고 고루한 민족주의 이념의 표현이 아니라, 인류공영이라는 뜻으로 민주주의 기본정신과 완전히 부합되는 이념이다. 홍익인간은 우리 민족정신의 정수이며 일면 기독교의 박애정신, 유교의 인, 그리고 불교의 자비심과도 상통되는 모든 인류의 이상이다.

홍익인간사상의 신인(神人)합일은 인간과 사회의 관계를 재조명한다. 즉 인간의 자율성을 바탕으로 인간과 사회의 조화로운 관계를 상정하고 있다. 또한 홍익인간사상의 한사상과 천지인사상은 특수성과 보편성의 조화가 가능함을 함의하고 있다. 다양성과 통합이 가능한 것은 이질적인 것들 간의 상생의 관계를 전제로 하고 있기 때문이다. 또한 홍익인간사상은 평등과 평화의 원리를 통해 다양성에서 발생할 수 있는 위계와 차별, 분리와 배제의 문제를 해결할 수 있는 실마리를 제공해 준다. 즉 공평과 평등의 원리야말로 형평을 의미한다.

결론적으로 홍익인간사상은 다문화주의의 모순을 보완할 뿐 아니라 한국적 다문화주의를 위한 철학적·정치 이념적 토대를 마련해 준다.

김종서 교수의 발제문 '다문화사회의 상생과 평화'에서 밝힌 '다문화주의'는 홍익인간사상과 일맥상통한다. 굳이 외국 철학사상이나 사회학 이론을 차용하지 않더라도 다문화사회의 이념적 대안은 홍익인간사상과 함께 단군이 개국 철학으로 천명한 재세이화(在世理化·세상에 있으면서 다스려 교화한다), 이도여치(以道與治·도로써 세상을 다스린다), 광명이세(光明理世·밝은 빛으로 세상을 다스린다)의 3원칙이다.

우리 조상은 이처럼 도덕과 진리로 세상을 다스리고, 진리로 세상을 계몽하며, 세상에서 진리가 구현되기를 염원했다. 한 역사학도는 "진리의 세계를 구현하겠다는 꿈은 인류의 기원이 하느님이라는 것과 한 민족이 그런 하느님으로부터 모든 인류를 위해 살아가라는 특별한 사명을 받았다는 점에 대한 이해를 기초로 한다"고 해석했다.

이는 서양에서 처음으로 국가이념에 천부인권을 천명하고 민주주의에 기초한 자유, 평등, 국민 주권 확립을 표방한 미국 독립선언문(1776년)보다 4000년 전에 이 땅에서 불거져 나온 인류 보편의 통치이념이다. 공자나 석가모니보다 1800년 앞서 인류 보편의 이념을 제시한 것이다. 인간 윤리, 동류의식의 진화ㆍ확대가 아닌 이미 개국 때 표명한 셈이다.

어떤 사상, 어떤 이데올로기도 한반도에 유입되면 종합되고 재창조된다. 먼 나라, 낯선 민족도 한반도에 발을 들여놓는 순간부터 그들은 한민족에 동화된다. 우리 민족이 품은 위대한 포용력이자 저력이다. 드디어 개국 때 이미 사해동포주의를 표방한 한민족이 세계사에 우뚝 나설 때가 됐다. 다문화 사회의 도래는 결국 한민족 웅비의 다른 이름이다.

경상북도가 2012년 10월에 개최한 결혼이민여성 친정 가족 초청 한마당 행사에서 참가자들이 환하게 웃으며 기념촬영을 하고 있다. (경상북도 제공)

운명으로 받아들이는
평화로운 삶의 의지

전규태

총평을 하는 전규태 박사

사람은 스스로를 위한 보람 있는 '살음'이어야 하고, 또한 이웃을 위한 '살림'이어야 한다.

모든 삶은 우연이기도 하고 또한 필연이기도 하다. 이를 우리는 운명이라고 말하기도 한다.

우리들의 삶이 필연일 수밖에 없다면, 또는 우연일 수밖에 없다면 운명이란 것을 운위할 필요가 없다. 우연이 필연의, 필연이 우연의 의미를 지니고 있기 때문에 인생은 운명인 것이다.

꿈 또는 희망은 운명과도 같다. 이 낱말은 운명의 부호를 역(逆)으로 한 것이다. 모든 게 필연이라면 꿈과 희망은 있을 수 없다. 일체가 우연일 경우에도 마찬가지다.

인생이 운명인 것처럼 인생은 희망이다. 운명적인 존재인 인간에게 있어 살고 있다는 것은 희망을 지녀야 하고 '역지사지' 하는 마음가짐이 필요하다.

스스로의 희망은 이색적인 짝과 결혼하고 싶다. 또 다른 꿈은 여느 나라에서 살고 싶어하기도 한다. 하지만 왜 그것이 희망이고 욕망이며 목적이었는지도 모르게 이루어지기도 한다.

이런 일들이 스스로의 운명이 되었다는 것은 자기자신의 존재가 전체로서의 본래의 운명이기 때문이다. 희망에 대해서도 마찬가지다. 개개의 흐름이 희망 때문이었다고 생각하는 것은 인생이 전체로서 본래 희망이었기 때문이다.

그것은 운명이므로 절대적이다. 그러므로 그것은 운명이기 때문에 다소의 어려움이 있더라도 희망을 걸어볼 수 있다.

희망이란 '살음' 의 형성력 이외의 그 무엇일까. 우리들이 '살음' 을 영위하고 있는 한 희망을 지녀야 하는 것은 '살음' 을 형성하기 때문이다. 희망은 삶의 형성력이며, 우리들의 존재는 희망에 의해 완성된다. 삶의 형성력이 희망인 것은 이 형성이 무(無)로부터의 형성이라는 의미를 지니고 있기 때문이기도 하다. 운명이란 바로 그 '없음' 이 아닐까. 희망이란 여기서부터 우러나오는 '이데올로기' 다.

다문화사회가 비롯되기 시작할 무렵, 시민운동 차원에서 '정신문화 공동체' 에 참여하여 앞서 든 이데올로기의 대중화, 생활화를 꾀했던 적이 있다. 물질문명에서 정신문명시대로 전환하는 시기에 즈음하여 다인종, 다문화 사회화에 따른 제반 문제를 풀어보려 했었다.

다양한 문화가 공존하기 위해서는 각자의 문화를 제대로 알았을 때

서로 배려하고 존중하며 운명으로 받아들여야 한다.

여러 나라에서 한국에 정착한 다문화 가족들은 제 2의 조국이 된 한국의 문화를 운명적으로 받아들이고 거기에 꿈을 실어야 한다.

한국인의 정체성을 터득하지 못하면 공존의 기준을 찾지 못해 흔히 어려움을 겪고 문화적인 갈등을 겪게 마련이다.

다문화사회의 상생과 평화

김대선

다 문화는 '여러 나라의 생활양식' 이라는 뜻이다. 다문화사회란, 한 국가나 한 사회 속에 다른 인종·민족·계급 등 여러 집단이 지닌 문화가 함께 존재하는 사회를 말한다. 다문화는 민족마다 다른 다양한 문화나 언어를 단일의 문화나 언어로 동화시키지 않고 공존시켜 서로 존중하는 것을 목적으로 하는 사상·운동을 말한다. 지구촌이 세계화가 진행됨에 따라 단일한 민족 국가들이 가지고 있던 다양한 문화를 서로 인정하고 교류하기 위해 여러 문화를 존중하고 서로를 이해하고자 하는 다문화사회에 대한 관심이 늘어나고 있다.

다문화는 1970년대에 서구 민주주의 사회에서 시작, 대한민국은 1980년대 말 경제성장과 88서울올림픽 이후 이주 노동자등 코리아 드림의 영향으로 동남아국가들의 산업 연수생 급증의 요인이라 하겠다.

김대선 _ 원불교 교무. (사)원림문화진흥회 이사장. 한국종교연합(URI) 공동대표. 민족의 화해와 통일을 위한 종교인모임 공동대표.

다문화사회가 우리사회에 있어서 동화내지 공존하지 못하는 큰 장벽은 언어 소통이나 문화적 차이를 극복하지 못하고 이해와 어려움에 따른 갈등이 증폭되어 적응하는 데 걸림돌이 될 수 있다. 문화적 차이는 외국인 노동자 차별, 국제결혼 이주 여성들은 음식과 주거양식, 생활예절, 자녀교육, 가족관계의 차이에 따라 갈등을 겪게 된다.

또한 정체성 혼란과 자녀교육의 문제와 경제적 어려움이라 하겠다. 한국인과 결혼한 이주여성의 경우 이주외국인을 가난한 나라 출신이란 심리적 위축감을 느끼며 한국인 2세인 자신의 나라인 한국사회에서 한국인으로 인정을 받지 못하는 정체성의 혼란을 겪고 있다. 한국의 자녀교육은 어머니가 대부분 책임을 지는데 외국이주여성 가정의 경우 서툰 한국말에 교육의 어려움이 크다고 할 수 있다.

경제적 취약 계층이 상당수인 이들 다문화가정은 많은 문제점을 안고 살고 있다. 다문화가정의 2세들은 사회적 편견과 빈곤한 가정 경제에 따라 학교에서 자신의 역량을 발휘하지 못함으로 인해 부모의 빈곤이 대물림될 가능성이 크다. 다문화가정 출신의 아이들이 사회에 나왔을 때 우리사회에 적응하지 못하면 사회적 문제가 될 것임은 자명한 사실이다.

다문화사회가 동화보다는 편견, 공존보다는 갈등으로 아름다운 어울림의 하모니는 어려우나 상호 배려와 존중하면 편안한 이웃이 될 것이다. 우리가 살고 있는 사회는 함께 더불어 살고 있다. 상호공존하며 서로 함께 존재하고 살아가듯이 상생하고 있다. 상생은 화합하여 함께 발전한다는 뜻이다. 공존과 상생이 서로 만나 각각의 부족한 의미를 보충하면 더 큰 시너지인 평화를 생산할 것이다.

평화는 지구촌 모든 사람들이 가장 간절히 원하는 소망이며 전 인류가 원하는 최고의 덕목이다. 평화를 지키기 위해서 국제사회 모든 일원들은 규칙과 규범을 정하여 이를 시행하고자 노력하듯이 평화는 이처럼 우리 모두의 간절한 염원도 분명히 담고 있다.

플라톤(Platon)의 저서 《크리톤의 대화》 중에 소크라테스가 "…우리는 그저 사는 것을 가장 소중히 여길 것이 아니라, 잘 사는 것을 가장 소중히 여겨야 한다"라고 했다. 즉 '잘 산다'의 잘을 '아름답게', '올바르게'로 규정하고 있다. 잘이란 올바르게, 잘 산다는 것은 올바르게 사는 것이라 할 수 있다. 소크라테스의 〈변명〉에서 '잘 산다'는 것은 돈이나 신체나 세상의 평판이나 지위에 머리를 쓰지 않고, 무엇보다도 인간에게 있어서 가장 소중한 자기의 영혼, 즉 정신을 가장 좋은 것으로, 가장 훌륭한 것이 되게 하면서 사는 것이라고 하였다.

소크라테스가 말하듯이 잘 사는 것은 올바르게 사는 것, 즉 정의롭게 사는 것이요, 자신의 영혼을 가장 훌륭한 것이 되도록 정화하는 일이다. 정의롭게 살면서 이성을 정화하는 일은 평화로운 삶이다. 우리들 모두가 정신을 맑히면 사회 공동체가 맑은 사회가 되듯이 맑은 영성이 평화를 일구는 원동력이다. 이렇듯 개인만 잘 사는 평화를 누리지 않고 사회 공동체인 다문화사회와 더불어 잘 사는 것이 공동선이자 평화라고 확신한다.다문화, 다종교사회의 덕목은 서로 이해하고 상대를 존중함이다. 이해하고 서로 협력하려면 소통하여야 한다. 소통의 도구는 대화이다. 대화는 평화의 산물이다. 서로 마음에 있는 이야기를 하면 이해가 되고 용서가 된다. 때문에 대화는 이웃 간에 막히고 부정적인 갈등의 문제를 해결할 수 있는 창조적 행동이다.

그러나 생각보다 묘한 것이 사람의 마음이다. 사람의 마음을 움직이는 것은 큰 것만이 아니다. 작은 배려로 살 수 있는가 하면 천만금을 주어도 얻을 수가 없기도 하다. 세상을 살아가면서 원망하지 않고 다른 사람의 마음을 얻고 못 얻음에 따라 생사가 바뀔 수도 있다. 작은 배려로도 얼마든지 사람의 마음을 얻을 수 있다. 이웃에게 베푼다는 것은 많고 적음이 문제가 아니라, 상대방이 어려울 때 돕는 것이 중요하다.

또 타인에게 원한을 사는 이유는 크고 작은 것이 문제가 아니라, 상대방의 마음을 화나게 하는 데 있다. 사람과 사람 사이의 관계가 악화되거나 좋아지는 것을 보면 아주 사소한 것이 계기가 되는 경우가 허다하다. 때로는 물 한 모금이, 때로는 말 한 마디가 사람의 관계를 바꾸어버린다. 아주 하찮아 보이는 작은 배려가 때로는 생사를 넘나드는 매우 중차대한 도움이 될 수도 있는 것이다.

급변하는 사회 현상들을 들여다보면 아직도 갈등, 반목으로 혼란스럽다. 열린사회는 이웃과 소통함이다. 이 세상은 혼자서 살 수 없는 은혜로운 사회이므로 공생공영, 상생상화로 하나가 되어야 한다. 다문화사회에 있어서 걸림돌인, 많은 차별들을 상생으로 돌리는 마음이 평화다. '뿌린 대로 거둔다' 하였듯이 은혜든 불행이듯 되돌아올 적에는 작은 은혜가 행복으로, 작은 해악이 원수로 변하기도 한다.

그러므로 사람과 사람간의 관계에 있어서는 항상 정성을 다하고 최선을 다하여야 한다. 다종교, 다문화는 서로 다름을 인정하는 것이다. 자신의 종교와 문화만이 최선이라는 아집이나 자만에 빠지면 갈등과 투쟁은 시작되기 마련이다. 자비와 사랑, 은혜와 감사도 궁극적으로 배려와 포용의 정신이다. 미래사회 역시 다종교와 다문화는 상생상화, 공생공영할 것이라고 확신한다. 때문에 함께 더불어 살아가는 우리는 오늘도 내일도 감사생활을 하여야 행복할 것이다.

미소가 전염되듯 감사생활도 습관화하여야 한다. 남에게 배려하는 마음 또한 생활화 되어야 한다. 모든 분들의 덕분에 마음이 편안하고 이웃 덕택에 살맛나는 세상이 되어야 다문화사회에 있어서 상생과 평화는 영원할 것이다.

종교와 다문화공동체
− 원불교 김대선 교무의 글을 읽고

무상 법현

1. 종교는 다문화 지향

대개 종교사상은 기본적으로 다문화를 지향하고 있었다. 출발 때부터 다문화를 지향하고 있었다. 그 안에는 순수 혈연문화 단일민족국가의 배경 속에서 단일문화를 지향하는 사고도 없지 않았다. 그것은 대개 종교 지도자의 사고라기보다는 그들이 교화의 대상으로 삼은 그 지역 민중의 사고가 개입되어 있다. 그 민중들은 자기민족이 뭔가 다른 민족보다 낫다는 생각을 하게 마련이다. 자기 민족만이 태양의 후예다 또는

무상 법현(無相 法顯) _ 스님. 중앙대학교 기계공학과 졸업. 출가 후 동국대 불교학과 석 · 박사 수료, 출가하여 수행, 전법에 전념하며 태고종 총무원 부원장 역임. 한국불교종단협의회 사무국장으로 재직할 때 템플스테이 기획. 불교텔레비전 즉문즉설 진행(현), 불교방송 즉문즉답 진행, tvN 종교인 이야기 출연, 열린선원 원장, KCRP종교간 대화위원장, 서울특별시 에너지살림 홍보대사. 한국불교종단협의회 사무국장. 한중일불교교류대회 · 한일불교교류대회 실무 집행. 남북불교대회 조성. 한국종교인평화회의 종교간대화위원, 불교생명윤리협회 집행위원. 한글법요집 출간. 한국불교종단협의회 회장상 우수상, 국토통일원장관상 등 수상.《틀림에서 맞음으로 회통하는 불교생태사상》,《불교의 생명관과 탈핵》 외 다수의 연구논문과 《놀이놀이놀이》,《부루나의 노래》,《수를 알면 불교가 보인다》,《왕생의례》,《추워도 향기를 팔지 않는 매화처럼》 등의 저서 상재.

신의 자손이다 이런 생각들을 갖게 된다. 그 종교지도자들의 탄생 이야기들이 신화적으로 설화적으로 엮어지기 시작한다. 그것이 경전에 쓰여 있다고 해서 사실로 믿거나 그것만이 진실이라고 생각하는 것은 조금 깊이 생각해 보아야 한다. 그분이 신비하고 훌륭해 보일지 몰라도 종교의 효용성이라는 것이 전 인류로 나아가 전 존재에게 다 쓰여야 의미 있는 것이기 때문에 그렇다.

1) 인도불교

종교는 기본적으로 다문화를 지향하고 있었다는 것은 불교를 통해서도 알 수 있다. 불교의 교주인 고타마 싯다르타 석가모니는 인도의 중부라고들 하지만 대개 지금 지도를 보면 북부지역에 해당하는 카필라 나라(카필라바스투) 임금의 아들이었다. 부처님의 언어 능력이 대단히 뛰어났다고 한다. 경전에는 만난 사람 모두를 교화했다. 그 당시 약 16개의 나라가 있었는데 요즘 보면 인도 안에 자그마한 나라라고 볼지 모르지만 인도는 우리나라에 비해서 몇 십 배 크기 때문에 작은 나라라고 해도 작은 규모가 아니었다.

우리나라는 고구려 백제 신라 등의 삼국이 있었고, 그 아래 마한 변한 진한 등의 한나라가 있었고 가락국들이 있었다. 우리나라도 작은 나라들이 많았었는데 더 큰 지역을 토대로 한 인도는 더 많은 나라가 있었고 민족이 있었다. 그들이 반드시 국경선 따라서 따로 모여서 산 것이 아니고 이리저리 왕래를 하며 살았고 왕래와 함께 교류가 있었다. 그것이 다문화의 출발이라고 볼 수 있다.

2) 대한민국

우리나라도 이미 신라시대 기록에 처용의 이야기가 나온다. 처용은 아마도 이슬람을 믿는 무슬림이었던 것으로 추정하고 있다. 신라뿐 아니라 통일신라 고려 그리고 조선시대에도 왕조실록에 외국 사람들 이야기가 아주 많이 기록돼 있다. 그 가운데에 무슬림에 관한 기록들도 꽤 많이 있다. 기본적으로 다문화를 이루고 있었던 것을 알 수 있다. 또 우리나라에 더 발전된 문화가 자체적으로 있었던 것도 사실이지만 외부에서 들어온 발전된 문화의 전달통로를 중국을 통한 수입경로만 생각하고 있다. 중국에 들어온 문화도 대개는 실크로드나 그린로드 비단길이나 초원길을 통해서 들어왔다.

또 해상실크로드라고 해서 남방을 통해 뱃길 타고 들어온 문화가 있다. 우리나라도 역시 중국을 통해 들어온 문화는 대개 실크로드 문화일 것으로 추정한다. 중국을 거치지 않고 몽골을 통해 더 빨리 올 수 있는 것이 있었는데 그것은 바로 초원길 그린로드를 통해 오는 것이었다. 지도를 펼쳐놓고 보면 그 위로 가는 것이 더 멀어져 보이는 그런 메르카도르 도법에 의한 지도를 통해서 상상하거나 추정하기가 쉽지 않다. 실제로 그렇게 초원길을 통해 로마에서 우리나라까지 쉬지 않고 말을 달렸을 때는 15일 정도면 왔을 것이라고 추정하는 이론이 있다.

또한 김해 주변을 통한 가락국 이야기들이 삼국유사나 가락국기 등을 통해서 보는 것처럼 해상로를 통해서 우리나라에 선진문물이 들어왔다고 생각한다. 또 금강산 유점사의 전설과 관련해서 살펴본다면 역시 바닷길을 통한 빠른 문화가 있었던 것으로 보인다. 즉 고구려 소수림왕 2년 372년에 우리나라에 불교가 들어왔다고 그렇게 공식적으로 얘기하지만 그보다 훨씬 이른 시기에 불교가 들어왔다는 기록이 있고 저 금강산 유점사에도 불교가 들어왔다는 기록이 있다.

재미있는 것은 신라 경주에 황룡사지와 관련된 이야기가 있다. 황룡사지 금당 뒤쪽에 가면 가섭불연좌석(迦葉佛宴坐石)이라는 돌이 있다. 가섭부처님의 연좌상인데 '제비처럼 앉아서 좌선 참선해서 도를 닦고 도를 이룬 곳'이라는 의미가 들어있다. 가섭부처님은 석가모니 부처님보다 과거 수십억 겁 이전에 성불한 부처님이다. 그분이 여기에 있었다는 것은 그런 민족의 교류가 있었다는 것이기도 하고 한편으로 우리 민족이 인도의 영향을 받지 않고 불교를 스스로 개발했다는 설이기도 하다.

3) 산동반도

종교자체가 발전하면서 그 안에 다문화개연성을 인정하고 있다는 것을 기억해야 한다. 신라 당나라 일본 그 시기에 일본 스님인 엔닌(圓仁)스님이《입당구법순례행기》라는 여행기를 남겼다. 그 여행기에 해적들이 방해할 때 신라 출신의 장보고장군이 도와줬다고 기록하고 있다. 그리고 나중에 입당구법을 해서 일본에 가서 연력사(延歷寺)에 장보고를 기리는 공덕비를 세웠다.《입당구법순례행기》에는 장보고의 도움으로 산동반도에 갔을 때의 기록이 남아있다. 산동반도의 적산 법화원 등 신라방, 신라의 전통을 따르는 곳이 있었다. 그곳 신라사찰에 갔을 때 묘하게도 중국, 즉 당풍 당나라풍의 염불을 하는 것도 아니고 향풍, 일본풍의 염불을 하는 것도 아니고 자기들만의 염불을 하고 있었다는 이야기가 나온다. 그 안에 이미 당나라풍과 일본풍 두 종류의 염불이 있었지만 신라풍의 염불을 하고 있었다는 이야기는 그 안에서도 다문화가 이루어지기도 하고 자기의 정체성을 지키는 그런 것들이 있었다고 볼 수 있는 것이다.

4) 다문화사상의 기초

부처님이든 예수님이든 무함마드님이든 그 어떤 이들도 자기의 사상이 자기의 종교가 그 민족 그 동네만 펼쳐지기를 바란 이들이 없었다. 그 뒤에도 글로벌 상황에 맞게 전 세계적으로 펼쳐나가는 사고를 가졌다. 그 사고를 가질 때 대개는 임금의 힘이나 무력의 힘이나 돈의 힘으로 펼쳐져 나갔을 것이라고 생각하기 쉽다. 그 부분도 없지 않아 있지만 기본적으로 신앙인들이 그 많은 민중들에게 자기의 사상을 전할 때는 억압적인 방법이나 강압적인 방법이나 고답적인 방법으로 해서는 전파력이 많고 크고 넓지 않다.

민중과 함께 원효대사가 곳곳을 다니면서 쉬운 노래 뒤웅박을 치면서 노래를 부르고 나무아미타불을 했다고 하듯이 그 내용이 쉬워져야 한다. 내용이 쉽다기보다 더 기본적인 것은 내가 지도자니까 나를 따르라는 것을 강조하는 것이 아니라 낮은 곳으로 임해서 오히려 대중들을 섬기는 자세로 법을 전파한다. 그것은 그리스도 전통에서는 디아고니 아라고 하는 것으로 알고 있다. 섬김의 자세는 기본적으로 내가 있다는 전제에서 하지 않는다(無我). 이것을 그리스도 전통으로 보면 피조물임을, 하느님의 창조물임을 긍정하는 데서 비롯한다. 불교적으로 보면 나라고 하는 것, 나만의 것이 있지 않다고 하는 무아의 사상을 받아들일 때만 가능하다.

부처님의 가르침은 무아의 사상이고 그리스도교의 가르침은 창조의 사상이라고 할 수 있을 것이다. 이것이 결국 섬김의 사상으로 발전해서 이웃종교도 섬기고 이웃종교를 믿는 이웃 민족들도 섬긴다고 하는 것이 다문화를 이해하는 철학적인 배경이라고 생각한다.

2. 종교와 다문화공동체

김대선 원불교 교무께서 전체의 글을 정확한 연구와 자료를 활용해 다루어서 특별히 다른 토론을 하기보다는 기본적인 이해를 같이 하면서 다문화에 대한 종교적 종교사상적 배경을 말하는 것으로 토론을 전개하고자 한다.

　본문에서 나오듯이 다문화사회와 종교는 굉장히 중요한 연관 관계가 있다. 그리고 기본적으로도 연관관계가 있지만 우리나라의 이주민들의 배경을 봤을 때 더 그렇다. 불교적 배경을 가진 동남아인들과 가톨릭 배경을 가진 분들, 그리고 이슬람교 배경을 가진 분들이 꽤 많이 들어와 있다. 다만 그들을 맞이하는 한국내의 종교들은 그리스도교 가운데서도 개신교 전통이 많고 불교가 다음을 이루고 있다고 연구하고 있다. 이 부분은 성남이주민센터의 섬김에 관한 강연을 하며 살펴보았을 때 역시 비슷한 비율을 가지고 있었던 것으로 기억한다. 엔닌스님의 《입당구법순례행기》에서 보듯이 신라 사람들은 신라염불을 하고 있는 것처럼 종교가 이주민들에게 문화적 연속성을 기본 기반이 되고 자아 정체감의 형성을 하게 한다. 타국생활에 외로움을 달래기도 하고 그로 인해 약간 다른 문화를 받아들이면서 다문화로의 편입되기가 경착륙이 아니라 연착륙되는 것이 바로 그런 것이라고 볼 수 있다.

　논자께서 지적한 바대로 정체성을 키우는 것은 곧 수용성을 적게 하는 것이기 때문에 소수 집단화 즉 그리스도교 전통의 또 무슬림과 함께 대화하지 못하는 그룹을 만들었던 게토와 할 우려도 있다는 점을 잘 지적해 주었다. 종교의 지원효과 제고기능에서는 교리의 긍정적 효과를 말씀하셨고, 1996년에 미국에서 제정된 개인책임과 노동기회의 조종법, 종교 조직의 지역사회 선도를 정책으로 도입했다는 사실도 적시해서 살폈다.

　원불교 사례에서 기본적인 사상은 삼동윤리를 중심으로 했고, 더욱더 실천적인 현실 적용방법은 '친정엄마 되기, 이모되기' 등을 통해서 자연스러운 한국사회 정착기회를 제공한다고 하는 정말 좋은 사례를 보여주었다. 다만 북한이탈주민 같은 경우는 다문화가 아니라 같은 문화라는 생각을 해 줘야만 오히려 더 정착이 쉬울 것이라고 이해하는 것이 적절한 것이라고 생각한다. 정책대안으로서 균형 잡힌 다문화정책을 추진해서 그것을 완급조절을 통해서 해야 한다는 주장과 종교조직의 적극적인 활용은 다문화공동체 형성과 종교를 보다 긴밀하게 연결할 필요가 있다고 했다.

그리고 민족 정체성의 확립분야에도 적확한 접근이 필요하다고 했다. 다문화만 강조하다 보면 오히려 역효과를 낼 수도 있다는 주의도 필요한 것으로 생각된다. 기본적으로 다문화사회의 연착륙 그리고 우리 한국사회의 안정과 경제 발전을 통한 다문화의 행복을 추구하기 위해서는 종교의 역할이 대단히 중요하다는 것을 강조한 것으로 생각되어서 별다른 이견은 없고 보다 더 사상적으로 접근하는 부분을 토론자가 초기 단계에서 보충했을 뿐이다.

다만 종교는 이주민적응의 배경 그래서 가족을 고국에 남겨둔 채 수년간 이국땅에서 독신으로 지내야 하는 남성들에게 종교 조직은 성윤리를 비롯해 윤리적인 규범을 제공해 준다고 해서 상당히 의미 있는 주장을 하였다. 다만 남성들만 그런 것이 아니고 여성들도 마찬가지이기 때문에 '지내야 하는 사람들에게' 라고 해야지 남성만 적시했을 경우는 성차별적인 표현이 될 수도 있음을 생각해야 할 것으로 보인다.

또 이웃종교인데 그리스도교로 할 것인지 개신교로 할 것인지 기독교로 할 것인지 가톨릭으로 할 것인지 묶어서 그리스도교로 하고 기독교와 가톨릭으로 구분하는 것이 용어의 선택상 어떨 것인지 살펴보았으면 좋겠다.

우리나라 다문화사회의 특징

김 재 엽

반만 년 역사를 지켜온 우리나라는 단일민족이니 백의민족이니 하면서 중고등학교 시험문제에까지 자주 등장하던 단일민족 문제가 채 20년도 안 되는 1990년대 후반부터 남녀성비 불균형에 따른 혼사문제가 사회적인 문제로 등장하면서 고령화 되어버린 농촌 총각들 장가보내기 운동이 생겨나더니 중국 연변 조선족 여성에 이어 중국인 여성들이 들어오고, 다시 동남아를 비롯한 러시아 등 전 세계에 걸쳐 다양한 인종의 여성들이 대거 유입되기 시작했다.

특히 경제적인 규모면에서 우리나라가 세계 10위권에 진입하면서 선진국 진입을 목전에 두고 1인당 국민소득 또한 2만 달러를 지나 2만

김재엽(金載燁) _ 경기 화성 출생. 한국방송통신대 경영학과 졸업. 대진대 통일대학원 졸업(정치학 석사). 대진대 대학원(북한학 · 정치학 박사) 수료. 국제펜클럽 한국본부 회원. 한국불교문인협회 사무총장. 한국문학비평가협회 상임이사. 한국문인협회 의정부지부 초대 부지부장. 한국현대시문학연구소 상임연구위원. 『한국불교문학』 편집인. 한국통일문학축전위원회 공동집행위원장. 한국국방상담학회 부회장. (사)한얼청소년문화진흥원 창립 이사. 한국 시정일보 논설위원. (사)터환경21 이사. 도서출판 한누리미디어 대표. 제14회 한국불교문학상 본상, 제8회 환경시민봉사상 대상(시민화합부문) 수상.

5천 달러를 넘기면서 자연히 3D(더럽거나-dirty 힘들거나-difficult 위험한-dangerous) 업종에 있어 국내 노동자들은 취업을 기피하게 되고 코리안 드림을 갖고 있던 이들 중국을 비롯한 동남아 노동자가 대규모로 유입되어 그 자리를 차지함으로써 2015년 현재 우리나라에 거주하는 외국인 수는 174만 명을 넘어섰고, 전체 인구 대비 외국인 수가 차지하는 비율 또한 3.4%를 기록하게 되었다.

그리고 이들 결혼 이민자들 사이에서 태어난 2세들이 성장하여 초등학교는 물론 어느새 중고등학교에서도 상당수의 구성원으로 자리하여 문화적 충돌이 사회이슈화하고 있는 것이 현실이다. 그야말로 이질적인 여러 나라 문화가 자연스레 공존하는 사회, 우리나라도 어느덧 용어부터가 생소한 다문화사회가 확실하게 자리 잡게 된 것이다.

본고에서는 20년 안팎의 짧은 기간에 외국인 3.4% 이상이 사는 나라로 변해 버린 우리나라 다문화사회의 특징을 분석하고 긍정적인 요소와 갈등 요소도 찾아내어 원만히 화합하고, 또 국가발전에 기여할 수 있는 해결책도 모색해 보고자 한다.

최근 20년 내에 우리나라에 형성된 다문화사회의 특징을 분석해 보면 대략 3가지 정도로 요약해 볼 수 있다.

첫째, 외국인 이주 노동자의 급증이다.

1970년대 초에 일기 시작한 새마을운동이 전국민적인 호응 속에 대단한 성과를 거두면서 미래를 향한 희망 어린 에너지 파워가 모든 산업 분야에 확산되었고, 1980년대를 거치면서 급속도로 진전된 산업화와 경제발전으로 인하여 농촌공동현상이 생겨났다.

특히 수출산업의 호황으로 산업인력이 태부족상태에 놓이게 되면서 노동자들이 자연스럽게 근무환경이 좋은 양질의 일자리로 옮겨감으로써 더럽고 힘들고 위험한 이른바 3D 업종은 인력난에 허덕이게 되었다. 경제적으로 호황기가 되면서 국민소득은 대폭 늘어났고, 이때부터 삶의 질 개선이라는 미명하에 웰빙 바람 또한 거세게 불어 닥쳤다. 그리고 국내 노동자들에게는 자연스럽게 3D 업종 기피현상이 만연하면서 이들 업종을 중심으로 급속도로 외국인 노동자가 유입되어 공단 주변에는 특정 나라 집성촌이 생겨날 정도로 대폭 불어난 것이다.

둘째, 결혼 이주로 인한 외국인 여성의 증가다.

앞서 언급했듯이 급속도로 산업화 되고 경제발전이 이루어지면서 산업 인구에 있어 농촌공동화를 불러 일으켰고, 삶의 터전인 농촌을 지키느라 눌러앉은 노부모를 모셔야 되는 자식들, 게다가 농촌 일 특성상 매우 고되고 또 문화적으로도 낙후될 수밖에 없는 농촌 현실을 감안할 때 국내 여성은 자연스럽게 도시로 떠나가고 혼인 또한 도시 남자와 하게 되면서 농촌 총각들은 혼인하기가 매우 어렵게 되었다.

특히 전통적인 유교사상이 뿌리 깊게 잔존하여 굳어진 남아 선호사

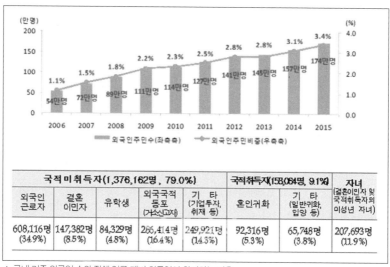

국적 미취득자(1,376,162명, 79.0%)					국적취득자(158,064명, 9.1%)		자녀 (결혼이민자 및 국적취득자의 미성년 자녀)
외국인 근로자	결혼 이민자	유학생	외국국적 동포 (거소신고자)	기 타 (기업투자, 취재 등)	혼인귀화	기 타 (일반귀화, 입양 등)	
608,116명 (34.9%)	147,382명 (8.5%)	84,329명 (4.8%)	266,414명 (16.4%)	249,921명 (14.3%)	92,316명 (5.3%)	65,748명 (3.8%)	207,693명 (11.9%)

▲ 국내 거주 외국인 수와 전체 인구 대비 외국인이 차지하는 비율

상으로 인한 남녀성비가 10% 이상 차이가 나는 현실 속에서 농촌 총각은 물론이고 도시 근로자라 할지라도 소득수준이 낮고 생활수준이 열악한 남자는 결혼하기가 매우 어렵게 된 것이다.

무엇보다 여성 입장에서도 원하는 일자리가 많아지고 소득 또한 높아지면서 결혼생활에 얽매이는 것을 기피하게 된 것도 일정부분 외국인 여성의 유입에 기여하게 되었다. 어쨌든 국가적인 차원에서도 농촌 지역의 성비 불균형에 따른 낮은 혼인율을 해결하기 위해 국제결혼을 허용하고 또 장려함으로써 외국인 이주 여성이 급속도로 증가하게 된 것이다.

아래 그래프는 국내 거주 외국인 주민수와 전체인구 대비 외국인 주민비율, 그리고 출신 국가별 외국인 수가 차지하는 비율, 우리나라 전체 결혼 중에서 국제결혼이 차지하는 비율 등을 나타낸 것이다.

이들 그래프에서 알 수 있는 바와 같이 국내 거주 외국인 주민수가 갈수록 증가하여 174만 명에 이르렀고 전체 인구 대비 외국인 주민비율이 3.4%를 넘어섰고, 출신 국가별 외국인 수가 차지하는 비율 또한

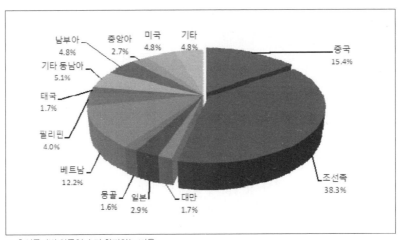

▲ 출신국가별 외국인 수가 차지하는 비율

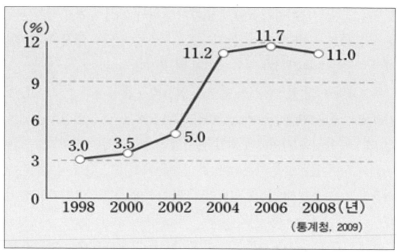

▲ 우리나라 연도별 국제 결혼이 차지하는 비율

다양한 데다 2000년대에 접어들면서 전체 결혼 중에서 국제결혼이 차지하는 비율도 매우 높아져 11%대를 유지하고 있다.

따라서 우리나라도 급속한 산업화와 경제발전을 이룩하면서 3D 업종의 기피현상과 농촌지역의 성비 불균형 등이 원인이 되어 1990년대부터 외국인 이주 노동자와 결혼 이주민이 급증하여 용어부터가 생소한 다문화사회가 되었음을 알 수 있다.

셋째, 재외 동포 및 북한 이탈 주민의 유입 증가다.

사실 북한 이탈 주민의 경우 같은 언어를 사용하는 같은 민족이지만 국가적으로 60여 년 동안 극도로 폐쇄된 사회 속에서 남한과는 철저하게 단절되어 유지됨으로써 북한 이탈 주민들이 알고 있는 우리 문화의 척도가 여느 외국인과 다를 바 없는 것이 현실이다. 특히 사회주의 체제의 전체주의 국가에서 철저하게 통제 받으며 생활해 온 습성이 자본주의 체제의 자유민주주의 국가에 쉽게 적응하지 못하는 것도 신종 다문화사회에서 겪는 생활 양태가 될 것이다.

요컨대 북한 이탈 주민을 남한 사회에 어떻게 잘 적응시키고 제대로 정착시키느냐에 따라 미래 통일 한국의 성패도 달려 있다고 볼 수 있는 것이다. 최근에는 국내로 유입되는 북한 이탈 주민이 다소 줄긴 했지만 현재 남한에서 생활하는 북한 이탈 주민이 3만 명을 넘어 제법 넓은 범위의 사회 저변에서 우리 사회의 구성원으로서 열심히 생활하고 있음을 감안하여 정책적으로도 많은 뒷받침이 필요한 것도 사실이다.

이상과 같이 우리나라 다문화사회의 특징을 분석해 보았는데 부정적인 요소보다는 그래도 긍정적인 요소가 많은 것 같다. 무엇보다 산업사회에서 국내 인력으로 보충이 거의 불가능한 3D 업종에 외국인 이주 노동자가 유입되어 국내 노동시장의 공백을 채워 줌으로써 지속적으로 경제 발전을 도모하게 되었고, 수출시장에서도 아웃소싱 없이 원활하게 생산에 임하여 수출 경쟁력 또한 유지하게 되었다는 점에서 매우 긍정적이다.

또한 국제결혼 이주로 여성들이 대거 유입되어 특히 성비 불균형에 따른 농촌 총각들의 결혼에서의 소외됨을 해결하고 농촌사회에 활력을 되찾아 주었다는 점에서 매우 긍정적임을 인정하게 된다. 그리고 이들 외국인들이 저마다의 국가에서 익힌 각종의 풍성한 문화를 우리나라에 접목시킴으로써 문화적 다양성을 확보하고 다문화주의를 연착륙시킴으로써 궁극적으로 문화의 질적 향상도 이루게 될 것으로 기대된다.

다문화사회와 종교의 역할

김 재 완

1. 다문화공동사회의 의미

오늘날 우리 인류사회는 다문화사회 현상을 이루고 있으며 다양한 공동체사회를 형성하면서 평화와 행복을 누리기 위해 온갖 지혜를 모으고 있다.

도대체 다문화(Multi-Culture)와 공동체사회(Comnunity)란 무엇일까?

본시 문화란 원시시대로부터 현대에 이르기까지 인지(人智)가 발달하

김재완(金載完) _ 단국대 법과(법학사). 경희대 대학원(공법학 석사)·대진대 통일대학원(통일학·석사), 대진대 대학원(북한학·정치학 박사) 수료. 경희대·연세대·대진대 통일대학원 강사 및 교수.「전남매일신문」·「제일경제신문」논설위원, 교통방송(TBS)·원음방송(HLDV 해설위원, 재계 동양(시멘트)그룹의 감사실장·연구실장 및 회장 상담역. 대통령직속 민주평화통일자문회의 자문위원 및 상임위원. 문화체육부 종교정책 자문위원. 환경부 환경정책 실천위원. 한국사회사상연구원 원장. UN NGO 국제밝은사회(GCS)기구 서울클럽 회장. 한국자유기고가 협회 초대회장. (사)한국민족종교협의회 사무총장. (사)한국종교지도자협의회(7대종단)운영위원 및 감사. 한국종교인평화회의 이사·부회장. 한국종교연합(URI) 공동대표. 세계종교평화포럼 회장. (사)겨레얼살리기국민운동본부 상임이사·평화통일위원장. (사)국제종교평화사업단(IPCR) 이사. 공론수필동인회 회장. 글로벌문화포럼 회장. [상패·표창] UN NGO 국제밝은사회(GCS)클럽 국제총재 공로패(1997), 문화체육부장관 감사패(1997), 문화관광부장관 표창장(2003), 대한민국 대통령 표창장(2007), (사)한국종교지도자협의회장 감사패(2008), 한국종교인평화회의(KCRP) 대표회장 공로패(2015)

는 과정에서 인간생활이 보다 풍부하고 편리하게 이루어지며 인간의 이상실현을 위해 물심양면으로 발전하고 있는 모든 활동을 뜻한다. 또한 진리를 탐구하고 끊임없이 진보·향상하려는 인간의 정신적 역할(학문·예술·종교·도덕·법질서 등)과 물질적 역할(기계·도구·건조물·교통·통신수단·생산시설·기술) 등의 성과와 그 활동의 과정을 포함한다. 그런데 모든 문화는 미개성(未開性)과 문명성(文明性)을 불문하고 수시로 더 발전하거나 퇴화하는 모습으로 변화하기 마련이다.

문화변화란 사회와 문화체계가 변화하는 일이며 여기에는 내부적 요인에 기인하는 것과 외부적 요인에 기인하는 몇 가지가 있다. 그 내부적 요인에는 자연환경의 변화로서 집단적인 이동에 기인하는 것과 생활환경의 변화에 따른 것이 있다. 또 다른 하나는 경제적 요인으로서 채집 수렵경제에서 식료품 생산경제로서의 변화와 기술상의 변화 등이 있다. 그리고 인구요인에 의한 변화로서 인구증가의 경우와 인구의 성별 및 연령별 구성의 변화 등이 있으며, 특히 외부적 요인으로서는 외부의 문화로부터 다른 문화사회로 전달전파에 의한 변화요인도 있는 것이다.

그리고 공동체사회란 2명 이상의 사람들이 함께 모여서 일을 하거나, 같은 자격으로 생활관계를 가지면서 일정한 시간과 공간에서 서로 도우며 함께 살아가는 사회를 의미한다. 다시 말하자면 한 가족이나 어느 촌락처럼 이해관계에서 뿐만 아니라 혈연·지연(地緣)·직장·이웃 생활 등에서 자연적으로 맺어진 삶의 터전을 뜻한다.

이와 같은 여러 현상(現象)의 문화사회적 발전과 여러 공동체사회에 따른 문화교류(文化交流)로써 다문화사회가 성장되고 있으며, 혹은 다문화의 동화작용(同化作用)이 이루어지기도 한다. 컴퓨터문화와 스마트폰

시대 이후로 세상의 문화적 활동과 사회적 풍속이 달라지듯이 말이다.

우리 인류사회는 21세기에 들어서면서 다문화적(multi-cultural) 사회현상에 대한 문제점과 이에 대한 대응책 등이 더욱 고조되고 있다. 이는 지금의 세계인구가 73억이 넘고 있으며, 그 가운데 약 2억이 넘는 인구가 남의 나라에서 살아가고 있을 뿐 아니라 다양한 문화교류와 합성 조화되어가는 현상이기 때문이다. 사실상 세계의 인류 가운데에는 서로 뿌리가 다른 민족·혈족·부족 등이 무려 5,500여 종이 넘는다는 통계도 나와 있다.

그런가 하면 우리 인류사회는 다원화(多元化)·다인종(多人種)·다종교(多宗敎)·다문화(多文化)·다국적(多國籍)의 현상 속에서 공생공존과 평화로운 행복을 누리려는 이상(理想)을 그리며 살아가고 있는 점도 부인할 수 없다.

오늘날의 국제사회는 이와 같은 현실적 정황을 감안하는 한편, 여러 가지 문화가 함유하고 있는 '다문화사회'로 규정하는 한편, 이러한 사회적 의미를 담보하는 이념적 지표로서 동화주의(同和主義)에서 '다문화주의'를 주창하고 있기도 하다. 과연 이러한 다문화주의가 인간의 상생(相生)과 평화(平和)를 어떻게 제고할 수 있을는지?

우선 다문화사회에 대비하는 중요한 과제로서는 무엇보다도 '다문화'를 상호간에 이해하고 협동하는 교육과정이 필요하다고 본다. 첫째로 다문화사회의 의미와 인류사회의 역사적 변천과정을 이해시켜야하고, 둘째로는 공동생활의 문화적 가치와 의식주에 관한 함의를 교육하여야 되며, 셋째로 다문화 이해에 정신적 영역을 차지하는 다종교문화의 해득과 역할을 교육시켜야 할 것이다. 또한 넷째로는 다문화가정의 건전한 발전을 위한 정부의 꾸준한 정책적 지원이 필요하다는 점이다. 우선 여기에서는 종합적인 체계로 일일이 논술하기보다 몇 가지 종교의 역할 등에 대하여 그 요점만을 간단히 언급하고자 한다.

2. 한국사회의 다문화 현상

한국 통계청의 자료에 따르면 우리나라의 인구는 2009년도에 4,875만 명이었으나 그 6년 이후인 2015년 11월 1일 기준으로는 5,107만 명으로 늘어난 셈이다. 그런데 최근의 사회적 추세나 인구문제 등을 감안하면 놀랍게도 향후 35년 후인 2050년도에는 4,234만 명으로 현재보다 873만 명이나 줄어들 전망이라고 한다. 이 같은 이유로는 저출산 현상이 극심하고 고령화현상이 급속도로 팽창되어 65세 이상의 구성비는 2010년의 11.0%에서 2050년엔 38.2%로 높아질 것으로 예측되기 때문이다. 사실상 어느 나라를 막론하고 사회적 저출산 현상과 인구의 고령화 문제는 그 나라의 경제적 부강을 위한 노동력 향상과 지능적(知能的) 전문기술자들의 확보, 그리고 국가적 국방인력을 고양시키는 데에도 적지 않은 지장을 초래할 수 있다.

한국의 이러한 현상에 앞서서 한때 유럽의 선진 국가들은 고령화 문제로 어두운 미래를 극복하기 위한 방안중 하나로써 '다문화사회'의 형성을 선택하고 있었다는 점이다. 그리고 적극적인 이민정책을 통해 합리적인 '다문화사회'를 키워 나가면서 국가 경쟁력을 유지 발전시키는 데 주력했다는 점이다.

과연 한국에도 이와 같은 다문화사회 정책이나 이민화 정책의 방안이 고령화의 문제점과 노동력 증강에 따른 경제적 활성화에 큰 도움이 되고 있는지? 한때 여기에 대한 국민들의 찬·반 이론과 찬·반 투쟁이 대두되고 있기도 했다. 특히 2000년대 이후로 2013년도 무렵에는 일부 학술단체와 SoS·Korea(우리문화 사랑시민연대)등의 민간단체들이 앞장서서 "다문화주의는 국가의 반역이다"라는 구호를 외치며 다음 사항을 주장한 바도 있다.

① 국내의 실업자도 많은데 임금이 싸다는 이유로 외국인을 끌어들여서 불균형적인 경제정책을 책동하지 말라.

② 국내에 젊은 청년, 남성 여성들도 넘치고 있는데 외국 남녀들을 끌어들여 국제결혼이라는 미명 아래 인구다산을 위한 인구수입정책 등을 삼가라.

③ 허술한 이민정책에 따른 외국인 범법자들의 호텔급 교도소 대우를 철폐하라.

④ 허술한 국제결혼중개업소 허가를 취소하고 위장 사기결혼을 근절하라.

⑤ 사증(査證) 없는 입국허가를 남용하지 말고, 불법 체류자의 온상을 철폐하라. (2012년 한 해 동안 불법 체류자가 천 명 이상 초과상태 통계)

⑥ 신문·방송사는 외국인 불법 체류와 범법행위, 그리고 이혼율 증가 사실 등을 즉시 방송하고 다문화사회의 미화를 중단하라.

⑦ 우리의 훌륭한 전통문화와 미풍양속을 무시하고 대규모 차이나타운의 다문화거리 조성을 중단하라.

이와 같이 다문화사회를 형성해 나아가는 대도과정에는 한때 적지 않은 반론과 정론에 부딪치기도 했다.

실상, 지난 2015년 11월 1일 기준으로 한국에 살고 있는 외국인은 136만4천여 명으로 총인구의 2.7%를 차지했는데 해가 바뀔수록 다문화 가족수가 점점 늘어나고 있는 현상이라고 한다. 이들은 주로 62.9%(85만8천 명)가 수도권(서울, 인천, 경기도)에 거주하고 있는 것이다. 또한 다문화가구는 29만9천 가구로서 우리나라 전체가구인 1천9백11만1천 가구의 1.6%를 차지하고 있는 셈이다. 다문화 가구원 가운데 다문화 대상자는 29만2천여 명으로서, 결혼이민자는 14만3천여 명이며 귀화자는 14만9천여 명으로 나타났다. 한편 국적별로 다문화 대상자는 한국계의 중국인이 10만3천여 명(35.1%)이며 베트남계가 6만1천여 명(21.1%), 순중국계가 5만9천여 명 순으로 나타나고 있다.

여기에서 다문화 가구란 귀화의 방법으로 국적을 취득한 자, 또는 외국인이 한국인(귀화자도 포함) 배우자와의 혼인으로 이루어진 가구 또는 그 자녀가 포함된 가구를 말한다.

여하튼 얼마 전까지만 해도 다문화 외국인구수가 늘어남에 따라 사회적으로 고민이 없지 않았다. 즉 외국인의 이혼자가 늘어나는가 하면, 외국인의 자살자도 늘어나고 있으며, 외국인 절도와 외국인 폭력배 등의 범법자도 적지 않았다고 한다. 불법입국자와 불법체류자도 적지 않은 현상이라고 말한다. 그러나 관계당국자에 따르면 최근에는 범법자가 다소 줄어드는 추세라고 말하니 다행한 일이 아닐 수 없다.

일부 국내학자들은 국내 거주 외국인 주민의 비중이 늘어남에 따라 우리 사회가 본격적인 '다문화시대'로 진입했다고 보고 있지만 아직도 국내 국민들의 문화적 관용성 여부로 볼 때 아직도 다문화적 가치관과 행동양식을 잘 보여주고 있다 하기엔 문제점이 많다고 평가한다.

서울의 '글로벌화 현상'이 급속히 진행되고 국내 거주의 외국인 주민과 다문화가정의 비중이 늘어나자, 우리 정부는 이에 대한 대응책을 적극적으로 모색하고 실현하려는 노력도 적지 않다. 그럼에도 불구하고 국내 거주 외국인 주민과 다문화 가정의 현실은 아직도 어려움 속에 당면해 있는 부분이 적지 않다. 가장 심각한 문제는 이들 가운데 상당수가 한국사회의 새로운 빈곤계층 속에 처해 있다는 점과 전체 이민자 가구 중 소득(수입)이 최저 생계비 이하인 가구가 많고, 여성 결혼이민자의 취업률이 저하상태라는 실정이다. 따라서 다문화 가정 자녀들의 교육실상도 대단히 열악한 형편이다.

또한 중국, 대만, 일본, 미국, 필리핀, 러시아, 인도네시아, 베트남, 프랑스, 독일, 인도, 태국, 몽골, 우즈베키스탄, 파키스탄, 캄보디아, 네팔, 스리랑카, 미얀마, 캐나다 기타 등 상당수의 국가에서 입국된 일부 다문화 가족들은 언어, 문화적 차이, 사회적 편견, 경제적 어려움 때문에 한국의 생활에 어려움을 겪고 있다. 무엇보다도 차별의 대물림에 심각한 문제로 인식되고 있는 것이다.

그리고 결혼 이주 여성 등 한국에 살고 있는 외국인들은 종교 때문에 어려움을 겪는 일이 적지 않다고 말한다. 즉 한국사회가 다문화사회로 진입하면서 새로운 '다종교문화' 현상이 나타나고 있다. 심지어 외국인 종교마을(종교촌) 등이 늘어나고 있다는 점이다.

예를 들자면 서울 종로구 혜화동 4거리의 '필리핀거리'는 이 거리를 오가는 서울 시민들에게 많은 이목을 끌고 있는 곳이다. 이곳은 혜화동 천주교성당의 일요일 미사에 참석하기 위해 수도권 인근에 사는 필리핀 이주자들이 다수 오가는데 일요일(주일날) 오후에는 성당 인근인 도로변에 '필리핀 벼룩시장'이 형성돼 이색적인 모습을 보여준다. 또한 서울 용산구 한남동의 이슬람 중앙성원 주변에는 수십 개의 '이슬람상점'이 즐비하게 들어서 있기도 하다. 이 지역은 합동 예배가 있는 금요일 오후에는 전국 각지에서 이슬람 신자들이 모여들어 거리에 성황을 이룬다. 서울 종로구 안국동이나 인사동의 대한불교 조계종 앞거리에는 '템플스테이 빌딩'이 마련되어 있어서 비록 우리나라의 불자(불교인)들 뿐만 아니라 외국인들의 참관이 많아져서 휴일이 되면 그야말로 문전성시를 이루고 있다. 그야말로 '다문화사회'의 진면목을 엿보이고 있는 것이다

그런가 하면 일반 종교계 뿐 아니라 경제계와 사회계 유지 인사들도

다문화사회의 향상을 위해서 나름대로의 큰 기여를 도모하고 있다. LG 그룹은 '국가와 사회에 도움이 되는 일'이라는 원칙 아래 2010년부터 '사랑의 다문화학교'를 설립하고 음악영재들에게 한국외국어대 및 KAIST 교수진을 초청하여 특별레슨을 지원하고 있다.(2015.11.27. 동아일보 보도). 또한 보육시설의 하나로 '지구촌 사랑나눔 어린이마을'을 설립한 김해성 이사장은 다문화 아이들의 웃음을 찾아주기 위한 사업의 하나로써 이와 같은 행복놀이의 보육시설을 설립하여 정부의 지원 없이 100명 내외의 어린이보육에 전력을 쏟고 있다.(2016.3.24. 동아일보 보도) 이밖에도 종교계, 재계, 문화계의 많은 선각자들이 '다문화의 보람과 융성'을 위해 다각다양한 투자, 봉사, 지원사업을 늘리고 있는 추세로 보아 밝은 내일을 엿볼 수 있지 않을까?

3. 다문화사회를 위한 종교의 역할

물론 다문화사회의 안정과 행복을 누리는 정책적 방안은 종교의 역할이나 종교적 현창에만 있는 것이 아니다.

다문화사회의 공동체의식은 개개인적인 이익추구나 공적주의에만 있는 것이 아니라 인간의 공속성(公屬性)과 공익성에서 가장 중요한 의미를 찾을 수 있다. 공동체 의식은 어느 나라, 어느 지역에서 살고 있든지 그 다문화사회가 존속하고 발전하는 데에 관건이 될 뿐만이 아니라 그 다문화사회 질서의 유지와 그 사회에서 살고 있는 사람들의 안녕과 공공윤리 의식에 지대한 영향을 미치기 때문이다.

"생명은 누구에게나 소중한 것이다. 다른 사람을 자신과 비교해 본다면 남을 괴롭히거나 살해하도록 해서도 안 될 일이다"는 것은 동서고금을 막론하고 보편적 도덕성의 원리인 것이다. 그러기에 "자기의 생명이 존중받기를 원한다면 남의 생명도 존중해야 한다"는 금과옥조에서 우리는 비로소 자기중심주의로부터 벗어나 타인에 의한 배려와 상생(相生)의 원리, 즉 공공윤리의 의식질서를 찾아볼 필요가 있는 것이다. 현재 우리나라에는 불교·유교·천주교·개신교·천도교·원불교·이슬람교, 기타 민족종교 등의 '다종교사회'를 이루고 있다. 모든 종교의 창교성과 역사성, 그리고 교리·진리·가치성·인간생명의 존중 등을 성숙하게 이해하는 현실 사회에서는 모든 종교지도자들이 상호 이해와 화합·협력·나눔·교류·왕래 등에 따라 모두 함께 우리 인간사회의 풍요로운 삶과 상생과 평화에 적극적으로 기여하는 세상이 되어가고 있다.

마침 우리나라의 다문화정책은 다문화가정 중심으로 중요시하고 있다. 정부의 다문화가정 정책은 무려 12개 이상의 관련부처에서 관련과제를 분담 시행하고 있는 셈이다. 즉 법무부가 외국인 정책을 총괄하고, 복지부는 다문화가족의 지원을 맡고 있으며, 노동부는 외국인 노동자 정책을, 교육부는 자녀들의 학교교육지원을 총괄하고 있으며, 문화관광체육부는 다문화 제고와 교재개발 등을 각각 총괄하고 있다. 이에 따라 정부차원의 체계적인 대(對)외국인 종교정책은 무한이 자유스러운 반면, 종교단체들의 다문화정책 참여도는 상당히 높은 수준에 달하고 있다.

오늘날 한국 종교계의 다문화사회 지원활동은 몇 가지 큰 흐름으로 전개되고 있는 셈이다.

첫째, 다문화사회 가정의 자립을 위해서 지원·후원·봉사 등의 시스템을 구축해 주는 일이다. 불교계의 명락사는 국내 처음으로 다문화 모자 가정을 위한 자립공간인 '명락빌리지'를 건립하여 운영하고 있는가 하면, 원불교의 '이모되기운동'도 한국사회에서 문제점이 되고 있는 고부간의 갈등, 혼수문제, 저출산문제, 환경이야기, 다문화이야기 등 이러한 흐름의 해결사와 같은 운동을 꾸준히 전개해 오고 있다.

또한 한국민족종교협의회에서는 회원교단인 수운교와 제휴하여 제주도에서 살림하고 있는 외국인가족·다문화가정의 온 가족들을 대강당이나 종단공원 등으로 초청하여 위로잔치와 함께 선물 및 생활용품 등을 지급해 오고 있다.

둘째, 다문화사회의 교육과 연구 활동을 통해 다문화의 이해와 폭을 넓히고 상호간의 소통과 화해의 길을 높이고 있다는 점이다. 예컨대 불교여성개발원의 '지혜로운 여성'은 다문화가정지원 봉사자 양성교육을 실시하고 있는데 다문화사회에 대한 이해, 여성주의 상담, 다문화가정지원 서비스 및 복지 프로그램, 상담원의 자세와 기초이론, 다문화가정 법률 및 제도, 다문화가정의 이해 등에 대한 교육을 통해 다문화에 대한 이론과 실천적 토대를 구축시키고 있다. 또한 각 종교단체에서는 세미나와 포럼 등을 통해서 다문화에 관한 담론을 구축해 오고 있는 상황이다.

셋째, 다양한 축제를 통한 소통과 대화를 도모하고 다문화가족과 가족끼리 친숙을 도모하는 일이다. 실례의 하나로써 천주교의 의정부교구는 이미 2009년도부터 '다문화축제,바자회'인 '엄마의 나라, 아내의 나라'를 개최하여 다문화가정에 따뜻한 정감을 안겨주고 있는 것이다. 경기도 부천시에 있는 석왕사(대한불교 조계종)에서는 추석절을 맞이할 때마다 미얀마의 공동체와 주관하여 '틸러가무니 축제'를 개최한 바 있으며, 천주교(가톨릭) 신자인 필리핀인들은 서울 종로구 혜화동에 있는 동성고(東成高)에서 미사를 올린 다음 춤과 노래 등을 곁들인 문화축제를 열기도 한다.

넷째, 종교단체들이 전개하고 있는 공동의식과 연합, 그리고 함께 어울리는 공공참여정신을 중진시키는 일이다. 소위 우리나라 7대 종단

(불교, 개신교, 천주교, 유교, 천도교, 원불교, 한국민족종교협의회 등)으로 구성하여 창립된 '한국종교지도자협의회' (1997.3.18. 창립)는 해마다 국내외 성지순례와 각종단의 탐방스테이, '다롭게 삽시다' 캠페인, 그리고 각종단의 큰 행사에 참여하는 등, 상호간의 친목과 이해를 도모하고 있다. 또한 8개 종단으로 구성된 국제기구의 '한국종교연합' (URI, 1995년 창립)은 한국 정부에 정식 승인된 이후로 줄곧 '평화포럼' 행사를 주최해 오고 있는데 올해로 87차례 발표·운영하고 있으며 매년 '다문화가정과 함께하는 종교문화캠프'를 실시해 오고 있다.

또한 한국종교인평화회의(KCRP, 1986년 창립)는 매년마다 '다문화가정과 함께하는 종교문화캠프' 행사를 시행하고 있는데 여기에는 필리핀, 네팔, 스리랑카, 몽골, 베트남 등 10여 개 국가의 외국인 참가자들이 각 나라의 음식을 만들어 경연하고, 만든 음식을 전시·시식하면서 각국의 전통노래와 춤 공연, 종교인 합창도 이루어 다문화사회의 꽃을 피우기도 한다.

특히 다음에는 우리 모두가 다문화사회의 융성과 발전방향으로 협력하는 과정에서 한국종교계의 나아갈 방향과 꼭 자제해야 할 몇 가지 우려점을 생각해 볼 필요가 있다.

1) 다문화사회의 기본문제를 생활과 문화적 관점에서 접근하여야 한다는 점이다. 얼핏 다문화문제를 자기 산업적 이익이나 관광적 이용물의 관점으로 접근하려는 사고방식은 자제되어야 한다는 점이다.

2) 한국에 온 이주민들은 단순한 정책적 수혜자로 치부하기보다는 한국정책의 조언자나 다문화적 동반자로 보아야 한다는 점이다.

3) 다문화사회에 있어서 이주민자의 지역적 풍습과 식성, 취미 등에 대한 관심을 충분히 연구, 고찰하여 우리 문화에 익숙해지는 방안과 즐겁게 화합되는 환경조성이 필요하다는 점이다.

4) 일본 규수국립박물관의 아시아문화소통과 싱가포르에서의 박물관활용 교육사례와 같이 다문화 이해의 인프라 등을 구축해야 된다는 점이다.

5) 다문화사회에 적응되는 '종교문화 교육' 의 커리큘럼과 프로그램의 확장이 필요하다는 점이다. 여기에서 종교교육이란 단순한 '전통종교의 교육' 을 초월한 다문화사회의 종교문화 교육을 지향하는 의미이다.

주지하는 사실이지만 F. 베이컨이 말한 대로 "종교는 생활의 부패를 막는 향료이다" 라는 의미를 되새겨볼 필요가 있다. 그리고 C. 힐터가 잠 못 이루는 밤을 위해 말한 것처럼 "종교는 생명의 소금이며 기운" 이 아닐까? 그리고 조녀선 색스의 말대로 "정치인은 권력을 가지고 있지만 종교는 그보다 강력한 것, 즉 영향력을 가지고 있다는 것" 이다. 종교는 모든 문명의 어머니이며 종교는 말만이 아니고 곧 실행을 의미하는 것이다. 아무튼 다문화·다종교사회에 있어서 모든 종교들 간에 서로 질시(嫉視)하지 않고, 오직 상생과 평화에의 대도(大道)로 함께 걷는 모습을 만인 앞에서 보고 싶다.

한국사회의 종교대화와 종교협력운동

변 진 흥

한국사회는 우리사회 구성원 누구나 인정하고 있는 다종교사회이다. 7대 종단으로 일컬어지는 개신교, 불교, 원불교, 유교, 천도교, 천주교, 한국민족종교협의회 등의 수장들이 함께 다른 종단의 유적지를 찾아가 대화하며 서로 이해의 폭을 넓히기 위해 노력하는 모습을 보인다거나 사회적인 갈등이 심화되었을 때 그 지도자들이 청와대에 초대되어 대통령과 대화를 나누는 모습 등이 국민들에게 자연스럽게 받아들여져 왔던 우리사회의 현실이 이를 뒷받침한다. 또한 한국종교인평화회의(Korean Conference on Religion and Peace, 약칭 KCRP)를 통해 세계종교인평화회의와 아시아종교인평화회의에 7대 종단의 공식대표단을 구성, 참여하여 국제관계에서도 다종교사회의 특

변진흥(卞鎭興) _ 서울 출생(1950년). 가톨릭대학교 신학과 졸업. 서울대 대학원(석사), 한양대 대학원 졸업. 철학박사. 호남대학교 교수, 인천가톨릭대학교 교수 등을 거쳐 현재 한국종교인평화회의 사무총장, 가톨릭대학교 교수, 민주평통자문회의 종교인도지원위원회 위원, 천주교 서울대교구 민족화해위원회 상임위원, 천주교 주교회의 교회일치와 종교간대화위원회 위원, 천주교 평협 평화위원장, 한국종교인평화회의 사무총장 등으로 활동. 국민훈장 동백장 수훈. 저서 《평양에 부는 바람》(1993), 통일사목에세이 《겨레의 눈물》(2001) 외 다수의 논문 발표.

성을 잘 드러내 보여주고 있다.

뿐만 아니라 7대 종단의 협력체계는 남북관계에서도 중요한 역할을 해 왔다. 북한에도 개별 종단으로는 조선그리스도교연맹(위원장 강명철, 조선기독교도연맹에서 명칭 변경), 조선불교도연맹(위원장 강수린), 조선천도교회 중앙지도위원회(위원장 류미영, 조선천도교 중앙지도위원회에서 명칭 변경), 조선카톨릭교협회(위원장 강지영, 조선천주교인협의회에서 명칭 변경), 조선정교회(위원장 허일진) 등이 있고, 이를 포괄하는 협의체로 1989년에 만들어진 조선종교인협의회(위원장 강지영, Korean Council of Religionists 약칭 KCR)가 있다.

개별 종단 차원에서는 1986년 9월 스위스 글리온에서 개최된 WCC 회의에 남북 개신교 대표가 함께 참가하면서 공식적인 교류의 물꼬를 트기 시작했는데, 1988년 10월에 평양 장충성당과 봉수교회가 건립되면서 남북종교 교류가 본격화했다. 특히 1989년 6월에 출범한 조선종교인협의회가 1991년 10월에 네팔 카투만두에서 개최된 제4차 ACRP 총회에 참석하여 KCRP 대표단과 조우하면서 북한의 종교협의체인 KCR과 남한의 KCRP 사이의 종교협력이 싹트게 된다.

이후 KCRP는 ACRP를 매개로 하여 북한 종교계와 남한 종교계 사이의 전면적인 교류를 이끌게 되는데, 1995년에 발생한 북한의 '큰물 피해' 복구를 위한 대북 인도적 지원의 물꼬를 트는 선도적 역할을 담당했을 뿐 아니라 2000년 남북정상회담 이후 민간 차원에서 2001년부터 시작한 연례적인 '6.15공동선언' 기념행사에 적극 참여하여 민족적 화해협력을 견인해 내는 원동력이 되기도 했다. 이처럼 오늘 한국사회에서 종교는 단순히 공존과 공인 차원에 머무는 것이 아니라 종교간 대화와 협력운동을 통해 사회적 갈등을 치유하고, 민족적 화해협력의 선도적 역할까지 담당하도록 막중한 책임을 부여받는 위치에 있음을 부인하기 어렵다.

　그러나 문제는 한국의 종교가 이러한 시대적 책임과 기대에 얼마나 부응하고 있는가 하는 점이다. 과연 한국 종교의 공존이 외형적인 균형감에 치우치지 않고 실질적인 공영의 길로 나아가고 있는 것인지, 종교 간 대화와 협력 역시 무늬만 대화와 협력을 빚어내는 것이 아니라 실제로 내실을 기하는 변화와 쇄신의 길을 열어 나가고 있는 것인지에 대한 면밀한 검토가 필요하다. 이에 대해 종교계는 종교계 나름으로, 그리고 학계는 학계 나름으로 지속적인 검토와 진단 평가를 멈추지 말아야 한다. 그러나 실제로는 종교계나 학계 모두 사안의 중요성에 비추어 볼 때 이에 대한 진지한 반성과 검토가 부족한 것이 현실이다.

　단적인 예로 종단 사이의 연대기구인 KCRP나 종지협을 구성하고 있는 7대 종단이 형식상으로는 균등한 권리와 책임을 공유하고 있지만, 내용적으로는 메이저급 종단과 소수 종단 사이의 질적 차이와 이로 인한 대화협력의 수준 저하 또는 불안정성을 피하지 못하고 있음이 사실이다. 이러한 현실에 대해 종교학자들은 진정한 종교대화란 대화에 참여하는 종교들이 서로를 통해 반성과 쇄신, 그리고 이를 통한 새로운 종교간 협력의 진로를 모색하는 것임을 강조한다. 만약 한국의 종교가 이처럼 진정한 의미의 진로 모색을 염두에 두지 않고, 형식적인 대화와 협력만으로 스스로를 치장하는 것에 그친다면, 결국 일종의 '황금분할'로 평가되는 종교 공존의 신화도 머지않아 위태로울 수밖에 없고, '종교백화점'으로 성황을 이루는 다원적 종교사회의 신화 역시 미래를 장담하기 힘들 것이다.

　한국종교의 공존의식을 찾아가는 뿌리의식은 한국종교사에 근거할 수밖에 없다. 그리고 이는 통사적 접근을 뜻한다. 그러나 오늘의 한국 종교가 염두에 두는 공존의식은 이러한 통사적 총체인식에 근거한다기보다 현재의 크고 작은 종교간 역학관계 특히 각 종단의 위상과 역할에 대한 대상인식에 머물러 있음을 부인하기 어렵다. 이런 의미에서 한국 종교의 공존의식을 그 총체적 의미와 현재적 의미로 분간하여 본원적 인식의 차이를 밝히고, 이를 수렴하는 진정한 공존의식의 길을 찾아나가는 노력이 요구된다.

우선 현재 한국종교계의 공존과 협력운동을 주도하고 있는 대표적 종교협력기구인 KCRP의 인식과 접근노력을 살펴본다. 1998년 8월17일부터 19일까지 우의동에 있는 YMCA 다락방 캠프장에서 진행된 종교청년평화캠프는 한국종교의 공존의식에 새로운 개념을 부여했다는 점에서 중요한 의의를 지닌다.

종교청년평화캠프는 1993년부터 크리스천아카데미에서 '청년대화캠프'라는 명칭으로 개최해 왔으나 KCRP가 1998년부터 그 명칭을 종교청년평화캠프로 변경하면서 개최해 오기 시작한 것인데, 중요한 것은 이 캠프를 개최하면서 '이웃종교'라는 용어를 탄생시키게 되었고, 이후 KCRP 회원 종단 모두가 이 용어를 공식 사용하게 됨에 따라 한국종교의 공존의식이 서로 다른 종단을 자연스럽게 '이웃'으로 인식하게 되는 계기를 만들었기 때문이다. 뿐만 아니라 이 캠프는 그 주제를 〈다름이 아름답다〉로 내세워 '이웃종교 사이의 다름'을 아름다운 '공존의 틀'로 받아들이는 인식의 전환과 훈련을 내용으로 하여 매년 진행해 오고 있다.

물론 이처럼 KCRP라는 종교협력연대 기구를 통해 이웃종교 사이의 공존의식을 보편화해 나가는 노력이 전개되기 시작했다는 것도 소중하지만, 실제로 한국 종교의 공존의식이 오늘 어느 정도 수준에까지 와 있는지, 그리고 그 바탕이 되는 한국의 역사 즉 그 삶의 궤적 속에 녹아 있는 공존의식과 어느 정도 맞닿아 있는 것인지를 고찰하기 위해서는 보다 근원적인 성찰이 요구된다.

오늘에 있어 한국 종교의 공존이란 화두는 사실상 종교의 다원성에 대한 이해를 출발점으로 삼게 되고, 이는 종교다원주의에 대한 이해로 귀결된다. 그러나 종교다원주의에 따른 이론적 접근이 한국 사회에서 유용성을 갖게 된 것은 한국에서의 종교대화운동이 싹튼 1960년대 이후이며, 이러한 이론적 접근이 내포하고 있는 이론 모형은 근원적으로 그리스도교적인 이해와 접근을 대변한다는 한계를 내포한다.

19세기 자유주의 신학의 대표적인 종교사학자 트뢸치(Ernst Troeltsch)에 의해 종교다원주의에 대한 이론 모형이 제기된 이후 이에 대한 종교 신학적 접근이 본격화하면서 이러한 문제의식을 배타주의(exclusivism), 포괄주의(inclusivism), 다원주의(pluralism) 등으로 구분하고, 더 나아가 다원주의에 따른 위험성을 상대주의(relativism), 혼합주의(syncretism) 등으로 규정해 온 것이 그리스도교계에서의 종교다원주의에 대한 도전과 응전의 모습이었기 때문이다.

따라서 이러한 형태의 이해와 접근이 그리스도교를 중심으로 하는 이해의 틀에서는 타당성을 지니게 되지만, 그리스도교 외의 다른 종교의 시각에서 볼 때는 그들 자신이 이러한 진단과 평가의 주체가 아닌 대상으로의 전락에 불과한 것으로 생각되어 자못 적절치 못한 것으로 느껴질 것이 분명하다. 실제로 우리 사회에서도 신학자들이 아닌 종교학자들 내에서는 종교다원주의에 관한 논의에 있어 이러한 '전제의 오류'를 지적하는 목소리가 높다.

윤이흠은 종교대화의 필요성 자체에 대한 인식부터 문제 삼는다. 즉 "종교대화는 현대사회 역사가 종교에게 요구하는 것이지 종교가 스스로 그 필요성을 창출한 것이 아니다. 다시 말해서 종교대화의 필요성은 처음부터 종교외적인 조건"에서 비롯된 것임을 강조하고, 그 연장선상에서 종교다원주의 역시 이러한 사회적 요청을 종교가 받아들여 다른 종교와의 관계를 재해석하는 데 필요한 도구일 뿐이라는 사실을 지적한다. 이런 시각에서 볼 때 "종교다원주의는 어떤 선험적인 이념을 지칭하는 개념이 아니라, 종교들이 앞으로 해결해야 할 과제"이고, "그 과제는 한 마디로 어떻게 하면 현대사회의 규범을 지키면서 자신과 타 종교와의 관계를 바람직하게 유지하는가 하는 것"을 말하기 위한 하나의 준거일 뿐이라는 것이다.

정재현은 이보다 한 걸음 더 나아가 종교다원주의를 중심으로 하는 종교간 만남에 대한 이론적 접근이 "서구 기독교 신학계에서 '비기독교적 종교들(non-Christian religions)'이라고 부른 '다른 종교들(other religions)'을 만나게 되면서 촉발된 반성적 과제에서 시작"된 것임을 지적하면서 "서구 기독교 신학계가 종교간 만남에 관한 논의를 통해 종교신학을 엮어내면서도 기독교의 범주적인 한계를 벗어나지 못했던 것은 주지의 사실"이라는 점을 강조한다.

종교학계에서 제기된 이러한 시각들은 결국 종교 공존에 대한 객관적 인식을 위해서는 한국 종교에 대한 그리스도교적인 일방적 인식을 넘어서야 한다는 문제의식으로 모아진다. 이에 대해 길희성은 "한국인들은 그리스도교를 접하기 수 천 년 전부터, 그리고 그리스도교적 관점에서 타종교들을 논하기 훨씬 이전부터 이미 유교, 불교, 도교, 무교, 민속 신앙 등 다양한 종교적 흐름 속에 몸을 담아왔으며 그 속에서 우리의 인생관과 가치관이 형성되었고 그 속에서 인간다운 삶을 다져왔다."고 말하고, "한국 그리스도인들에게 종교 다원성이란 신학적, 이론적 문제의 제기에 앞서 바로 현실 그 자체"라는 점을 강조한다.

길희성의 이와 같은 언급은 한국의 신학이 동양의 종교전통에 대해 이를 그들 자신의 정신적 유산인 동시에 현재도 그 안에서 숨 쉬며 살고 있는 즉 살아있는 전통이라는 점을 인지하여 이를 온몸으로 수용하는 "아시아적, 한국적 신학의 해석학적 실천"으로 나아갈 것을 촉구한 것이기도 하다.

박일영은 한국의 종교문화가 원래 모든 종교가 평화스럽게 공존하는 특성을 지니고 있음을 강조하면서 이러한 모습은 외래종교들이 전래되기 이전부터 조화와 관용을 바탕으로 하는 이 땅의 고유한 종교 전통에서 찾아질 수 있다는 점을 강조한다.

송천은 역시 한국 역사를 언급하는 가운데 "고구려 백제 신라와 통일신라의 종교는 오늘날과 같은 분화는 이루어지지 않았다 하더라도 종교다원주의를 수용하는 전형적 형태를 유지하고 있었다"는 점을 강조하면서 "전통적 고유신앙에 유, 불, 선 삼교를 조화시키면서 특별한 마찰 없이 종교간 융통이 있었다는 것이 그 증거"라고 말한다. 그는 서산대사 휴정의 《三家龜鑑》(삼가귀감)을 예로 들면서 배불정책을 폈던 조선시대에 와서도 삼교융통 사상에 더해 삼교일치 사상을 강조하는 풍조가 유행했었음을 지적하고 있다. 송천은은 이처럼 삼교융통과 삼교일치로 표출된 전통종교의 수용성이 바로 종교다원주의 시대의 공존의식을 대변할 수 있음을 보여주고 있다.

소장학자인 오지섭은 한국 유교와 불교의 공존의식을 다룬 그의 박사학위 논문에서 이와 같은 문제의식을 스미스의 종교신학에 접목시켜 "서구 그리스도교 세계에서 형성된 왜곡된 종교 개념, 그리고 그것을 이제는 아무런 문제없이 전 세계에서 보편적으로 수용하여 사용하고 있다는 문제 상황"을 부각시키는 한편, 내불외유(內佛外儒)로 특징지어졌던 한국 종교의 공존의식의 근원을 밝히는 데 집중하고 있다.

그는 이러한 공존의식이 한국인의 종교생활 속에 뚜렷이 존재하고 있었다는 사실을 1986년 이후 한국에서 교육과 문화 활동을 펼쳤던 호머 헐버트(Homer B. Hulbert, 1983~1949)의 기록을 통해 확인하면서 현대 한국사회에서 종교다원주의에 의해 초라하게 비쳐지는 종교 공존의 편협한 시각을 비판적으로 접근한다. 그의 이러한 비판적 접근의 근거로 제시되고 있는 스미스의 핵심개념은 종교의 '물상화(reification)'이다. 종교의 물상화(物像化)란 종교의 내적 차원인 '신앙'의 차원이 가려진 채 "외적 차원으로서의 축적적 전통만을 종교 전체로 인식함으로써 종교는 그저 개별적인 역사와 교리, 제도 등의 혼합체일 뿐이고 더 이상 살아 움직이지 않고 고정되어 있는 하나의 사물로서 인식"되는 것을 의미한다.

스미스에 따르면 이로 인해 개별성을 띠는 여러 '종교들'이라는 개념이 생겨났고, 그 개별 종교들은 자신들만의 역사 안에서 자신들만의 교리 체계와 제도 등을 배타적으로 고수하는 경향을 띠게 된 것으로, 현대의 종교간 대립 상황은 이처럼 왜곡된 종교 개념으로부터 기인했다는 것이다. 이러한 비판적 접근의 요체는 결국 "서구 세계가 다른 문명권의 종교적 삶들을 만나 그들에게 이름을 붙이면서 물상화가 이루어진 것"임을 밝히고, 아울러 중국과 한국에서 공통으로 찾아볼 수 있는 유불선 삼교의 조화론이나 최치원 풍류도의 삼교관에서 나타나는 조화와 공존의식을 한국 종교 공존의식의 뿌리로 인식할 필요가 있음을 말하는 것이다.

이런 관점에서 본다면, 오늘 한국사회의 종교다원성과 평화적 공존에 대한 설명을 그저 3.1운동의 종교협력 사례와 1960년대 이후의 종교대화운동에서 그 근거를 찾아 설명하는 것은 그야말로 궁색한 변명으로 느껴질 수밖에 없다. 결국 종교간 대화는 종교의 공존의식을 찾아 서로 다른 점을 인정하고, 공통점을 찾아나가면서 공존의 바탕 위에 협력의 길을 열어나가기 위한 것이다.

그렇다면 한국의 경우 종교간 대화가 한국의 종교사를 토대로 대화의 공통점과 협력의 길을 열어나가기보다 서구적인 개념의 종교대화 이론을 적용하는 형태로 전개된 점에 대해서는 철저한 분석과 비판이 요구된다. 또한 이는 오늘 우리사회의 종교대화와 협력운동을 주도하는 힘이 개신교와 천주교로 대표되는 그리스도교임을 부인할 수 없다는 점에서 근본적인 성찰의 근거가 된다.

　　한국종교인평화회의가 우리사회에서의 종교간 대화와 협력에 대한 현실 인식을 파악하기 위해 2006년도에 실시한 시민의식조사 결과는 이에 대한 반성적 고찰의 필요성을 명확히 보여주고 있다. 조사 결과의 전체적인 특징을 한 마디로 요약하면 종교간 대화와 협력의 현실에 대한 평가는 대체로 부정적인 것으로 나타나 응답자들이 한국 사회의 종교간 대화와 협력 지형에 대해 비판적인 시각으로 바라보고 있음을 보여준다.

　　우선 절반에 가까운 응답자가 어떠한 경로로든 종교간 대화와 협력에 대한 정보에 접근하지 못하고 있고, 이는 종교인이나 비종교인 모두 비슷한 수준인 것으로 조사되어 종교간 대화 담론에 대한 접근성 자체가 사회 전체적으로 미약한 수준에 머물러 있음을 알 수 있다. 다만 종교별로는 천주교 신자들이 종교간 대화와 협력 담론에 대한 접근성이 가장 높았고, 전체적으로는 학력이 높을수록 접근성이 높았는데 이는 이에 관한 정보를 주로 언론이나 방송을 통해 얻고 있음을 반영한 것이다. 한편 종교간 대화와 협력에 대한 평가에 있어 고학력자일수록 한국 사회의 종교간 대화와 협력 실천에 대해 비판적인 태도를 나타내고 있으며 이는 결국 한국 종교의 대화협력운동이 피상적으로만 비쳐질 뿐 실질적으로는 충실한 내용으로 평가받지 못한다는 사실을 말해 준다.

　　뿐만 아니라 응답자의 절반 이상이 향후 종교간 충돌과 갈등의 가능성을 지적하고 있고, 고학력자일수록 미래에 대한 예측에 있어 비관적인 모습을 보여줄 뿐 아니라 현재 종교간 대화와 협력을 위한 종단의 노력에 대한 평가에 대해서도 지극히 인색하다는 사실은 7대 종단의 대화협력을 이끌고 있는 종단 실무자들이나 지도자들의 낙관적인 인식과 상당한 차이를 나타내고 있다는 점에서 보다 면밀한 학문적 검토의 필요성을 제기하게 된다.

한국의 종교협력운동에 대한 반성적 고찰에서 우선적으로 대두되는 것은 운동의 주체와 주도역량의 문제이다. 일반적으로 1960년대 종교간 대화의 출발점으로 여겨지는 1965년 10월 18일의 용당산호텔 모임은 크리스천아카데미의 강원용 목사에 의해 주도된 이후 1966년 12월에 '한국종교인협회'로 일종의 협의체를 구성, 범종단 종교간 연합운동단체로서의 활동을 시작하게 된다. 그러나 '종협'이란 약칭으로 불려진 이 모임은 통일교의 가입(1970)을 둘러싸고 논란을 불러일으키게 되는데, 1972년 이후 종협이 재정적인 지원을 앞세운 통일교에 의해 주도되는 양상을 빚으면서 개신교와 천주교가 탈퇴하게 되자 그 사회적 영향력은 빛을 잃게 된다.

반면에 1986년에 출범한 KCRP는 개신교와 천주교가 다시 주도적인 위치로 돌아오면서 사회적 영향력을 확대해 나간다. 결국 이러한 모습은 종교협력운동 역시 해방 이후 우리사회에서 새롭게 영향력을 발휘하기 시작한 그리스도교의 적극적인 참여 없이는 범종단적인 연합운동으로서의 힘을 지닐 수 없음을 보여준 것으로 한국종교협력운동의 주도 역량에 관한 성찰의 근거를 제공한다.

예를 들어 김종서는 "오늘날 기독교가 주도해 온 타종교와의 대화의 시도는 성공적이었다고 할 수 있을까? …무릇 대화가 홀로 하는 독백이 아니라 서로 마주보고 하는 이야기라면 상대방 즉 타종교는 이른바

이 기독교 주도 대화의 움직임을 어떻게 생각하고 있을까?"라는 질문을 던지는 가운데 이러한 형태의 대화운동 즉 1960년대부터 전개된 대화운동이 결코 성공적이지 못했다고 말한다. 그는 이러한 형태의 대화로 기독교가 약간 대화에 익숙해지는 것 정도의 성과 외에 유교나 불교에서 바뀐 것이 대체 무엇인지를 되물으면서 기껏해야 이런 대화는 세속적 차원을 겉돌다 끝나는 것에 불과하다고 강조한다.

"지금과 같은 기독교의 타종교에 대한 대화 시도는 끝내 희망이 없다고 단언하고 싶다. 이유는 간단하다. 기독교는 대화에 참여하지 않고 대화를 지배하기 때문이다. 기독교의 오만한 주인의식은 대화의 장(場)에서 타종교를 오직 손님으로 불러다 놓고 들러리로 전락시킬 수밖에 없기 때문이다"라고 단언한 그의 언급은 한국종교협력운동의 주도적 역량에 대한 성찰의 현실적 과제가 한국 종교지형의 구조적 문제에까지 연결되어야 한다는 점을 환기시켰다는 점에서 주목된다.

한편 1960년대 대화운동 초기부터 참여해 왔던 최근덕은 1999년 9월 크리스천아카데미에서 마련된 '종교간 대화의 사회적 기능과 전망' 이라는 테미대담에서 "그럭저럭 30여 년을 지나고 보니까 종교간의 대화가 보편화되어 무게를 지니게 되고 종교간의 협력도 일상화된 느낌이다. 대화에 있어서는 최고지도자급에서 중견으로 내려오더니 요즘에 와서는 청년층, 학생층으로 퍼져 나가고 있다. 근래에 와서는 정부 차원의 행사에 종교지도자들이 나란히 참석하는 것이 관례로 되어 있고, 사회문제에 대해서는 뜻을 모아 공동성명을 발표하는 것도 상례가 되었다. 우스갯소리지만 요즘 말하는 노사정 협력이나 여야간 협력보다 종교간 협력이 더 잘 되고 있다고 생각한다"고 말하면서 종교간 대화가 성공하려면 어차피 수반되게 되어 있는 사소한 역기능에 너무 얽매여 있어서도 안 된다고 강조했다.

우리와 유사한 경우로 비교될 수 있는 사례로 홍콩의 경우가 소개된 바 있다. 숭실대 부설 한국기독교문화연구소가 1997년 10월 서울에서 주최한 〈제5회 기독교문화 및 신학 국제심포지엄〉에서 '홍콩의 콘텍스트에서 본 기독교와 중국 종교'를 발표한 라이 판츄 교수에 따르면, 홍콩에서도 "도교, 개신교, 로마 천주교, 유교, 불교, 이슬람교 등 6대 종교의 지도자들이 중국의 새해 정초에 정기적으로 만나고 있다"는 것이다.

그러나 이 만남 역시 신학적 신앙적 사고들을 심각하게 나누는 모임이라기보다는 주로 교제 차원을 벗어나고 있지 못하다. 라이 교수는 홍콩의 기독교가 인구의 8%에 불과하지만, 그 영향력은 교육과 사회봉사에서 다른 어떤 종교보다 훨씬 더 커서 기독교가 홍콩의 사회문화 이데올로기의 주류임을 지적하고, 점차 전통 종교인 불교와 갈등을 빚기 시작했음을 소개하고 있다.

예를 들면 홍콩 불교 지도자들이 석가탄신일을 공휴일로 만들기 위한 캠페인을 벌이고, 역대 식민 정부가 기독교에만 특권을 주고, 불교는 차별해 온 것을 비난하면서 이를 시정하기 위해 정부에 특별 부서를 두어야 한다고 주장하고 있다는 것이다. 그는 홍콩의 기독교가 당면하고 있는 딜레마를 한 마디로 집약해서 설명한다. 즉 홍콩의 "기독교가 중국의 종교들을 전면적으로 거부한다면 그것은 토착화를 포기하는 것을 의미할 것이요, 결국 기독교에 대한 강력한 문화적 저항을 유발할 것이다.

다른 한편으로 기독교가 무분별하게 중국 종교들로부터 사상과 실제를 받아들인다면, 기독교 자체의 정체성은 다원주의적이요 혼합적인 컨텍스트 안에 상실되어 버리고 말 것이다. 혼합주의와 다원주의와 함께, 중국 전통은 기독교 신학에 심각한 도전이 되고 있다"는 것이다.

라이 교수는 홍콩 기독교의 현실을 이렇게 진단하면서 종교다원주의는 중국 종교 역사의 규범이 되어 왔으며, 서구 전통과 다르게 중국에서는 종교들 사이의 경계선이 모호하고, 교인 개념 자체가 엄격하지도 배타적이지도 않은 혼합 종교적 종교문화에 대한 이해가 요구된다는 점도 강조하고 있다.

결국 이러한 사실들은 어떤 사회에서든 종교대화와 협력운동의 현실적 의미와 그 한계는 그 사회에서 주도적 역량을 지닌 종교 또는 종교들이 이웃종교와의 관계를 설정해 나가는 패턴을 통해 부각되어 나타난다는 점과 아울러 특히 한국을 비롯한 동양에서는 서구적 종교 전통을 배경으로 한 그리스도교가 동양의 종교문화를 이해하고 존중하는 가운데 스스로 그 한계를 극복해 나가고자 하는 부단한 노력을 해나가야 한다는 점 등을 확인해 준다.

그렇다면 1960년대 이후 정형화된 20세기적 종교협력운동의 틀을 넘어 21세기의 새로운 미래를 개척해 나가야 할 한국의 종교협력운동이 지니는 오늘의 현실적 과제는 무엇인가?

첫째, 해방 이후 오늘에 이르는 한국의 종교간 대화와 종교협력운동은 개신교와 천주교를 포함한 그리스도교에 의해 주도되어 왔음을 뚜렷이 드러내고 있다. 이는 그리스도교가 20세기 초에 교육사업과 사회복지사업 전개 등을 통해 근대화의 주도적 세력으로 부상했을 뿐 아니라 특히 해방 이후 우리사회 발전과정과 민주화과정에서 꾸준히 그 영향력을 확대하여 한국사회의 사회문화 이데올로기의 주류를 형성하게 되었고, 더 나아가 우리사회의 변혁을 위한 대화운동의 일환으로 종교대화와 협력의 물꼬를 텄었던 사회적 입지와 역할에서 비롯된 것이기도 하다.

따라서 이처럼 그리스도교 중심의 종교협력운동은 전통사회에서의 내불외유(內佛外儒)와 같은 자연스런 조화와 함께 일상생활 속의 상호교류가 가능한 폭넓은 접근으로 내면화하기보다는 대화와 협력의 통로를 필요로 하는 형식에 얽매이는 존재론적 한계를 나타내면서 협력의 외양 속에 사회적 경쟁의식을 내포시킨 실용적 대화와 협력에 머물 수밖에 없다. 이로 인해 6대 종단, 또는 7대 종단으로 일컬어지는 협력의 틀은 자칫 각 종단의 이해관계를 담지하는 보호막 또는 단순히 이해관계의 조정만을 위한 기능적 도구로 간주되기 쉬운 것이다. 결국 이런 한계를 극복하기 위해서는 현실적으로 종교협력운동을 주도해 나가고 있는 개신교나 천주교가 내부적으로는 다원주의의 수용을 놓고 빚어지는 신학적 판단을 다각도로 시도하더라도 그 기준을 종교협력운동 전체 지형에 적용하려 해서는 안될 것이다. 그보다는 자체의 내적인 판단을 명확히 하면서도 밖으로는 내동외서(內東外西)의 종교문화적 공존의식과 실천의 새 길을 찾아 나가는 지혜를 발휘해야 할 것이다.

둘째, 오늘 우리사회에서의 종교협력운동은 상층부 즉 종단 본부와 지도층을 중심으로 이루어지고 있어서 아직까지 대중적 기반을 형성하지 못하고 있음을 단적으로 드러낸다. 비록 종교지도자들의 화기애애한 모습과 석탄절과 성탄절에 그리스도교와 불교가 서로 축하하고 갖가지 종교협력 사업들이 전개되고 있지만, 앞의 시민의식 조사에서 밝혀진 바와 같이 일반 국민들에게 현실적인 감각으로 다가가 있지 못할 뿐 아니라 각 종단내에서도 현장에까지 그 분위기가 전달되고 있지 못한 것이다.

물론 이런 가운데서도 강북구에 있는 화계사와 수유1동 천주교회 그리고 송암교회가 손을 잡고 공동바자회를 개최, 그 수익금을 난치병 어린이들을 위해 사용하는 등의 사례가 없는 것은 아니다. 따라서 이런 노력들이 한국 종교계 전체로 확산되어 각 지역사회 내에서 이른바 7

대 종단의 교역자와 신도들이 함께 바자회, 체육대회, 문화행사 등을 정기적으로 개최할 수 있다면, 한국의 종교협력운동은 그야말로 새로운 시대를 열어나갈 수 있을 것이다.

셋째, 한국의 종교협력운동이 이처럼 명분에 머물고 실질적인 내용을 지니지 못하고 있는 것은 이에 참여하는 종단들이 종교협력운동에 동력을 제대로 부여하고 있지 않기 때문이다. 초기에 종교대화운동을 이끌었던 크리스천아카데미는 독일을 비롯한 해외원조로 재정을 충당할 수 있었고, 종협은 통일교에서 재정을 뒷받침하면서 폭을 넓혀 나갈 수 있었다. KCRP 역시 초기에는 ACRP 총회를 치루고 남은 비용과 ACRP 총회에서 설립한 평화교육센터에 지원되는 자금으로 소규모 살림을 이끌어갈 수 있었다.

이처럼 취약한 재정구조에 힘을 보태기 시작한 것이 정부이다. 1994년에 종교지도자세미나를 시작하면서 그 예산을 국고에서 지원하기 시작하여 점차 KCRP에서 추진하는 종교대화협력 프로그램에 예산 지원을 확대하게 되면서 재정구조가 10배 정도 늘어났다. 그러나 국고 시원예산은 운영비로 쓸 수 없기 때문에 종교협력운동을 위한 사업의 충실성을 보장하기 위해서는 참여 종단의 재정 투입이 요구된다. 그럼에도 불구하고 KCRP의 경우 종단의 연회비 납부는 전체 예산의 1/10 정도에 불과하다. 따라서 한국의 종교협력운동이 본궤도에 진입하기 위해서는 국고 지원 의존도를 가급적 줄이고, 종교계 스스로 협력사업을 공동으로 추진하는 데 필요한 근본대책을 재정계획과 함께 수립해야만 한다.

넷째, 한국의 종교협력운동을 통한 국제적 역할 증대의 문제를 들 수 있다. 한국종교계는 종교백화점의 특수(特需)를 누리고 있는 현실을 자랑하면서 안주하고만 있을 것이 아니라 그에 상응한 대내외적 역할 모색에 큰 관심을 기울여야 한다. 특히 서구 사회보다 뒤처져 있으면서 종교간 갈등의 심화로 인해 큰 고통을 겪고 있는 아시아의 평화와 발전을 위해 새로운 역할을 보다 적극적으로 찾아나가야 한다.

제2차 세계대전 직후 일본은 제국주의 침략에 따른 국가적 이미지 개선과 핵전쟁의 방지를 위해 세계평화를 명분으로 국제적 종교협력운동에 앞장 서 왔다. 그 맥락에서 1970년 WCRP 창립, 1976년 ACRP 창립 등의 선도적 역할이 이루어졌는데 일본 종교계는 단순한 창립에 그치지 않고 지금까지 이 국제기구들의 운영에 직간접적인 재정 지원을 아끼지 않고 있다. 또한 이러한 접근 노력이 일본 정부의 도움에 의해서가 아니라 순수하게 일본 종교계 자체의 힘으로 이루어지고 있다는 점에서 감탄을 자아낸다. 그러나 일본 종교계의 이러한 노력은 세계종교로서의 위치를 점하고 있는 그리스도교나 전통불교의 주도로 이루어지고 있지 못해 이를 주도하고 있는 일본 신종교에 대한 인식 부족과 편견 등으로 인해 전반적으로 평가절하되고 있음이 사실이다.

한국종교계도 김성곤 전 KCRP 사무총장이 2002년 6월 인도네시아 족자카르타에서 개최된 제6차 ACRP총회에서 사무총장으로 선출되고, 주사무소(head office)를 서울로 옮겨 실제로 지난 10년간 ACRP를 이끌어 왔다. 특히 2007년에 정부 지원에 힘입어 KCRP 산하에 국제사업단(IPCR)을 만들게 되면서 실제로 아시아에서의 종교협력운동을 이끌어갈 수 있는 인프라를 구축한 바도 있다. 이를 토대로 2005년부터 이라크 참전에 따른 중동지역에의 종교적 역할 모색을 위해 이라크에서 부상당한 어린이들을 데려와 치료하고, 이슬람 국가인 방글라데시에 불교회관을 지어주면서 불교와 회교, 기독교 주민들이 함께 사용하는 우물(water tank)을 설치한다든가 인도네시아와 인도, 스리랑카에 지진과 쓰나미 피해가 발생했을 때 KCRP와 ACRP 차원의 긴급지원을 해

오면서 국제적인 기여를 해 온 것이다.

마지막으로 한국의 종교협력운동 발전을 위해서는 주요 종단과 종교학자들 사이의 끊임없는 상호교류와 협력이 필요하다. 종교간 대화는 상호이해와 협력을 통해 서로의 모습을 살펴보고, 반성과 쇄신의 길을 열어나가는데 방점이 있다. 이를 위해서는 종단의 주요 지도자와 종교학자, 특히 그리스도교의 신학자들과 종교학자 사이의 격의 없는 대화가 요구된다.

만약 종단 본부의 적극적인 관심 하에 성직자와 신학자 그리고 종교학자가 함께 참여하는 학문적 네트워크가 활성화된다면, 한국의 종교간 대화와 종교협력운동은 내용적인 혁신과 함께 21세기를 향한 미래지향적인 대화의 방식과 공통적인 진로 모색의 새로운 비전을 열어 나가게 될 것이 분명하다.

다문화역사맞이 그 준비와 미래

신용선

사실 우리 한국민족은 타민족과 어울려 사는 데 익숙하지 않다. 그도 그럴 것이 과거 역사적으로 타민족과 오랜 기간 같이 살아본 적이 없다. 그래서 타민족과 같은 공간에 체재하거나 타민족 문화를 받아들이는 데 부자연스럽다. 왜놈, 떼놈, 양코배기, 깜둥이, 소련놈 이런 말들은 얼마 전까지 우리 어른세대들이 자주 쓰던 말들이다. 다른 나라 민족을 깎아내리는 말이자 사실 생각이나 의식도 그랬던 것 같다. 물론 이런 문화가 비단 우리나라에만 존재하는 것은 아니다. 그러나 이

신용선(辛龍善) _ 호는 죽림(竹林). 경기 양평군 청운면 출생. 국립 강원대학교 일반대학원 박사과정(경영학). 경영지도사(중소기업청), 소상공인지도사, 동방그룹 기획조정실 인사팀, 스미스앤드네퓨(주) 기획부장, 신신그룹 그룹기획실장, (주)다여무역 대표이사, (사)한국권투위원회 상임부회장, 강원대학교 경영학과 동문회장, 경기도아마튜어복싱연맹 회장 등을 역임하고, 현재 베터비즈경영컨설팅 대표, 블랙펄코리아(주) 대표이사, 스리랑카정부 관광진흥청 프로젝트디랙터, 한국소기업소상공인연합회 자문위원, 한국산업경제신문사 편집위원, 중소기업기술지식보호상담센터 전문위원, (사)겨레얼살리기국민운동본부 운영위원, 공론동인회 편집위원, 지식경제기술혁신 평가위원, 미래창조과학부 과학기술인 등록, 한·스리랑카경제교류협회 회장, (사)한국제안공모정보협회 회장 등으로 활동. 수상으로는, 대한민국인물대상(창조경제인 부문, 2013), 대한민국실천대상(행복나눔부문, 2013), 뉴스메이커선정 한국을 이끄는 혁신리더대상(2013) 등 다수.

런 사고(思考)에 있어 개선(改善—점진적 변화)이 아닌 혁신(革新—급격한 변화)이 필요한 때가 온 것이다.

행자부에서 2015년 실시한 외국인주민현황조사에 따르면 다문화자녀(만 18세 이하)는 2006년 2만5000여 명에서 2015년 20만8000여 명으로 약 8배 증가했다고 한다. 또한, 교육부 발표에 의하면 2015년 현재 초·중·고 다문화학생은 8만2000여 명이고 다문화자녀 중 6세 이하 미취학 아동이 약 12만 명으로, 향후 입학생이 점점 증가할 전망이다. 다문화자녀 20만 시대, 이제 이 후대들이 성장해서 우리나라 사회 주역이 되는 시대는 불과 20년 이내라고 봐야 한다. 단일민족문화의 강점에서 다민족문화의 강점을 개발하여 국가를 부강하게 하고 사회를 평안하게 하는 공존문화시스템을 빨리 개발·준비해야 하는 시기가 된 것이다.

우리사회에서 '다문화(多文化)'라는 표현이 더 이상 거부감을 느끼지 않는 것만큼 이제 우리의 사고(思考)도 그렇게 변해야 하는 것이다. 우리가 인식하지 못하는 사이 우리사회에 그 용어가 보편화되어 사용되고 있기 때문이다. '다문화'라는 용어는 지금으로부터 10년 전인 2006년도에 우리 정부가 '다문화가족지원정책'을 수립하면서 처음 사용하기 시작했다. 사실 10년 전만 해도 다문화라는 용어는 우리에게 아주 이색적인 느낌이었다. 당시는 우리사회에 정착해서 살고 있는 외국인들이 많지 않았기 때문이다.

지난해《상상의 공동체》의 저자인 베네딕트 앤더슨 미국 코넬대 명예교수는 내한(來韓)하여 "한국도 이제 단일민족 신화에서 벗어나야 한다"고 말했는데, 법무부에 따르면 금년 6월말기준 국내 체류 외국인 수는 200만1828명이라 한다. 이는 우리나라 전체 인구의 3.9%에 해당하는 수치다. 2007년 100만 명을 초월, 9년 만에 100만 명이 다시 증가했다고 한다. 같은 추세가 유지될 경우 2021년 체류 외국인 수가 300만 명을 넘어설 것으로 보고 있다. 체류 외국인의 국적별로는 중국인이 50.6%로 가장 많고, 미국(7.8%), 베트남(7.2%), 태국(4.6%), 필리핀 (2.7%) 국적 순(順)이라 한다. 이 체류 외국인 중에 결혼이민자수는 2001년 2만5182명에서 현재 15만1820명으로 증가했다.

대학에서 제자를 양성하는 교수에 의하면 요즘 박사과정에 15명중에 10명 이상이 외국인이란다. 그만큼 외국인 유학생 분포가 많다고 한다. 그런데 그들의 한국어 수준이 낮아서 과거에 한국 학생만을 대상으로 가르치던 때처럼 같은 수업강도로 수업을 진행하기 어렵다고 한다. 이제는 한국이 외국인을 강하게 흡입할 만큼 좋은 나라로 성장한 것 같다.

그러나 다문화가정의 증가와 그 가정에서 태어나는 다문화인(혼혈인, 混血人)의 증가가 향후 한국역사에 가져다줄 과정과 미래를 간단하게 예측하기는 어려울 것 같다. 분명한 것은 상당히 복잡한 사회현상을 낳을 것 같다는 것이다. 이미 다민족으로 구성된 미국처럼 한국도 미래 국가형태나 사회, 문화의 패러다임이 미국과 같은 흐름으로 겪게 될지는 의문이다. 그러나 프로텐스탄트 정신의 미국 원주민(백인)과 유교문화를 바탕에 둔 한국 원주민(한민족)이 의식과 사고가 달라서 우리나라에 다문화가정이나 다민족이 증가한다고 해도 미국사회의 특징과 같아질 것으로는 생각되지 않는다.

향후 국내 체류 외국인은 한국산업구조에 따른 경제활동인구의 감소나 도·농간(都農間) 남녀성비구조의 불균형으로 앞으로 더욱 증가될 전망이다. 이민족 인구의 증가는 한 사회의 단순 구성원의 증가 이외에 기존의 삶의 양식에 다양한 측면에서 새로운 이변(異變)의 생성을 낳는다. 한국개발연구원(KDI)의 조병구 선임연구위원은 "한국의 경우 경제구조나 기술수준, 노동력 활용가능성, 분배구조, 고령자에 대한 사회안전망 등 다양한 요소를 고려할 때 이민이슈에 대해 보다 적극적인 대응이 필요하다"고 한다. 현재 우리사회에서 이민자 수용은 경제 · 사회적으로 거부할 수 없는 과제이다.

국내 일시체류 외국인은 한국의 기존문화에 가하는 문화적 충격은 다문화가정에 비해 크지 않다 할 것이다. 다문화가정은 그 집단자체가 영구적으로 국내에 정착하여 세대를 구성하고 혼혈후손의 증가로 생성되는 새로운 문화의 생성은 기존에 존재하는 문화와의 갈등과 또 새로운 문화변화를 만들어 낸다고 볼 수 있다.

그렇다면 정확하게 다문화가정이란 무엇인가? 다문화가정이란 국제결혼 등을 통해서 서로 다른 인종의 상대를 만나 결합한 가정을 의미한다. 즉, 한국인과 외국인이 결혼하여 구성한 가족을 지칭한다. '다문화가족지원법'(2008년 3월 21일 제정, 2008년 9월 22일 시행)에 따르면, 다문화가정(다문화가족)이란 다음 각 목의 어느 하나에 해당하는 가족을 일컫는 것으로 ①『재한외국인 처우기본법』제2조 제3호의 결혼이민자(대한민국 국민과 혼인한 적이 있거나 혼인관계에 있는 재한외국인)와 『국적법』제2조에 따라 출생시부터 대한민국 국적을 취득한 자로 이루어진 가족, ②『국적법』제4조에 따라 귀화허가를 받은 자와 같은 법 제2조에 따라 출생시부터 대한민국 국적을 취득한 자로 이루어진 가족이다.

현대사회는 상당한 문화의 이변과 혼재를 겪는다. 불과 30~40년 전만해도 우리는 학교에서 '우수한 단일민족'이라는 표현으로 역사교육을 받았다. 그러나 그 과정을 지나서 고등교육 그리고 대학교육을 거치면서 단일민족이라는 의식에 상당한 의문점을 갖게 되었던 것도 사실이다. 과거 역사의 국왕들이 중국 등과 교류하면서 외국인 왕비를 맞이하고 또한 주변국과의 전쟁을 수없이 거치면서 약소국이 불행하게 겪게 되는 부녀자 차출이나 강탈은 단일민족의 역사교육을 흔드는 근간이 되었다. 그럼에도 불구하고 지금은 기존 우리 국민 정서에 오랫동안 잠재되었던 단일문화 정서에, 최근 10년간 엄청난 숫자의 다양한 국적의 외국인 국내정착과 더불어 반세기 이상 이산으로 살았던 북한 새터민의 탈북이주정착도 기존문화에 새로운 이변을 주는 원인(原因)이 되었다.

미래는 지금보다 훨씬 다양하고 복잡한 문제들이 돌출될 것으로 예상된다. 최근 10년 사이에 갑자기 증가한 다문화가정의 외국인과 그 자녀들은 지금 한국문화를 배우는 시기이며, 대 부분이 이 시기에는 한국정서의 불편함과 부족함은 인내로써 참아낸다. 그러나 10년 후에 다문화가정을 구성하는 외국인들이 한국국적 국민으로 변하고 순수한국인의 사회규범과 정서를 100% 이해하지 못하는 상태에서 그들의 주장과 권리는 자칫 이해하기 힘든 벽에 부딪치고 그것이 민족간 갈등으로 표출될 가능성도 있다. 그래서 지금도 정부는 이주외국인들에 대한 생활정착지원과 동시에 순조로운 정서정착을 위한 정책을 수립하고 펼치고 있는 것으로 안다.

지금 우리나라에 정착해 있는 다양한 다문화가족의 외국인 구성원들은 이와는 아주 다른 개념이다. 조상부터 달라서, 그들이 그들 나라에서 체득한 문화를 버리고 한국문화를 체화하든지 아니면, 우리 국민이 그들에게 그들 문화를 버리지 말도록 양허하고 우리문화와 병행 체화하도록 하든지 나름 정부는 효과적인 대안을 찾아 정책을 만들고 펼쳐야 할 것이다. 외국인 입장에서 한국문화를 짧은 시간내 체득해서 소화하기는 쉽지 않다.

유교를 창시한 중국도 그 유교를 거의 포기하였지만 그것을 수입해

서 배운 우리 국민은 아직도 그것을 귀하게 유지한다. 사실 유교는 인본을 중시하는 문화임에는 틀림없으나 외국인의 입장에서 보면 수용하기 쉬운 문화는 아니다. 유교문화는 철저하게 부자유친, 장유유서의 문화이다. 그 유교를 만든 중국에서 살면서 아주 자주 듣는 말이 남녀평등, 노소평등이다. 아마도 우리말에 영어의 You나 중국어의 니(你, ni), 일본어의 *あなた*(貴下)에 동등하게 사용할 인칭명사(단어)가 없는 이유가 문화 때문이 아닌가 싶기도 하다.

그러나 일찍이 북한은 유교사상을 중국과 같이 사회주의로 만들면서 평등사상을 지향한다고 3자를 호칭하는 대명사를 만들었다. 그것은 '선생'이다. 그들은 제3자를 부를 때, 선생님이 아닌 '선생'이라고 호칭하며 처음 만나는 사람과도 편하게 첫 대화의 소통을 용이하게 하였다.

최근에 학자들이 다문화가정에서 나타나는 문제점과 극복방안을 제시하면서 대안으로 문화의 다문화를 한국문화에로의 동화(同化), 혹은 그들의 수용(受容)이라는 용어로 '동화와 수용'을 말한다. 사실 어떤 것이 바른 해답인지는 잘 모르겠다. 외국인들이 한국정착하면서 그들 문화를 포기하고 한국문화에 동화하라는 것도 쉬운 일은 아닐 것이고, 아주 다양한 외국문화를 그대로 한국국민이 그들 문화를 수용하면서 공존하는 것도 가뜩이나 분단국가에서 과도한 다양성으로 분열감이 증대되지 않을까 걱정되는 바가 크다.

여성가족부가 지난해 실시한 '국민 다문화수용성 조사'를 보면 여실히 드러난다. 성인의 수용성 지수는 53.95점(100점 만점), 청소년은 67.63점이다. 2010~2014년 실시된 조사에서 '다른 인종에 대한 수용성' 항목에서도 한국은 59개국 중 51위였다. 따라서 아직도 우리 국민의 다문화수용 정도는 아주 약한 편이다. 앞으로 외국인의 국내 유입이

중단되는 것도 아니기에 단일정책으로 다문화를 관리한다는 것은 쉬워 보이지 않는다.

오랜 해외거주 경험으로 비추어볼 때, 다문화가족에서의 외국인가족이 가장 정착에 힘들어 하는 것은 '음식, 언어, 종교' 등 3가지가 아닐까 싶다. 음식과 언어는 정착생활 기간이 길어지면서 어느 정도 해소가 되어간다. 그러나 종교 활동은 문제가 될 소지가 크다. 외국인들이 대체적으로 지방에 정착해 있음을 볼 때, 우리나라 지방 농민들은 제사를 중시하는 유교문화가 보편적이고, 다른 종교 활동을 중요하게 생각하지 않는 측면이 있다. 그리고 농민주민들은 절(불교) 아니면 교회(크리스트교) 정도 믿는다. 그러나 지금 다양한 외국인들이 정착하면서 이 2개의 종교 이외에 타종교 신도들은 종교 활동에 있어 제약을 받거나 무시당할 가능성이 크다.

미래 다문화의 사회를 잘 소화한다면 긍정적인 효과가 클 것으로 생각된다. 이미 세계에서 수많은 다민족으로 구성되어 최강의 국가를 경영해 가는 미국이나 중국을 보면 그 좋은 모델이 될 것이다. 다민족이 국민화 되면서 폭넓은 국가간의 교류가 직·간접적으로 확대되며 국수주의를 넘어서 국민정서의 세계화를 가장 밀도(密度) 있고 빠르게 추이변화를 가져오는 계기가 될 것이다.

최근 10년간의 다민족의 국내유입은 노동력 대체와 농촌인력 보충, 결혼대상 같은 중요 틈새 수요를 보완하기 위한 유입이었다면 앞으로는 유입인력이 국내의 국민들이 가지고 있지 못한 새로운 수요분야에 충족되는 인력이 유입된다면 다문화구성은 크게 긍정적으로 기여하게 될 것으로 생각된다.

다문화시대에서의
해외 한민족 이산과 공동체

이서행

1. 다문화사회 앞서 해외 한민족 공동체 형성의 중요성

요즘 신냉전시대가 꿈틀거리는 한반도와 동북아의 정세는 마치 19세기말 상황과 흡사하여 과거 회귀현상이 일어나지 않나 하는 의문이 제기되고 있다. 그것은 북한의 핵문제를 둘러싼 북미간의 대립갈등이 장기화되면서, 북한의 불장난으로 부상하는 동북아의 4강국들의 군사력이 다시 첨예한 이해관계 속에서 한반도 안보정세는 점차 불확실성에 휩싸여 있기 때문이다. 더군다나 서해의 계속된 북한의 무력침략 행위는 한반도를 동북아의 화약고로 내몰고 있다. '한민족공동체' 의 주요구성원인 세계도처에 흩어진 재외동포들도 요동치는 한반도를 포함

이서행(李瑞行) _ 전북 고창 출생(1947년). 동국대학교 대학원 철학과 한국철학전공(석사). 단국대학교 대학원 행정철학전공(박사). 미국 트리니티대학원 종교철학(박사). 미국 델라웨어대학 교환교수. 트리니티그리스도대학, 동 대학원 졸업. 한국학중앙연구원 명예교수. 세계평화통일학회 회장. 한민족문화연구소 소장. 한국학중앙연구원 부원장. 한민족공동체문화연구원 원장. 저서 《한국, 한국인, 한국정신》(1989), 《새로운 북한학》(2002), 《민족정신문화와 시민윤리》(2003), 《남북 정치경제와 사회문화교류 전망》(2005), 《통일시대 남북공동체: 기본구상과 실천방안》(2008), 《고지도와 사진으로 본 백두산》(2011), 《한국윤리문화사》(2011), 《한반도 통일론과 통일윤리》(2012) 외 20여 권 상재.

한 동북아 문제에 대해 관심을 갖지 않을 수 없게 되었다.

일제하의 한민족의 지상과제는 민족해방과 자주독립이었고, 해방후 남북분단시에는 분단극복과 민족통일이었다. 그런데 21세기 세계화시대로 진입해서는 위의 두 가지 문제의식에다 남과 북, 재외동포 3자가 함께하는 '글로벌 한민족 공동체 네트워크' 구축이라는 명제가 추가된 형태로서 주어졌다. 즉 한반도는 지역경제문화 블럭화와 민족네트워크 블럭화를 촉진하는 글로벌화의 흐름에 부응하는 방안이 제시되어야 한다. 남북간의 정치적 통일은 오랜 기간이 소요될 것으로 예측되므로 소모적인 정치통일론에 매달리기보다는 오히려 세계화시대에 걸맞는 남과 북, 해외동포 3자의 경제 문화적 통합에 의한 '글로벌 한민족 공동체 네트워크 구축' 이라는 새로운 민족담론이 오히려 설득력을 더해가고 있는 듯하다.

1986년에는 교민청 설치문제가 본격적으로 검토되기 시작했으며, 결국 1997년 교민청의 대안으로 외교부 산하에 '재외동포재단' 이 설립되었다. 이후 '한민족공동체' 개념은 문민정부의 남북통일 범주에서 사용되어 오던 반도내의 좁은 의미가 아닌 세계적인 한민족의 이산의 뜻을 담은 'Korean Diaspora' 다. 즉 유태인들이 BC 721년 앗시리아의 침공 이후 흩어져 다른 민족과 섞이게 된 자신들의 고유한 정체성을 확보할 필요성으로, 바빌론(Babylon) 포로에서 살아온 유대인을 지칭하는 'Diaspora' (바빌론 유폐후의 유태인의 離散이라는 의미)라는 용어가 학문적 용어로 사용하게 되었다. 물론 전 세계의 한민족이산을 포함한 '한민족공동체' 의미는 IT선진국을 지향하는 모국의 발전된 현실에서 과거와는 달리 재외한인네트워크를 통한 새로운 한민족공동체 형성의 역할과 비전을 전제함이다. 즉 '한민족네트워크공동체' 란 한민족이 서로 연결이 되어서 통신을 하므로 하나의 공통된 가치관을 갖고 공동체문화를 이루게 된다는 의미가 된다.

이는 장차 시공을 초월하는 지구촌네트워크를 통해 진정한 한민족 공동체문화 형성의 기반이 확립되어 한반도 분단문제 해결은 물론 세계 도처에 거주하는 해외동포들의 특수사정을 포함하는 제반문제를 함께 논의할 수 있다는 가정을 하게 된다. 여기서 세계 여러 국가에 살고 있는 교민발전을 극대화하는 새로운 발전 모델을 찾게 된다.

예상되는 과제로서는 첫째, 지리적 차원의 민족국가를 넘어 세계 곳곳에 흩어져 있는 한민족을 하나로 묶는 다각적인 연결망 구축의 방법론을 모색해야 하고, 둘째, 한반도 통일준비, 통일과정, 통일 이후의 과제들을 함께 논의할 여건조성, 셋째, 세계화에 대한 깊은 이해와 인식을 통해 모국과 해외동포들이 함께 공영하는 일체화된 한민족 공동체문화의 환경 마련이다.

결과적으로 '한민족네트워크공동체' 연결망의 구축은 재외 동포들에게 민족의 동질성을 높임과 동시에 한민족이 정체성을 확보하는 데 도움을 줄 수 있으리라 본다. 또한 한인들 간의 제반교류에 도움이 되며 한민족을 통합하는 데 기여할 수 있을 것이다. 나아가 정부에서도 이러한 연결망의 중요성을 인식하여 인터넷을 통해 전 세계 7백만 한민족을 하나로 묶는 '한민족네트워크공동체' 시너지 효과 때문에라도 지원책은 증가할 것이며, 이외에도 국외 인터넷 방송과 전문연구기관, 다양한 민간단체들이 재외 동포를 위한 종합적인 웹사이트를 구축하여 '사이버 한민족 글로벌 네트워크' 구현에도 힘쓰게 될 것이다.

2. 세계화시대 해외 한민족의 과제

한민족 규모는 남북한 7천만 명과 해외 한인 7백만 명으로 추산되고 있다. 세계 도처에 퍼져 있는 해외동포들을 포함하는 보다 넓은 의미이기 때문에 통일개념에도 소외됨이 없이 화합차원에서 구현되어야 한다. '한민족공동체' 형성에서 유의할 점은 남북간에도 70여 년 분단되어 동질화가 어렵듯이 해외동포들의 통합에는 더 큰 문제가 그들의 이민사의 애환만큼이나 클 것이다.

이민사와 현재 거주국에서의 특수한 존재 상황 등을 고려하면서 이것이 한반도와의 교류에서 어떤 실질적 도움을 줄 수 있는지를 인식할 필요가 있다. 예컨대 중국의 민족네트워크공동체에서 보여지듯이 경제적 이익을 통한 화교공동체 이익을 도모하고 있다.

유태인들은 인터넷공동체를 탈무드(Talmud) 이래로 유태인의 법, 관습, 문화, 역사, 신앙, 뉴스를 가장 잘 모아 놓은 광장으로 여기고 있으며, 인터넷의 발달로 지난 2000년 이래로 현재보다 더 잘 유태인들을 긴밀히 연결시킨 적이 없다.

유태인들이 그들만의 민족적 연결망을 구축할 수 있었던 이유는 첫째, 수천 년에 걸쳐 방랑생활에 익숙한 유목민으로서 자신들의 역사, 문화, 종교를 전달할 매개체로 인터넷을 적극 이용한 결과라고 하겠다. 둘째, 유태인 가상공동체(Imagined Jewish Community)를 만들어 정보화 시대에 인터넷을 유태인으로서의 '민족적 정체성'(ethnic identity)을 확보할 수 있는 가장 좋은 수단으로 인식했다는 점에서 '한민족공동체' 형성에 시사 받은 바 크다.

중국의 화교네트워크는 전통적 조직을 유지 발전시키므로 민족정체성을 유지했고 이를 통해서 초국가적 네트워크로 발전하였다. '한민족공동체' 라는 개념에 관해서는 통일 관련과 민족주의 분야에서 몇몇 학자가 거론한 바 있다. 특히 주목할 것은 1988년 제6공화국이 출범하면서 제기된 KC(Korean Commonunity)와 유사한 개념으로 '한민족공동체'(Commonwealth) 안이 있다. 그 안은 후에 제6공화국의 통일정책의 기조가 되었으며 남북한과 해외동포를 고려한 민족통합의 개념이다.

'한민족공동체' 형성과 관련하여 유의할 점은 동북아라는 특수한 전후 분단국 지역이 되면서, 특히 오늘날 군사력과 세계경제의 핵심지역으로 부상하고 있으며 바로 이들 4개국에 우리의 해외동포가 94%가 거주한다는 데 중요한 의미가 부여되고 있다. 해외동포들이 얼마만큼 민족정체성을 유지하고 있는가 하는 조사연구에 나타난 주요 문제점을 보면 다음과 같다.

첫째로, 재외동포들 전반을 두고 볼 때 스스로를 한인—한민족의 일원이라 생각하는 민족적 소속의식과 한민족에 대한 애착심은 세대를 초월해서 여전히 강하게 표출되고 있다. 그러나 물론 그 강도는 세대가 내려갈수록 약화되어 가는 것으로 예측된다.

둘째로, 세대가 내려갈수록 현지사회로의 언어적, 문화적 동화가 심화되어 가는 바, 비록 민족적 동일시와 민족적 애착은 여전히 높은 수준이지만 언어—관습 등 고유문화가 세대를 이어갈수록 잊어지고 있다.

셋째로, 언어적 문화적 동화에 그치지 않고 혈연적으로도 혼혈이 늘어갈 것으로 예상된다. 의식조사 결과에 의하면 타민족과의 결혼도 개의치 않는다는 응답의 비율이 늘고 있는 것이다.

위의 문제의식 가운데 시급한 것은 재외동포사회에서 민족문화와 민족생존에 대한 위기의식이 커가고 있는 가운데, 세대가 내려갈수록 모국어를 사용할 줄 아는 재외동포가 급감되어 정체성 위기가 심화될 가능성이 크다는 점이다. 다만 민족의 외적 정체성들이 약화되는 가운데서도 한인으로의 내면적 정체의식은 아직 유지되고 있다는 것은 다행이 아닐 수 없는데, 지금이라도 모국의 재외한인네트워크 공동체 형성을 위한 정책적인 제반 지원책이 절실하다. 무엇보다도 선행되어야 할 것은 한반도는 한민족공동체문화의 뿌리로서 민족의 문화유산들을 보전하고 계승 가공하여 재외동포들의 후견인으로서 정체성이 유지되도록 지원해야 한다는 점이다.

3. 우리사회 다문화시대의 특징과 과제

다문화하면 떠오르는 이미지는 아마도 동남아시아 여성과 농촌, 그리고 외국인 노동자와 공장이었지만 통상적으로 다문화에 대해 알고 있는 것과는 달리 이제는 다른 시각으로 다문화를 바라볼 필요성이 제기되고 있다. 현재 대한민국의 인구는 4898만 명, 국내 체류 외국인 수는 126만 명에 이르러 어림잡아 이제 40명에서 1명은 외국인인 셈이다. 결국 한국은 '빠른 속도로 다문화사회에 진입'이 아니라 이미 다문화사회가 된 것이다. 다문화사회 구성의 큰 주류는 조선족, 중국인, 일본인, 미국인, 동남아시아인, 새터민 등이다.

우리 사회에 조선족에 대한 사회적인 거리감이 가장 작은 것으로 나타나고 있다. 더욱 놀라운 사실은 오랜 우방국의 미국인이나 같은 민족이라는 새터민보다 더 사회적인 거리가 가깝다는 사실이다. 새터민은 헌법상 대한민국 국민으로 인정되고 다른 외국 출신자와 달리 별다른 귀화 절차 없이 바로 주민등록증을 발급 받을 수 있지만, 오랫동안 다른 체제 밑에서 다른 나라 사람처럼 살다 온 탓인지, 한국인들은 중국 국적을 지닌 조선족보다 새터민에게 조금 더 사회적 거리를 두고 있다는 것을 알 수 있다. 이는 분단 이후 다른 이념교육으로 이질적 현상이 높기 때문일 것이다.

또 다른 흥미로운 사실은 신문, 방송매체에서 많이 접하는 다문화의 모습이 농촌 남성들과 외국인 여성들이 결혼해서 알콩달콩 사는 풍경이다. 최근 출판된 책《지구, 지방화와 다문화 공간》에 따르면 한국 결혼이주 여성의 거주지의 80% 이상이 서울, 경기 등 도시 지역이었으며 배우자가 농업에 종사하는 경우도 평균 10% 남짓에 불과하다는 점이다. 아직 지방보다 도시에서 이주민들을 위한 정부의 각종 혜택 등을 쉽게 접할 수 있고, 도시에 다문화 가정을 위한 인프라가 잘 되어 있기 때문에 도심지역으로 몰리는 현상이 발생했기 때문일 것이다. 또한 외국인 이주자들이 국내로 들어와 사회 전반에 영향을 끼치는 것처럼 보이지만 사실 경기도 안산 등 특정 지역으로 한정되어 있다고 볼 수 있다.

그렇다면 한국인이 생각하는 다문화란 무엇일까? 조사에 의하면 외국인 이주민의 수가 증가하고 덩달아 이들에 둘러싸인 사회문제가 늘어나게 되면서 다문화사회에 대한 한국인들의 관심이 폭발적으로 늘어났던 것이다. 이주민들을 위한 한국어 교습이 늘면서 한국문화에 더 가까이 다가갈 수 있는 기회도 생긴 것 같지만 그다지 성과는 보지 못한 것 같다. 국가차원의 거시적인 지원보다 거주지역에 대한 미시적인 소속감이 이주민들에게 도움이 되는 것으로 밝혀지고 있는데, 실제로 이주민들의 생활반경이 거의 대부분 거주지 근처로 한정돼 있어 다문화 정책도 이제는 지역 사회 적응에 초점이 맞춰져야 한다는 것을 의미한다.

한편 한국인의 특성이 국가와 거주지역을 중시하는 자아정체성에서 나타나 한국인은 '독자적인 개인'을 중심으로 자신의 정체성을 파악하는 경향은 다소 낮은 것으로 평가된다. 앞으로 우리나라에서 다문화, 다인종 사회가 원활하게 유지되려면 기본적으로 다원주의가 필요하며 집단보다는 개인 특성을 중시하는 방향에서 사회 정책이 추진될 필요가 있다.

제 1 부

길 위의 인문학

언어란 윤택한 삶의 원동력!

곽지술

1. 말이란?

자기를 표현하는 방법은 여러 가지가 있지만 그중 가장 중요한 것은 언어로 하는 스피치이다.

하나의 프로젝트를 진행하기 위해서는 프레젠테이션에서 자신의 논리를 멋들어지게 펼쳐놓을 수 있어야 만족할 만큼의 좋은 결과가 나오고, 반대하는 사람들을 일대일로 설득할 수 있는 능력도 필요하다. 아랫사람들을 다독여 적극적인 협조를 이끌어 내는 리더십도 필수적일 것이다. 이 모든 과정에서 꼭 필요한 것이 스피치이다.

머릿속에는 좋은 아이디어가 있으나 그것을 말로 표현해 내는 데는 서투른 사람들이 많다. 게다가 우리나라 사람들은 스피치를 배워야 할 필요성을 그다지 느끼지 못하는 듯하다. 말을 잘하는 것보다 전문적인

곽지술 _ 경기도 평택에서 태어나 한양대에서 신문방송학을 전공하고 신문사 기자로 사회와 첫 대면을 시작했다. 늦은 나이에 농업인에 꿈을 꾸며 한국벤처농업대학을 졸업하기도 했다. 이후 톱데일리 편집국장, 보도본부장, 푸드타임스코리아 신문사 사장을 거쳐 현재는 한국정책방송원 KTV국민방송에서 국민기자로 활동하고 있다. 저서로는 《리더의 스피치》,《곽 기자가 말하는 세상과의 소통》 등이 있다.

지식과 능력을 쌓는 것이 더 필요하다고 생각한다. 그러나 시간이 지나 갈수록 사람들 사이의 의견을 조율하고 말로 설득하는 능력이 더욱더 중요해지고 있다.

우리가 대화를 통해 협의해 나가는 사람들은 동료나 선후배를 넘어 조직의 리더, 또는 내 프로젝트에 지갑을 열어 줄 투자자 등 다양하다. 이런 다양한 사람들을 상대하면서 스피치 능력은 갖추어 놓지 않고 내 전문 능력으로만 승부하겠다는 것은 어찌 보면 매우 오만한 태도이다.

2. 자기표현에 서툰 사람들

과묵을 미덕으로 삼았던 오래된 정서 탓인지, 우리나라 사람들은 자기표현에 서투르고 의외로 많은 사람들이 스피치에 어려움을 느끼며 심지어 공포감도 느낀다. 스피치를 강의하다 보면 이런 말들을 자주 듣는다.

"궁금한 것이 있지만 질문을 할 경우 바보 같은 질문을 했다고 비웃음을 살까 봐 입을 열지 못하겠어요." "친한 친구 외에 낯선 사람과는 대화가 힘들어요. 모임에 가고 싶어도 모임에 가면 몇 분 만에 화젯거리가 끊겨 자리가 어색하고 불편해요." "평소에는 말을 잘하다가도 사람들 앞에만 서면 떨리고, 얼굴이 붉어지고, 머릿속이 텅 비며 아무런 생각이 나지 않는다고요." "화를 내며 소리를 지르고 싶을 때도 있지만 내뱉지 못하고 속으로만 삭이죠."

요즈음을 일컬어 소통의 시대라고 한다. 개인이든, 조직이든 상호간 정확한 의사소통이 이루어지지 않는 불통의 상황에 놓이게 되면 조직이 붕괴되고 조직의 목적을 달성할 수 없는 상황에 빠지게 된다.

서양에서는 예로부터 말하는 기법을 중요시했다. 그리스, 로마에서는 자유민으로서 당연히 배워야 할 과목에 웅변술이 있었다. 웅변술을 전문적으로 가르치는 사람을 소피스트라 불렀다. 훗날 자신의 이익을 위해 악용하는 경향을 보여 궤변가라 비난을 받기도 했지만 그들이 서양 철학에 미친 영향을 보면 서양문화에서는 논리적으로 남을 설득하는 것이 장려되었음을 알 수 있다.

그러나 동양문화권인 우리나라에서는 말을 잘하려고 노력하기보다는 침묵하고 수긍하는 것을 더 권장하는 분위기였다. 그런 문화 속에서 자라났기에 우리나라의 대부분의 평범한 사람들은 표현하지 못하고 말하는 방법을 몰라 사람들 사이에 오해를 만들고 자기 능력을 제대로 평가받지 못하는 경우가 종종 발생하고 있다.

3. 말은 그 사람을 판단하는 기준

우리는 사람을 처음 만났을 때 무엇으로 그 사람의 능력을 판단하는가? 여러 판단 요소가 있지만 우리 조상들은 신언서판(身言書判)으로 인재를 선별했다. 신언서판은 중국 당나라 때 관리를 선출하던 네 가지 기준이었으며 조선시대에도 널리 이용되었다.

'신' 은 키, 피부, 용모 등 사람의 풍채를, '언' 은 용어, 발음, 말씨 등을, '서' 는 글쓰기 능력을 말하며, 그리고 '판' 은 판단력과 창의성을 의미한다. 이를 보면 언어 능력도 옛날부터 사람의 인물 됨됨이를 결정하는 중요한 기준이었다.

그런데 오늘날은 인터넷의 발달로 말이 파괴되어 정상적인 대화보다는 빠른 의사전달을 위한 새로운 말들이 만들어지고 있다. 예의를 갖춘 말보다는 공격적이며 자신들끼리만 통하는 말을 만들어 사용하는 바람에 세대간 소통이 원활히 이루어지지 않으며, 이것은 심각한 사회 문제가 될 정도이다.

"천 냥 빚도 말 한 마디로 갚는다"라는 속담도, 인격의 표현은 말로써 되는 것이니 모든 일이 말로 시작하고 말로 마치게 됨을 이야기한 것이다. 그 외에도 말하기의 중요성을 나타낸 속담은 많이 있다.

"가는 말이 고와야 오는 말이 곱다." "길이 아니면 가지 말고 말이 아니면 듣지 말라." "남의 말 하기는 식은 죽 먹기." "말 많은 집은 장맛도 쓰다." "말은 해야 맛이고 고기는 씹어야 맛이다." "발 없는 말이 천리를 간다." 등이다. 그러나 대부분의 속담이 말을 많이 하면 손해가 크다는 등 말하기보다는 침묵을 권하는 내용이 많다. 아마도 동양의 은둔과 절제를 강조하는 문화의 영향으로 보인다.

반면에 "좋은 칭찬 한 마디면 두 달을 견뎌 낼 수 있다."(마크 트웨인), "인간이 가진 본성 중 가장 깊은 자극은 중요한 사람이라고 느끼고 싶은 욕망이다."(존 듀이), "현명한 사람은 반드시 해야 할 말이 있기 때문에 말한다. 그러나 바보는 뭔가 말을 해야 하기 때문에 말한다."(플라톤) 등 서양의 격언에서는 필요한 순간에 적절한 스피치를 사용하여 상황을 극복하기를 권하고 있어 동양과 비교된다.

말은 그 사람의 성품을 나타내는 거울이고 사람들 사이의 문제를 해결하는 열쇠라는 생각은 동양이든 서양이든 일치하는 듯하다.

4. 스피치는 홀로 다양한 역할을 한다.

스피치를 하는 목적은 효과적인 방법을 사용하여 말하는 사람의 뜻을 상대방에게 정확하게 전달하는 데 있다. 본인이 당초 의도한 뜻이 정확하게 전달될 때 커뮤니케이션(communication)이 이루어졌다고 한다. 커뮤니케이션은 단순히 전달하는 것으로 끝나서는 안 되며, 감동을 주어 당초 의도하였던 목적을 달성해야 한다.

감동적으로 말을 전달하려면 말하려는 목적에 맞게 내용을 정리하고, 듣는 사람에게 호감을 줄 수 있는 목소리와 몸짓을 쓰며, 이해하기 쉬운 표현방법으로 정해진 시간 내에 종결해야 한다.

방송국 아나운서 같은 유창한 언변은 아닐지라도 내 의사를 명확히 전달하여 감동을 이끌어 내는 능력, 그것이 바로 스피치 능력이다. 우리는 공기 없이 살 수 없듯 말을 하지 않고는 살 수 없다.

5. 진정한 대화는 서로간의 소통이다.

겉으로 보기엔 대화가 잘되는 것 같아도 진정한 대화가 이루어지지 않을 때가 많다. 그것은 말하는 기술이 부족하거나, 말을 잘하고자 하는 의지가 부족하기 때문이기도 하다.

서로 간에 원활한 스피치를 통해 정확하게 의사를 전달하고 상대방이 전달하는 바를 잘 수용할 수 있을 때 진심으로 서로 소통하는 느낌을 가질 수 있고 그 느낌을 통해 진정으로 협력하는 관계로 발전할 수 있다.

스피치는 홀로 하는 것이 아니다. 스피치에는 '말하는 사람' 과 '듣는 사람' 이 있다. 혼자서 말하는 것은 진정한 의미의 스피치라고 할 수 없고, 또한 말하는 사람과 듣는 사람 간에 말이 오고 가야 하고, 오고 가는 말에는 상호 이해할 수 있는 내용이 담겨 있어야 한다.

나이가 들수록 듣고 싶은 이야기만 귀에 들어온다. 세상에 대한 견해가 고정되어 듣고 싶지 않은 이야기는 아무리 좋은 내용이라 해도 본능적으로 거부하는 경향이 있다.

그렇다면 귀를 열어놓지 않은 상대와 우리는 어떻게 커뮤니케이션 해야 하는가?

6. 소통의 방법

살아가면서 대화가 잘되는 사람만 만날 수는 없다. 대화가 되지 않아도, 마음이 통하지 않아도 누군가를 만나야 하는 상황들은 특별한 일이 아니라 일상적인 일이다.

상대와 대화를 하는데 있어 시간이 흘러도 대화가 안 된다고 느낄 때, 대화를 진전시켜야 한다는 마음의 문을 닫아서는 안 된다. 상대보다 먼저 생각과 마음이 굳어지면 자신이 하고 싶은 말을 제대로 전달하지 못하게 되고, 상대가 전하는 말을 충분히 알아듣지 못하게 된다. 서로 마주 앉아 대화를 했지만, 내용면에서는 대화를 못한 것이고, 결국 불필요한 만남을 가진 꼴이 된다.

그러나 세상에는 만나지 말아야 할 사람도 없고, 이야기를 하지 말아야 할 사람도 없다. 아무리 불편한 사람이라 해도 소통하고 의견을 나누다 보면 배울 점도 있고 얻는 것도 있다. 악연도 인연으로 만드는 진정한 소통이 필요하다.

7. 대화가 잘 안 되는 사람과의 소통 방법

상대방과 만남의 약속을 하였다면 상대에 대한 정보를 충분히 준비하는 것도 매우 중요하다. 특히 현재 그의 상황과 그가 관심을 두는 것 등에 대한 정보를 알아두어야 한다. 아는 것이 힘이고, 지피지기(知彼知己)면 백전백승(百戰百勝)이라고 하였다.

아는 것과 모르는 것의 차이는 종이 한 장이 아니라 때로는 태산처럼 크기도 하다. 대화에서 서로를 잘 아는 사람끼리 대화하면 40퍼센트를 알아듣게 되고, 모르는 사람끼리 만나 처음으로 대화를 시작하면 10퍼센트 정도만을 알아듣게 된다는 통계도 있다. 이처럼 내가 만날 사람, 내가 대화할 사람에 대한 정보는 그 사람과의 소통에서 매우 중요한 요소이다.

두 번째 요소는 속도이다. 소통에서 말의 속도는 상대방의 반감과 호감을 결정짓는 역할을 한다. 대중을 상대로 너무 빠르게 말하면 전달하고자 하는 내용을 청중들이 파악하지 못할 뿐 아니라 압박을 받는 느낌이 들듯이 일대일의 대화에서도 말의 속도는 매우 중요하다.

하고자 하는 말을 너무 빠르게 말하면 전달 내용의 핵심을 놓치게 되고 너무 느리게 말하면 상대의 집중도를 떨어뜨려 대화를 지루하게 만들 수 있다. 대화의 속도는 밀고 당기며 적당한 속도를 즐기는 왈츠와 같다. 급할수록 왈츠의 속도로 즐기듯이 서두르지 말아야 하며 또 한편으로는 늘어지지도 말고 경쾌하게 이어가는 기술이 필요하다.

무엇보다 소통의 가장 중요한 요소는 진정성과 진심이다. 상대에게서 무엇을 얻고자 하는 욕심으로 상대가 나의 의도를 간파하지 못한다고 해서 상대를 속이는 거짓과 위선은 소통이 아니라 불통이다. 순간적인 소통을 이루었을지 몰라도 결국 영원한 불통으로 귀결된다.

8. 청중을 리드하라

일대일 대화가 아닌 다수의 사람들 앞에서 스피치를 할 때는 청중의 공감을 이끌어 내는 데 더욱 주의해야 한다. 혼자서 떠들고 내려왔을 뿐 내 스피치가 청중의 마음에 가 닿지 못했다면 그것은 완성된 스피치라 할 수 없다. 그렇다면 어떻게 청중의 귀를 열게 할 수 있을까?

무엇보다 청중이 듣고 싶어 하는 이야기가 무엇인지 알아야 한다. 청중이 듣고 싶어 하는 이야기를 알기 위해서는 철저하고 구체적인 사전 조사가 필요하다.

우선, 주최 측에서 강사를 섭외할 때의 목적을 정확하게 파악해야 한다. 그러나 그것은 주최 측에서 듣고 싶어 하는 이야기일 뿐, 주최 측 생각과 청중의 생각이 같지 않을 수도 있다. 따라서 강연장에서 스피치를 하며 청중의 표정을 통해 원하는 것을 파악할 수 있는 능력이 요구된다.

이야기에 반응하는 사람들의 눈빛과 호응 속에 청중이 원하는 바가 들어 있다. 그것이 바로 청중이 듣고 싶어 하는 이야기이며, 그 이야기를 해야 청중과 제대로 된 소통이 가능하다. 듣고 싶어 하는 이야기를 중심으로 청중과 공감하면서 이야기를 풀어 나가야 한다.

그리고 그것을 알아차리기 위해서는 뛰어난 순발력이 필요하다. 그러나 처음 연단에 서는 사람이라면 수많은 청중을 바라볼 여유조차 없을 것이다. 따라서 연단에 오르기 전부터 연사는 자기 자신을 무대 위의 배우처럼 마인드 컨트롤할 수 있어야 한다.

처음에는 연단이 그저 두렵기만 하겠지만, 경험이 쌓이다 보면 무대 위에서 훌륭하게 연기하며 청중을 몰입시키는 자신을 발견하고 희열을 느끼는 경지에까지 오르게 될 것이다.

그러나 그전에 필요한 것은 스피치의 기본이 되는 틀을 확립하는 것이다. 그래서 나는 우선 스피치 과정에서 공통적으로 이야기하는 '스피치의 정석'을 개괄적으로 살펴보려 한다. 이는 내가 스피치를 배우고 강의하면서 필요하다고 느낀 것들로, 스피치를 처음 시작하는 이들에게 좋은 틀이 되어 줄 것으로 믿는다.

9. 다양한 분야에 대한 독서와 경험

스피치를 잘하기 위해서는 말하는 기술에 앞서 풍부한 지식과 경험을 갖추어야 한다. 스스로 알지 못하는 내용을 말한다면 당연히 그 이야기는 진실성을 잃게 된다.

내가 잘 알고 있는 것, 내가 진짜 하고 싶은 이야기, 청중들이 절실하게 듣고 싶은 이야기를 하는 것이 스피치의 기본이다. 수식은 많지만 알맹이가 없는 스피치는 청중의 마음을 잡아끌지 못한다.

뜬구름 잡는 이야기라고 느끼는 순간 청중은 집중력을 잃고 산만해진다. 또 눈치 빠른 청중은 연사의 지식과 경험이 얄팍함을 알아채고 스피치에 대한 판단까지 끝내 버릴 수도 있다.

10. 다방면의 소양을 쌓아라.

연설을 철저하게 준비한 사람으로 처칠이 유명하다. 그는 연설 도중에 즉흥적인 유머를 자유자재로 구사하여 순발력 있는 정치인으로 인기가 높았지만, 그 유머마저도 사전 기획되고 준비된 것이었다. 그에게 있어 스피치는 준비 그 자체였다.

그는 아무리 힘든 일이 닥쳐도 결코 포기하지 않는 독종으로 유명했다. 처칠은 자신이 세운 원칙을 어기지 않으려 온힘을 다하였다.

또한 무슨 일이 있어도 하루 5시간 공부와 2시간의 운동이라는 자신과의 약속을 십계명처럼 지켰다. 생사의 갈림길에 놓인 전쟁터에서조차 하루 5시간 이상 공부하고, 전투에서 어깨뼈를 부상당했을 때도 붕대로 감고 2시간씩 하는 운동을 거르지 않았다.

처칠은 자신과의 약속도 지킬 수 없다면 다른 누구와의 약속도 지킬 수 없고 인생에서 패배하지만, 약속을 지키면 성공을 할 것이라고 굳게 믿었다. 스스로 배수진을 친 것이다.

일의 우선순위를 정하고, 순서가 결정된 후에는 삶의 한순간도 낭비하지 않고 자신에게 투자한 것이다. 처칠과 같이 준비하고 노력한다면 스피치든 일이든 성공하지 못할 것이 없을 것이다.

스피치는 입으로 하는 것이지만, 평소 머릿속에 많은 정보를 담고 있어야 한다. 머릿속의 생각을 입을 빌어 언어 형식으로 풀어내는 것이 스피치이기 때문이다.

이 단순한 사실을 인식하지 못하고 단지 본인은 말재주가 없을 뿐이라고 아쉬워하는 사람들이 의외로 많다. 평소에 스포츠관람, 여행, 독서, 예술, 음악 감상 등의 경험이 많으면 많을수록 할 이야기가 많고 재미있는 이야기가 펼쳐지는 것은 너무도 당연한 일이다. 평소 관심 있는 분야에 대한 독서, 글쓰기, 체험 등 사전 준비가 필요하다.

다독 및 다양한 체험에서 좋은 이야기와 글이 나오는 것은 지극히 당연하다. 관심 있는 분야에 대한 여러 직간접 경험을 통해 풍부한 이야깃거리와 글감을 가지고 있어야 한다.

그러나 아무리 많은 정보를 접했어도 그것을 모두 기억할 수 없고, 산만하게 알고 있을 경우 필요할 때 요긴하게 사용할 수 없다. 그래서 필요한 것을 평소에 메모하고 스크랩하면서 자료를 정리해 두는 것이 중요하다.

자료 정리는 카드 형식으로 하든, 컴퓨터를 동원하여 하든 자신이 쉽게 정리하고 찾을 수 있는 방법을 활용하여 자료화하면 된다.

11. 말은 생각에서 나온다.

인간이 생각하는 모든 과정은 언어적 형식을 통해 구성되므로 언어와 생각은 결코 분리될 수 없다. 좋은 스피치는 좋은 생각에서 나온다. 그러므로 생각의 폭을 넓히는 것은 좋은 스피치를 위한 전제조건이다.

12. 어떤 주제로 스피치할 것인가

스피치를 하기에 앞서 먼저 어떤 방식으로 전개할지를 충분히 생각해야 한다. 생각하는 방법은 아무런 원칙이나 규칙 없이 자유롭게 연상하는 방법이 가장 많이 이용된다. 다양한 생각을 모으는 방법 중에 브레인스토밍(brain stoming) 기법이 있다.

브레인스토밍은 아이디어 창출 방법의 하나로, 한 가지 문제에 대해 각자 자유롭게 의견을 말하도록 하는 방법이다. 정상적인 사고방식으로는 독창적인 아이디어가 튀어나오기 어렵다. 개방적이고 활발한 분위기에서 이루어질 수 있는 '브레인스토밍 기법'은 새로운 생각을 집결할 수 있는 좋은 방법이다.

브레인스토밍에서 중요시하는 것은 생각의 질이 아니라, 생각의 다양하고 풍부한 양이다. 상대방 생각에 대해 아무런 비판 없이 자유롭게 개진하도록 하면 자신의 이해관계가 반영되지 않은 참신한 생각들을 얻을 수 있다.

13. 창의적인 생각을 개발하라

생각을 통해 얻어야 할 것은 창의적 아이디어이다. 남들이 미처 생각하지 못한 기발하고 특이한 생각을 도출해 스피치로 연결시키면 금상첨화이다.

다른 사람들과 비슷한 방식과 내용으로 스피치를 하는 것은 청중을 지루하게 만들기 때문에 삼가야 한다. 창의적인 생각은 어느 날 갑자기 하늘에서 뚝 떨어지는 것이 아니라 평소 폭넓은 관심을 가지고 지식을 넓히고 다양한 경험을 쌓은 바탕 속에서 나오는 것인 만큼, 언제나 공부하는 자세가 필요하다.

그렇다고 하여 생각마저 고정된 경험적 틀 속에 가두어 놓는다면 독창적 생각을 끄집어내기 힘들다. 경험을 풍부하게 하는 동시에 생각을 자유롭게 열어 놓아야 한다. 그래야 진실하면서도 새로운 이야기를 통해 청중을 이끌어 나갈 수 있다.

생각하는 연습에는 다음과 같은 방법이 있다. 종이에 약 3분 동안 생각나는 단어를 최대한 많이 적어 본다. 많이 적을수록 생각하는 힘이 강한 것이다. 그런 다음 적은 단어를 관련성 있는 것끼리 사선을 긋는다.

사선과 사선 사이에 단어의 수가 많을수록 생각의 집중도가 높다. 반대로 사선 사이에 단어의 수가 적다면 그만큼 생각이 분산되고 어수선한 것이다.

14. 주어진 시간, 청중에 대한 사전 분석

좋은 스피치를 위해서는 행사장에 어떤 사람들이 모이는가를 분석해서 대비해야 한다. 듣는 사람들이 모인 이유, 듣고 싶어 하는 내용, 나이, 학력, 성별, 지식수준, 직업, 사람 수 등을 정확하게 알아야 상황에 적합한 스피치가 가능하다.

15. 스피치는 반드시 주어진 시간 안에 끝내라

스피치를 할 때는 적절하게 시간을 조절하여 써야 한다. 주어진 스피치 시간에 비해 조금 일찍 끝내는 것이 좋다. 잘해 보려는 의욕이 넘쳐서 강의 자료를 너무 많이 준비하여 시간을 제대로 맞추지 못하고 종료 시간을 초과하게 되면 그동안 잘했던 강연을 한 순간에 망치게 된다.

특히 본인의 스피치가 하루 행사의 마지막인 경우, 듣는 사람은 빨리 행사장을 빠져나가는 데 정신을 집중하고 있으므로, 정해진 시간보다 길어지면 행사장 분위기는 금방 산만해지고 성격 급한 사람들은 한두 명씩 개별적으로 자리를 떠 그야말로 순간적으로 파장 분위기가 된다.

이런 상황이 초래되지 않도록 마감 시간보다 3~5분 정도 일찍 끝내서 깔끔하게 스피치를 정리하는 여유를 보이는 것이 좋다.

스피치 후에 질문을 받으려면 적어도 10분 전에 스피치를 마무리하여 여유 있게 질문을 받고, 답변까지 포함하여 제시간 안에 끝낼 수 있어야 한다.

16. 스피치 전에 반드시 청중과 스피치 환경을 점검하라

청중들의 수준과 태도를 미리 예측해야 한다. 청중의 수준이 연사와 지적 수준이 비슷하거나 연사에 대해 호의적이라면 스피치하는 것이 그리 어렵지 않다. 그러나 지적 수준 차이가 크거나 연사에 대해 호의적이지 않을 때에는 쉬운 사례를 들어 설명하거나, 구체적인 증거를 통해 반론을 잠재우는 노력이 필요하다.

청중과 스피치 환경에 대한 분석이 소홀하면 아무리 열정적인 강연을 한다 해도 남의 다리를 긁는 식의 감동을 주지 못하는 스피치가 되어 버린다. 같은 내용이라도 듣는 사람의 욕구와 수준에 부응해야 좋은 반응을 기대할 수 있다. 또한 스피치를 하는 장소가 야외인지, 실내인지 하는 것과 자신의 강연 앞에 어떤 행사가 있는지 등에 대한 구체적인 정보를 수집해야 한다.

스피치를 행하기 전에 반드시 행사담당자를 통해 정보를 얻거나 직접 장소 등을 점검해야 한다. 장소는 물론이고 빔 프로젝트, 음향기기 등 청중들을 위해 사용해야 하는 기자재들의 상황들을 점검해야만 한다.

이 상황들을 점검하지 않음으로써 강연이 지연되거나 허둥거리게 되면 아무리 훌륭하게 준비한 스피치라도 그 빛을 발할 수 없다.

뿐만 아니라 자신이 할 스피치의 앞과 뒤 행사나 혹은 다른 사람의 강연 내용 등을 파악하여 연계된 스피치를 할 수 있으면 더욱 좋다. 전혀 엉뚱한 스피치를 한다면 듣는 사람을 어리둥절하게 하여 혼란이 초래될 수 있다.

문명의 파괴자들

김 대 하

우리 인류는 티그리스강과 유프라데스강을 끼고 발생한 메소포타미아문명과 나일강을 끼고 발생한 이집트문명, 그리고 인더스강을 낀 모엔조다로와 하라파문명 즉 인도문명과 황하강을 끼고 발생한 중국문명을 대표하는 앙소문화와 홍산문화 등을 칭하여 인류사 대문명 발상지라고 배웠다.

그러나 이외에 분명히 인류문명의 한 축을 이루었던 천문학과 수학이 고도로 발달한 중남미 지역의 마야(Maya)와 아스텍(Azteca) 그리고 잉카(Inca)문명의 존재를 부정할 수는 없을 것이다.

이렇게 인류문명 발상지들을 나열한 것은 초등학생들도 다 아는 인류문화사를 되씹어보자는 것은 아니다. 위의 사대문명 발상지를 근거

김대하(金大河) _ 경남 밀양 출생(1936년). 경희대학교 법학대학 대학원 공법학과 수료. 주식회사 청사인터내셔널 대표이사, 주식회사 부산제당 대표이사, 경기대학교 전통예술대학원 고미술감정학과 대우교수, (사) 한국고미술협회 회장 등을 역임하고, 현재 국립 과학기술대학교 출강, 한국고미술 감정연구소 지도교수 등으로 활동. 저서—연구서 《고미술 감정의 이론과 실기》, 수필집 《골동 천일야화》, 여행기 《철부지노인 배낭 메고 인도로》 등 상재.

하여 발달한 수많은 국가와 민족, 그 각자의 특성에 따라 화려한 문명을 꽃피워 지금까지 이어져 내려오고 있지마는 또 어떤 문명은 흔적만 희미하게 남겨진 채 사라져 없어진 문명도 있다.

즉 중남미의 마야와 아스텍 그리고 잉카문명이 그러하다. 지금까지도 풀지 못하고 있는 홀연히 사라진 아스텍과 마야문명과는 달리 잉카문명의 단절의 큰 원인은 황금에 눈이 멀어 평생 문맹자로 살았던 에스파니아의 '프란시스코 피사로 콘잘레스'(Francisco Pizarr Gonzakez)의 황금 유물 약탈에서부터 시작되었다고 볼 수 있다.

피사로는 겨우 180명의 군인과 28필의 군마만으로(200명과 80필의 군마라는 설도 있다) 인류문명의 한 축이라 할 수 있는 잉카문명을 송두리째 무너뜨려 버렸다.

기록에 의하면 1532년 11월 어느 날, 방문한 손님들을 환대하러 나왔던 잉카제국의 '아타왈파' 황제를 교묘하게 함정에 빠뜨려 살해해 버렸다. 그 내용은, 참으로 어처구니없게도 도미니코 수도회 소속 '벨베르데' 신부는 '아타왈파' 황제에게 성서를 보여주며 이 속에 하나님의 목소리가 들어있다고 하며 황제에게 내밀었다는데, 황제는 책을 받아 책장을 넘겼지만 아무런 목소리도 들리지 않아 바닥에 던져버렸고, 신부는 바로 이 점을 노렸던 것이다.

신부는 피사로에게 신을 모독한 황제를 공격하라고 소리쳤고 피사로는 대포와 화승총으로 2시간도 안 되어 6~7000명의 잉카인들을 몰살시켜 버렸다. 살아남은 잉카인들은 평생 처음 보는 커다란 동물을 타고 화승총에 불을 뿜어대며 달리는 스페인 군인들에게 겁을 먹고 머리를 땅에 박으며 항복하게 되고 황제는 피사로의 포로가 되어 감금된다.

감금된 '아타왈파' 황제는 '피사로'에게 이 방 가득히 금을 채워 줄테니 풀어달라고 제안하고 태양신전안에 있던 수많은 황금 조각품들을 한방 가득히 채워 주었지만 피사로는 황제를 화형시켜 버린다. 그리고 황금수집에 혈안이 된 스페인 군인들은 모든 사원안의 황금 조각품들을 모조리 약탈하고 종교적 이유에서 신전들을 모두 파괴시켜 버린다. 뿐만 아니고 포로로 잡힌 잉카인들은 금광 노예로 전락하게 되었다.

당시 어떤 기록에는 '산에서나 강에서나 페루 전역에서 금이 발견되었다' 고 쓰여져 있다.

이렇게 약탈한 금은을 수송하기 위하여 건설한 항구가 지금의 페루 수도 '리마' 이다. 이때 약탈하여 스페인으로 들여온 금은의 20%는 스페인 국왕에게 바쳐졌고, 나머지는 성당에 바쳤다고 한다.(물론 약탈자들은 제 몫은 따로 떼었겠지만)

이렇게 바쳐진 잉카문명의 흔적들인 황금 조각 미술품들이 잘 보존되어 박물관 등에 남겨져 있었으면 필자가 이렇게까지 비난하지는 않았을 것이지만, 스페인 사람들은 이 모든 황금 조각 미술품들을 녹여서는 그들 성당의 크리스토 제단에 칠갑해 버렸다. 태양신을 숭배하는 잉카문명이라는 인류문명의 한 가지를 송두리째 잘라 자기들이 숭배하는 성당의 제단에 덧칠하여 놓고 스페인 관광산업에 크게 한 몫을 차지하고 있는 것이다.

'톨레도' 대성당의 180kg의 금은 보석 그리고 로마 '바티칸' 대성당과 런던의 '세인트 폴' 대성당과 함께 세계 삼대 성당으로 알려진 스페인 안달루시아 주도 세르비아에 있는 '세비야' 대성당의 예수 제단에 칠해져 있는 1,500kg의 황금은 바로 잉카문명을 말살한 증거물들이라 한다. 스페인은 지금도 이를 부끄럽게 생각하기보다 아주 당당하게 자랑하며 수많은 관람객을 끌어 모으고 있다.

문명을 말살한 군상들이 비단 이들 뿐만은 아니다. 정확한 연대는 알

수 없지만 대략 1세기를 전후하여 발생한 불교 미술품 중 지금의 파키
스탄 탁실라와 마니알라 지역 그리고 붓카라 및 샤바르가르히 등지에
서 도굴한 많은 불상들은 7세기 이후 수차례에 거쳐 침공한 이슬람들
에 의해 전파 또는 반파된 상태로 머리 없는 소조불상들만이 늘어서 관
광객들을 맞이하고 있다.

　그리고 또 있다. 19세기 말에서 20세기 초에 일어났던 천하의 보고
돈황 막고굴(莫高屈)의 제 17장경동 사건들에 연루된 영국의 '스테인'
탐험대와 불란서 '페리오' 탐험대, 그리고 러시아의 '올덴 부르그'와
일본의 '오타니 고수이' 탐험대 등에 의해 수만 권의 귀중한 자료들을
불법 반출하여 각자 본국으로 가져간 것이다. 하지만 이들은 지금까지
잘 보존되고 있어 그 문명의 흔적들을 볼 수는 있고 당시의 문화수준과
예술혼들을 읽을 수는 있다.

　뿐이겠는가. 런던 대영박물관의 진열품들 중 1799년 나폴레옹 원정
대에 의해 나일강 삼각주에서 발견된 BC 196년에 제작된 상형문자 해
독의 열쇠가 된 로제타 스톤(Rosetta Stone), BC 720년 작품인 앗시리아
황궁을 지키던 거대한 인간의 머리를 하고 있는 사자상 라마스(Colssal
status of winged lion), 그리고 헤일 수 없이 많은 이집트의 크고 작은 유물
들, 대영박물관 진열품들 중 다른 나라에서 약탈해 온 유물이 약 90%
나 되지만 그래도 잘 보존되고 있다. 뉴욕의 메트로폴리탄 박물관 한
모퉁이에는 나일강 유역에서 침수되고 있던 신전이 통째로 옮겨져 있
었지만 조금도 손상되지 않고 원형 그대로 보존되어 있다.

　그러나 잉카의 황금은 그러하지 못하고 불에 녹여 자기들 신상에 옷
으로 입혀 버렸기 때문에 그 미술적 가치를 알 수 없게 되어버렸다.

　이와 유사한 파괴자들은 이들 뿐만 아니고 또 있다. 실크로드를 여행
하다 보면 사막 오아시스 도시들에서 많은 불교유적들을 볼 수 있지만

고대 중국의 지배권을 벗어난 지역들의 불교 석굴들의 불교미술들은 온전하게 보존되어 있는 유물들은 거의 없을 정도다.

특히 이슬람들이 습격해 온 지역들은 참혹하리만큼 파괴되어 있다. 투루판의 '베재크리크' 석굴의 경우 벽화는 앞에서 소개한 '페리오'나 '스테인' 그리고 '올덴 부르그' 등의 탐험대에 의하여 규격에 맞추어 뜯겨져 가버렸지만 이들은 지금 그들의 나라 박물관에 잘 보존되어 있어 언제라도 관람할 수는 있지만 무슬림들의 침공을 당한 석굴에서 그나마 남아있던 천정화는 황토로 칠을 해 버려 내용을 알아 볼 수 없게 되도록 파괴해 버렸다.

지금도 문명의 파괴행위는 계속되고 있다. 지난 2000년 5월, 아프가니스탄의 탈레반 정권은 수도 카불 근교에 있던 쿠산왕조(2~5세기) 때 조성된 높이 52.5m와 34.5m의 두 구의 세계 최고(最高)의 바미안 석불을 이슬람을 모독하는 유산이란 이유로 로켓포로 파괴해 버려 전 세계를 놀라게 한 사건이 있었고, IS에게 10개월 동안 점령되었다가 2016년 초에 시리아 정부군에 의해 탈환한 고대유적 도시 '팔미라' 유적은 형체를 알아볼 수 없을 정도로 크게 파손된 상태라고 한다. 같은 종교였지만 종파가 다르다는 이유 하나만으로, 또는 정치적 이념이 다르다는 그 이유 하나만으로 수천 년 내려오던 문명의 유적들을 한 순간 파괴해 버리는 이러한 행태들을 그들의 역사에는 어떻게 기록할까?

중세 잉카문명을 파괴한 자는 황금에 눈이 먼 무식한 군인과 기독교를 앞세운 수도사의 횡포였다면, 지금의 문명 파괴는 잘못된 종교적, 또는 정치적 이데올로기에 그 책임을 물어야 되지 않을까?

전현직 대통령의 장례에 관한 법률과 실제

– 전직 대통령의 장례는 가족장(家族葬)으로 조용히 치루는 것이 좋을 것이다.

김 명 식

중원을 최초로 통일한 진시황(秦始皇, BC 259~210)은 불로장생(不老長生), 불사영생(不死永生)을 꿈꾸었지만 50년을 살고 죽었다. 즉 누구나 죽는다. 춘추필법(春秋筆法)에 의하면 죽음을 신분에 따라 死(小人), 亡(士), 終(君子), 薨(王), 崩(皇帝)으로 구분하였고, 당서(唐書)에는 崩(天子), 薨(諸侯), 卒(3~5品), 死(6品~庶民)로 구분하였으며, 운명했을 때부터 묻을 때까지 즉 장례기간(葬禮期間, 약칭 葬期)도 각각 달랐다.

김명식(金明植) _ 전남 신안 출생(1948년). 詩人·작가, 평화운동가. 해군대학 졸업. 大韓禮節研究院 院長(現). 저서 《캠페인 자랑스러운 한국인》(1992, 소시민) 《바른 믿음을 위하여》(1994, 홍익재) 《왕짜중(짜증나는 세상 신명나는 이야기)》(1994, 홍익재) 《열아홉마흔아홉》(1995, 단군) 《海兵사랑》(1995, 정경) 《DJ와 3일간의 대화》(1997, 단군) 《押海島무지개》(1999. 진리와자유) 《直上疏》(2000, 백양) 《장교, 사회적응 길잡이》(2001, 백양) 《將校×牧師×詩人의 개혁선언》(2001, 백양) 《한국인의 인성예절》(2001, 천지인평화) 《무병장수 건강관리》(2004, 천지인평화) 《公人의 道》(2005, 천지인평화) 《한민족 胎敎》(2006, 천지인평화) 《병영야곡》(2006, 천지인평화) 《평화》(2008, 천지인평화) 《21C 한국인의 통과의례》(2010, 천지인평화) 《내비게이션 사람의 기본》(2012, 천지인평화) 《直擊彈》(2012, 천지인평화) 《金明植 愛唱 演歌 & 歌謠401》(2013, 천지인평화) 《大統領》(2014, 천지인평화) 《平和의 矢》(2014, 천지인평화) www.oyeskorea.com. Mobile 010-9097-1550

장기(葬期)는 시대별로 차이가 나지만, 대체로 고례(古禮)에서는 7日葬(皇帝), 5日葬(王/諸侯), 3日葬(大夫), 踰日葬(선비의 죽음) 등으로 분류되어 신분사회임을 반증하고 있다. 그러나 1894년 갑오경장(甲午更張)의 시행으로 신분제(身分制)가 폐지되어 지금은 삼일장(三日葬)이 관행화 되었고, 건전가정의례준칙(대통령령 16544호, 1999년 8월 31일) 제12조에 "장일(葬日)은 부득이한 경우를 제외하고는 사망한 날부터 3일이 되는 날로 한다"라고 명시하였다.

우리나라는 현재 대통령의 임기를 5년 단임제(單任制)로 정하고 있기 때문에 향후 "국가장법(國家葬法)"의 적용을 받을 대상이 늘어날 전망이다. 본고에서는 전현직(前現職) 대통령의 장례 문제만 예절이라는 측면에서 고찰하고자 한다.

건국 이래 지금까지 현직(現職)에서 사망한 박정희 대통령을 포함하여 전직(前職) 대통령의 장례를 종합하면 다음과 같다.

*代數順(대수순)이 아니라, 死亡順(사망순) 자료임

대통령(死亡順)	대수(代數)	사망일(死亡日)	장례일과 장기(葬期)	장례형태	종교의식(儀式順序別)	비고
이승만	초대~3대	1965. 7. 19.	7월 27일 (9日葬)	家族葬	영결예배(정동교회)	
박정희	5대~9대	1979. 10. 26.	11월 3일 (9日葬)	國葬	불교/천주교/기독교	
윤보선	4대	1990. 7. 18.	7월 23일 (6日葬)	家族葬	영결예배(안동교회)	
최규하	10대	2006. 10. 22.	10월 26일 (5日葬)	國民葬	불교/기독교/천주교	
노무현	16대	2009. 5. 23.	5월 29일 (7日葬)	國民葬	불교/기독교/천주교/원불교	공동장례위원장
김대중	15대	2009. 8. 18.	8월 23일 (6日葬)	國葬	천주교/불교/기독교/원불교	
김영삼	14대	2015. 11. 22.	11월 26일 (5日葬)	國家葬	기독교/불교/천주교/원불교	

2016년 현재 유효한 전현직 대통령 죽음에 대한 장례절차규정은 2014년말에 마련된 "국가장법(國家葬法, 법률 제12844호, 2014년 11월

19일 타법개정)"이다. 국가장법(國家葬法)이 시행되기 전에는 "국장(國葬)·국민장(國民葬)에 관한 법률(법률 제1884호, 1967년 1월 16일 제정)"이 있었는데, 2009년 5월에 노무현 전 대통령이 자살하고, 동년 8월에 김대중 전 대통령이 사망하며 국민장(노무현)과 국장(김대중)으로 치러지면서 형평성 문제가 제기되어, 2014년에 "국가장법(國家葬法)"으로 개정하였다. 사실 2009년 이전까지는 "국장(國葬)·국민장(國民葬)에 관한 법률" 적용에 아무런 문제가 없었으나, 노무현 전 대통령이 자살이라는 극단적인 방법으로 사망하면서 유족들은 당초 가족장(家族葬)을 원했으나, 이명박 정부는 야당 및 유족과 절충하여 국민장으로 결정하였다. 또한 절충과정에서 장례위원장을 공동으로 하자는 유족과 야당의 요구를 정부가 수용하여 현직 한승수 국무총리와 전직 한명숙 국무총리가 공동장례위원장을 맡아 조사(弔辭)도 두 위원장이 각각 맡았는데, 전례(前例)가 없는 일이었다.

그로부터 3개월 후에 김대중 전 대통령이 사망하자, 이번에는 노벨평화상을 수상했고 남북화해에 기여한 점을 들어 유족과 야당은 국장(國葬)을 요구하였다. 일반적으로 국장은 현직 대통령 사망시에만 적용되는 것이었으므로 전직 대통령이 사망할 경우에는 국민장(國民葬)으로 치루는 것이 당연시되었다. 직전에 사망한 노무현 전 대통령과 최규하 전 대통령도 국민장으로 치른 전례가 있기에, 형평성에 맞지 않는다며 이명박 정부는 난색을 표하다가 종래에는 국장(國葬)으로 하되 장기(葬期)를 6일장으로 하도록 타협하기에 이르렀다. 또한 서울현충원(동작동)이 포화상태로 대통령 묘역부지가 없어 대전현충원에 8기를 안장할 수 있는 대통령 묘역이 이미 준비되어 있고, 최규하 전 대통령이 묻혀 있는 상태이기에 대전현충원 대통령 묘역의 나머지 7기 안장부지 중에 선택하여 장지(葬地)를 정하도록 권고했으나, 유족들의 강력한 요구로 서울현충원(동작동)으로 결정되었다. 이처럼 이명박 정부에서 노무현, 김대중 두 전직 대통령의 장례를 치루는 과정에 법을 제대로 지키지 못하고 유족 및 야당측 요구를 일부 수용, 절충, 타협함으로써 법을 유명무실하게 만드는 어리석음을 범했다.

그런 문제는 대통령을 지낸 생존자들 전두환, 노태우, 김영삼, 이명박 대통령의 사망시에도 또 발생할 소지가 있어 박근혜 정부에서는 아예 "국장(國葬), 국민장(國民葬)에 관한 법률"을 폐기시키고 논란의 여지가 없도록 전직, 현직을 막론하고 대통령이 사망하면 모조리 '국가장(國家葬)'으로 한다는 '국가장법(國家葬法)'을 마련하였는데, 그것이 과연 합당한 것인가? 생각해 볼 일이다.

이승만 전 대통령과 윤보선 전 대통령처럼 유족들이 가족장(家族葬)을 한다면 문제가 없겠으나, 이제는 모두 국가장(國家葬)으로 하여 장례비

▲ 李承晩 前 大統領의 家族葬 葬禮行列(1965年 7月 19日)

용 전액을 국가가 부담해야 할 형편이다. 전직 대통령과 현직 대통령의 죽음을 동급(同級)으로 보는 것이 합리적인가? 향후에 대통령을 지낸 분들이 자살을 하든, 전과자가 되든 모조리 국가장(國家葬)으로 치루는 것이 타당한가? 그런 고려도 없이 성급하게 마련된 국가장법(國家葬法)은 이제라도 차분하게 법리적으로 재검토해야 할 일이다.

1. 장기(葬期)의 문제 : 장기(葬期)가 명확하지 않다.

우리의 국장(國葬) 국민장(國民葬)에 관한 법률이나 국가장법(國家葬法)에 장기(葬期)에 대한 명확성이 없다. 9일이내, 7일이내, 5일이내 등 '이내(以內)'를 붙여 장기(葬期)를 결정하도록 명시하고 있다. 그 결과 5日葬(최규하, 김영삼), 6日葬(윤보선, 김대중), 7日葬(노무현), 9日葬(이승만, 박정희) 등으로 달랐다.

⇨ 바람직한 방안 : 장기(葬期)를 '며칠 이내(以內)'로 하여 유족과 정부가 타협하도록 하는 것은 바람직하지 못하다. 명확하게 몇일로 정하는 것이 바람직하다.

2. 영결식(永訣式, 葬禮式)에서의 헌화분향

현행 영결식 절차에 헌화분향순서가 있다. 이미 장례식장 분향소에서 분향을 하였으므로 정부가 주관하는 영결식에서 헌화분향순서는 불필요한데, 상징적으로 포함시킨 것으로 보인다. 헌화는 서양의 의례에, 분향은 동양의 의례에 있는 것인데 이를 조합한 것이 헌화분향이다. 그런데 자세히 살펴보면 분향자가 망자의 영전(靈前)에 이르러 헌화(獻花)와 분향(焚香)을 하고 경례와 바롯, 묵념과 바롯을 구령에 따라 실행하는데 이는 합리적이지 못하다. 헌화와 분향을 하고 목례(目禮) 정도로 마치면 될 일인데, 의전관의 구령(口令)에 따라 경례와 묵념을 별도로 할 필요가 있겠는가? 그리고 영결식 참석자 누구누구에게 헌화와 묵념을 하도록 할 것인지도 숙고해 볼 일이다.

⇒ 바람직한 방안 : 상징성 있는 분들을 최소한으로 제한하여 헌화와 분향을 하고 스스로 목례만 하는 것으로 마쳐야 한다. 굳이 경례와 바롯, 묵념과 바롯을 구령으로 명령할 필요는 없다.

3. 종교의식과 종교명칭의 문제

① 대한민국헌법 제20조 2항에 국교(國敎)는 인정되지 아니하며, 종교와 정치는 분리된다고 명시하였는데, 정부가 주관하는 국장(國葬), 국가장(國家葬), 국민장(國民葬)에 종교의식을 가미하는 것이 과연 타당한가? 이성적, 법리적으로 재고(再考)해 볼 문제이다.

⇒ 바람직한 방안 : 국교(國敎)가 인정되지 아니하는 나라에서 정부가 주관하는 영결식에 종교의식을 포함시키는 것은 어불성설이다. 종교

▲ 朴正熙 前 大統領의 國葬 葬禮行列(1979年 11月 3日)

▲ 尹潽善 前 大統領의 家族葬 永訣禮拜(1990年 7月 23日)

의식이 필요하지 않을 것이다.

② 최초의 국장(國葬)이었던 박정희 대통령의 영결식에는 불교, 천주교, 기독교 등 3대 종교지도자 각 1명이 행하는 기도형식이었으나, 노무현 대통령 국민장(國民葬)부터는 원불교가 가미되어 4대 종교의식이 행해졌으며, 김영삼 대통령 국가장(國家葬)에서 기독교 종교의식은 4개 교파 대표가 합동으로 종교의식을 행하였다. 과연 3대~4대 종교의식이 타당한가? 어떤 근거와 기준으로 4대 종교를 선정하였는지도 재고해 볼 일이다. 또한 정부가 주관하는 장례식은 영결식과 안장식으로 구분되는데, 영결식에서는 3~4개 종단 종교의식이었으나, 안장식(하관식)에서는 망자의 종교의식만 행하였다. 그것이 합리적인가? 그렇게 한 타당한 이유를 설명할 수 있는가?

⇨ 바람직한 방안 : 망자의 신앙과 상관없이 3대~4대 종교의식을 행하는 것은 세계적인 웃음거리일 것이므로 마땅히 종교의식이 배제되어야 한다. 군이 종교의식을 포함시킨다면 망자의 종교의식으로 제한

해야 할 것이다.

③ 불교, 천주교, 기독교라는 종교 명칭이 타당한가? 기독교(基督教)라 함은 천주교(天主教, 舊教)와 개신교(改新教, 新教)를 의미한다.

⇨ 바람직한 방안 : 불교, 천주교, 개신교로 용어를 정리함이 합리적 이다.

4. 전액 국고(國庫)가 지원되는 국가장(國家葬)의 대상을 재검토하여 축소해 야 한다.

"국장·국민장에 관한 법률"에서는 그 대상을 대통령직에 있었던 자 와 국가 또는 사회에 현저한 공훈을 남김으로써 국민의 추앙을 받은 자 로 규정하였었는데, "국가장법"에서는 전직·현직 대통령과 대통령당 선인, 국가 또는 사회에 현저한 공훈을 남겨 국민의 추앙을 받는 사람 을 대상으로 규정하고 있다.

⇨ 바람직한 방안 : 장례비용이 전액 국고로 지출되는 국가장은 현직

▲ 崔圭夏 前 大統領의 國民葬 永訣式(2006年 10月 26日)

▲ 盧武鉉 前 大統領의 國民葬 永訣式(2009年 5月 29日)

대통령이 사망할 경우에만 적용하고, 그 외의 경우에는 사회단체가 주관하는 사회장(社會葬)이나 정당이 주관하는 정당장(政黨葬)으로 치루는 것이 바람직하다. 현직 대통령이 아닌 경우에는 그 유족들이 조용히 가족장(家族葬)으로 장례절차를 밟는 것이 바람직하지 않겠는가? 국가장의 적용대상을 엄격히 제한하는 법률개정이 필요하다. 그리고 국가 또는 사회에 현저한 공훈을 남겨 국민의 추앙을 받는 사람을 무슨 합리적인 기준으로 선정할 것인가?

5. "국가장법(國家葬法)" 이라는 명칭도 재고(再考)해야 한다.

논어(論語)에 나오는 내용으로 자로(子路)는 공자에게 "정치는 무엇을 먼저 해야 하느냐?" 고 묻자, 子曰必也正名乎(자왈필야정명호)라고 대답하였다. 여기에서 정명(正名)이란 명칭(名稱)이나, 개념(槪念), 명분(名分)을 바르게 한다는 뜻이다. "국가장법(國家葬法)" 이란 명칭은 국가가 사망하여 장례를 치루는 법이라는 의미로 해석될 수 있다. 국가(國家)가 망하지 않는 한 장례를 치룰 수 없는 것 아닌가?

⇨ 바람직한 방안 : "국가장법"보다는 "국가원수 장례에 관한 법률" 이라는 명칭이 타당하다고 본다. 그리고 현직 대통령의 사망과 전직 대통령의 사망을 동일한 기준으로 볼 수 없는 것이기에 마땅히 구분되어야 할 것이다. 또한 필요하다면 차제에 국민장 및 사회장에 관한 법률의 정비도 재검토해 볼 수 있을 것이다.

6. 정부가 주관하는 전현직 대통령의 장례식은 유족과 타협(妥協)의 대상이 아니다.

유족이나 정당, 정파의 요구에 대해 법을 무시하고 국무회의에서 임시의결로 편법을 허용하거나 타협하는 무능함이 반복되어서는 안 될 것이다. 법률에 있어서 일사부재리(一事不再理)와 법률불소급(法律不遡及)의 원칙이 얼마나 중요한지 망각한 정부와 정치권이 아닌지 상고해 볼

▲ 金大中 前 大統領의 國葬 永訣式(2009年 8月 23日)

일이다. 유족들이 가족장(家族葬)으로 거행한다면 상관없겠지만, 장례식을 정부가 주관한다면 당연히 법적 근거에 충실해야 할 것이다. 법 적용이 이현령비현령(耳懸鈴鼻懸鈴)되거나 타협적 소산으로 그때그때 다르게 적용된다면 대통령을 지낸 분들이 사망할 때마다 일어날 혼선과 혼란을 어떻게 감당할 것인가? 정부가 주관하는 장례식은 세계인들이 지켜보게 되어 있는데 대한민국의 법(法)과 예절(禮節)과 종교(宗教)가 웃음거리가 되지 않도록 합리적으로 재정비되어야 할 것이다.

7. 전직(前職) 대통령의 장례에 대한 바람직한 대안

반세기 이상 민주주의를 실현하고 있는 우리 아닌가? 현직(現職) 대통령의 유고(有故)가 발생하면 마땅히 국장(國葬)으로 정부가 주관해야 할 일이지만, 전직(前職) 대통령의 장례를 국장(國葬), 국민장(國民葬), 국가장(國家葬)으로 거행하는 것이 과연 민주주의 국가에서 합리적인지 숙고해볼 일이다.

▲ 金泳三 前 大統領의 國家葬 永訣式(2015年 11月 26日)

우리 민족의 전통예절 가운데 조금 복잡한 면이 없지 않지만, 아마도 지구촌 어느 민족보다도 조선시대의 상장례(喪葬禮)는 최고급 문화수준으로 발전시켜 왔다. 지금은 엉망진창이 되어 전현직 대통령의 장례절차마저 세계인의 웃음거리로 연출되고 있지만….

자고로 장례(葬禮)는 산 자의 몫이다. 이제 사회적 논의를 거쳐 향후에 전직(前職) 대통령이 서거할 경우를 대비하여 장례관련 법령을 재정비하여, 법에 의한 장례절차가 진행되어야 한다.

중태(重態)로 투병중인 노태우 전 대통령을 포함하여 미구에 예상되는 전두환, 이명박 등 전직 대통령이 사망하면 그때에도 유가족과 정당의 요구에 따라 정부가 타협하며 우왕좌왕할 것인가? 또한 대통령의 유족(遺族)들과 지지자들도 좀 성숙해져야 한다. 그들이 솔선하여 망자의 종교에 따라 종교의식에 의한 가족장(家族葬)으로 조용히 장례를 치루는 것이 마땅하지 않겠는가? 공수래공수거(空手來空手去)이다.

전직 대통령의 장례까지 정치적으로 이용하려는 부끄러운 작태를 더 이상 방관해서는 안 된다. 국회와 정부도 시류(時流)에 따라 유족의 요구에 그때그때 끌려 다니지 말아야 하며, 엄격하게 법을 적용해야 한다.

8. 드골 대통령의 유언과 유족들의 자세를 타산지석(他山之石)으로 삼아야 한다.

제2차 세계대전에서 프랑스를 구한 드골 대통령은 서거(逝去) 직전에 구체적인 유언(遺言)을 남겼다. 장례는 가족장(家族葬)으로 할 것이며, 나의 장례식에 대통령이나 장관들은 참예하지 않도록 하고 다만 2차 대전 전쟁터를 누비며 프랑스 해방을 위해 함께 싸웠던 전우들은 참예토록 하고, 딸 무덤 옆에 묻은 다음 묘비(墓碑)엔 이름과 출생 및 사망연도만 쓰라는 것이 전부였다. 프랑스 정부와 유족들은 드골의 유언을 존중하여 그대로 이행하였다.

그가 천주교인이었기에 파리 노트르담 성당에서 거행된 영결미사에 대통령과 장관들은 참예하지 않았고 각자 자기 사무실에서 묵념을 올려 명복을 빌었으며, 가족장(家族葬)으로 치루어져 장애자로 먼저 사망한 딸의 무덤 옆에 안장(安葬)했으며, 묘비엔 "Charles de Gaulle, 1890～1970" 이라고만 기록하였다.

드골은 대통령 퇴임 후에도 퇴임 대통령에게 지급하는 연금(年金)과 유가족에게 지급하는 연금도 사사로이 받지 않고, 무의탁 노인과 고아들을 위해 신탁(信託)하여 활용하도록 하였다. 우리 정부와 국회 그리고 대통령을 지낸 분들과 그 유족들이 드골의 전례(前例)를 새겨보아야 하지 않겠는가?

▶ 김명식의 旣刊主要著書
- 캠페인 자랑스러운 한국인(1992, 소시민)
- 바른 믿음을 위하여(1994, 홍익재)
- 왕짜증(짜증나는 세상 신명나는 이야기)(1994, 홍익재)
- 詩集 : 열아홉마흔아홉(1995, 단군)
- 海兵사랑(1995, 정경)
- DJ와 3일간의 대화(1997, 단군)
- 詩集 : 押海島무지개(1999. 진리와자유)
- 直上疏(2000, 백양)
- 장교, 사회적응 길잡이(2001, 백양)
- 將校×牧師×詩人의 개혁선언(2001, 백양)
- 한국인의 인성예절(2001, 천지인평화)

- 무병장수 건강관리(2004, 천지인평화)
- 公人의 道(2005, 천지인평화)
- 한민족 胎敎(2006, 천지인평화)
- 병영야곡(2006, 천지인평화)
- 평화(2008, 韓英中日文 合本, 천지인평화)
- 21C 한국인의 통과의례(2010, 천지인평화)
- 내비게이션 사람의 기본(2012, 천지인평화)
- 直擊彈(2012, 천지인평화)
- 金明植 演歌 & 歌謠 401(2013, 천지인평화)
- 大統領(2014, 천지인평화)
- 평화의 화살(平和の矢)(2014, 韓日文 合本, 다올아트)

▶ **主要 論文**
- 해상경계선(NLL, MDL-X)에 관한 연구, 1989)
- 동북아 안정과 남북한 평화통일을 위한 환경조성방안, 1995)
- 혼인주례학 小考(현대식 혼인예식을 중심으로, 1997)

실심실학과 메타윤리

김용환

명제 윤증(明齋 尹拯, 1629~1714)은 실심실학(實心實學)을 통해 선비다움을 보여준 조선의 선비이다. 그는 조선사회의 정치적 현안이자 학문적 논쟁대상인 '예송'(禮訟)에 대해서 개방적 태도를 나타냈다. 당시 진행된 '예송(禮訟)'은 이학(理學)의 철학적 원리와 종법(宗法)과 연계되어 최고 권력, 왕권의 정통성에 대한 논쟁으로 이어졌다. 권력을 놓고 목숨을 건 정치적 논쟁이었기에 윤증은 '이'(理)의 무위를 강조하면서도 '이발'(理發)에 대해서는 거부를 하였다.

명제의 이러한 입장은 이이(李珥)의 '이론'(理論)을 계승한 것이다. 일찍이 율곡은 조제론(調劑論)을 펴면서 붕당화합을 중시하였다. 명제는 율곡의 사상을 이어서 노론과 남인의 화해(和解)를 주창하였다. 그의 예

김용환(金容煥) _ 대구 출생(1955년). 서울대학교, 동 대학원 졸업(철학박사). 충북대학교 본부 기획연구실장(1997~1998), 파리 소르본느대학 연구교수(1992~1993), 캐나다 브리티시 콜럼비아 공동연구교수(1998~1999), 한국윤리교육학회 회장(2011~2012) 등 역임, 현재 충북대학교 사범대학 윤리교육과 교수, 고조선 단군학회 부회장, 사단법인 겨레얼 살리기 국민운동본부 편집이사 등 활동. 충북대학교 학술상(1998) 외 다수 수상. 저서 《현대사회와 윤리담론》(2006), 《세계윤리교육론》(2009, 문광부 우수도서 선정), 《한국철학사전》(공저, 2010), 《도덕적 상상력과 동학의 공공행복》(2012)외 다수.

학은 김장생(金長生)과 이이의 학맥에 연원을 두고, 기호학파 예학의 종장으로서 깊은 영향을 미쳤다. 따라서 그의 실학은 천리(天理)를 인식하고, 의리를 분별하며, 구체적 정사(政事)와 생산 활동이 가능한 지식과 능력을 중시한다.

실학은 '실사구시'(實事求是)에 그 목적을 둔다. '실(實)'의 개념은 '천리'이다. 명제는 이이의 이기(理氣) 관점에서 '마음'(心)을 설명한다. '마음'(心)은 모든 이치를 갖추고 만사에 대응하지만 그 형체는 기로써 이루어진다. 지각기능에서 중요한 것은 정확하고 객관적 판단이다. 그 공정성은 '허령'(虛靈)이다. '허령불매'(虛靈不昧)는 '마음'의 본체가 '맑고 고요하며 지각기능을 완전히 갖춘 작용'을 의미한다.

명제는 사람의 한 '마음'(心)을 인심과 도심으로 나누는 것은 잘못이라고 주장하였다. 인심과 도심이 실심의 '메타'(meta)로 만나기에, 도심이 인심을 통제할 이유가 사라진다. 조선의 선비, 명제에서 나타나듯이 현대윤리는 메타방식의 '윤리적 사고하기'를 중시한다. 공감능력은 개개인의 행복을 넘어 세계시민 공동체 구성원들이 이루어 가는 공공행복을 메타 관점에서 생각하고 그 결과를 국제규범으로 실천함에 관건이 있다고 할 것이다.

메타윤리는 다양한 편견을 인식하고 편견과 차별의 대상자들이 이상태에서 벗어나도록 돕는다. 윤리적 문제는 사람들 사이에 갈등이 생길 때 발생하는 문제이다. 윤리적 원리를 준거로 삼아 이루어지는 윤리적 판단은 규정적이면서 '보편화 가능성'이 있는 판단이 되어야 된다. '윤리적 사고하기'의 과정은 일련의 절차, 즉 형식으로 이루어진다. 그 형식은 합리성의 기존에 얽매여 사고하고 판단하는 것이 아니라 메타의 차원에서 새로운 범주와 만난다. 현대윤리는 조선의 선비, 명제에서 보듯이 메타방식으로 '윤리적 사고하기'를 중시한다. 인식, 감정, 행위

능력을 연마하는 데 있어, 인지·정의·행위 세 측면의 도덕성을 메타적으로 통합시킨다.

먼저 어떤 문제가 윤리적 문제인가를 인식한다. 다음은 어떻게 해야 윤리적 행동이 될 수 있는가를 사고한다. 그리고 메타적으로 판단한다. 마지막으로 그 판단을 실천으로 옮겨 행동한다. 앞의 세 가지 절차는 윤리적 사고하기를 연속적으로 묻는 절차에 해당한다. 무엇보다도 '윤리적 문제로 인식하기' 위해서는 형식적이고 합리적인 준거가 요청된다. 윤리적 문제로 인식하는 과정에서 그 문제에 관련된 사람들의 이익을 공정하고 합당하게 다룬다. 이처럼 윤리문제로서 인식하는 과정은 준거의 공정성과 적용의 합당성을 메타의 관점에서 중시하게 된다. 그리고 어떻게 해야 윤리적 행동이 될 수 있는가를 생각하기 위해서는, 그 사고(思考)는 상황을 감안한 실심(實心)에 충실해야 할 것이다.

세계화 시대의 메타윤리는 내용적 접근만으로는 이미 부족한 부분을 예견한다. 세계화 시대는 세계시민들이 공유할 수 있는 메타윤리 규범을 요청한다. '공정이익에 대한 상호고려의 규범'이라는 형식의 틀이 지구촌 시대에 세계시민의 입장에서 함께 공유할 수 있는 메타윤리의 형식이다. '공정이익에 대한 상호이익 고려'의 메타형식에서 '상호이익'은 윤리적 문제로서 구체적 내용이 되겠지만, '공정이익의 고려'로서의 윤리규범은 형식적 접근에 해당한다.

세계시민과 더불어 사는 세계시민성 시대에서, 그 누구도 그가 속해 있는 한 지역·한 국가의 문화적 영향권에서 벗어날 수는 없다. 국가의 구성원은 여전히 국가의 윤리규범을 내면화하는 내용적 접근이 필요하다. 세계시민의 입장에서 도덕적 문제해결을 위해서는 메타윤리 접근이 형식적 접근으로 동시에 요청된다고 말할 수 있다.

선비정신은 "인간이 마땅히 걸어야 할 길(道理)"로서, 도덕적 실천력에 그 생명력이 있다. 오늘의 선비도 부조리한 현실을 고발하고, 도덕사회를 구현하기 위해 선도적 역할을 하는 '비판적 지성'의 역할을 담당한다. 사회비판적 기능의 핵심은 '절의(節義)'이다. 절의는 '절개'와 '의리'의 합성어이다. 절개는 올바른 신념이나 신의를 굽히지 않으려는 꼿꼿한 태도이며, 의리는 사람으로서 지켜야 할 도리이다. 선비가 꿈꾸는 사회는 대도(大道)가 구현되는 세계는 대동세계(大同世界)이다. 대도는 우주규범의 천지운행 원리이자, 삼라만상의 존재원리이며, 당위원리이기도 하다.

선비가 바라보는 대동세계에는 천도(天道)와 인도(人道)가 함께 한다. 인도가 천도를 따르지 않으면 지상의 혼란이 생긴다. 이렇게 천도의 법도가 허물어진 세계가 소강(小康)세계이고, 그 혼란을 극복하고 천도와 인도가 일치되는 세계가 대동세계이다. 선비의 삶과 선비다움에 대한 공감(empathy)은 현대의 윤리적 사고와 연결되는 메타윤리에서 그 공감대를 형성한다.

현대의 사이버공간이 넓게 확산되면서 공감의 상실과 부재로 말미암아 많은 사람이 실제적인 고통으로 이어진다면, 그 고통의 해결은 '말함(saying)'에 근거한 메타윤리 접근이다. 선비의 덕성은 타자에 대한 공감을 수용하는 '말함(saying)'으로 드러난다. 다른 사람의 사랑을 온전히 이해할 수 없듯이, 다른 사람의 고통도 온전히 납득하기 어렵다. 현대사회의 선비덕성은 선비다움의 '말함(saying)'을 메타차원으로 구현하는 데서 드러나게 될 것이다.

되새겨보는 '알리'의 치밀한 전략과 전술

김 재 엽

19 74년 10월 30일, 현재는 콩고민주공화국으로 국명이 바뀌었지만 아프리카 자이르공화국의 수도 킨샤사에서는 세계 복싱 역사상 길이 남을 명승부가 펼쳐졌다. 무하마드 알리와 조지 포먼의 WBC · WBA 세계 헤비급 챔피언전이었다.

당시 알리는 무관(無冠)이었다. 1967년에 베트남전 징병 대상자였던 그는 "난 베트콩에 아무런 감정이 없다"며 입대를 거부했고, 결국 챔피언 타이틀과 선수 자격마저 박탈당했다가 어렵사리 복귀한 뒤였다.

조지 포먼은 당시 알리의 유일한 라이벌이라 여겨졌던 조 프레이저를 가볍게 KO시키고 챔피언 타이틀을 획득한 상태였다. 더군다나 32

김재엽(金載燁) _ 경기 화성 출생. 한국방송통신대 경영학과 졸업. 대진대 통일대학원 졸업(정치학 석사). 대진대 대학원(북한학 · 정치학 박사) 수료. 국제펜클럽 한국본부 회원. 한국불교문인협회 사무총장. 한국문학비평가협회 상임이사. 한국문인협회 의정부지부 초대 부지부장. 한국현대시문학연구소 상임연구위원. 『한국불교문학』 편집인. 한국통일문학축전위원회 공동집행위원장. 한국국방상담학회 부회장. (사)한얼청소년문화진흥원 창립 이사. 한국 시정일보 논설위원. (사)터환경21 이사. 도서출판 한누리미디어 대표. 제14회 한국불교문학상 본상, 제8회 환경시민봉사상 대상(시민화합부문) 수상.

세의 알리는 이미 복서로서 황혼기에 접어들었고, 25세의 포먼은 혈기 왕성한 절정기의 무적 함대였다.

훗날 복싱계의 거물로 성장한 돈 킹이 '정글의 결투'(Rumble in the jungle)라고 명명한 이 대결에서 두 복서는 각각 500만 달러의 파이트 머니를 받았다. 돈은 자이르의 독재자 모부투 세세 세코가 쾌척했는데, 그는 독재자로서의 부정적인 이미지를 불식시키고 세계인의 관심을 끌기 위해 바로 이 세기의 대결을 유치했던 것이다.

어쨌거나 이 세기의 결투는 미국 시청자의 편의를 위해 현지 시각 새벽 4시 30분에 열렸다. 관객 6만여 명이 역사적인 경기를 보기 위해 그야말로 새벽 달빛 아래 모인 것이었다. 알리는 특유의 쇼맨십을 발휘해 관중에게 "알리, 보마예(Ali, bomaye! – 알리, 놈을 죽여라!)"라고 외치길 유도했다.

경기 초반부는 포먼에게 유리하게 진행되는 듯했다. 포먼은 특유의 해머 펀치로 알리를 몰아붙였다. 한 대만 제대로 맞으면 그대로 뻗어버릴 듯한 핵주먹이었다. 알리는 로프에 기댄 채 포먼의 주먹을 막아내기에 급급했고, 간혹 잽을 날려 포먼의 공격을 견제할 뿐이었다.

하지만 이런 상황은 사전에 포먼을 간파하고 치밀하게 대비한 알리의 전략과 전술에 포함된 것이었다. 스피드와 기술이 뛰어난 알리로서는 로프의 반동을 이용하여 포먼의 초반 핵공격을 무력화시킨 뒤 신경이 날카로워지고 힘이 빠진 후반에 스텝이 무뎌지는 순간 반격할 계획이었던 것이다.

라운드가 진행되면서 포먼의 공격력은 눈에 띄게 무뎌졌다. 때리다 지친 격이었다. 드디어 회심의 8라운드에 접어들었고, 로프에 기대 있던 알리는 포먼의 주먹이 흐느적대는 것을 간파하고 로프의 반동으로 치고 나가 회심의 일격을 가하였다. 왼손 훅에 이은 오른손 스트레이트가 포면의 안면을 강타하는 순간. 라운드 종료 9초를 남긴 채 거목이 무너져 내리듯 링 중앙에 나뒹굴어져 버린 포면은 심판이 '10'을 셀 때까지 일어나지 못했다.

장내를 열광하는 관중들로 하여금 흥분의 도가니로 변모시킨 알리의 통쾌한 KO승!

적어도 이 경기에서 만큼은 세인의 관심사에서 절대약자로 밀려 있던 알리가 7년 전 잃어버린 타이틀 탈환과 함께 미국 정부에 의해 실추되었던 명예도 함께 되찾는 순간이었다. 객관적으로도 약자 위치에 있던 알리가 그 누구도 넘볼 수 없던 불세출의 절대강자 포면을 이긴 이날의 대혈전은 40여 년이 지난 지금도 잊혀지지 않는 세기의 명승부로 회자되고 있다.

역시 모든 역학관계를 동원하여 치밀하게 짜여진 전략과 전술이 끝내 승리를 안겨다준 대표적인 사례라 할 수 있는 이 결전이야말로 당시 아날로그적인 감성과 맞물려 상상 속으로만 존재했던 것인데, 그마저 생생하게 TV 중계로 입증되면서 1970년대를 살아가는 사람들에겐 엄청난 충격으로 각인된 사건이었다.

이 대결에서의 통쾌한 승리로 헤비급 챔피언에 재등극한 알리는 1981년 은퇴하기까지 전설의 복서로 이름을 남겼는데 알리의 도전과 함께 기록된 승리는 그의 굴곡진 인생과 맞물려 더욱 큰 메시지를 전한다. 흑인에 대한 차별에 저항하며 이슬람교로 개종해서 얻은 '알리'라는 이름과 세계 타이틀을 박탈당하면서까지 베트남전 참전을 반대했던 반전운동가로서의 길까지, 알리는 부조리한 현실에 부단히 문제를 제기했던 것이다.

바로 이런 점에서 '캐시어스 클레이' 시절과 '무하마드 알리'로 개명한 이후의 그는 완전히 달라져서 핍박받는 흑인으로서의 그와 위대한 복서로서의 그가 공존했던 것이다.

포먼은 이 경기 이후 오랫동안 슬럼프에 빠져 방황했지만 1987년 세간의 비웃음을 무릅쓰고 38세의 나이로 링에 복귀했다. 그리고 1994년, 포먼은 45세의 나이에 자신보다 19살이나 어려 혈기왕성한 20대의 복서 마이클 무어러를 상대로 한 방의 KO 펀치를 날려 쓰러뜨리고 최고령 헤비급 챔피언에 다시 올라 그 또한 명예를 회복하였다. 알리에게 패한 뒤 그야말로 절치부심 20년 만에 그 역시 치밀한 전략과 전술로 무장하였기에 이루어낸 쾌거였던 것이다.

포먼은 아직도 알리와의 대결을 자신의 복싱인생에서 가장 훌륭한 시간이었다고 말한다.

"알리에게 패배한 직후 나에겐 증오와 원한밖에 남지 않았었다. 하지만 1981년에 나와 알리는 절친한 친구가 되었고, 1984년엔 서로를 둘도 없이 사랑하게 되었으며, 지금 나는 내 인생의 그 누구보다도 알리를 아끼고 있다. 알리는 내가 아는 가장 위대한 사람이다."

지난(2016년) 6월 3일, 74세의 알리는 30년간 파킨슨병과 싸워오다 호흡기 질환과 겹쳐 끝내 유명을 달리했다. 그리고 구름같이 몰려온 수많은 사람들의 애도 속에 고향 켄터키 루즈빌에 묻혔다.

67세의 포먼은 목사의 길을 걷고 있는데 사람들은 40여 년이 지난 지금 알리도, 포먼도 모두가 승자요, 챔피언이라고 말한다.

장미꽃 같은 그대들

김 혜 연

가슴에 가시가 돋는다
풀지 못한 응어리
맴돌다가
한쪽 귀퉁이
뾰족 가시
아름다운 말풍선으로
푸른 하늘 날고파
이른 아침 머금은
눈물 한 모금
햇살 비추면
빨간

김혜연(金惠蓮) _ 강원 태백 출생(1968년). 태백에서 황지여상고를 졸업하고 상경한 뒤 최근 동방대학원대학교 사회교육원 졸업. 대종교와 관련한 경전 연구 및 보급처인 '천부경나라' 대표로 재직하며, 한국자유기고가협회 회원, 글로벌문화포럼 공론동인회 회원 등으로 문필활동.

꽃망울
환한 미소로
대신하네

빨간 장미꽃이 어울리는 오월.

장미꽃같이 어여쁜 이 나라의 어머니들이 한 자리에 모이기로 했다.

가슴엔 멍울진 채 꽃잎으로 가리고 이른 새벽부터 하늘을 위로 땅을 아래로 언제나 그 자리에 한 가정을 이끌고 각 회원 종단의 임원으로서 가슴앓이를 하면서도 언제나 맑은 영혼과 정신을 지키며 아름다운 향기로 남은 이 나라의 여성들이다. 엄마들이다.

아름답고 고귀한 꽃들이 많이 있지만 오월은 역시 장미의 계절이요 장미는 꽃의 여왕이다. 빗방울에 젖은 장미꽃의 모습이 더욱 아름다워서일까? 이른 아침부터 비가 내린다.

2016년 5월 6일 이 나라의 어머니이며 여성 군자들로 이 나라의 도를 이루고자 모인 여성 지도자들이 대종교 총본사를 방문했다. 너무 거창한 미사여구를 붙이는 듯하지만 부족함이 없다고 느껴진다. 한국민족종교협의회 여성회 임원들이 회원종단 방문과 7월에 있을 여성회 연수 회의를 위하여 전국에서 각 종단을 대표하여 한 자리에 모인 것이다.

맑고 밝은 얼굴들엔 미소가 한가득 퍼지고 이젠 형님 아우 만나듯 한다. 처음 참여했을 때는 신기하고 너무나 다른 듯해도 고리 지어져 있는 모습이 친숙하고 다르지 않다는 것이 놀라웠다. 사는 곳이 다르고 하늘의 법을 전해 들음에 각기 다른 스승들로부터 전해 받아 그 진리를 따라 수행과 실천을 하며 신앙생활을 하는 여성회원들이다.

정신의 다문화라 할까, 아직도 한복을 곱게 차려 입고 행사에 참여하시는 회원종단을 보면 너무나 보기 좋아 어린 날의 향수를 느껴 다가가 다시 한 번 말을 걸어 보기도 하고, 이 나라의 독립을 위해 목숨 바친 이들이 많은 종단을 보면서 가슴 아파하며 함께 걸을 수 있어 좋았다.

지금은 산 좋고 물 좋은 곳으로, 큰 농토로 변화된 모습으로 개간하고 살림을 일으켜 우리나라의 어엿한 민족종교의 위상을 보여주는 종단도 있고, 이 나라의 역사를 바로 알리기 위한 열정으로 젊은 혈기가 넘치는 모습은 참으로 역동적으로 느껴질 때도 있었다. 큰 도를 일으켜 그들만의 철학과 사상이 들어 있어 정신의 다문화를 이루지만 생활 속에 나타나는 모습들은 내 나라의 모습이고 나의 또 다른 모습으로 비춰질 뿐이다. 신앙의 대상이 틀리고 방법이 틀리고 때로는 거대한 종교에 가려진 모습이지만 이 나라 안에 한 쪽씩 차지하고 있는 또 다른 나였다.

함께 모여 연수를 하고 각 회원 종단을 이해하며 알아 가는 행사를 시작한 지 올해로 11년째이다. 7월엔 제천을 시작으로 영월과 태백에서 함께하는 시간을 가질 예정이다. 푸른 녹음으로 둘러쳐진 계곡 사이로 흐르는 동강과 하늘의 천문을 관찰할 수 있는 천문대며 역사 속 인물을 만나고 석탄을 캐던 모습으로 땅속을 바라볼 수도 있으리라.

그리고 천연기념물로 지정된 전기고생대 지층 하식 지형으로 그 옛날 바다 속 모습도 볼 수 있으리라. 하늘과 땅과 바다를 한 지역에서 볼 수 있는 기회도 흔치 않을 것이란 생각에 벌써부터 설레고 있다.

상호간의 화합과 유대를 증진시키며 근본이념을 바탕으로 올바른 가치관을 제시하고 민족 문화의 창달과 민족정신의 선양을 목적으로 하는 민족종교로 여성회에는 12개의 종단들이 모여 있다.

민족종교협의회 여성회에 참여함에서부터 내 어깨 위에 큰 짐을 올려놓고 책임감과 의무감으로 부족한 모습이 보이지 않을까, 종단에 흠가지는 않을까 하는 마음으로 이번 행사를 진행했다.

이번 행사는 단군신앙을 기반으로 만법이 귀일하는 곳, 한 조상 그 으뜸 됨이 이 나라의 시작이고 그 가르침이 처음이었으며 그 역사를 이어옴에 반만여 년에 이르는 곳, 홍익의 대도를 열고 이화세계를 이루어야 한다는 것이 우리 민족의 사명이라 생각하는 것이 나만의 착각일까마는, 홍익인간과 이화세계라는 우리 민족의 사상과 철학은 세계로 나갈 그 어떠한 것보다 우수하다는 것을 대종교를 찾은 회원 종단 여성 지도자들이 함께 공감해 주길 간절히 염원해 본다.

하늘 빛 밝음에 새 생명 잉태로서, 가르치고 기르심에 부족함이 없도록 큰 덕과 큰 지혜를 빌며. 또한 이 나라에 뿌리내려 아름드리 나무로 자라나게 하실 때 때론 고난과 시련의 역사였으나 이젠 그 숙성의 세월이 지나 꽃 피고 열매 맺는 그러한 역사를 만들 수 있도록 민족종교협의회 여성회에 큰 힘으로 나려 주기를….

한 사람 한 사람 큰 재목으로서 모여 숲을 이루게 하시고, 한 사람의 의가 천하를 구한다 하였으니, 여기 모인 한 사람은 큰 뜻 이어받은 각 종단을 대표하며 천이요, 만을 뜻함이니 홍익인간 이화세계를 열어감에 자로 잰 듯 되로 된 듯 무엇 하나 빠뜨림 없이, 경천애인하며 성수영성하게 하실 적엔 나라 사랑함에 부족함이 없으며 사랑으로 겨레를 화합 시킬 수 있는 대모요 여성 군자로서의 길을 가게 하시고, 일을 도모함에 하나로 이루어지게 하여 그 뜻을 같이 할 수 있도록 열어 주심은 하늘의 뜻이요 사명임을 느끼게 하시고, 깊은 지혜 속에 완성된 모습으로 이루시기를….

그리하여 여성회 연수회가 큰 수확의 열매가 되게 하시고 더욱 자라나 다음을 준비하는 씨앗품은 어머니들로서 동방의 큰 등불 되어 인류를 밝힐 수 있는 여성회 임원들이며 축복된 이 나라의 큰 스승님들의 가르침이 올바르게 전해지도록 애써 앞서가는 발자욱이 더욱 빛나 온 인류가 한 집 되어 살아갈 수 있는 우리가 될 수 있기를 간절한 마음으로 염원하는 것이다.

서로 다른 우리는 한 몸 팔과 다리가 하는 일이 다르고 생김이 다르다. 몸속 장기는 위치가 다르고 각자 맡은 역할이 다르다 하여 내 몸 아니라고 말할 수 있을까.

오직 머리만이 사람이라고 말하는 오류를 범하지 말자. 몸속 장기는 서로 제 기능을 못하면 건강을 해치는 법이다. 음식으로써 보호하면 건강한 삶을 살아가는 것이 상식인 것처럼 신의 창조물인 우리는 어느 것 하나 빠트림 없이 건강하고 아름다워야 하며 서로 아끼고 상생으로 살아야 한다.

그러기에 세월의 향기 품은 그대들은 시절 따라 날리는 사군자의 향기로 언제나 그 자리에 군자의 도로써 어우러져 은은하게 울리며 퍼져 나가는 이 나라의 어머니이기에 싱싱한 오월의 장미처럼 열정 가득한 가슴을 가진 장미꽃 같은 그대들이여!

최근의 북한 경제를 진단한다

송낙환

"**평**양이나 신의주에 고층 빌딩이 일떠서고, 러시아워엔 교통체증이 일어난다."

얼마 전 탈북자들의 토크로 인기를 얻고 있는 한 텔레비전 프로그램에서 최근의 탈북자가 한 이야기이다. 그뿐 아니라 종종 북한과 관련 일을 하는 사람들로부터 요즘의 북한이 경제 분야에서 전과는 많이 달라졌다는 이야기를 듣곤 한다. 이러한 이야기들이 과연 사실이며, 어떻게 된 연유로 갑자기 북한의 경제적 어려움이 그렇게 해결되었을까 하는 의문이 들지 않을 수 없다.

이러한 헷갈리는 북한의 평가에 대한 이해를 돕기 위해, 최근의 각종 자료들과 또 오래된 탈북자가 아닌 최근의 탈북자들의 증언 등을 통해 얻은 내용들을 토대로, 그동안 북한을 지배해 온 경제 운용의 원리인

송낙환(宋洛桓) _ 사단법인 겨레하나되기운동연합 이사장. 한국수필가협회 회원. 평양꽃바다예술단, 겨레평생교육원, 겨레뉴스, 겨레몰 회장. 코리아미디어엔터테인먼트 회장. 민주평통 개성금강산위원회 위원장. 통일부 통일교육위원.

사회주의 경제관리론에 입각하여 그 말들의 정체를 해부해 보고자 한다.

김정은의 6.28조치

북한의 경제 운용 원리는 소위 사회주의 경제관리론으로 일컬어진다. 사회주의 경제관리론이란 한 마디로 말해서 경제의 전분야를 시장의 원리에 의해 운용하지 않고, 국가의 계획에 의해 운용한다는 원리인 것이다. 농업이나 공업이나 서비스분야 등 경제 전분야가 국가의 획일적 계획에 의해 전일적, 세부적으로 움직인다는 것이다.

그러한 경제 운용의 원리에 의해 만들어진 대표적인 제도가 농업분야에서의 협동농장 체제이다. 협동농장 체제란 개인이 농토를 소유하고 개인의 맘대로 농사를 짓는 것이 아니라, 모든 농토는 국가 소유이며, 따라서 농사를 짓는 것도 국가 계획에 의해 협동농장을 통해서 집단으로 이루어지는 체제인 것이다.

이러한, 시장이 배제된 계획 경제 때문에 생산성이 떨어지고 급기야는 기근 사태까지 일어나는 결과를 가져왔다는 것이 북한의 경제에 대한 일반적인 평가이다. 장마나 가뭄 같은 천재지변이 잦아 농사를 망치는 일이 많았던 것도 경제적 어려움의 한 원인일 수 있지만, 근원적으로는 결국 계획 경제라는 체제적 제도의 모순이 그 근본 원인이라고 볼 수 있는 것이다.

그렇다면 최근의 북한의 경제가 호전되었다는 소식들은 북한의 그러한 근본적인 경제 운용의 원리에 대한 변화가 있었다는 것인가. 이를 판단해 보기 위해 자료를 찾아보니, 김정은 집권 이후 6.28조치라는 경제 부문의 조치가 있었음을 확인할 수가 있다. 김정일이 사망하고 김정은이 집권한 첫 해인 2012년 6월 28일에 발표했다고 해서 6.28조치로 일컬어지는 이 제도는 어떤 것일까. 농업, 공업, 시장이라는 3개 분야에 걸쳐서 6.28조치의 내용과 그 운영의 결과에 대해 알아본다.

농업부문의 변화

첫째로 농업분야이다. 그동안의 북한의 농업은 협동농장 체제로 운영되어 왔다. 협동 농장 체제는 분조를 편성하여, 그 분조별로 농사를 짓는, 소위 분조관리제를 운영해 온 것이다. 그런데 6.28조치는 그 분조의 단위를 축소하여 3~5명의 가족 단위로 농사를 지을 수 있게 한 것이다. 뿐만 아니라, 농사를 지은 결과물, 즉 생산량 중에서 일정 부분은 국가 수매에 주고, 나머지 부분은 투여된 노동량에 의해 농민들 자체적으로 분배한다는 것이다.

포전담당제로 일컬어지는 이 제도의 특징을 보면, 우선 분조의 단위를 가족 단위로 축소했다는 점이며, 아울러 생산물을 분배할 때도 노력 정도에 의해 분배량을 결정하는, 이른바 인센티브제가 도입되었다는 점이다. 협동농장의 기본 틀인 분조관리제를 폐지하지 않으면서도 생산성을 향상시킬 수 있는 제한적 개혁으로 평가받는 이 제도는 6.28조치가 있은 지 4년이 지난 현 시점에서 잘 운영되고 있을까?

미국에서 방송되고 있는 자유아시아 방송 보도에 의하면 이 포전담당제는 2014년에 전면적으로 실시된 것으로 알려지고 있으며, 그 결과 농민들은 정규 근로 시간에는 협동농장에서 일을 하고, 나머지 유휴 시간에는 배당받은 포전에서 일을 한다고 한다. 그런데 그 포전을 가꾸는 데 있어서는 열과 성을 다하여 밤낮을 가리지 않고 자발적으로 일을 하여 생산량이 많이 늘었다는 것이다. 그 결과로 가족 단위로 식량을 여유 있게 쌓아두는 농가도 생겨나게 되는 변화가 일어나고 있다는 것이다.

만일 이러한 제도가 지속적으로 실행될 수 있다면 북한의 식량문제는 어느 정도 해결될 수도 있겠구나 하는 기대를 갖게 한다. 그러나 들려오는 소식들은 그렇게 긍정적인 것만은 아니다. 평북의 한 농민은 외부 방송 인터뷰에서 포전담당제가 전면적으로 실시된 것이 아니라 전체 농토의 약 15% 정도만 실시되었으며, 그것도 논은 분배하지 않고, 옥수수나 콩 등을 가꿀 수 있는 밭 위주로 분배했다는 것이다. 그리고 생산물에 대한 분배의 비율도 정부가 처음에는 6대4로 말했으나, 실제에 있어서는 군량미를 우선해야 한다는 핑계로 7대3으로 하는 경우가 많다는 것이다.

2015년 기준 북한에서의 알곡 정부 수매가가 180원(북한돈, 1kg 가격)인데 비하여 시장 가격은 무려 5,000여 원이나 되는 많은 차이가 있기 때문에, 포전으로 얻은 농산물을 자율 처분할 수 있다는 것이 얼마나 농민들에게 매력적인 것이었을까 하는 점은 짐작할 수 있는 일이다.

공업부문의 변화

그 다음 6.28조치의 공업부문 개혁이다. 공업부문에 있어서의 6.28조치의 내용을 한 마디로 표현하면 독립채산제가 도입된 것이라고 말할 수 있을 것이다. 말하자면 공장이나 기업소 같은 단위를 운영하는 데 있어서 그동안 해 왔던 국가 계획에 의한 전일적 세부적 운영이 아니라, 개개의 공장이나 기업소 별 책임제로 운영한다는 것이다.

그동안의 북한에서의 공장이나 기업소의 운영은 완전한 국가 계획에 의한 운영이었다. 근로자의 배치로부터 재료의 공급, 생산량의 결정, 분배 방법 등 전체를 국가가 계획하고 실행해 온 것이다. 따라서 공장이나 기업소는 국가가 내려 보내준 근로자와 자재를 가지고 생산량만 달성하면 책임이 끝나는 것이었기 때문에, 제품의 품질이나 서비스

면에서는 신경을 쓸 필요가 없었고, 그 결과 북한제 타이틀이 붙은 제품들은 갈수록 질이 떨어지게 되고, 심지어는 쓸모가 없어 제 기능도 못하는 제품을 버젓이 생산해내는 기업도 생겨나게 되는 것이다.

그런데 독립채산제가 실시되었으니 기업들은 가뭄 끝에 비를 만난 것과 같은 기회를 얻을 수 있었을 것이다. 근로자의 채용부터 생산물, 생산량의 결정, 그의 처분까지 기업이 자율적으로 할 수 있게 되었으니 얼마나 신이 났겠는가. 그 결과로 국영기업이나 군수기업 같은 대기업들은 실적이 많이 올랐다고 한다. 평양의 한 군수 기업 직원은 2015년에 전년도에 비해 월급이 무려 100배 정도 올랐다고 이 방송에서 증언하고 있다. 그의 월급이 북한돈 3,000원 정도이던 것이 무려 30만 원 정도로 올랐다는 것이다. 북한돈 30만 원이면 2015년 기준 미화로 40달러 정도 되는 돈이다.

특히 눈에 띄는 대목은 민간부문의 자금이 국영기업이나 군수기업 등으로 투자되고 있다는 점이다. 90년대 중반 소위 고난의 행군 시기를 거치면서 북한은 경제 개혁을 부분적으로나마 시행하지 않을 수 없는 처지에 몰리게 되었고, 그 여파로 장마당이 생겨나고 민간 부문에서 돈을 번 이른바 '돈주'들이 출현하게 된 것이다. 그리고 군이나 당 소속 기업 일꾼들은 외화 벌이를 통해 얻은 수입 중 은밀히 챙긴 돈이 많아 북한에서 미화 100만 달러 이상을 가진 신흥 돈주들이 상당수 있다는 것이다.

그동안 그 돈들이 투자처를 찾지 못해 지하에 잠적해 있다가 "민간들이 가진 돈을 기업에 투자하게 되면, 출처를 따지지 말고, 그리고 이윤을 보장하라"는 김정은의 특별 지시에 힘입어 투자가 일어나고, 그 결과로 건설업이 호황을 맞고 평양이나 신의주 같은 대도시에는 빌딩들이 늘어나고, 평양 거리에는 택시가 많아져 교통체증 현상까지 벌어지고 있다는 것이다.

요즘 북한에서는 주로 건설업, 교통운수업, 택배업, 식당업 등이 호황이라고 한다. 한 예로 신의주에서 안주를 거쳐 청진으로 가는 벌이버스 노선이 개설되었는데, 그 코스에 다니는 버스들 중 무려 미화 2만~4만 달러 나가는 고급 버스도 있다는 것이다.

그러나 이러한 현상은 군이나 당의 산하 기업과 같은 소위 끗발이 있는 기업의 경우이고, 일반적 중소기업이나 지방기업들은 돈주들이 투자를 꺼려 거의 문을 닫고 있는 실정이라고 한다. 그럴 수밖에 없는 것이 북한에는 기본적으로 전력이 부족하고, 전반적인 재료의 부족으로 공장 기업소들이 생산에 들어간다는 것은 쉬운 일이 아니다. 그리고 제품을 생산한다고 해도 품질이 낮아 판매가 어렵기 때문에 돈주들이 투자를 꺼린다는 것이다.

시장화의 진척

무엇보다도 북한의 경제 개혁 조치중 가장 성공적인 부분이 아마도 시장화 현상일 것이다. 2010년에 약 200개로 추정되던 북한의 시장이 2015년 기준 약 400여 개로 5년만에 배로 늘어난 것이다. 그리고 시장이 점점 규모도 커지고 현대화되고 있다는 것이다. 한 예로 원산시의 갈마시장은 그 규모가 3,800여 평에 이르며, 시장내에 100여 개의 건물이 즐비한 규모를 가지고 있다는 것이다.

시장에는 한국제를 비롯하여 없는 물건이 없다고 하며, '8.3인민소비품'도 많이 나와 배급이 끊긴 북한 주민들의 생활을 돌아가게 하는 윤활유 역할을 하고 있고, 핵 경제 병진노선을 추구함으로써 외부 투자가 끊긴 북한 정부 차원의 경제도 시장에 의존하고 있다는 이야기가 설득력 있게 돌아다니고 있다.

코르나이라고 하는 학자는 자본주의 시장경제라는 호랑이 등에 한 번 올라타면 내릴 수가 없다고 말한 바 있다. 북한이 제한적이나마 자본주의적 시장 경제를 도입함으로써 시장화가 상당부분 진척되고 있다고 보여지는데, 이를 호랑이 등에 올라탄 격이라고 말할 수 있다면, 북한이 현 체제의 고수를 위해 그 호랑이 등에서 내려올 수 있을지, 아니면 호랑이와 함께 계속 전진하여 체제 변화로까지 갈 수 있을지 주목되고 있다.

〈참고자료=자유아시아방송〉

마음을 얻는 리더십

송두영

우 리가 가까이 하기엔 너무 먼 나라로 일본을 지칭하게 되는데 국민성이라든가 기타 면에 있어 귀감이 되는 사항 또한 매우 많다. 그중에서 이 시대에도 잔잔한 감동으로 다가오는 리더십의 한 전형이 있어 여기 소개해 본다.

1910년 봄, 일본의 작은 잠수정 한 척이 훈련 중 히로시마 인근 바다

송두영(宋斗榮) _ 캘리포니아 주립대를 거쳐 헌팅턴신학대학교 신학과 졸업. 서울대 경영대학원 최고경영자 과정 및 카이스트 글로벌최고경영자과정 등 10여 개의 대학원 특수과정 수료. 그리고 그리스도대 신학석사, 한영신학대 신학박사, 숭실대 정치학박사, 중국 장쩌우대 명예경제학박사, 미국이스턴프라임대 명예교육학박사, 몽골국립대 명예사회학박사, 미국로드랜드대 명예교육학박사 등 학위취득. 경력으로는 인천국제공항 부장, 한국정치학회 이사, 여의도연구원 정책위원, 재경전북도민회 부회장, 전경련최고경영자과정 총동창회 상임부회장, 서울대도시환경최고위과정 총동창회 회장, 서울대총동창회 상임이사, 한국외국인근로자복지봉사단 회장, 한국청소년대책위원회 부위원장, 한국언론사협회 상임부회장, 한국언론연합회 회장, 서울한영대학교 부총장, 서울대환경대학원 최고위과정 주임교수, 대승산업 사장 등으로 활동해 왔다. 수상으로는 대한민국 사회복지봉사상, 글로벌자랑스런인물상, 대한민국나눔봉사상, 보건복지부장관상, 서울특별시장상, 국회의장상, 대통령상, 미국오바마대통령 보건봉사상, 슈바이처인물대상 외 다수의 상을 수상. 저서로는 《건국대통령 이승만》《민족의 지도자 백범 김구》《민족의 지도자 고당 조만식》《이승만, 김구, 조만식의 리더십 비교연구》《이승만, 김구, 북한 김일성의 권력투쟁과 정권 창출에 관한 연구》등이 있다.

에 침몰하는 사고가 발생했다. 가와사키 조선소에서 제작한 이 잠수정은 배 이름도 따로 없었고, 그냥 6호 잠수정이라 하였다. 잠수함이 상용화 되지 않았던 시절 일본이 잠수함 개발에 필요한 시험 훈련 중 발생한 사고였다.

사쿠마 쓰토무 해군 대위 지휘 아래 13명의 승조원이 타고 있던 6호 잠수정은 훈련 나흘째 되던 날 잠항을 시작하자 곧바로 해치를 통해 바닷물이 흘러들어와 승조원들의 필사적인 노력에도 불구하고 16미터 해저로 가라앉고 말았다.

그리고 침몰 이틀 후 사고 조사를 위해 인양된 잠수정의 해치를 열었던 조사반장 요시카와 중령의 입에서 탄식이 터져 나오더니 이내 통곡으로 변했다. 사쿠마 정장의 시신은 사령탑에, 기관 담당 중위는 전동기 옆에, 조타병과 공기수 등 승조원 모두가 죽음을 맞이하는 순간까지 각자의 위치를 지키고 있었기 때문이다.

당시는 미국과 유럽 등 여러 나라에서 잠수함 개발에 심혈을 기울이던 때였지만 엉성한 설계와 기기의 작동 불량으로 사고가 자주 발생했었다. 그때마다 잠수정 내부의 모습은 모든 승조원들이 유일한 출구인 해치 쪽으로 몰려 뒤엉켜 죽어 있는 처참한 모습 그대로였던 것이다.

그런데 더욱 놀라운 것은 사쿠마 대위의 주머니에서 발견된 깨알같이 적혀 있는 자필 메모였다. 죽음을 앞둔 극한 상황에서 기록을 남긴 것도 놀랄 만한 일이지만 산소가 희박해져 가는 고통 속에서도 자세한 사고 경위와 시간대별로 신체적 변화까지 기록해 놓는 초인적 책임감에 놀라지 않을 수 없다. 훗날 잠수함 개발의 자료로 삼기 위한 그의 초인적 행동은 우리에게 깊은 경외와 감동을 준다.

그것뿐만이 아니다. 메이지 천황에게 남긴 메모에는, "소관의 부주의로 폐하의 잠수정을 침몰시키고 부하들을 죽게 하여 죄송합니다. 바라건대 이번 사고로 인하여 잠수함 개발 진행에 지장이 없도록 부탁드립니다. 그렇게 된다면 우리의 죽음은 조금의 유감도 없습니다."

그리고 마지막으로 다음과 같은 짤막한 유서를 남겼다.

"감히 폐하께 말씀 올림, 제 부하의 유족들이 곤궁해지지 않도록 배려해 주시기를, 제 염두에는 오직 이것밖에 없습니다."

갓 서른 살 먹은 젊은 장교의 행동이라기엔 믿을 수 없을 만큼 완벽하고 훌륭한 리더십에 저절로 고개가 숙여지고 숙연한 마음 또한 든다.

어느 조직이든 리더의 역량에 따라 강한 조직도 되고, 사분오열로 흩어져 지리멸렬하게 실패하는 조직도 된다. 전후 일본이 패전을 딛고 세계시장을 석권하며 세 번째 경제대국이 된 바탕에는 부하들의 마음을 얻는 리더십을 갖춘 기업 경영자들이 많았기 때문일 것이다.

얼마 전 뉴스를 통해 GM 경영자인 메리 바라의 의회 청문회 모습을 뉴스를 통해 잠시 봤다. 사소한 부품 결함을 10년씩이나 방치해 13명의 사상자를 내게 한 이유를 따져 묻는 의원들의 질문에 메리 바라는 "나도 이유를 모르겠다"라고 답했다. 그야말로 보통의 이웃집 주부의 답변보다도 못한 형편없는 답변인 것이다. 마치 자기는 당시 CEO가 아니어서 책임이 없으며 이번 문제는 자신과 상관없는 GM이라는 회사의 문제다, 라는 식이다. 대당 57센트의 부품 값을 절약하기 위해 10년 동안이나 문제를 감추다 사상자를 내게 했다면 그런 부도덕한 회사가 만든 자동차를 앞으로 누가 사겠는가?

자동차 사고에는 많은 개연성이 있어 혹 부품 결함이 원인이 됐더라도 사실을 규명하는 게 쉽지는 않다. 비슷한 사고가 자주 발생해 조사를 시작해도 GM처럼 복잡한 의사결정 과정을 거치는 회사에게는 시간이 많이 걸린다. 따라서 당시 경영자가 아니어서 책임이 없다는 자기 방어보다는 피해자들에 대한 사과와 부품 값 몇 센트를 아끼기 위해 희생자를 낸 부도덕한 GM이 결코 아니라는 적극적인 해명에 앞장섰어야 한다고 생각된다.

선박의 결함으로 배가 침몰하는 순간에도 모든 책임을 자신에게 돌리고 자신보다는 끝까지 부하들 가족의 안위를 걱정하는 리더와 자신의 책임을 회피하는 리더십의 차이는 최근 GM과 도요타가 처한 상황과 매우 밀접해 보인다. 힘으로 이끄는 리더는 직원들의 손을 움직이게 하지만 마음을 얻는 리더는 부하들의 영혼을 움직이지 않았던가. 경쟁이 치열해질수록 부하들의 마음을 얻지 못하는 경영자는 실패할 가능성이 높아진다.

여기서 리더의 필수자세라 할 수 있고 자기관리라 할 수 있는 리더십 10가지를 부기해 둔다.

첫째, 내일을 이야기할 수 있어야 한다.

둘째, 타인의 장점을 볼 줄 알아야 한다.

셋째, 투지를 키울 수 있어야 한다.

넷째, 사람을 키울 줄 알아야 한다.

다섯 번째, 뭔가를 돌려줄 수 있어야 한다.

여섯 번째, 자신의 말에 책임을 질 줄 알아야 한다.

일곱 번째, 슬럼프를 극복할 수 있는 힘이 있어야 한다.

여덟 번째, 머리로도 뛸 수 있어야 한다.

아홉 번째, 섬세한 움직임을 포착할 수 있어야 한다.

열 번째, 항상 궤도 수정이 가능해야 한다.

사람의 얼굴이 저마다 다르듯이 생각도 제 각각이다. 리더는 이 각각의 생각을 통일시켜 나갈 수 있어야 한다. 설령 자신과 의견이 다르더라도 납득할 때까지 대화를 통해 확인하고 서로 이해하는 마음이 필요한 시점이다.

길 위의 인문학

- 길에서 인문학을 읽다

송일봉

1. 인문학에 대한 이해

요즘은 인문학(人文學)이 대세다. 그런데 인문학이란 무엇인가? 참 난해한 질문이다. 이에 대해 2,400년 전의 철학자 소크라테스는 "살아갈 가치가 있는 인생을 위한 열쇠"라고 말했다. 즉 인문학은 '인간이 무엇인지, 무엇이 인간답게 사는 것인지에 대해 탐구하는 학문'이라고 정의를 내릴 수 있다. 이렇게 볼 때 인문학에는 문학은 물론 역사, 철학, 미술, 음악, 경제, 스포츠 등이 모두 포함되어 있다고 말할 수 있다.

우리는 어린 시절에 할머니로부터 인문학 교육을 받았다. 단지 그것을 인식하지 못했을 뿐이다. 그 교육의 이름은 '밥상머리 교육'이다. 음식을 먹을 때 소리를 내지 말아라, 수저를 사용할 때는 이가 아닌 입

송일봉 _ (사)한국여행작가협회 회장 역임. 연세대 사회교육원 땅이름 연구과정을 수료했고, 해외여행전문지 코리안 트레블러 편집부장과 대한항공 기내지 모닝캄 편집장을 지냈다. 현재 AK문화아카데미, 삼성노블카운티 문화센터 등에서 22년째 여행전문강사로 활동하고 있다. 한국청소년연맹, 중앙선거관리위원회, 재정경제부, 대한병리학회 등에서 강연을 했으며, 저서로 《주제가 있는 여행》, 《이번 주말엔 어디 가면 좋을까》, 《세계의 아름다운 곳 50선》, 《1박2일 힐링여행》, 《대한민국 대표여행지 1000》(공저) 등이 있다.

술을 사용해라, 국물이 있는 음식을 먹을 때는 수저를 사용해라, 반찬을 뒤적거리지 말아라, 허리를 똑바로 펴고 걸을 때는 씩씩하게 걸어라, 신발을 구겨 신거나 끌지 말아라, 문지방을 밟지 말아라, 밤에 휘파람을 불지 말아라, 베개를 세워놓지 말아라 등등.

할머니 또는 할아버지로부터 받는 교육은 그 어디에서도 받을 수 없는 최고의 가정교육이다. 이를 가리켜 '격대교육(隔代敎育)'이라 부른다. 격대교육은 아버지나 어머니가 가르쳐주지 못하는 경륜과 따뜻함이 담긴 교육이다. 순간적인 감정이 섞이지 않은 할머니와 할아버지가 손자와 손녀를 대하는 마음을 어찌 글로 표현할 수 있을까?

2. 인문학여행의 역사

인문학의 역사는 곧 여행의 역사다. 예전의 여행은 사냥이나 전쟁, 종자를 구하러 가는 것이었다. 이 같은 활동을 통해 여행자들은 다른 세상을 보게 되고 자연스럽게 외부 문물을 일상에 접목하는 기회를 갖게 되었다. 그러나 부작용도 있었다. 여행을 떠났다가 영영 집으로 돌아오지 못하는 사람들이 많았다. 사냥을 하다 부상을 당하거나 전쟁 중에 목숨을 잃는 경우가 허다했기 때문이다. 여행의 영어 철자인 'Travel'이 고대의 고문도구인 트래팔리움(Trepalium)에서 유래되었다는 것만 봐도 예전의 여행이 얼마나 힘들었는지 짐작할 수 있다.

고통스런(?) 여행이 즐거운 여행으로 바뀌게 된 것은 그리 오래 전 일이 아니다. 1841년. 영국인 토머스 쿡(Thomas Cook)은 금주대회에 참가하려는 사람들을 모집한 다음 그들을 행사장까지 데려다 주었다. 이때 이용한 교통편은 미들랜드 카운티 철도회사의 특별열차였다. 이것이 역사상 최초의 단체여행이다. 의외로 좋은 반응을 얻자 토머스 쿡은 런던박람회(1851년)와 파리박람회(1855년)에도 관광객들을 실어 날랐다. 그 결과는 대박이었다.

　인문학여행을 이해하기 위해서는 먼저 그랜드투어(Grand Tour)에 대해 알아야 한다. 그랜드투어는 17세기 중반부터 귀족이나 젠트리(돈이 많은 상인) 등 영국의 부유층 사이에서 성행했던 고급여행 프로그램이다. 당시 그랜드투어는 학교 교육을 모두 마친 부유층 자녀들이 프랑스와 이탈리아 등지를 여행하는 것이 보편적이었다. 그랜드투어에 참여한 부유층 자녀들은 학식이 높은 가정교사(Travelling Tuter)와 동행하면서 수준 높은 지식, 교양, 예절 등을 습득했다. 가히 '엘리트 교육의 최종 단계'라 불릴만했다. 당시 그랜드투어는 돈도 많이 들었지만 기간 역시 짧게는 수 개월, 길게는 2~3년 이상 소요되기도 했다. 이 같은 단점을 보완해서 토마스 쿡은 1856년에 체계적인 그랜드투어 상품을 개발하기에 이르렀다. 당시로서는 매우 획기적인 발상이었다.

3. 길 위에서 만나는 인문학 소고(小考)

1) 남명 조식

　경남 산청군 단성면에 있는 산천재는 조선 시대 최고의 행동철학자 남명 조식 선생이 머물던 곳이다. '배운 것을 실천하지 않으면 배우지 않은 것보다 못하다'라고 가르친 남명 조식. 그는 61세가 되던 해인 1561년 지리산 천왕봉이 보이는 곳에다 산천재를 짓고 이곳에서 여생을 보냈다. 지금도 날씨가 좋은 날에는 산천재에서 지리산 천왕봉이 한눈에 들어온다.

　산천재는 임진왜란 때 소실되었으나 1818년에 중건되었다. 산천재 앞마당에는 남명 조식 선생이 심은 수령 450여 년의 매화나무(남명매)가 지금도 잘 자라고 있다. 산천재에서 눈여겨봐야 할 것으로 마루 위

산청 산천재와 남명매

외벽에 그려진 벽화가 있다. 모두 세 가지인데 각각 허유소부도, 상산
사호도, 경작도라 불린다.

2) 송강 정철

전라남도 담양은 오랜 옛날부터 우리나라 가사문학의 본고장으로
잘 알려져 왔다. 가사 하면 빼놓을 수 없는 인물 가운데 한 사람은 조선
중기의 학자이자 정치가인 송강 정철(1536~1593년)이다. 그가 대사헌
으로 있던 무렵 반대파인 동인에 밀려 담양에 내려와 살면서 훌륭한 가
사를 남겼기 때문이다. 송강 정철의 대표적인 가사로는 관동별곡, 성산
별곡, 사미인곡, 속미인곡 등이 있다. 이 가운데 사미인곡과 속미인곡
의 산실이 바로 송강정이다.

송강 정철이 조선 선조 때인 1585년부터 1589년까지 4년 동안 머물
던 송강정은 본래 죽록정이라는 이름을 갖고 있었으나 조선 영조 때인
1770년에 송강의 6대손인 죽계공 정재가 새로 지으면서 송강정이라는
이름을 붙였다. 이 같은 이유로 현재 송강정에는 두 개의 편액이 걸려

송강 정철의 초상화

있다.

송강 정철은 워낙 술을 좋아했던 것으로 알려져 있다. 애주가를 넘어 호주가(好酒家)의 경지에 이르렀던 인물이다. 선조 임금은 술을 많이 마시는 송강의 건강을 염려해 은으로 만든 복숭아 모양의 술잔도 하사했다. "하루에 이 잔으로 석 잔만 마셨으면 좋겠소"라는 당부와 함께…, 하지만 송강은 술잔을 받는 순간부터 깊은 고민에 빠졌다. 평소 마시는 술의 양에 비해 턱없이 모자랐기 때문이다. 그래서 송강이 생각해낸 방법이 술잔을 크게 하는 것이었다. 은으로 만든 술잔을 두드려 종잇장처럼 얇게 만든 것이다. 한 방울의 술이라도 더 마시고 싶어 하는 호주가다운 발상이 아닐 수 없다.

3) 다산 정약용

다산초당은 전남 강진군 도암면 만덕리의 귤동 마을 뒷산에 자리 잡고 있다. 주변이 울창한 동백나무숲에 둘러싸인 이곳은 조선 시대 후기의 실학자 다산 정약용과 깊은 관련이 있는 명소다. 다산은 신유박해(1801년) 당시 강진으로 유배를 와서 18년을 보냈다. 처음 4년(1801년 겨울부터 1805년 겨울까지)은 강진읍 동문 밖 주막(동문매반가)의 골방에서 보냈다. 주막에서의 생활 이후 4년은 백련사 혜장선사의 주선으로 고성암에 딸린 보은산방과 제자 이학래의 집에서 보냈다. 나머지

다산초당

10년은 지금의 다산초당에서 보냈다. 1818년 유배가 풀려 고향으로 돌아갈 때까지 다산은 이곳에서 목민심서와 경세유표를 비롯한 많은 저서를 집필했다.

다산초당에서 고즈넉한 오솔길을 따라 산책을 하듯 30분 정도 걸으면 백련사가 나타난다. 다산은 수시로 이 오솔길을 따라 백련사를 찾아가 혜장선사와 차를 마시며 세상에 대한 이야기를 나누었다. 반대로 혜장선사가 다산초당을 찾아오기도 했다. 다산과 혜장선사의 종교를 초월한 우정은 '조선 시대 말기의 아름다운 만남'으로 회자되고 있다.

다산초당에서 백련사로 이어지는 오솔길

다산과 혜장선사의 아름다운 우정과 관련해서는 다음과 같은 일화가 전해진다. 유배 생활을 하던 다산에게는 '얘기가 통하는' 친구가 절실했을 것이다. 이런 그에게 좋은 대화상대가 되어준 인물이 백련사의 혜장선사였다. 한 번은 다산초당을 출발한 다산이 백련사에 이를 무렵 갑자기 소나기가 쏟아졌다. 이때 절 입구에 있던 혜장선사는 급히 달려가 다산을 반갑게 맞이했다. 그리고 집안으로 들어갈 생각은 안하고 두 손을 꼭 잡은 채로 건물 처마 밑으로 발걸음을 옮겨 안부를 물었다. 얼마나 반가웠으면 서로 그 두 손을 놓지 못했을까?

다산과 혜장선사의 만남은 1805년 봄부터 1811년 가을까지 6년 동안 지속되었다. 더 오랜 만남이 가능했으나 1811년 가을에 마흔 살의 나이로 혜장선사가 입적을 하면서 안타까운 이별을 했다.

4) 구례 운조루

전남 구례군 토지면 오미리는 오랜 옛날부터 '우리나라 3대 길지' 가운데 하나로 손꼽히던 곳이다. 바로 이곳에 호남 지방의 전형적인 양반 가옥인 운조루가 자리 잡고 있다. 오늘날 운조루가 많은 사람들의 관심을 끄는 것은 길지라는 이유 말고도 조선 시대 후기의 건축양식을 충실하게 따르고 있다는 데 있다.

운조루에는 특별한 교훈을 주는 뒤주가 하나 있다. 가득 채우면 쌀 두 가마니가 넘게 들어가는 커다란 통나무뒤주다. 모두들 먹고 사는 것이 힘에 겨웠던 시절. 특히 춘궁기에는 그 고통이 더욱 심했다. 그 어렵던 시절 운조루 중문간채의 커다란 뒤주에는 항상 쌀이 가득 채워져 있었다. 그리고 뒤주에다 '타인능해(他人能解)'라는 글씨도 붙여놓았다. 누구라도 필요한 사람은 가져가도 되는 쌀이었다. 하지만 꼭 필요한 양만 가져가도록 쌀을 퍼내는 입구를 좁게 만들었다. 욕심이 과해 쌀을 많이

구례 운조루의 뒤주

쥐면 손은 빠지지 않는다. 여기에는 어려울수록 서로 도와서 함께 힘든
시기를 극복하자는 교훈이 담겨 있다. 어느 정도 시간이 지났는데도 뒤
주의 바닥이 보이지 않을 때는 "대문을 활짝 열어두라"는 안방마님의
불호령이 떨어졌다고 한다. 이처럼 운조루는 각박한 세상을 사는 우리
에게 많은 물음표를 던지고 있다.

5) 순천 금둔사 일주문과 '납월홍매'

금둔사는 전남 순천시 낙안면에 있다. 금둔사로 들어가는 초입에 세
워진 일주문에는 '세계일화조종육엽(世界一花祖宗六葉)'이라고 쓴 편액이
걸려 있다. 눈에 익은 추사 김정희의 글씨체다. 물론 추사 김정희가 금
둔사를 위해 쓴 것은 아니다. 하동 쌍계사 금당에 걸려 있는 글씨를 번
각(飜刻)한 것이다.

추사 김정희는 23세 때 아버지를 따라 연경(지금의 북경)에 갔다가
청나라 학자인 완원으로부터 중국의 명차인 '용봉승설(龍鳳膡雪)'을 대

1월에 꽃망울을 터트리는 홍매

접받고 평생 그 맛을 잊지 못한다. 그리고 40여 년의 세월이 흐른 후 노년의 추사 김정희는 하동 쌍계사 만허 스님이 직접 만든 차를 선물 받게 된다. 그 맛을 본 추사 김정희는 용봉승설을 떠올린다. 그리고 감사의 마음으로 '세계일화조종육엽'과 '육조정상탑'이라고 쓴 글씨로 만허 스님에게 답례한다. 현재 이 글씨는 쌍계사 금당에 편액으로 걸려 있다. 금둔사는 한겨울에 매화를 만날 수 있는 곳으로도 유명한 사찰이다. 금둔사 홍매는 해마다 1월 초에 꽃망울이 터진 후 3월 중순까지 피고 지기를 거듭한다. 그래서 붙여진 이름이 '납월홍매'다. '납월(臘月)'은 음력 섣달을 가리킨다.

4. 에피소드

말벌과의 사투

세상 이곳저곳을 기웃거리며, 다양한 사람들을 만나다 보니 자연스레 얻는 것도 많다. 하지만 여행이라는 게 워낙 변수가 많은지라 늘 신나는 일만 생기는 것은 아니다. 전혀 예기치 못한 일들이 발생해 매우 난감한 상황에 빠지게 만들기도 한다. 그러나 이런 해프닝들은 여행가로서의 나를 더욱 강하게 만드는 기폭제 역할을 한다. 여행 중에 문제가 생겼을 때 내가 가장 먼저 취하는 행동은 '마음의 진정'이다. 정신없이 서두르거나 우왕좌왕하다 보면 2차적인 더 큰 사고를 유발할 수 있다는 판단 때문이다.

10여 년 전. 햇살 좋은 9월의 어느 날. 나는 30여명의 문화답사팀과 함께 문경 고모산성을 오르고 있었다. 그런데 어디선가 반갑지 않은 손님이 나타났다. 천하무적의 말벌군단이었다. 다행히 내가 선두에 있었기에 뒤따르는 회원들에게 최대한 몸을 낮추고 얼굴과 목을 감싼 뒤 움직이지 말라고 했다. 30여 명의 회원들은 모두 여성이었다. 겁이 나서 크게 행동하면 향수와 화장품 냄새가 말벌들을 더 자극할 수 있기 때문이었다. 안전조치를 취한 후 나는 말벌들을 우리 일행으로부터 멀리 쫓아낼 작전에 돌입했다. 우선 조심스럽게 겉옷을 벗었다. 그리고 머리위로 빠르게 옷을 돌리기 시작했다. 500m 바깥의 과일향을 맡을 수 있는 말벌의 후각을 역이용하는 작전이었다. 내 생각은 제대로 들어맞았다. 수십 마리의 말벌들이 옷의 꽁무니를 따라 돌기 시작했다.

이제 결전의 시간만 남았다. 우리네 인생도 그렇듯 타이밍이 중요하기 때문이다. 나는 온 힘을 다해 최대한 멀리 옷을 던졌다. 옷은 예상했던 방향으로 날아갔다. 멍청이 말벌들도 옷을 따라갔다. 숨을 죽인 채 이를 지켜보던 우리 회원들은 그 순간 몸을 숙인 채 오던 길을 천천히 내려갔다. 작전은 대성공이었다. 만약 그때 당황해서 우왕좌왕했으면 어떻게 되었을까? 생각만 해도 끔찍하다.

모든 상황이 종료된 후, 나는 내가 던져버린 옷이 생각났다. 그래서 목과 얼굴부위를 꽁꽁 싸맨 뒤 긴 막대기를 들고 옷이 있는 곳을 찾아갔다. 그런데 말벌들은 그때까지도 내 옷을 완전히 점령하고 있었다. 마치 말벌들의 집처럼 보였다. 나는 포기할 수밖에 없었다. 만약 옷을 잘못 건드렸다가 말벌들이 총공격을 해 오면 이번에는 막을 방법이 없었기 때문이다. 그 대신 사진은 찍어두고 싶었다. 그때 목숨을 걸고(?) 찍은 사진은 지금도 좋은 교육자료로 활용되고 있다.

사랑의 미학

신용준

조선 여인들의 문예작품 주제는 거의 대부분이 '임' 과의 사랑과 그리움·기다림 등이다. 사실, 사랑은 시의 영원한 주제라고 볼 수 있다. 동서고금을 막론하고 사랑의 시를 한 번쯤 써보지 않은 시인은 없을 것이며, 인간이라면 누구나 한 번 사랑의 늪에 빠져 보지 않은 사람은 없을 것이다.

여인들이 쓴 시이기 때문에 여인들만이 가질 수 있는 섬세한 감정과 서정을 느낄 수 있을 뿐만 아니라, 사회의 표면에 잘 나타나지 않은 유교사상의 그늘 밑에서 이들의 많은 한과 아름다운 서정을 발견할 수 있다.

신용준(申瑢俊) _ 제주 출생(1929년). 성균관 총연합회 고문. 성균관 자문위원, (사)성균관유도회총본부 고문. 제주한림공고 교사를 시작으로 저청중, 세화중, 애월상고, 제주대부고 등 교장. 제주도교육청 학무국장. 제주대학교 강사. 제주한라전문대 학장. 한라대학교 총장. 한국교육학회 종신회원. 대한민국무공수훈자회 제주도지부 고문. 한국수필작가회 이사. 언론중재위원회 중재위원, 운영위원. 한국문예학술저작권협회 회원. 1952년 화랑무공훈장에 이어 1970년에는 대한민국재향군인회장 표창, 1973년 국무총리 표창, 1976년 국방부장관 표창, 1982년 국민포장, 1990년 세종문학상, 1998년 국민훈장 모란장, 제 38회 제주보훈대상(특별부문) 등 수상. 저서 《아! 그때 그곳 그 격전지》(2010).

다시 만나자는 약속을 어긴 임을 그래도 안타깝게 기다리고 있는 여인의 심정을 노래한 조선 때 이원(李媛)의 기다림의 시.

　약속을 하고 어찌 오지 않는가
　뜰의 매화꽃이 져가고 있는데
　문득 가지의 까치소리를 듣고
　부질없이 거울 속 눈썹을 그리네.

임이여! 생각하지 아니 하려 해도 생각나는 임이시여, 나하고 그렇게 굳은 약속을 하고 어찌 이렇게 오시는 게 늦으시는가. 뜰 앞에 서 있는 매화꽃이 필 무렵에 만나자고 하였는데 지금 그 매화꽃이 떨어져가고 있는 때가 아닌가. 문득 창 앞에 서 있는 나뭇가지에 와서 우는 '까치소리'를 듣고는 문득 임이 오시는 길조의 소리로 생각하여 빨리 거울 속에 내 얼굴의 눈썹을 곱게 그리고 있다. 까치가 기쁜 소식을 전한다는 것도 이젠 못 믿겠다. 하루에도 부질없이 몇 번이나 속았던가. 기다려지기만 하는 심정으로 이번에는 혹시 오시지 않을까 하고 거울 속 눈썹을 그려 보았지만 임은 영 오시지 않으니 이젠 보고 싶던 정도 변하여 무정한 사람으로 보일 뿐이다. 정말 조선 여인 같은 그리움과 기다림이다. 기다려도 기다려도 오지 않는 임에 이젠 망부석(望夫石)이라도 되어 버릴 듯한 굳은 신념을 또 가지고 있다.

'기다림', 어쩌면 여성은 기다림의 운명을 타고났는지도 모른다. 여성의 주생활 무대는 역시 가정이었기 때문에 가정으로부터 문밖으로 나간 가족을 먼 곳이든 가까운 곳이든 돌아오기를 기다려야 하는 숙명 속에 사는 것이 여성이었다.

그들의 사랑이야말로 우리 조상의 얼이 담겨 있는 한국 여인 본래의 사랑이다. 가는 임을 적극적으로 붙들지 못하고, 여성 본연의 미덕으로 나약하게 '보내고 기다리는 정' 이 바로 조선 여인의 노래에서 볼 수 있는 사랑의 열도이며 사랑의 미학이다.

오늘날은 여성의 활동공간이 가정에서 사회 각계로 확장되고, 교통수단과 통신수단의 발달로 그리움과 기다림의 형태도 달라지고 있다. 남·녀 서로간의 연정으로 바뀌었으니 그리움·기다림은 여성만의 숙명은 아닌 것 같다. 그 누가 혼인 전에는 여성이 기다리고 혼인 후에는 남성이 기다린다고 했던가.

그렇다. 사람은 누구인가를 사랑해야 하는 존재이거나 아니면 누구인가의 사랑을 받아야 하는 존재인가 보다. 실로 우리들 인간세계에 사랑의 샘물이 솟지 않는다면, 가도 가도 끝없는 그 고독감을 어떻게 달래며 살아야 할 것일까. 하지만 우리에겐 사랑이 있고, 그리하여 사랑의 노래가 있고 사랑의 노래 속엔 나름대로의 사랑의 미학이 흐르고 있다.

남북이산가족 상봉 때 60년 세월에도 빛이 바래지 않은 그리움과 기다림 끝에 이룩한 남편과 아내의 해후는 가치판단은 차치하고 참으로 감동적이었다.

그러나 삶에 뿌리내리지 못한 사랑만큼 공허한 것이 없는 것도 엄연한 진실이다. 부부란 "싸움(?)을 하면서도 친밀한 유대를 지속해 갈 수 있는 관계" 여야 한다. "당신은 기다리지 않기가 기다리기보다 더 어려운 사람이라오…" 처럼.

추억의 막걸리

오 서 진

비가 구슬프게 내리는 어슴푸레한 퇴근길에 여의도에서 버스를 타고 영등포 재래시장을 찾았다. 후미진 골목 안 작은 불빛 아래 연세 좀 드신 어르신들이 삼삼오오 모여앉아 인생관을 털어놓는데 무엇에 대한 회한인지 언성들도 크고 분노도 많아 보인다. 아마도 양극화 시대에 사는 삶의 방식에서 생겨난 차이일 것이다.

그분들의 대화를 들어가며 막걸리 한 사발을 벌컥 풋고추에 안주삼아 마셨다. 정겨움과 취기가 혼합되어 뭉클함이 가슴 속 깊이 묻어 오른다.

20대 초반 때였다. 밭일을 마치신 아버지께 막걸리상을 차려내 드리면 수건으로 땀을 닦아내신 후 막걸리 한 사발을 아주 맛스럽게 드셨었

오서진 _ 사회복지, 가족복지 전문가. 세종대 과학정책대학원 노인복지 및 보건의료 석사 졸업. 사회복지 및 가족, 노인, 청소년 관련 총 25개의 자격 취득. 사단법인 대한민국 가족지킴이 이사장, 월간 『가족』 발행인, 국제가족복지연구소 대표, 한국예술원 문화예술학부 복지학과 교수, 극동대학교 사회복지연구소 위탁 연구위원, 노동부 장기요양기관 직무교육 교수, 각 교육기관 가족복지 전문교수, 각 언론 칼럼니스트, 법무부 범죄예방위원, 사례관리 가족상담 전문가 등으로 활동. 저서로《건강가족 복지론》,《털고 삽시다》등 상재.

다.

곁에 있는 내게도 "너도 한잔 하거라" 하시며 따라주시던 막걸리 맛!

막걸리 받아오라는 아버지의 잔심부름에 양조장으로 주전자를 들고 가서 됫박 막걸리를 사오던 기억이 새롭다.

양조장 인근에 살다 보니 술찌끼와 고두밥도 많이 훔쳐 먹었고, 주전자 술을 받아 오며 몰래 마시던 막걸리 맛은 배고프던 그 시절엔 꿀맛이었다. 그런 내용을 아시면서도 아버지는 단 한 번도 꾸지람을 하지 않으셨고, 21살 된 막내딸에게 이젠 너도 한 잔 하라시던 아버지의 그 따뜻한 추억의 막걸리가 다시금 그리워진다.

어무이, 아부지와 함께 셋이서 나란히 대청마루에 앉아 돼지고기 구워 안주삼고 막걸리를 마시며 도란거리던 35년 전이 가슴 저리게 그립다. 순간 정신을 가다듬어 둘러보니 영등포 재래시장은 타임머신을 타고 70년대로 돌아간 느낌 그대로다.

음악도 분위기도? 어른들의 이야기 소리도 낯익은 모습들이다. 정감 어린 영등포 길거리에서 무엇인가 부족한 느낌에 나는 떡볶이와 순대를 시켰다.

70대의 노부부가 운영하는 포장마차!

두 분 내외의 모습을 보니 거동은 불편해 보였지만 서로를 의지하고 보살피는 모습에서 감사함과 고마움을 느낀다.

오래오래 건강하시라고 인사드리고 길을 나섰다.

어른들 몰래 달달하게 당원 넣어 마시던 어릴 적 그 막걸리 맛이 그리운 것은 배고픈 시절 군것질거리도 없었던 그 시절이 아련하게 기억나서 더욱 아름다운 추억인가 보다.

우리 아버지

이선영

우리 (친정)아버지는 26년 전에 돌아가셨다. 지금 살아계시면 91세이시다. 내가 30 중반일 때였는데, 벌써 내가 회갑 나이가 다가온다. 그런데 이상하다. 돌아가신 지 오래 되어서 잊혀질 줄 알았는데 나이가 들어가면서 아버지를 자주 떠올리게 되고 더욱 그리워진다.

아버지는 실향민이시다.(함경남도 단천) 우리 어머니를 만나 4남매를 두었는데 맏이인 나를 많이 귀여워 하셨다. 내가 남매를 키우면서 문득 들었던 생각은 '어쩜 우리 부모님은 아들 딸 차별 없이 똑같이 사랑을 주셨는가' 하는 것이었다. 내가 딸이라서 억울하다고 생각해 본 적이 한 번도 없었다.

그 때 왕드롭프스라는 갖가지 과일 맛을 낸다는 사탕이 있었다. 가끔 큰 봉지에 담긴 그 사탕을 사오시면 우리들은 궁궐 안의 왕자나 공주가

이선영(李善永) _ 천도교 선도사. 용문상담심리전문대학원 졸업. 가족문제상담전문가. 상담심리사. 웰빙−웰다잉 교육강사. 천도교 중앙총부 교화관장. 사단법인 민족종교협의회 감사.

된 듯한 마음으로 아버지 앞에 '순서대로' 나란히 앉았다. 아버지는 사탕의 색깔도 똑같이 나누어 주신다. 딸기 맛을 낸다는 빨간색 사탕, 포도 맛을 낸다는 보라색, 오렌지 맛의 노란색, 사과 맛의 연두색…. 개수도 똑같이 많이인 나나 나보다 일곱 살 아래인 막내 여동생이나 똑같이 나눠주신다. 하나밖에 없는 아들이라고 해서 한 개라도 더 주시는 법이 없었다. 그 누구도 불평할 일이 없었다. 각자가 좋아하는 색의 사탕으로 서로 바꾸어 먹는 것은 우리들의 권리였다. 그래서 그런지 우리 형제들은 지금까지 화목했고 각자의 자녀들에게도 차별 없이 키워왔다.

두껍고 큰 엿을 사오셔서는 망치로 칼등을 톡톡 치시면 똑같은 크기로 잘라진다. 이것을 미숫가루 통 안에 넣어놓으시면 우리는 놀다가 들어와서 한두 개씩 입에 물고 다시 뛰어나가 놀았다. 우리 아버지는 그때의 보통 아버지들과 많이 다르게 참 자상하고 다정하셨다. 다른 사람보다 조금 늦게 나가는 일을 하시니까 아침 시간이 여유가 있었다.

엄마는 아침 준비하랴 가장 바쁜 아침 시간에 아버지는 우리를 깨우고 이불을 정리하고 요강을 치우고 청소를 하고 밥상을 놓는 일을 전부 하셨다. 동생들을 세수시키고 머리를 곱게 빗겨서 학교에 가는 것까지 보살펴 주셨다. 눈이 많이 내리면 삽을 들고 나가서서 미끄럼을 만드셨다. 동네 아이들이 모여 신나게 놀았다.

엄마는 참 성실하고 정직한 분이다.(현재 85세) 엄마는 아버지가 돌아가시고 몇 년 지난 어느 날 내게 "나는 내가 알뜰하게 살림하고 정직하게 살고 있다는 자신감을 갖고 있었다. 그런데 지금 돌아보니 우리들이 이만큼 사는 것이 모두 다 아버지 덕이었구나"라고 말씀하셨다. 그런 아버지는 너무 일찍 돌아가셨다. 아쉽기 그지없다.

아버지는 오랫동안 당뇨병을 앓으셨는데 일상생활을 하면서도 합병증이 생기는 등 오랜 시간을 불편하게 지내셨다. 아버지는 고향을 떠나올 때 부모님이 마루에 앉아계시던 모습, '곧 돌아올게요'라는, 정말 곧 돌아갈 것으로 믿으셨단다. 마지막 대화 장면 등을 글로 적어서 내게 주셨다. 명절이면 약주 한잔 하시고 고향과 부모님을 그리며 눈물짓던 아버지. 나는 그때 그 마음을 짐작조차 하지 못했다. 시간이 지나 나이 먹으면서 그 마음을 조금 알게 되었다. 나는 참 바보다.

돌아가시기 몇 달 전 어느 날, 아이 둘을 데리고 친정에 갔다. 아버지는 조용히 나를 부르시더니 당신 사진 두 장을 꺼내셨다.

"내가 여름에 죽으면 이 사진을 쓰고 겨울에 죽으면 저 사진을 써라. 수의는 따로 하지 말고 평소에 가끔 입던 한복과 두루마기를 입혀다오."

"아니 아버지. 왜 그런 말씀을 하시는 거예요?"

"내가 죽은 후에도 엄마와 너희들을 편하게 하기 위해서다."

그러고는 종이묶음을 내주셨다. 묘지는 단천군민 묘지로 할 것, 의례는 천도교식으로 진행할 것, 묘비는 1년 후에 건립할 것, 문상객은 후하게 대접할 것…. 그리고 비문 초안과 당신의 약력 등이 적혀 있었다.

아버지는 고통 없이 편안하게 삶을 마치셨고, 엄마와 우리들은 아버지 말씀 그대로 따랐다. 원만하고 순조롭고 상례를 치렀다. 아버지의 옷가지를 정리하면서 새로 사 드린 속옷은 한 쪽에 쌓아놓으시고, 낡고 해진 것을 입으신 것을 알고 주저앉아 엉엉 울었다.

우리 아이들을 얼마나 예뻐하시던지…. "그전에 어른들이 눈에 넣어도 아프지 않은 손자, 할 적에 그 말이 무슨 뜻인지 몰랐는데 이젠 알 것 같다" 하시던 아버지. 아버지의 목소리…. 지금도 가끔 아버지의 목소리가 들리는 듯하다.

보고 싶습니다, 아버지.

그립습니다, 아버지.

세상은 행복해지고 있습니까

정상식

어느 지인 교수의 요청으로 여름방학이 시작될 무렵 대학생들을 상대로 강연을 한 적이 있었다. 강연을 할 때에는 항상 청중의 눈빛과 반응을 보면서 내용과 수위를 조절하는데 전공분야인 '인간학' 마음공부에 대하여 학생들은 별로 관심을 보이지 않았다. 심지어는 시큰둥하기까지 했다.

화제를 돌려 스티브 잡스(Steve Jobs)에 관한 얘기를 꺼냈다. 청중의 반응이 확실히 달라졌다. 자신들이 그렇게도 갈구하는 사회적 성공과 엄청난 부(富)를 이룬 세계적 인물이기 때문이었을 것이다. 스티브 잡스는 현대 혁신의 아이콘이다. 그는 세계 브랜드파워 1위 기업인 애플사의 CEO로서 성공적인 삶을 살았다. 하지만 그는 과연 행복했을까?

잡스는 태어나자마자 대학을 나오지 못한 어머니와 고등학교조차

정상식(鄭相植) _ 경남 창녕 출생(1933년). (社)大乘佛教 三論求道會 教理研究院長, 호는 斅纛. 중고등학교 설립, 중 · 고 교장 21년 근무. 경성대학교 교수, 총신대학교 교수 등 역임. 현재 (사)대승불교 삼론구도회 교리연구원 원장. 저서 《기독교가 한국재래종교에 미친 영향》, 《최고인간》, 《인생의 길을 열다》 외 다수.

졸업하지 못한 아버지에게 입양되었다. 부모님이 평생 어렵게 마련한 돈을 대학등록금으로 몽땅 날려 버릴 형편임을 알고는 스스로 대학을 중퇴해 버렸다. 또한 나이 서른 살에는 자신이 설립한 애플사(Apple Inc.)의 경영문제로 고심하다가 당시 펩시콜라의 사장이었던 존 스컬리(John Sculley)를 CEO로 영입하고자 했다. 존 스컬리는 대기업 사장자리를 버리고 작은 신생 기업으로 가기를 망설였다. 그때 잡스가 말했다.

"인생 끝날 때까지 설탕물이나 팔겠습니까? 아니면 나와 함께 세상을 바꾸어 보겠습니까?"

이 말을 듣고 존 스컬리는 애플로 이적했다.

하지만 아이러니하게도 잡스는 자기가 영입한 사장에 의해서 애플의 경영 일선에서 물러나게 된다. 애플에서 쫓겨난 후에 정착한 픽사(pixar)를 최고의 애니메이션 회사로 성장시키고, 컴퓨터회사를 창업하여 새로운 운영체제를 개발한다. 그 후 잡스는 애플로 복귀하여 다 죽어가던 애플을 다시 살려낸다.

이처럼 청춘을 IT업계에서 보낸 마흔 살의 잡스는 컴퓨터와 과학기술에 대해 뜻밖의 말을 한다.

"이것으로 세상이 바뀌는 건 아닙니다. 아니 바뀌지 않습니다."

그리고 이런 말도 한다.

"미안하지만 그게 진실입니다. 아이를 낳은 후 세상을 보는 눈이 크게 바뀌었지요. 사람은 태어나서 아주 짧은 순간을 살다가 죽습니다. 쭉 그래 왔습니다. 이것은 기술로는 거의, 아니 전혀 바꿀 수 없는 사실입니다."

잡스는 컴퓨터로 세상 바꾸기를 꿈꾸었고 실제로 그 꿈을 이루어 나갔다. 스마트 폰이나 컴퓨터 같은 것들은 세상을 편리하게 하는 데 많은 기여를 했다. 그러나 이것 때문에 삶이 마냥 행복해지는 것은 아니다.

　사회적 성공과 행복을 동일시해서는 안 된다. 흔히 사람들은 성공하면 당연히 행복해질 거라고 생각한다. 그래서 성공을 향해 정신없이 달려간다. 하지만 사회적 성공이란 성취하기 쉬운 것이 아니다. 아마 모든 사람이 이룰 수 있는 거라면 성공이라고 부르지도 않을 것이다. 소수의 사람만이 사회적 성공에 도달하는데 또 그중 일부만 행복을 성취할 수 있다면 결국 아주 적은 삶만이 행복해질 수 있다는 결론에 이르게 된다.

　몇 년 전 어떤 기업체를 성공적으로 이끌어가던 한 CEO가 필자에게 한 말이 생각난다. 자기는 사회적으로 성공하고 어느 정도 부(富)를 축적해서 좋은 집에 살면서 좋은 차를 타고 다니며 당연히 행복해질 줄 알았다는 것이다. 하지만 그런 성과를 이루었음에도 마음 한 편에는 무언가 헛헛함이 항상 떠나지 않고 있다는 것이었다. 그렇다. 인간은 축생(畜生)과는 다른 것이다. 그저 좋은 집에서 맛난 음식을 먹으면서 가족과 함께 단란하게 지낸다고 해서 마냥 행복하지만은 않다. 그 위에 추구해야 할 정신적 가치가 있다. 그래서 "배부른 돼지보다 배고픈 소크라테스가 낫다"고 하는 것이다.

　바로 지금 여기에서 우리가 먼저 성취해야 할 것은 행복이다. 행복은 미래의 목표가 아니라 현재의 선택이다. 행복을 미래의 목표로 설정하는 순간 현재의 불행을 체험하게 된다. 바로 지금 여기에서 스스로를 관찰하는 것이 행복의 첫째 비결이다. 그리고 아는 만큼 전하고, 가진 만큼 베푸는 것이 둘째 비결이다. 이러한 마음가짐으로 모든 일을 대한다면 부와 성공은 저절로 따라오게 마련이 아닐까?

　스티브 잡스는 과연 행복했을까? 그럴 수도 있고 아닐 수도 있다. 정확한 것은 오직 당사자만이 알고 있다. 하지만 분명한 것은 바로 지금 여기에서 우리가 스티브 잡스보다 더 행복한 사람이 될 수 있다는 것이다. 그 사람만큼 성공하지 않고서도 말이다.

필자에게 다시 인생이 주어지고 누군가가 "스티브 잡스가 될래? 효옹(斅雍)이 될래?" 하고 묻는다면 서슴없이 답하겠다. "다시 태어나도 효옹이 되겠습니다"라고.

세상에 쓸모없는 공부는 없다. 공부는 마치 나무의 나이테처럼 내 안에 각인되어 필요할 때 전혀 새로운 형태로 다시 나타나 뜻밖의 성과를 가져다준다.

無風天地無花開
無露天地無結實
바람 없는 천지에 꽃이 필 수 없고
이슬 내리지 않는 곳에 열매가 없다.

노력하지 않고서 기쁨을 얻을 수 없고, 땀을 흘리지 않고선 결실을 볼 수 없는 것이다.

여건은 여건일 뿐, 불가능은 없다

주동담

정유재란 때 포로로 잡혀갔다가 귀환한 강항이 쓴《간양록》과 정희득의 《해상록》에는 임진왜란 때 포로가 되었다가 일본 군선을 타고 칠천량해전을 본 포로들의 증언이 실려 있는데, 그 내용을 보면 원균의 지휘 하에서 조선 수군이 얼마나 취약한 대응을 보였는지 알수가 있다.

"정유년 7월 15일에 왜장이 날쌘 군졸을 모집하여 경쾌한 배를 타고 우리 군사의 동정과 우리나라 병선을 정찰하였다. 우리 병선의 군사들이 잠에 취하여 코를 골고 있으므로 적도(賊徒)가 급작스럽게 포 두 발을 발사하였다. 우리 군사가 다투어 닻줄을 끊으며 당황하여 어찌할 바를 모르자, 적도들이 달려가 병선을 끌고 와서는 일시에 진격하는 바람

주동담(朱東淡) _ 40여 년간 언론인으로 종사하며, 시정일보사 대표, 시정신문 발행인 겸 회장, 시정방송 사장 등으로 재직. 서울시 시정자문위원, (사)민족통일촉진회 대변인 등을 거쳐, 현재 (사)전문신문협회 이사, (사)한국언론사협회 회장, (사)민족통일시민포럼 대표, (사)국제기독교언어문화연구원 이사, (사)대한민국건국회 감사, (사)나라사랑후원회 공동대표, 대한민국 국가유공자, 고려대 교우회 이사, 연세대 공학대학원 총동문회 부회장, ㈜코웰엔 대표이사 회장 등으로 활동.

에 한산도가 마침내 무너졌다."

전투 과정이 축약되어 자세한 경위를 증언하진 못했겠지만, 또 소문을 듣고 말해 어느 정도 과장되었을 가능성을 고려하더라도 조선 수군의 상황은 엉망이었다는 얘기다. 야간 경계는 상식인데도 조선 수군은 아무런 경계도 하지 않고 있다가 적의 포 공격 두 발에 우왕좌왕하는 모습을 보여주었는데, 연전연승하던 최강 조선 수군이 이순신을 감옥으로 보낸 순간 졸지에 오합지졸로 전락하였다는 얘기다.

어쨌든 육군 장수 원균이 지휘한 조선 수군은 칠천량해전에서 적의 기습공격으로 2만 병사의 대부분과 우리 수군의 자랑이었던 거북선 3척을 포함한 90% 이상의 함선을 한 순간에 잃어 버렸다. 단 한 번의 패배로 수군은 재기불능 상태에 빠졌으며 지휘관 원균도 적에게 살해됐다.

다급해진 조정에서는 이순신 장군을 삼도수군통제사로 재임명은 하였지만 남아있는 전력으로는 바다에서 적을 막기엔 불가능했다. 이에 선조는 이순신 장군에게 바다를 포기하고 육지에서 방어할 것을 명령했지만 장군께서는 바다에서 싸울 수 있도록 해달라는 장계를 올렸다.

"전하, 지금 신에게는 아직 열두 척의 전선이 남아있사오니 죽을 각오로 싸운다면 적을 물리칠 희망이 있사옵니다. 임진년 이래로 적이 감히 충청, 전라로 직접 돌격하지 못한 것은 우리 수군이 그 길을 막았기 때문이었나이다. 지금 만일 수군을 폐한다면 적은 곧 이를 기회로 서해를 통과하여 한강(도성)에 이를 것이니 이는 신이 가장 두려워하는 바입니다. 비록 전선의 수가 적으나 미천한 신이 살아있는 한 적은 감히 우리를 업신여기지 못할 것이옵니다."

판옥선이란 것이 지금처럼 첨단 무기를 갖춘 전투함도 아니고, 고작 배의 일부를 파손시키는 수준의 대포와 노를 저어 운항하는 목조선이었다. 당시로서는 그야말로 숫자가 절대 전력일 수밖에 없는 상황에서 12척의 함선으로 500여 척의 적을 상대로 싸운다는 건 자살 행위나 다름없는 것이었다.

경영 여건이 빠르게 바뀌는 요즘 완벽한 조건을 갖춘 회사는 없겠지만 규모가 작은 사업일수록 불리해지는 상황이 되고 있다. 갈수록 치열해지는 경쟁 속에서 무겁게 짓누르는 노동법과 날로 까다로워지는 정부 규제들, 거기에 더하여 지속적으로 오르는 보험을 비롯한 각종 비용 증가는 경영자들의 어깨를 더욱 무겁게 만든다.

성공한 회사와 실패한 기업의 사례를 보면, 변화의 시기에 기회를 포착해 성공했거나 실기해 실패한 역사라 할 수 있다. 1차 산업혁명 때는 대지주들을 제치고 생산업자들이 신흥 부르주아계급을 형성하여 영국 정치 개혁에 큰 힘을 발휘했으며, 2차 산업혁명 시기에는 철도와 증기기관선을 이용한 운송업에 진출한 기업가들이 당대 최고의 부호 반열에 올랐기 때문이다.

그러나 한 번 실패가 영원한 실패가 아니듯 성공도 영원히 지속되진 않는다. 속도의 시대로 전환되는 60년대 초까지 철도회사들은 항공업을 무시했으며, 진공관시대의 강자인 재니스와 RCA는 트랜지스터를 들고 나온 소니를 과소평가했다.

역사에 가정을 적용한다는 것은 무의미하다고 하지만, 당시 철도가 가지고 있던 막대한 자금을 활용해 항공업에 진출했었다면…, 세계 최고 수준의 기술력을 가진 미국의 전자업계가 지속적인 투자를 통한 제품개발에 심혈을 기울였다면…, 소니가 1년만 빨리 아날로그 방식을 포기하고 과감하게 디지털 기술을 적용했었더라면…, 세계 경제계의 판도는 실로 엄청나게 달라져 있을 거라는 아쉬움이 남는다.

그렇다면 왜 그들은 절호의 기회를 날려버린 걸까? 사실 대부분의 기업은 업계 선두가 되면 변화를 바라지 않게 된다. 그리고 과거 성공방식을 금과옥조로 삼는 경향이 강하여 이에 반하는 행동이나 결정을 꺼려한다. 사례에서 보듯 크다고 모두 강하거나 완전한 조건을 갖춘 것은 결코 아니다. 지금 비록 어렵더라도 포기하지 않고 끝까지 노력하는 사람에겐 오히려 불리한 여건이 성공의 발판이 된다.

우리는 강대국들에 둘러싸인 지리적 여건 때문에 셀 수도 없이 많은 외침을 받으면서 때로는 머리도 조아리고 적에게 무릎을 꿇는 수모도 감내했다. 그때마다 우리는 꺾일 듯 쓰러지지 않고 어떻게든 다시 일어선 저력의 민족이다.

제반 여건으로 따져본다면 한국이 세계 10대 경제대국에 드는 건 절대로 불가능한 일이다. 그러나 가진 것이 없었어도 여건을 탓하지 않았고, 포기할 줄 모르는 도전정신과 개척의 정신으로 세계를 놀라게 한 한강의 기적을 이룬 것이다. 이는 결코 우연한 결과가 아닌 강인하고 유능한 우리 민족의 DNA 덕분이다.

"신에게는 아직 12척의 전선이 남아 있습니다."

이순신 장군의 간절한 외침이 자리에서 벌떡 일으켜 세운다. 힘들다고 결코 포기할 때가 아니다. 이 어려운 시기를 헤쳐 나가도록 우리 모두 힘을 모으자.

운(運)도 능력으로 개척하는 시대

주호덕

'운칠기삼(運七技三)'은 세상사가 자기 뜻대로 되기보다는 워낙 다양한 이해관계자가 먹이사슬처럼 얽혀 있어 혼자의 힘과 노력도 중요하지만 주변의 환경이 잘 맞아야 성공할 수 있다는 경험적 사실이 집약된 말이다.

"총명하고 성실했던 선비가 평생 동안 도전한 과거시험에서 자신은

주호덕 _ 경기 수원 출생(1969년). 대불대학교 법학과, 한국방송통신대학 행정학과 등을 졸업하고, 경기대학교 대학원에서 정치법학 및 북한학을 전공하여 정치학박사학위 수위. LA이스턴 프라임 유니버스티 사회복지학(명예박사). 서울대학교 국제대학원 GLP 11기 등, 10여 대학교 특수과정 수료. 민주평통 자문위원, 사) 복지경제신문 부회장, 백두산문인협회 상임임원, 경기대학교 정치전문대학원 원우회 부회장, 한국방송통신대학 법학과 총동문회 부회장, 한양로타리3650지구 봉사회원, 대한민국 민생치안단 남부지부 자문위원, 국제경영원(IMI) 자문위원 등을 역임하고, 현재 아이러브 아프리카 봉사회원, 국제부동산연합회 국제이사, 사)한국무예진흥원 부총재, 한국청소년육성회 운영위원, 사) 4월회 자문위원, 자연보호연맹 중앙이사 등과 원아시아클럽, 고정회, 시마2080 포럼, 광화문포럼, 충정로포럼, 인간개발연구원, 국가안보포럼, 21C 거버넌스 등의 회원, 대한민국 나눔클럽 부회장, 서울대학교 총동문회 평생이사, 한국국제정치학회 평생회원 및 (주)미라클공영 대표이사, (주)제이에스부동산중개이사 등으로 활동하고 있다. 상훈으로는 주돈술 아버님 팔순기념 착한 효자상, 국제평화언론대상, 보건복지부 장관상 대상, 대한민국 사회발전 공헌대상, 글로벌 자랑스런 세계인대상 등과 다수의 국회의원 표창에 10여 단체의 감사장 및 표창.

번번이 낙방하고 자신보다 실력이 떨어지는 건 물론 별반 노력도 하지 않은 다른 사람들이 버젓이 급제하는 것을 보고 옥황상제에게 그 이유를 따져 물었다. 옥황상제는 정의의 신과 운명의 신에게 술 마시기 내기를 시켜 정의의 신이 많이 마시면 선비가 옳은 것이고, 운명의 신이 많이 마시면 세상사 이치가 그러하니 선비가 인정해야 한다는 다짐을 받았다. 결과는 정의의 신은 석 잔, 운명의 신은 입곱 잔을 마셔 운명의 신이 이겼다. 옥황상제는 세상사 모두 정의에 따라 행해지는 것이 아니라 운명에 의해 결정되지만 3할의 이치도 행함이 없으면 운명 또한 바뀌니 운만이 모든 것을 지배하는 것도 아니라고 충고했다."

중국 괴이 문학의 걸작으로 꼽히는 포송령의 《요재지이(聊齋志異)》에 나오는 '운칠기삼'의 유래다.

경마에도 비슷한 용어가 있는데 바로 '마칠기삼(馬七騎三)'이 그것이다. 경주에서 말이 뛰는 데는 말 본래의 능력이 7할, 말을 모는 기수의 능력이 3할을 차지한다는 뜻이니 기수의 능력도 중요하지만 결정적으로 좋은 말을 만나야 승리할 수 있다는 얘기다.

실제로 주변에서 부자가 된 사람들을 보면 운이 좋아 그렇게 된 사람들도 적지 않다. 사업에서 성공한 사람은 손으로 꼽을 정도이고 대부분 부동산으로 돈을 번 경우가 많다. 그들은 졸부라 불리고 조그마한 장사라도 하여 성공이라도 하면 '운칠기삼' 했다고 한다.

졸부가 아닌 진짜 부자는 어떨까? 높은 학력과 좋은 인맥의 백그라운드를 활용하여 도시계획 정보를 획득하여 부동산에 투기하고 정부나 지자체의 이권사업에 적극 참여한다. 부당한 방법이 아니라면 이게 능력이고 학력과 인맥 사회는 좋은 환경이다. 이게 바로 '기칠운삼'이다.

그렇다면 '운칠기삼'과 '기칠운삼'의 세상에서 우리가 살고 싶은 세상은 어디인가? 운칠기삼의 세상에서 100% 실력발휘를 해 봐야 성공

확률은 30%에 불과하다. 기칠운삼의 세상에서는 100% 실력발휘하면 성공확률이 70%나 된다. 즉 통제 가능한 영역이 30%에서 70%가 되니 성공여부는 자신의 실력을 어떻게 키우느냐가 관건인 것이다.

어쨌든 이렇게 유래된 '운칠기삼'은 삼성그룹 창업주 이병철 회장께서 사업은 운이 7할이고 능력은 3할이라는 말을 자주 함으로써 한국민에게 일반화 됐다. 이는 식민지 국민으로 태어나 2차 대전과 6.25 한국전쟁 그리고 군사쿠데타 등 격변의 시기를 거치면서 자신의 능력이나 의지와는 상관없이 외부 환경의 변화에 따라 사업의 성패가 결정되는 상황을 여러 차례 체험한 당사자의 경험적 결과에서 오는 철학이 아닐까 싶다. 동시에 사업의 성공은 자신의 능력이 아닌 신의 가호가 있었기 때문에 가능했다는 겸손함의 표현도 포함하고 있는 것이다.

흔히 예상치 않았던 의외의 좋은 결과가 나왔을 때 우리는 운이 좋았다, 라고 한다. 3년간 전교 일등을 차지한 수험생이 원하는 대학에 합격하면 당연한 결과로 간주하지만, 일등은 떨어지고 중위권 학생이 합격하면 한 사람은 운이 없다고 표현하고 한 사람은 운이 좋았다고 말한다. 따라서 자신의 노력과 능력으로 성공한 사람에게 운이 좋은 사람이란 표현은 경우에 따라서는 상대의 능력을 과소평가하는 실례가 될 수 있다. 주변에서 사업을 하는 지인들을 만나 얘기를 나누다 보면 아무개는 운이 억세게 좋은 사람, 혹은 누가 대박 났다는 표현을 자주 듣게 되지만 그 사람의 능력이 뛰어나다는 말은 거의 듣지 못했다. 이런 현상은 그 심리 속에 상대의 실력을 인정하고 싶지 않은 의지가 작용하기 때문인 듯싶다.

스타박스 창업자인 하워드 슐츠는 언론과의 인터뷰에서 '햇빛은 스타박스 매장에만 비춘다'는 뼈있는 대답을 한 적이 있다. 태양이 개인을 차별하지 않듯 기회는 공평하게 주어졌다는 의미 있는 항변으로 자신의 성공을 폄하하는 사람들에게 불편한 심기를 드러낸 것이다.

개인의 일생이나 사업의 성패에 운이 어느 정도 작용함은 부인하기 어려운 것도 사실이다. 그러나 한두 번도 아니고 꾸준히 행운이 따를 수 없는 것도 세상사 이치다. 따라서 다른 사람의 성공을 모두 운으로 치부해 버리면 실력 있는 경영자로부터 배울 수 있는 기회를 잃게 된다. 뿐만 아니라 자신도 노력보다는 혹시, 하는 요행을 바라다 실패할 가능성이 높아질 것은 자명한 이치다. 사업을 하면서 다른 사람의 부당한 간섭이나 정부의 눈치를 볼 필요도 없다. 누구든지 능력과 노력한 만큼의 보상을 받을 수 있도록 법률과 제도가 잘 갖춰진 사회에 살고 있어 이젠 운도 스스로 개척하고 개발하는 시대가 된 것이다.

벤처기업으로 성공한 안철수 의원은 '운이란 꾸준한 준비와 기회가 만나는 것'이라고 정의했다. 100% 수긍이 가는 말이다. 경험상 굳이 한 가지 덧붙인다면 운이란 사람과의 좋은 인연의 결과가 아닐까 싶다. 어려울 때 도움을 받거나 중요한 시점에서 필요한 조언 한 마디는 한 사람의 성패를 좌우하는 확실한 요소가 되기 때문이다.

스타박스를 창업할 때 투자에 참여했던 사람들의 대부분은 슐츠 회장의 주변 사람들이었으며 그들은 불과 2~30만 달러의 투자로 수천만 달러 이상의 투자 수익을 얻었다. 우리 주변에서 벌어지는 비슷한 사례와 반대의 경우를 듣고 보면서 좋은 사람과의 만남이 얼마나 소중한지를 일깨워 준다.

'하늘은 스스로 돕는 자를 돕는다.' 성실하게 꾸준히 노력하면 주위 사람들로부터 저 사람은 믿을 수 있다. 그리고 반드시 성공할 사람이라는 신용을 얻게 된다. 그렇게 쌓은 신용으로 성공한 사업가들이 주위에 많이 있음은 이제 운도 능력과 노력으로 결정되는 '기칠운삼'의 시대가 도래했음을 증명해 주는 것이다.

가슴 속의 3.8선을 허물어 버리자

최 계 환

어느 때 방송인과 은행원이 자리를 함께 했다. 서로 수인사를 하면서 제각기의 직업도 알게 됐다. 방송인이 "나는 말장수요" 하니까(실은 말장수뿐이 아니지만) 은행원은 나는 돈가게의 돈장수라고 했다. 이는 물론 누가 꾸며낸 우스갯소리의 한 토막이다.

그러나 언중유골(言中有骨)로서 요즈음 세태(世態)를 견주어 시사(示唆)하는 점이 매우 크다. 어찌된 심판인지 또 왜 그렇게 됐는지 온 세상이 모두 논에 혈안이 돼 있다.

옛날이라 해서 지금과 별반 다를 바 없겠지만 오늘처럼 돈 때문에 부모까지 해치지는 않았었다.

나는 타고나면서부터 돈하고는 인연이 없었고 반평생을 방송생활을

최계환(崔季煥) _ 경기도 장단 출생(1929년). 호는 지산(志山). 건국대학교 국문과 졸업. 연세대 교육대학원 졸업. KBS, MBC 아나운서실장. TBC 보도부장, 일본 특파원. KBS 방송심의실장, 부산방송 총국장. 중앙대학교, 서울예술대학 강사. 대구전문대학 방송연예과장, 명지대학교 객원교수, 영애드컴 고문, (주)서울음향 회장 등 역임. 서울시문화상(1969), 대한민국방송대상 등 수상. 방송 명예의 전당 헌정(2004년). 저서 《방송입문》, 《아나운서 낙수첩》, 《시간의 여울목에서》, 《설득과 커뮤니케이션》, 《착한 택시 이야기》. 역서 《라스트 바타리온》, 《인디안은 대머리가 없다. 왜?》 등 다수.

하면서, 그리고 대학 강단에 서면서 아예 돈하고는 거리가 먼 곳에서 살다 보니 언제나 금전하고는 인연이 없었다.

그래선지 언제나 마음이 편안하고 잔잔하게 시간의 여울을 헤쳐가고 있다.

따라서 돈에 대한 선망은 고사하고 오히려 돈 때문에 골똘하는 경우를 보면 측은하게 느낄 때도 있다.

삶의 대부분을 말장수로 살아온 탓인지 몰라도 이 사회가 좀 더 맑아지고 밝아지는 건 돈으로써 이루어지는 게 아니라 말로써 이루어진다는 것을 신념으로 삼고 있다. 말 한 마디로 천 냥 빚을 갚는다는 말은 예삿말이 아니고 현재에도 팔팔하게 살아있는 훌륭한 교훈이다.

그만큼 말의 위력은 돈을 능가한다고 믿고 있다. 남들은 무슨 잠꼬대냐? 아전인수(我田引水)도 너무 지나친 것이 아니냐고 지청구를 하겠지만 말장수 30년의 앙금을 그렇게 가벼이 치부한다면 그건 정말 섭섭하고 화가 날 일이다.

요즈음 우리 정가(政街)뿐 아니라 일부 가정이나 사회 한 모퉁이도 어딘가 한 구석이 막혀만 있는 것 같다.

그런데 그 막힌 곳을 모두 돈으로만 뚫으려 하고 있는 것이다. 예를 들어 여야는 상대적 개념이지만 여대야소의 오늘 정국은 정신적으로 많은 가지만 칠 뿐 줄기에 모여들지 못하고 있는 것이다.

이는 곧 자기 자신만을 생각하는 정치인, 종교인, 교육자, 언론인 그리고 아버지, 어머니, 형제들이 참된 마음으로 금전을 삼제한 남을 위하고, 남을 생각하고 가정과 사회, 국가를 먼저 생각하는 언어구사(言語驅使)에 인색하기 때문이다. 그러한 말의 중요성을 알면서도 돈과 자신만을 먼저 내세워서 그런 것이다.

이미 저 세상 사람이 돼 버렸지만 불구대천(不俱戴天)의 원수로 지칭하고 인류의 공적으로 여겼던 북한의 독재자 김정일과도 가슴을 터놓고 얘기하려 했지 않았던가? 우리는 너무 복에 겨워 말의 귀중함과 존엄성을 자칫 잊고 있는 것이 아닐까? 질서 없는 자유, 자제 없는 민주, 자극(自克) 없는 자복(自福)을 스스로 포기하고 있는 것이다.

우리 모두의 자유가 평화와 질서를 위하여 우리 서로를 외면하지 않고 가슴을 열고 솔직히 대화하는 우리들이 되어야 할 것이다. 말은 때에 따라 독기를 품기도 하지만 그 무겁고 깊은 값어치는 꽁꽁 얼어붙은 마음도 녹여주는 큰 힘을 함축하고 있다. 너를 생각하고 우리를 생각하는 따뜻한 말 한 마디는 수 만근의 금괴와 비견할 값어치가 있는 것이다. 우리는 너무도 그 아름답고 슬기로운 좋은 말을 쓰기에 철문같이 가슴들을 걸어 잠그고 있는 것이다. 그래서 우리들을 둘러싸고 있는 말들은 억지로 기름짜듯 짜내진 말들이다.

여와 야는 부부 사이와 같은 것이다. 티격태격하는 사이에 대화를 끊었던 부부도 어느 한쪽에서 먼저 부드럽고 사랑스런 말로 미안함을 표시하면 실개천의 눈 녹듯이 사르르 감정이 풀어지는 법이 아닌가?

민생 민생하면서도 정치한다는 분들은 민생과는 거리가 먼 곳에 있는 것같이 느껴짐은 나 혼자만의 생각일까? 나라와 겨레, 그리고 우리 모두의 삶의 본바탕을 생각하는 가슴과 가슴에서 나오는 우리들의 대화가 충만할 때 물가도 잡히고 사회질서도 바로 서지 않을까.

60여 년에 걸친 3.8선의 철책처럼 우리들 마음 속에는 아직도 철책이 내 가족만을 앞세우는 담과 담들이 그리고 나의 당리와 당략만을 앞세우는 마음의 3.8선들이 그대로 존재하고 있는 것 같아 언제나 안타까움을 이기지 못하고 있다. 이제 우리 모두 과감히 가슴 속의 3.8선부터 송두리째 허물어 버리자. 그래서 우리 서로를 위한 가슴과 가슴의 대화를 이어가자!

제2부

한반도 비핵화와
상생평화통일의 길

한시산책(漢詩散策)

구능회

여러 종류의 문학 형태 중에 한시(漢詩)가 있다.

이 한시는 인간이 지구상에 살아오면서 아마도 가장 오랜 유형의 문학 양식이 아닌가 한다. 이웃나라인 중국에서는 일찍부터 한자를 이용하여 자신들의 생각이나 감정을 표현하면서 자연스레 한시의 역사도 오래되었다. 상고(上古) 시대부터 인간은 의식주 문제를 해결하면서, 사상이나 감정을 표현하는 생활을 발전시켜 온 것을 우리는 잘 알고 있다. 이는 그만큼 문학의 역사도 인간의 역사만큼이나 오래되었음을 말해 주는 것이다.

1. 한시와 나

어려서부터 아버님께서 들려주시는 역사이야기를 들으며 자란 나는

구능회(具綾會) _ 충북 보은 출생(1949년). 호는 도헌(陶軒). 한국방송통신대학교 행정학과 졸업. 충북대학교 행정대학원 졸업(행정학 석사). 서울대 행정대학원 정보통신 방송정책과정 수료. KBS 충주방송국장, 중앙대학교 신문방송대학원 초빙교수, 한국호암다도협회 초대회장 등을 역임하고, 현재 송학선의사 기념사업회 고문, 솔리데오장로합창단 부단장으로 활동.

고전을 애호(愛好)하는 막연한 감정이 내 안에 자리 잡으면서 오늘에 이르게 되었다. 그 후로 유년기를 지나 중학생이 되면서 나는 소설 삼국지(이하 삼국지)에 심취하기 시작했다. 이러는 중에 여러 종류의 삼국지를 읽어 가면서 나는 삼국지의 내용을 익숙하게 설명하는 정도로 발전(?)하게 되었다. 그 후에도 삼국지를 계속하여 보게 되었는데 내용은 익히 아는 것이라서 나의 관심은 스토리보다는 책 곳곳에 소개되는 한시(漢詩)에 점점 눈길을 주게 되었다.

이 당시에는 한자(漢字)를 잘 몰랐기에 우리말로 번역한 내용들만 읽어 보다가 점점 원문인 한문에 관심을 갖게 되었고, 한자를 한 글자씩 익혀가면서 시를 구성하는 글자의 기능과 의미를 익혀 나갔다. 이렇게 하여 나는 삼국지 덕분에 한시와 한문의 세계를 알게 되었고, 20대 초반부터 한시를 습작(習作)해 오게 되었으니, 이 다양한 유형의 소설 삼국지는 내 인생에 있어서 적지 않은 영향을 미친 셈이다.

2. 왜, 한시 타령인가?

이 글을 읽으시는 독자들께서는 한글전용을 외치는 시대에 왜 새삼 한시 타령이냐고 타박하실 분들도 있을 것이다. 또한 어려운 한자로 구성된 한시를 요즘 세상에 누가 배우려고 하겠는가 하며 필자의 시대착오적인 주장을 넌지시 충고하실 분들도 적지 않을 것이다.

그런데 우리가 한번 곰곰이 생각해 보면 오늘날은 소통(疎通)이 현실에서 중요한 의미를 지니며 화제가 되고 있는 게 현실이다. 물론 동시대를 살아가는 사람들 간의 소통은 매우 필요한 것임에 틀림없지만 우리는 과거와 현재 사이에 시간을 뛰어넘는 소통도 꼭 필요하다는 것을 잊어서는 안 될 것이다. 이러한 과거와의 소통은 주로 역사 분야가 담당할 일이지만 과거의 역사 속으로 사라진 선인(先人)들을 지금 우리의 현실로 되살리는 일은 한시가 아주 제격이라고 나는 믿고 있다.

그 가장 좋은 예로, 무덤 속에 계신 가문의 훌륭한 어른들께서 남긴 한시들을 음미해 보면 그 자손들은 선조들의 솔직하고 다감한 모습을 대하게 될 것이다. 아득한 과거를 살다 가신 선조들께서는 무엇을 바라셨고, 무엇을 위해 일생을 살다 가셨는지를 정확하게 알려 주는 것이 바로 이 분들이 남기신 한시가 아닌가 한다. 그러므로 후손으로서 선조들이 남기신 한시를 잘 살펴보면 가문의 역사가 되살아나고 미래를 향해 나아가는 후손들의 자세를 가다듬어볼 수가 있는 것이다.

3. 한시산책

나는 재직하던 회사에서 퇴임을 2년 반 정도 앞두고 매주 목요일 사내게시판에 「한시산책」이라는 제목으로 우리 역사에서 존경받는 분들의 한시 작품들을 한 편씩 소개한 바가 있다.

당시에 내가 올린 한시를 대하며 많은 사우(社友)들이 관심을 갖고 이를 읽어 주었다. 이 당시에 올린 내용은 한시 한 편을 소개하면서, 지으신 분에 대한 소개와 함께 이 시에 대한 필자의 감상문을 곁들여 사우들이 비교적 쉽게 한시를 감상할 수 있도록 배려했다. 어렵고 골치 아픈 한시가 아니라 마치 공원을 산책하는 기분으로 가볍게 그러면서도 재미있게 읽어 갈 수 있도록 나름대로 노력하였다. 어려운 한시라는 선입견을 버리고 생각보다는 쉽고 재미있는 한시라는 인상을 심어주려고 시도하였다. 이 한시산책에 소개한 한시들은 한 주일에 한 편씩이었지만 그래도 퇴임 직전까지 약 120수 정도의 한시를 소개할 수 있었다.

그 후로 나는 계속해서 한시를 감상하며 나 스스로의 습작활동도 하면서 오늘에 이르렀다. 그러면서 이렇게 좋은 한시를 소수(少數)의 사람들만 즐기는 것에 안타까운 생각이 들어, 한시를 우리 시대의 훌륭한 문화콘텐츠로 꽃피워 보았으면 좋겠다는 생각을 갖게 되었다.

한시는 한자로 쓰여진 세계에서 가장 오래된 정형시(定型詩)의 하나이다. 그래서 일각에서는 한자로 쓰여졌다는 것에 대한 거부감도 있다는 것을 알고 있다. 그런데, 한시가 한자로 쓰여지고, 이에 따른 대중화의 한계를 지적하고 있지만 우리의 노력 여하에 따라서 생각보다는 쉽게 만들어 갈 수 있다는 가능성을 나는 사내게시판의 한시산책 코너 운영으로 확인할 수 있었다.

4. 한시의 유용성과 효과

왜 우리는 이 시대에 한시이야기를 하고 있는가? 과연 한시의 유용성은 어디에서 찾을 수 있는 것인가? 한시가 고리타분한 이미지를 벗고 압축과 다양성의 이 디지털시대, 경제전쟁으로 몸살을 앓는 이 지구촌 살벌한 시장에서 오늘날에도 그 유용성을 찾을 수 있겠는가? 이에 대한 해답을 함께 찾아보기로 한다.

첫째, 한시는 우리 선조들의 피와 땀과 눈물이 담겨있는 훌륭한 역사적 자료이다. 한시의 역사가 비록 중국에서 연원(淵源)되었다고 하지만 우리나라에서 활용된 것도 어언 천오백년(千五百年)의 세월이 지났다. 가뜩이나 우리 역사에 대한 자료의 빈약함에 많은 식자들이 안타까워 하지만 이를 보완해 줄 수 있는 좋은 역사적 자료가 바로 이 한시라고 생각한다. 이 천년이 훨씬 넘는 오랜 세월을 거치면서 정말 엄청난 양의 한시가 축적되어 있다는 것은 바로 가문(家門)의 자랑이요, 우리나라의 자랑이다.

둘째, 한시는 종합문화콘텐츠이다. 한시에는 역사, 철학, 종교, 문화, 풍속 등 인간생활의 다양한 주제들이 녹아있는 콘텐츠의 결정체(結晶體)이다. 한시를 정확히 이해하려면 과거 역사나 깊이 있는 소양과 지식을 필요로 한다. 따라서 일견 어려운 측면이 분명히 있지만, 포기하지 않고 한 걸음씩 나아가다 보면 우리는 어느덧 한시를 통해 풍부한 재미와 감동을 만나게 될 것이다. 이러한 한시를 잘 활용하면 다양한 문화콘텐츠의 생산과 발전에 소중한 밑거름을 제공하는 문화 원료 기지(基地)로서의 역할을 충분히 기대할 수 있다고 본다.

셋째, 급격히 부상하는 한자문화권과의 소통의 지렛대이다. 중국과 대만, 싱가포르, 홍콩 등의 눈부신 부상(浮上)과 한자문화권의 흥기(興起)를 감안해 볼 때 우리가 한시를 이해하면 이를 실용적으로 활용할 수 있는 가능성도 과거에 비해 훨씬 넓어져 가고 있음을 주목해야 한다. 우리는 시 한 수가 역사 속에서 중요한 역할을 했던 사례를 익히 알고 있다. 과거에도 국가간의 외교활동이나, 경제활동, 심지어는 전쟁터에서도 시를 통해 새로운 전투 상황을 만들어 갔다. 한자문화권에서의 다양한 비즈니스 활동에 한시를 모르는 사업자와 한시에 대해 그래도 조금은 알고 있는 사업자와는 사업을 위한 거래에 있어서 그 격(格)이 다름을 필자는 과거에 체험적으로 느낀 바가 있었다.

5. 맺는 말

고전문화의 보고(寶庫)라 할 수 있는 한시에 대한 관심으로 개개인의 문화적 소양을 쌓아 우리 사회를 보다 풍요로운 선진사회로 가꾸고, 고급 문화콘텐츠의 개발과 활용으로 이를 문화산업과 연결하여 국부(國富)와 국격(國格)의 향상을 도모하며, 오랫동안 수난의 세월로 점철되었기에 우리 역사에 대한 매력과 관심을 잃어가는 이 시대 우리의 젊은이들에게 가문의 역사를 중심으로 한 나라의 역사를 회복하고 계승하는 가치 있는 일에 한시는 충분히 요긴하게 사용될 수 있을 것이라고 나는 확신한다.

사랑으로 행복 쌓기

김 재 완

얼마 전 국내외의 학자들과 종교계의 지도자들이 함께 둘러앉아 화기애애한 분위기 가운데 '세계종교평화포럼'을 가진 바 있다. 그런데 이 포럼이 끝날 무렵 K대학교 L교수께서 '우분투(Ubuntu)'라는 인사말 한 마디를 내놓는 바람에 갑자기 그 어의(語義)와 어취(語趣)에 대하여 즐거운 화제의 꽃을 피운 적이 있다. 아마도 그때 그 자리의 분위기로 보아 '우분투'에 관한 어의와 유래를 잘 알고 있는 분은 많지

김재완(金載完) _ 단국대 법과(법학사). 경희대 대학원(공법학 석사)·대진대 통일대학원(통일학·석사), 대진대 대학원(북한학·정치학 박사) 수료. 경희대·연세대·대진대 통일대학원 강사 및 교수. 「전남매일신문」·「제일경제신문」논설위원, 교통방송(TBS)·원음방송(HLDV 해설위원, 재계 동양(시멘트)그룹의 감사실장·연구실장 및 회장 상담역. 대통령직속 민주평화통일자문회의 자문위원 및 상임위원. 문화체육부 종교정책 자문위원. 환경부 환경정책 실천위원. 한국사회사상연구원 원장. UN NGO 국제밝은사회(GCS)기구 서울클럽 회장. 한국자유기고가 협회 초대회장. (사)한국민족종교협의회 사무총장. (사)한국종교지도자협의회(7대종단)운영위원 및 감사. 한국종교인평화회의 이사·부회장. 한국종교연합(URI) 공동대표. 세계종교평화포럼 회장. (사)겨레얼살리기국민운동본부 상임이사·평화통일위원장. (사)국제종교평화사업단(IPCR) 이사. 공론수필동인회 회장. 글로벌문화포럼 회장. [상패·표창] UN NGO 국제밝은사회(GCS)클럽 국제총재 공로패(1997), 문화체육부장관 감사패(1997), 문화관광부장관 표창장(2003), 대한민국 대통령 표창장(2007), (사)한국종교지도자협의회장 감사패(2008), 한국종교인평화회의(KCRP) 대표회장 공로패(2015)

않았던 것 같았다.

　실상 '우분투'라는 말은 남아프리카공화국의 반투족 언어 가운데 하나일 뿐이다. 그런데 한때 영국의 식민정책을 벗어나고 국가경제가 어려울 뿐 아니라 민심이 혼란에 빠져있을 때 남아공(南阿共)의 대통령과 우국지사들은 중요도시에 유세를 다니면서 '우분투 철학'을 외치며 경제부흥과 국민의 총 단결을 호소한 바 있다. 이에 부응·단합된 그 부족들의 힘에 따라 국력이 높아지기 시작했던 것이다. 심지어 영국·미국 등의 외국에서 후진국 원조를 받는데도 '우분투' 사상을 내세우면서 적정한 원조금을 적지 않게 받아내기도 했다.

　말하자면 우분투는 '공유정신'과 '타인에 대한 인간애(Humanity towards others)', 그리고 '사랑과 행복'의 철학이 담뿍 담긴 언어이기도 하다.

　"내가 아내를 행복하게 하면 내 아내는 나 때문에 무척 행복해 합니다. 또한 행복해하는 그 아내의 모습을 보면 나는 그 아내보다도 몇 배 이상으로 행복해집니다."

　이는 바로 그 나라의 대통령이 도시 유세를 다닐 때 열광적인 박수를 받은 대목의 한 구절이다. 이 '우분투'는 사랑으로 행복을 쌓는 철학으로서 부각된 것이다.

　"이 '우분투' 어의의 한 대목이 외국의 많은 식자들에게 널리 알려지고 유행어처럼 번져가자 각국 도시의 각종 사업장의 간판에는 '우분투' 단어를 붙인 업종들이 많이 늘어나기도 했다. 즉 '우분투 다방' '우분투 설계소' '우분투 음식점' '우분투 카페' 등의 간판으로 곳곳에 모습을 보인 것이다. 대한민국인 우리나라에서도 도시의 곳곳마다 '우분투 ○○○'라는 간판이 지금도 많이 보이고 있다

　도대체 '우분투'라는 '사랑과 행복'이 뭐길래, 이처럼 우리 인간사

회의 인생행로에서 중요시 되는 것일까?

흔히 많은 사람들에게 '사랑이 무슨 뜻이냐?'를 묻는다면 일부 젊은 이들은 남녀간에, 이성간(異性間)에 열렬히 좋아하며 남녀가 서로 그리움과 애틋한 심정을 고백하면서 조용히 속삭이는 심경을 말하기도 할 것이다. 또 한편에서는 어머니의 따뜻한 사랑처럼 남을 지극히 아끼고 베풀며 훈훈하게 여길 뿐 아니라 서로 돕고 이해하려는 심덕(心德)이라고 말할 것이다.

그렇다 사랑은 단순히 자기의 욕구충족을 위한 이기적(利己的) 사상이 아니라 남을 진실하게 아끼고 베풀며 함께 행복을 쌓아가는 이타적(利他的) 사상이다. 우리 인간사회에서 자신의 욕구충족과 만족한 기쁨을 느끼며 복된 좋은 운수로서의 행복을 꾸준히 얻으려면 무엇보다도 대자연의 좋은 환경을 사랑하고, 모든 생명을 존중하며 내 가족과 내 이웃사람들을 떳떳이 사랑할 줄 알아야 한다.

어느 시대나 어느 나라를 막론하고 사랑에 대한 의미와 철학은 대동소이(大同小異)하다. 동서양의 철학사(哲學史)나 윤리학사(倫理學史)를 살펴볼지라도 사랑은 정신생활의 기본적 감정이며, 또한 윤리학 사상에 가장 중요한 개념의 하나로 인식되고 있다. 특히 서양철학에서는 기독교(Christianity)나 가톨릭(Catholic)의 영향을 크게 받고 있으며 동양철학에서는 불교의 자비사상과 유학의 인의적(仁義的) 윤리사상에서 영향을 많이 받은 셈이다.

그러나 근대 이후 현대 철학에서는 국가간의 정보와 소통의 시대로 더욱 발전하는 과정에서 동서양의 철학과 사상이 다문화적인 교류로 전개되면서 '사랑의 문화'도 더욱 빛나게 꽃피우고 있는 것이다.

"사랑을 베푸는 것은 즐겁지만 사랑을 받는 것은 즐겁지 않다"고 BC 4세기경 그리스의 최대 철학자인 아리스토텔레스(BC 384~322)는 그의

《윤리학》에서 언급했는가 하면, 19세기에 러시아 문학을 대표하는 세계적 문호인 L. N. 톨스토이(1828. 8. 28~1910. 11. 7)는 "사랑이란 자기 희생이다. 이것은 우연에 의존하지 않는 유일한 행복이다"라고 주장했다. 또한 네덜란드의 유명한 화가인 H. 반 다이크(1599. 3. 22~1641. 12. 9)는 그의 저서 《조그마한 강(江)들》속에서 "사랑이란 받는 것이 아니라 주는 것이다. 그것은 향락의 거친 꿈도 아니며 정욕의 광기도 아니다. 또한 사랑이란 선(善)이고 명예이며 평화이고 깨끗한 행복이다"라고 표현한 바 있다.

그런가 하면 지난 2016년 1월 14일에 광화문문화클럽 조찬회에 96세의 건강한 모습으로 나오셔서 카랑카랑한 목소리로 간담하신 김형석 박사(전 연세대·철학교수)께서도 〈사랑에 관하여〉라는 글에서 "사랑은 조화된 하나의 정념(情念)이며, 또한 사랑은 영원히 미완성인 행복을 완성으로 만들려는 힘이다"라고 피력하셨다.

실상 이 세상에는 '사랑'이라는 말 한 마디의 단어(單語)를 놓고 각국의 시대적 어문화(語文化)에 따라 각각 다른 문자와 다른 표현으로 사용하고 있음을 본다. 말하자면 한국에서는 '사랑(애, 愛)'이라는 문자와 어음(語音)으로 표현하지만, 일본과 중국은 애(愛)자로 표기한다. 또한 미국과 영국은 'Love', 독일은 'Liebe', 프랑스는 'Amour'로 표현하는가 하면, 희랍어로는 'Eros', 'Philia', 'Acape' 등으로 표현되고, 라틴(Latin)어에서는 'Amore'와 'Charitas'로 표현되고 있다.

여기에서 우리의 화제가 되고 있는 남아프리카공화국 반투족은 '우분투'(Ubuntu)라고 표현하고 있는 것이다. 오늘날 우리 인류사회는 다민족, 다국가, 다문화적인 현상 속에서 삶을 누리고 있다. 여기에서 온 인류의 희망적인 큰 관심사는 '사랑과 행복과 평화'라는 표현이라고 말할 수 있다.

본디 사랑은 인간의 본능이며, 삶의 원리이자 본성이기도 하다. 따라서 인간의 사랑과 믿음은 상대성 원리이며, 이 사회의 필요불가결한 요소인 것이다. 대자연 속에서 서식하고 있는 인간사회에는 고통과 기쁨, 절망과 희망, 불행과 행복이 있기 마련이다. 여기에는 인류문화사적인 창조와 성취, 그리고 인내와 향상과 협동을 위한 사랑의 힘이 필요하다. 더할 나위 없이 우리는 진실하고 아름다운 사랑의 힘으로 온 누리에 즐거운 행복의 금자탑을 쌓아 나가자!

사랑하는 어머니와 조상님을 위해

무상 법현

세상에 다 좋은 것도 없습니다. 다 나쁜 것도 없습니다. 다 옳은 것도 없습니다. 다 그른 것도 없습니다. 나와 우리에게 좋으면 다 좋으리라고 생각하는 것뿐입니다. 나와 우리가 옳다고 생각하면 다른 사람들도 옳다고 생각하리라 보는 것뿐이지요. 믿는 사람들이 죽어라고? 믿어보는 종교의 가르침도 마찬가지라고 하면 믿는 이들이 싫어하겠지만 그도 마찬가지입니다. 절대자의 섭리를 믿는 이들은 사람이 이뤄낸 것과 그것이 가장 아름다운 진실이라는 것을 가볍게 생각하기도 합니다.

무상 법현(無相 法顯) _ 스님. 중앙대학교 기계공학과 졸업. 출가 후 동국대 불교학과 석·박사 수료, 출가하여 수행, 전법에 전념하며 태고종 총무원 부원장 역임. 한국불교종단협의회 사무국장으로 재직할 때 템플스테이 기획. 불교텔레비전 즉문즉설 진행(현), 불교방송 즉문즉답 진행, tvN 종교인 이야기 출연, 열린선원 원장, KCRP종교간 대화위원장, 서울특별시 에너지살림 홍보대사. 한국불교종단협의회 사무국장. 한중일불교교류대회·한일불교교류대회 실무 집행. 남북불교대화 조성. 한국종교인평화회의 종교간대화위원, 불교생명윤리협회 집행위원. 한글법요집 출간. 한국불교종단협의회 회장상 우수상, 국토통일원장관상 등 수상. 《틀림에서 맞음으로 회통하는 불교생태사상》, 《불교의 생명관과 탈핵》 외 다수의 연구논문과 《놀이놀이놀이》, 《부루나의 노래》, 《수를 알면 불교가 보인다》, 《왕생의례》, 《추위도 향기를 팔지 않는 매화처럼》 등의 저서 상재.

그와는 달리 절대자의 존재 자체를 믿지 않는 이들은 그들이 믿고 따르는 섭리라는 것을 헛되다고 생각합니다. 저는 저를 따르는 불자들에게 가끔 말하곤 합니다. 제가 전해 주는 부처님의 이 좋은 가르침이 어느 곳에서는 사탄의 가르침이라 여겨지기도 한다는 사실을 생각하고 다른 믿음을 가진 이들뿐만 아니라 같은 불교라도 다른 종단과 다른 사찰에 다니는 이들이 같은 생각을 가져야 한다고 고집하지 말라고 말입니다.

그래서 말인데, 여기서 할 이야기도 그저 저의 이야기라고 들어주시면 좋겠습니다.

옛날에 술 마시기를 아주 좋아하는 아저씨가 있었습니다. 장날이면 집에서 쓸 물건들을 사러 간다고 읍내 장에 가서는 술 마시느라, 아니 취해서 산 물건들도 잊어버리고 오기 일쑤였어요. 취한 정도가 아니라 아예 술이 사람을 마셔 버려서 걸음도 제대로 걷지 못하고 앉았다 섰다를 밤늦게까지 해야만 집에 도착할 수 있었지요. 그런데 집에 가려면 꽤 높은 산허리를 둘러 난 꼬불꼬불한 산길을 가야만 했어요. 기다시피 가고 있는 아저씨 곁에는 언제나 집에서 키우고 있는 토종 개 한 마리가 따르고 있었지요. 아니 거의 그 개가 물어서 끌어가는 모양새였지요.

산길을 한참 가는데 저쪽에서 두런두런 소리가 들리네요. 개는 술 취한 아저씨를 물고 길 저쪽 아래로 내려갔다가 사람들이 가고 나니 다시 올라가 집으로 향하네요. 아! 이번에는 수상한 짐승의 낌새를 챘네요. 개는 주인을 입으로 끌어 길 위쪽으로 올라가 기다리다가 다시 집으로 향하네요. 왜 한 번은 아래로 내려갔다가 다른 때는 위로 올라갔을까요? 개한테 물어보아야겠지요? 사람은 주로 위쪽을 향하고 짐승은 아래쪽을 주시하는 습성을 안 것이지요. 이렇게 주인에게 충성하는 개를 정력에 좋다고 잡아먹어야 되겠어요?

부처님 제자 가운데 부처님보다 일찍 돌아가신 제자가 둘 있었습니다. 그 가운데 하나인 목련(목갈라나)존자는 신통력이 뛰어나기로 제일가는 제자였지요. 그는 본래 산자야라고 하는 이의 제자였는데 친구인 사리붓다(사리불)의 권유를 받고 사리불과 함께 그리고 산자야의 500제자들과 함께 부처님의 제자가 되기 위해 떠났다고 합니다. 산자야는 그것을 보고 분기가 탱천하여 구멍마다 피를 토하고 죽었다고 합니다.

그런데 함께 가던 500 제자 가운데 250여 명이 어쩐지 측은하다며 장례나 치르고 가자고 하며 남았다가 아예 주저앉아서 부처님의 가르침을 받아들일 기회를 가지지 못했다고 합니다. 훌륭하고 바른 것이 가장 중요하지만 훌륭하지도 바르지도 못하더라도 사람들을 꾀는 힘은 다른 곳에도 있다는 말입니다.

목련은 사리불과 함께 열심히 수행하여 7일만에 깨달음을 얻었고 그의 친구 사리불은 14일만에 깨달음을 이뤘다고 합니다. 그리도 빨리 깨달을 수 있는데 수십 년을 수행하는 우리는 부끄럽기도 합니다. 아무튼 목련은 깨달음을 얻어 아라한(阿羅漢)이 되고 나서 어머니의 현 주소가 궁금해졌어요. 그래서 어머니가 하늘나라에 태어나셨으면 하는 바람으로 하늘나라를 돌아다니면서 어머니를 찾아보았답니다.

그런데 사람들의 세계에서 가장 가까운 하늘인 사천왕천에서부터 시작해서 도리천, 야마천, 도솔천을 비롯해서 화락천, 타화자재천까지 찾아보았지만 보이지 않았어요. 어떤 일인지 궁금해서 부처님께 여쭈었더니 살아있는 동안에 착한 일을 하지 않아서 지옥에 떨어져 고통 받고 있다는 것이었어요.

그래서 지옥으로 찾아갔지요. 목련의 어머니는 지옥 가운데에서도 가장 고통스러운 지옥인 무간지옥(無間地獄)에 있었어요. 아들인 목련존자 얼굴도 몰라보고 오로지 먹을 것만을 달라고 울부짖는 배고픈 아귀가 되어 있었어요. 목련존자는 뜨거운 눈물을 흘리며 몇 가지 음식을 어머니께 드렸는데 이게 어찌 된 일인가요? 음식을 입 속에 넣자마자 음식이 시뻘겋게 달아오른 쇳덩어리가 되어 어머니의 입안을 모두 태우는 것이 아닌가요?

목련은 피눈물을 흘리며 부처님께 달려가서 방법을 여쭈었지요. 부처님께서는 3개월 동안 안거기간에 참선수행하신 스님들 100분을 모셔다가 100가지 음식으로 공양을 올리면 그 공덕으로 어머니가 지옥에서 다른 곳으로 태어난다 하셨지요. 그래서 그렇게 했더니 어머니가 지옥에서 빠져나왔어요. 100분의 스님들이 참선으로 하는 안거수행 끝나는 날이 음력 7월 15일인 백중(白衆)이랍니다. 인도말로는 우란분절(盂蘭分節)이라고도 하지요. 거꾸로 매달린 괴로운 상태에서 바로 하여 행복한 상태가 되게 한다는 뜻이어요. 그 어머니는 지옥에서 빠져나와 개로 태어났다가 다시 죽어서 사람이 되었다고 하네요. 그런데 개를 잡아먹어서야 되겠어요?

그래서 백중에는 돌아가신 어머니를 비롯해서 조상님들의 왕생극락을 위해서 스님들께 공양 올린 목련존자처럼 불보살님들께 공양을 올려서 천도하는 의식과 정진을 하는 날이랍니다. 사실은 경전에서처럼 스님들을 모셔다가 공양을 올리는 것이 제대로 된 의식입니다. 그런데 대만에서는 공승(供僧), 재승(齋僧)이라고 해서 지금도 스님들께 공양을 올리는 행사를 합니다.

저도 2016년 10월 20일~24일까지 대만 난타오 지지에 있는 진국사(鎭國寺)라는 절에서 진행하는 공승(供僧), 재승(齋僧) 법회와 세계불자오호대회에 특별 초청받아 참여해서 염불정진하고 몽산시식(蒙山施食)이라는 진국사 방장 광심(廣心)스님과 함께 3증사(證師) 가운데 하나로 참여해서 2천여 명의 스님들과 함께 조상천도의식을 진행한 뒤 불자들이 올리는 공양을 고마운 마음으로 받았습니다. 참으로 환희롭고 고마운 의식법회였습니다.

아, 그러니까, 그럼에도 남자들은 정력이 세어야 한다고요? 아이고, 의사들에게 물어보니까 혈액순환이 잘 되는 사람들은 정력이 세다고 하네요. 그러니 개를 잡아먹을 생각하지 말고 운동하고, 혈액순환 개선제 먹고 그러서요. 아, 참선을 하는 것도 혈액순환이 잘 되는 방법인데….

모두 부처님처럼 살아보십시다. 건강하시고 행복하셔요.

핵심 고객의 확장과 최선의 마케팅

박서연

김치 속의 미생물이 유산균으로 번식하면 맛있고 건강에 유익한 음식이 되지만, 부패균이 번식해서 김치가 상하면 모두를 버려야 한다. 고객이 변해서 떠나는 기업은 실패하고 반대로 돌아오는 고객이 많으면 성공하는 건 당연한 이치다. 이러한 이치를 깨닫고 실천하는 경영자에겐 요즘처럼 불확실성의 변화 기류가 난무하는 사회에선 오히려 기회가 될 수 있다.

수익성을 동반한 성장의 욕구는 수백 년간 이어온 기업의 원초적 본능이다. 어느 기업이든 지속 성장에 실패하고도 우수한 기업으로 남아 있는 사례는 없다. 따라서 주변 여건에 흔들리지 않고 꾸준한 성장을 이룩하는 건 모든 경영자의 숙제인 것이다.

박서연 _ 인덕대학교 사회복지학과 수료. 월간 『한맥문학』 신인상에 시 부문과 수필부문 모두 당선되어 문단에 등단. 현재, 상담전문가로서 증여상속 · 세무회계 · 투자설계 · 부동산 · 은퇴설계 · 위험설계 · 법률상담 · 교육설계 등 상담. 교보생명 V-FP로 근무하며 생명보험협회 우수인증 설계사, MDRT(Million Dollar Round Table) 회원, 교보생명 리더스클럽, 교보생명 프라임리더의 위치에서 3년 연속 President's 그룹달성으로 교보생명 고객보장 대상을 수상하였으며, Chairman's 그룹달성으로도 교보생명 고객보장 대상 수상.

기업이 시장적응기와 성장기를 거쳐 완숙기에 접어들면 매출이 둔화되고 수익도 한계점을 지나 더 이상의 지속 성장은 불가능한 상황에 이른다. 따라서 대부분의 기업들은 이를 극복하기 위한 방법으로 핵심 사업의 영역을 넓히거나 주변 사업으로 진출을 모색한다. 자본이 충분한 기업은 경쟁회사를 인수하거나 합병을 통한 손쉬운 확대 성장이 가능하지만 사정이 여의치 못한 중소기업은 쉽지 않은 일이다. 결과적으로 자사의 핵심 고객 확장에 집중하는 마케팅은 소규모 기업이 우선적으로 수행해야 하는 최선의 전략인 것이다.

기업의 고객별 매출 기여도를 분석해 보면, 일반적으로 15% 이내의 핵심 고객이 60% 정도의 매출에 기여한다. 다음은 25%의 우수 고객들이 매출의 30%를, 그리고 나머지 60%의 고객들이 10%의 매출을 채우는 것이 통례이다.

따라서 제한된 재원을 보유한 중소기업은 모든 고객들에게 똑같은 노력과 비용을 들이는 것보다 30%에 해당하는 우수 고객들에게 집중하여 핵심 고객으로 이동시키는 것이 효율 높은 마케팅인 것이다. 결국 30%에 해당하는 우수 고객 중에서 전환 가능성이 높은 핵심 고객을 선별하여 맞춤형 마케팅으로 접근하는 것이 좋은 결과를 가져다준다고 하겠다.

떠나간 고객 중에는 자사에 특별한 불만이 없어도 본인의 사정으로 이용하지 않는 경우도 있지만 뭔가 구체적인 불만이 있어 떠나는 경우가 대부분이다. 대체적 불만 사항은 사소한 것들에서 비롯되는 경우가 많으며, 그들의 공통적인 특징은 주변 사람들에게 불만사항을 더욱 과장해 퍼뜨린다는 것이다. 그러므로 기업의 입장에선 떠나간 고객이라고 포기하지 말고 꾸준히 접촉하여 이미지 개선을 위한 지속적인 노력을 기울이는 것이 매우 중요하다. 이런 성의에 감동받아 다시 돌아온 고객은 과거보다 더욱 충성도가 높은 핵심 고객으로 바뀐다.

기업이 나무라면 고객은 보이지 않는 뿌리와 같다. 여러 갈래의 뿌리는 땅속 깊이 뻗어내려 나무를 지탱하고 양분을 공급해 준다. 줄기와 가지는 휘어지면 바로잡고 다듬을 수 있지만 보이지 않는 뿌리는 잎이 시들고 나무가 죽어갈 때서야 문제가 생겼음을 자각하게 된다. 열심히 물을 주고 때 맞춰 거름도 주었지만 이 같은 상황이 발생되면 당황할 수밖에 없을 것이다. 이런 경우 주변의 토양이 바뀌고 있음을 간과했거나 주변 환경 변화를 외면한 안일한 방법으로 관리해 오지 않았는지 깊은 성찰이 필요하다.

과거 시대에는 고객 전체를 일괄 관리해도 풍성한 수확을 얻을 수 있었지만 현시대에서는 사정이 매우 다르다. 공급 과잉으로 선택의 폭이 넓어진 소비자의 욕구는 더욱 까다로워지고 제품에 대한 기대치는 점점 높아만 간다. 돈은 적게 지출하면서 더 많은 서비스를 기대하는 합리적 이중성을 보이는 것도 이 시대 소비자의 대표적인 특징인 것이다.

이런 환경 속에서 기업이 지속적인 성장을 하기 위해선 저마다에 맞는 토양을 배양하는 세심한 노력과 정성이 수반되지 않으면 소비자의 마음을 얻기 어렵다. 시간의 흐름 속에 변하지 않는 건 없다지만 지금 이 순간에도 흔들리는 게 고객들의 마음이다. 그들의 마음을 바꾸게 할 것인가, 아니면 변하게 할 것인가는 전적으로 경영자와 그 조직의 몫이다.

그렇다면 미래산업이라 지칭되는 서비스업에 있어서 과연 눈에 보이지 않는 서비스를 마케팅하는 방법은 무엇일까? 우리가 과연 그러한 눈에 보이지 않는 서비스를 적절하게 잘 팔고 있을까, 한 번 되새겨 볼 필요가 있다.

구두나 자동차와 같이 눈에 보이지 않고, 사람의 감촉으로 느낄 수 없는 대상이 바로 서비스다. 대부분이 감성이나 이성에 관련된 부분들인데 일단 고객으로부터의 사전 신뢰 획득이 서비스 마케팅 성패의 대부분을 차지한다. 한 여성이 성형외과를 선택하는 구매과정을 상상해 보라. 신뢰와 명성 그리고 소비자접점에서의 품질이 생명이다. 이러한 기본적인 서비스업에 대한 철학 없이는 제대로 된 마케팅을 하기 힘들다.

그리고 서비스업에서 한 번 고객은 영원한 고객이라는 정신이 있어야 성공한다. 고객에게 일관된 품질을 제공함으로써 그들의 기대를 저버려서는 안 된다. 실망한 한 명의 고객이 만족한 열 명의 고객보다 시장에선 더욱 강력하게 영향을 미치는 것을 감안하여 현재 서비스하고 있는 고객에게 포커스를 맞추는 것이 우선이다.

예컨대 명함을 들고 사무실과 사무실로 세일즈를 다니는 변호사는 불행히도 실패할 가능성이 높다. 병원 앞에 스케일링 무료, 임플란트 반값을 외치는 의사는 안타깝지만 오래 가지 못한다. 서비스업에서는 명성이 가장 기본적인 가치이기 때문이다. 고객이 스스로 찾아오게 만드는 힘이 바로 명성이다. PR에서도 마찬가지로 에이전시가 고객을 찾아가는 것은 명성관리 활동과 거리가 멀다. 한 편으로는 그것이 수동적인 것 같지만 명성을 쌓는 노력이 계속되는 한 그것은 가장 적극적인 마케팅이다.

그런데 명성을 쌓기는 어려워도 허물기는 그야말로 한 순간이다. PR 에이전시의 모든 접점을 이상적으로 관리하는 에이전시의 품질 마인드가 바로 마케팅이다. 클라이언트, 기자, 각종 이해관계자들, 그리고 내부 직원들 모두가 에이전시의 품질을 경험하고, 그에 대한 긍정적인 평가가 있어야 성공할 수 있다. 어느 한쪽이라도 삐끗하면 곧 실패다.

우리나라 행정구역의 변천 과정

배우리

1. 삼국시대의 행정구역

행정구역은 시대에 따라 많은 변화가 있었다. 따라서 고을의 영역도 그 크기에 따라 일컫는 이름들이 달랐다. 그러나 무엇보다도 고을을 얘기할 때는 군(郡)이 중심이었다.

군은 계통상으로는 도의 아래, 읍 또는 면의 위에 해당한다. 역사적으로는 우리 지방 행정구역 중 가장 오랜 지방 행정단위로, 고구려시대에는 홀(忽), 파의(巴衣), 내노(內奴), 세홀차(世忽次), 군, 현, 신라시대에는

배우리 _ 서울 마포 출생(1938년). 옛 이름은 상철(相哲). 출판사 편집장. 이름사랑 원장. 땅이름 관련 TBC방송 진행. KBS 생방송 고정출연. 한글학회 이름 관련 심사위원. 기업체 특별강연. 연세대학교 강사(8년). 국어순화 추진위원. 자유기고가협회 명예회장. 이름사랑 대표. 1970년부터 이름짓기 활동을 해 오면서 지금까지 1만여 개의 이름을 지었다(하나은행, 한솔제지 등과 연예인 이름 등). 전국의 신도시 이름(위례신도시 등), 지하철 역이름(선바위역 등), 도로 이름, 공원 이름 등에도 그가 지은 이름이 상당수 있다. 1980년대 초부터는 지명 연구에 전념, 서울시 교통연수원, 연세대학교 등에서 수년간 이 분야의 강의를 해 왔다. 현재는 국토교통부 국가지명위원, 국토지리정보원 중앙지명위원이며 한국땅이름학회 명예회장, 서울시 교명제정위원으로 있다. 저서 《고운이름 한글이름》(1984), 《우리 땅이름의 뿌리를 찾아서》(1994), 《사전 따로 말 따로》(1994), 《글동산 말동네》(1996), 《배우리의 땅이름 기행》(2006), 《우리 아이 좋은 이름》(2008) 외 땅이름 관련 10권.

성(城), 촌(村), 군, 현, 고려시대에는 목, 군, 현, 조선시대에는 목, 부, 군, 현 등을 군의 전신으로 볼 수 있다.

즉, 통일신라시대에 구주제(九州制)와 군현제가 완비되었는데, 이때에 전국을 9주로 나누고 이를 다시 117군으로 나누어, 작은 군은 1개 현, 큰 군은 4~5개 현으로 관할토록 하였고, 일부 현은 특수현으로 주에 직속하도록 하였다.

삼국시대 초기에는 고을의 이름들이 거의 우리말을 바탕으로 한 이름들이었다. 뒤에 이를 한자로 표기하는 과정에서 원이름과는 거리가 먼 한자식 이름들로 변해 버렸다. 그러나 한자로 이름을 정하더라도 원래의 이름들을 바탕으로 한 것들이 많았다. 음차(音差) 또는 의차(意差)의 방식으로 한자식 이름을 만든 것이다.

예를 들면 다음과 같다.

어을매(어룰매) / 어우러진 물. 한강과 임진강의 교차점 → 교하(交河)

　　　　※ 지금의 파주시 교하읍

곰나루(검나루) / 큰 나루 또는 큰 강 → 웅주(熊州), 웅진(熊津)

　　　　※ 지금의 공주

물골(물고을) / 물이 흔한 고을 → 수성(水城), 수주(水州)

　　　　※ 지금의 수원

것물골(거사물골) / 거친(荒) 물의 고장 → 거사물정(居斯勿停)

　　　　※ 지금의 장수군 번암면

느르뫼(누르뫼) / 늘어진 산 → 황산군(黃山郡)

　　　　※ 지금의 논산시 연산면

2. 고려시대의 행정구역

고려시대에는 가장 큰 행정단위가 5도(五道) 양계(兩界)이다. 그리고 도

밑에 주(州)가 있다. 5
도 양계의 하부 행정
구역으로 경(京), 도호
부(都護府), 목(牧)과 더
불어 군·현이 설치
되어 있었다. 이 시대
의 군·현에는 영군
현과 속군현의 구별
이 있어, 속군현은 영
군현에 예속되거나
경(京), 도호부, 목에
직속되어 있었다.

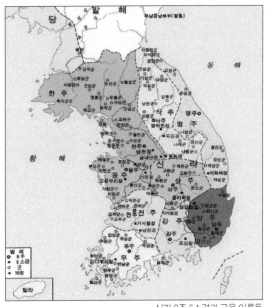

신라 9주 5소경과 고을 이름들

　주(州)의 장관을 목
(牧)이라고 부른다. 목(牧)은 고려시대와 조선시대에, 큰 고을에 두었던
지방 행정 단위로서, 고려시대에는 목에 정3품의 목사(牧使)를 두어 부
속된 여러 고을을 관리케 하였다.

　고려 초기에는 양주(楊州)(서울)·해주(海州)·광주(廣州)·충주(忠州)·
청주(淸州)·공주(公州)·진주(晋州)·상주(尙州)·전주(全州)·나주(羅州)·
승주(昇州)·황주(黃州) 등 12목을 두었다가 현종 9년(1018년)에 8목으로
개편하였다. 8목은 광주·충주·진주·상주·전주·나주·황주 등을
말하며 오래 계속되어 내려왔다.

　그런데 고려의 역사 자체가 길다 보니 실제 도가 행정단위로 기능하
였던 시기도 있고, 아닌 시기도 있는데 그 아닌 시기에도 주는 있었다.
도(道) 밑에 주가 있었는데, 도는 있었을 때도 있고 없었을 때도 있었다.

　양계는 고려 초기부터 조선 초기까지 설정되어 있었던 특수 지방행정 구역인 동계(東界)와 북계(北界)의 합칭이다.

양계는 특수성이 있어서 여러 면에서 도와 차이가 있었다. 대체로 도의 지방장관이 안찰사(按察使)인 데 반해 양계는 병마사(兵馬使)였다. 양계는 다시 소도(小道)로 나누어져 감창사(監倉使)가 파견되어 이원적 통치체제가 형성되었다. 그밖에도 군사상의 분도(分道)가 있어 방수장군(防守將軍), 즉 분도장군(分道將軍)이 파견되었고 감찰기관인 분대(分臺)도 두었다.

주현(州縣)의 체제도 도와 달리 속현(屬縣)이 적어 거의 모든 주현에 지방관이 파견되었다. 또 도에는 민사적인 성격의 지사(知事)와 현령이 파견된 것에 반해 양계에는 군사적인 성격의 방어사(防禦使), 진사(鎭使) 등이 파견되었다.

조세도 도와는 달리 이를 중앙에 수송하지 않고 현지에서 군수(軍需) 등에 충당하였다. 이는 지방군의 숫자만으로도 도에 거의 3배에 달한다는 사실과 함께 군사상 특수지역으로서의 양계의 성격을 보여준다.

전국 지방행정 조직의 단일화는 조선시대에 들어와 비로소 이루어졌다. 1413년(태종 13)에 북계가 평안도로, 동계가 영길도(永吉道)로 개칭됨으로써 명실공히 완결되었다. 영길도는 함경도와 강원도의 일부이다.

지금의 행정구역으로 예를 들자면, 주는 지금의 광역시, 군과 현은 지금의 시—군에 해당한다고 볼 수 있다. 중요한 요충지나 큰 도시에는 주를 설치했고, 그렇지 않은 지역은 군, 그리고 군보다도 작은 지역은 현을 설치했다.

3. 조선시대의 행정구역

조선시대의 지방 행정조직은 전국을 경기, 충청, 경상, 전라, 황해,

강원, 함길(咸吉), 평안(平安)의 8도(道)로 나누었다. 8도의 이름은 그 지방에서 대표되는 고을 이름의 첫 글자를 따서 지었다.

경기(京畿) ; 서울을 중심으로 한 지역.

충청(忠淸) ; 충주와 청주

경상(慶尙) ; 경주와 상주

전라(全羅) ; 전주와 나주

황해(黃海) ; 황주와 해주

강원(江原) ; 강릉과 원주

함길(咸吉) ; 함흥과 길주

평안(平安) ; 평양과 안주

그리고 그 밑에 부(府), 목(牧), 군(郡), 현(縣)을 두었다.

도에는 관찰사(觀察使)가 지방장관급으로 행정과 군사 및 사법권을 행사하였다. 또한 수령을 지휘 감독하고, 민생을 순찰하는 감찰관의 기능도 있었다.

경주, 전주, 개성, 함흥, 평양, 의주 등 대도시는 부윤(府尹)이 책임을 맡았다.

여주(驪州) 등 20개 목은 목사(牧使)가 맡았다.

군의 책임자는 군수(郡守)이며 그 아래가 현(縣)인데, 현령(縣令)과 현감(縣

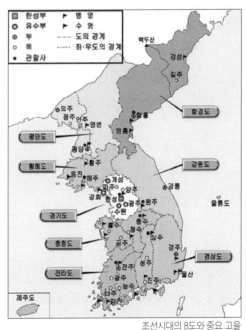

조선시대의 8도와 중요 고을

監)이 다스렸다. 이를 수령(守令)이라 하였는데, 이들은 일반국민을 직접 다스리는 이른바 목민관(牧民官)이었다. 그 주된 임무는 공세(貢稅)와 부역(賦役) 등을 중앙으로 조달하는 일이었다.

군과 현 밑에는 면과 이(里)를 두고 지방민을 면장(面長)과 이정(里正)으로 임명하여 수령의 통할하에 자치토록 하였다. 지방관은 행정, 사법, 군사 등의 광범한 권한을 위임받고 있었으나, 그들의 임기는 관찰사가 360일, 수령이 1,800일로 제한되어 있었고, 또 자기 출신지에는 임명될 수 없는 상피제가 적용되었다. 이는 지방에 거주하는 양반들, 특히 자기의 동족과 결탁한 변란이나 작폐를 예방하기 위해서다.

조선시대에는 8도 밑에 부ㆍ대도호부ㆍ목ㆍ도호부ㆍ군ㆍ현이 병렬적으로 설치되어 있어, 오늘날의 군에 해당하는 구역의 명칭이 다양하였다. 그러나 갑오경장 이후 도제(道制)와 아울러 이러한 다양한 명칭의 행정구역이 부와 군으로 구분, 통칭되었다.

부ㆍ목ㆍ군ㆍ현이 군으로 통칭된 것은 1906년이다. 당시는 1목 12부 334군이고, 그 면적은 현재의 군보다 약 3분의 1 정도에 지나지 않았다.

민족항일기인 1914년에 부제(府制)의 실시와 함께 행정구역 대개편으로 군구역의 대대적인 개편이 단행되어, 1개 군의 평균면적이 약 160㎢, 호구 수는 약 1만 호를 기준으로, 전국의 군의 수를 317군에서 220군으로 대폭 조정하였다.

4. 없어진 행정 단위 현(縣)

지방행정구역의 최하위 단위로서 주ㆍ부ㆍ군ㆍ현(州府郡縣)이 있는데 지방행정구역 중에서 가장 낮은 단위이다.

현은 지방행정구역상 독자적으로 존재하면서도 군과 연결지어 생각할 수 있는데 군현제도가 그것이다. 군과 현의 관계는 군이 현을 거느리는 행정적 상급 단위라기보다는 병렬적 관계였다. 군현제도는 지방을 통치하기 위한 행정체계이고, 이는 중앙집권화를 위한 제도적 장치였다. 따라서 전국의 군현은 정부가 동일한 정령(政令)으로 획일적이고 집중적으로 다스렸다.

우리나라에서는 삼국시대 이래 통일신라·고려를 거쳐, 조선 초에 군현제도를 정비함에 따라 현이 확립되었다. 삼국시대에는 현의 존재가 분명하지 않고, 지방통치조직이 갖춰지는 과정에서 현과 비슷한 지방행정단위가 존재했다고 생각된다.

백제에서는 사비시대(泗沘時代)에 '방(方)—군(郡)—성(城, 縣)'의 체제가 마련되어 지방통치조직이 갖춰졌다. 물론, 이와 같은 통치체제의 정비는 지배질서를 확립하고 왕권을 강화하기 위해 시도되었다.

성은 현으로도 표기하였다. 《한원(翰苑)》에 "군현에 도사를 두었는데 또한 이름이 성주이다[郡縣置道使 亦名城主]"라고 한 것에서 성과 현을 동일한 개념으로 이해할 수 있기 때문이다.

5. 없어진 행정 단위 부(府)

부(府)란 원래 정부의 창고 또는 역소(役所)를 의미하였는데, 당대(唐代)부터 지방 행정구획의 명칭으로 되었다.

우리나라에서는 고려 초기 왕건(王建)의 후삼국 통일과 호족 지배 정책에 따라, 호족 세력이 강한 지역에 부가 설치되었다는 주장이 있다.

고려시대에 이어 조선시대에도 부는 상급지방 행정구획의 명칭으로 존속했는데, 종2품관인 부윤(府尹)이 파견되는 부(府), 정3품관인 대도호부사가 파견되는 대도호부(大都護府), 종3품관인 도호부사가 파견되는 도호부가 있었다.

또한 전왕조의 수도인 개성에는 특별히 개성유수부(開城留守府)가 설치되었다. 조선시대에 부가 설치된 곳은 시기에 따라 약간의 차이가 있다.

《경국대전》에 따르면, 유수부가 설치된 곳은 경주·전주·영흥·평양 등 네 곳이었고, 대도호부가 설치된 곳은 안동·강릉·안변·영변 등 네 곳이었다.

도호부가 설치된 곳은 경기도에 수원·강화·부평·남양·이천·인천·장단 등 일곱 곳, 경상도에 창원·김해·영해·밀양·선산·청송·대구 등 일곱 곳, 전라도에 남원·장흥·순천·담양 등 네 곳, 황해도에 연안·평산·서흥·풍천 등 네 곳, 강원도에 회양·양양·춘천·철원·삼척 등 다섯 곳, 영안도에 경성·경원·회령·종성·온성·경흥·부령·북청 등 여덟 곳, 평안도에 강계·창성·성천·삭주·숙천·구성 등 여섯 곳으로 모두 44곳이다.

부에는 부윤 이외에도 종4품인 경력(經歷) 1인, 종5품인 도사(都事) 1인, 종6품인 교수(敎授) 1인이 더 파견되었으며, 대도호부·도호부에는 부사 이외에 교수 1인씩이 파견되었다.

부라는 지방 행정구획의 명칭은 각 시기 및 지역에 따라 읍호의 승강(陞降)이 있어서 숫자상으로는 약간의 변동이 있었으나 조선 말기까지 존속되었다. 1895년 근대적인 지방제도로 개편하면서 전국을 23개 부로 나누고, 그 밑에 군을 두었으나 이듬 해 23부를 13도로 개편하였다.

진정한 겸손이 마음을 얻는다

송두영

우 리나라도 어느덧 외국인 200만 시대에 접어들면서 다문화사회로의 변화가 가속화 되어 이들과의 공권력 마찰 또한 심심찮게 들려오는 것이 현실인데, 미국의 공권력이 흑인 운전자를 체포하는 과정에서 무자비하게 구타한 백인 경찰관들이 법원으로부터 가벼운 처분을 선고 받고 풀려나자 이에 흥분한 사우스 센트럴 흑인 주민들이 거

송두영(宋斗榮) _ 캘리포니아 주립대를 거쳐 헌팅턴신학대학교 신학과 졸업. 서울대 경영대학원 최고경영자 과정 및 카이스트 글로벌최고경영자과정 등 10여 개의 대학원 특수과정 수료. 그리고 그리스도대 신학석사, 한영신학대 신학박사, 숭실대 정치학박사, 중국 장쩌우대 명예경제학박사, 미국이스턴프라임대 명예교육학박사, 몽골국립대 명예사회학박사, 미국로드랜드대 명예교육학박사 등 학위취득. 경력으로는 인천국제공항 부장, 한국정치학회 이사, 여의도연구원 정책위원, 재경전북도민회 부회장, 전경련최고경영자과정 총동창회 상임부회장, 서울대도시환경최고위과정 총동창회 회장, 서울대총동창회 상임이사, 한국외국인근로자복지봉사단 회장, 한국청소년대책위원회 부위원장, 한국언론사협회 상임부회장, 한국언론연합회 회장, 서울한영대학교 부총장, 서울대환경대학원 최고위과정 주임교수, 대승산업 사장 등으로 활동해 왔다. 수상으로는 대한민국 사회복지봉사상, 글로벌자랑스런인물상, 대한민국나눔봉사상, 보건복지부장관상, 서울특별시장상, 국회의장상, 대통령상, 미국오바마대통령 보건봉사상, 슈바이처인물대상 외 다수의 상을 수상. 저서로는 《건국대통령 이승만》《민족의 지도자 백범 김구》《민족의 지도자 고당 조만식》《이승만, 김구, 조만식의 리더십 비교연구》《이승만, 김구, 북한 김일성의 권력투쟁과 정권 창출에 관한 연구》등이 있다.

리로 뛰쳐나와 백인 트럭 운전자를 끌어내어 집단폭행을 가하면서 4.29 폭동이 시작됐다.

한인타운을 포함한 로스앤젤레스 일부지역은 3일 동안 공권력 부재 속에 방치됐으며, 이 와중에 2,200여 개에 달하는 우리 한인 운영업소가 약탈과 방화로 3억 5천만 달러의 막대한 재산 피해를 입었다. 바로 사람과 사람과의 관계는 문화 차이나 언어의 장벽보다도 상대를 대하는 태도가 무엇보다 중요한 요소임을 알게 해 주는 사례다.

당시 사우스 센트럴에서 업소를 운영하던 대부분의 한인들은 자신의 경력과는 무관한 마켓과 리쿠어 스토어 사업에 종사하고 있었다. 사전 준비나 장사 경험도 없이 위험한 지역에 뛰어든 그들에게 언어 장벽과 위험한 환경에서 오는 스트레스는 일반의 상상을 초월하는 것이었다. 거기다 물건을 훔쳐 가는 도둑들이 많다 보니 고객이 들어와도 반가운 미소보다는 매서운 감시의 눈초리가 먼저였음도 부인할 수 없는 사실이었다. 또 이런 업주의 태도에 불평하는 흑인들에게 서투른 영어로 일일이 이해시키기도 어려운 입장이라 불평과 항의는 냉소와 무시로 대응하는 게 일반적인 풍경이었다.

그런데 이런 상황 속에서도 몇몇 분들은 늘 미소를 잃지 않고 친절하게 흑인 고객들을 대했으며, 항상 겸손한 자세를 보여줬다. 고객이 억지를 부리면 이해시키려고 언제나 성심을 다해 노력했고, 돈이 조금 모자라 멈칫대는 손님에겐 따지지 않고 식품을 건네줬다. 아이를 안고 오면 아이의 손에 사탕을 쥐어주기도 했고, 말이 제대로 통하지 않아 소통에 어려움이 있어도 오랜만에 온 손님에겐 손짓발짓에 가능한 모든 단어를 동원해 식구들의 안부를 묻기도 했다.

폭동이 발생하여 주변의 가게들이 불타고 무법천지의 상황이 되어 약탈이 진행되고 있을 때 이렇게 손님을 친절하게 대했던 업주가 운영하는 대부분의 한인업소는 흑인 주민들이 자발적으로 뛰쳐나와 방어막을 쳤다.

"여기는 내 친구의 가게야. 불 지르면 안 돼!"

주민들이 고함을 치면서 폭도들로부터 필사적으로 업소를 지켜줬다. 이런 무법천지의 한복판에서 흑인 주민들의 자발적인 경계로 해서 무사할 수 있었던 대부분의 업소들이 평소 겸손하고 친절한 업주들이었음은 우리에게 시사하는 바 매우 클 뿐만 아니라 큰 교훈을 안겨 주는 것이다.

1950년대 참으로 가난했던 우리나라 섬마을에서도 이와 비슷한 사례가 있었다. 목포에서 배를 타고 한 시간여 들어가는 어느 섬마을에 외손주 한 명을 키우며 생계를 꾸려나가는 일본인 할머니가 있었다. 약간의 농사를 지으며 바다에서 나는 김과 미역을 채취하여 파는 것이 주요 경제 수단인 섬에서는 토지와 어업권 그리고 노동력은 생존의 기본이며 필수였다. 그러나 다리도 불편하고 식구도 없는 할머니에겐 노동력도 전무하고 토지나 어업권 취득 또한 불가능한 외국인 신분이었다.

할머니는 호구지책으로 동네 사람들을 상대로 조그마한 가게를 운영하였다. 잠자는 방 한 켠에 사과상자를 책장처럼 쌓아놓고 몇몇 상품을 진열하였는데 구멍가게라고 표현하기에도 민망한 매우 초라한 수준이었다. 150여 세대가 대대로 터를 잡고 살아온 작은 마을이라 이리저리 연결 지으면 모두가 친척뻘 되는 그런 사람들이 모여 사는 이 동네엔 이미 두 곳의 가게가 있었기 때문에 장사를 하는 것도 사실상 불가능한 상황이었다.

그러나 놀랍게도 할머니의 가게는 늘 팔아야 할 상품이 부족할 정도로 이웃 동네에서까지도 찾아와 성황을 이뤘다. 특별한 상품을 파는 것도 아니고 가격이 싼 것도 아니었다. 그런데 다른 두 가게보다 확실히 다른 점은 할머니께서 항상 상품을 깨끗하게 진열해 놓고 누구에게나 겸손하고 친절하게 대하는 것이었다. 식사 중에도 손님이 찾아오면 불편한 다리임에도 불구하고 반드시 자리에서 일어나 나이와 상관없이 공손하게 허리를 굽히며 인사를 하였다.

2차 대전 패망 이후 해외에 거주하던 자국민들을 본국으로 불러들이는 과정에서 그 할머니 또한 일본으로 돌아가게 되었는데 떠나시던 날 아침, 그 할머니는 마지막 용돈을 방바닥에 놓고 중학생이 된 손자에게 가지라고 했다. 그리고 무심히 집어든 손자에게 이렇게 말하였다.

"절대 잊지 마라. 그냥 떨어진 돈을 줍는 데도 허리를 굽히지 않으면 안 된다."

성공하기 위해선 겸손이 기본임을 무언중에 가르쳐 주신 것이다.

현실 속에서도 간혹 접하게 되는 것이, 값비싼 보석에다 장소와 어울리지도 않는 고급 브랜드의 옷으로 치장한 주인이 도도한 얼굴로 손님을 힐끔거리며 쳐다보는 경우를 본다. 이런 부류의 사람들은 통상 성장하는 과정에서 수시로 무시를 당했거나 자신감 결핍에서 오는 콤플렉스 때문에 자신을 과시하고 싶어 하는 경향이 매우 강하다.

진정한 겸손이란 자신을 자신답게 알고 다른 사람들을 똑같은 인격자로 대우할 때 이루어질 수 있다. 물론 겸손하다고 해서 무조건 자기를 나타내지 않고 제 뜻을 주장하지 않으며 스스로 감추기만 해서도 안 된다. 그것은 무조건적인 절대 복종일 뿐이다.

허세가 없고 오만하지 않은 자존심으로, 따뜻하지만 나약하지 않은 정신과 믿음이 바탕이 될 때, 진정한 겸손의 행동이 나온다. 고객에게 허리를 굽히는 게 자존심 상하는 것이라 생각한다면 사업을 접으라고 권하고 싶다. 스스로 그만두지 않으면 머지않아 고객들이 문을 닫아줄 것이기 때문이다.

실패한 사업가를 낙오자로
매장하는 한국사회

신용선

개인적인 사견(私見)이지만, 가까운 일본은 24명의 노벨상 수상자가 나왔고 중국도 무려 12명이 노벨상을 수상했다. 우리보다 경제수준이 낮은 인도, 방글라데시도 수상자를 냈다. 그러나 우리나라는 노벨상 수상자를 작금의 사회분위기로는 영원히 낼 수 없을 것이라고 장담하게 된다. 이유를 묻는다면 대답은 간단하다. 우리나라는 실패를 용서하지 않는 나라, 한 번 실패한 사람은 완전히 사회 낙오자로 만드는 나라이기 때문이다. 이런 사회조직이나 분위기에서는 많은 연구와

신용선(辛龍善) _ 호는 죽림(竹林). 경기 양평군 청운면 출생. 국립 강원대학교 일반대학원 박사과정(경영학). 경영지도사(중소기업청), 소상공인지도사, 동방그룹 기획조정실 인사팀, 스미스앤드네퓨(주) 기획부장, 신신그룹 그룹기획실장, (주)다여무역 대표이사, (사)한국권투위원회 상임부회장, 강원대학교 경영학과 동문회장, 경기도아마튜어복싱연맹 회장 등을 역임하고, 현재 베터비즈경영컨설팅 대표, 블랙펄코리아(주) 대표이사, 스리랑카정부 관광진흥청 프로젝트디랙터, 한국소기업소상공인연합회 자문위원, 한국산업경제신문사 편집위원, 중소기업기술지식보호상담센터 전문위원, (사)겨레얼살리기국민운동본부 운영위원, 공론동인회 편집위원, 지식경제기술혁신 평가위원, 미래창조과학부 과학기술인 등록, 한·스리랑카경제교류협회 회장, (사)한국제안공모정보협회 회장 등으로 활동. 수상으로는, 대한민국인물대상(창조경제인 부문, 2013), 대한민국실천대상(행복나눔부문, 2013), 뉴스메이커선정 한국을 이끄는 혁신리더대상(2013) 등 다수.

실행에서 실패를 거듭해서 태어나는 노벨상 수상가가 나올 가능성은 없다고 장담하게 된다.

한국사회에서의 실패를 해결하기 위해서는 '실패자유지대'를 만들어야 한다. 일자리창출도 같은 맥락이다. 10년 전부터 이명박·박근혜 정부는 일자리창출에 목을 맨다. 마치 국정 지상명령처럼 일자리 창출을 강조한다. 그러나 그것은 그저 허공에 외치는 메아리 정도로 밖에 생각이 되지 않는다. 일자리란 구호를 외친다고 만들어지는 게 아니기 때문이다.

꽤 오래 전에 일이다. 2000년 초반 정부가 북한과의 경제협력을 강하게 드라이브하던 시기인데 당시 필자가 근무하던 중견그룹의 한 계열사에서 북한과 의류임가공사업을 하였고, 그 회사의 사장직을 맡아 일하던 때이다. 의류사업과 관련하여 중국 웨이하이(威海)시에 있는 한국인이 사장으로 있는 제법 큰 규모의 거래처 회사를 방문한 적이 있었다.

당시 그 회사는 종업원만 1500명이 조금 넘었고, 같은 시간에 출퇴근을 하면 출입문에서 자전거 소동이 일어나 출퇴근 시간을 30분 간격으로 조정하여 운영하고 있었다. 그 회사를 경영하던 사람은 한국 사람이었는데 지금도 그 큰 규모의 사업과 공장을 경영하게 되었던 그 사장의 이야기는 10년이 지난 지금도 기억 속에서 지워지지 않고 있다.

그는 IMF 전 한국에서 사업을 하다가 부도를 맞았는데 회사가 무너지니 가정이 파괴되고 죽을 힘을 다해 재기하려 했으나 한국사회 어느 곳에도 기댈 만한 곳이 없었다고 했다. 그래서 아주 한국을 버리기로 마음먹고 중국으로 이주하여 중국 한족 친구들과 중국은행의 도움으로 재기하여 엄청난 규모의 기업으로 성장하여 재기하는 데 성공했던 것이다. 그는 한국이란 나라 바로 조국을 영원히 버렸다고 말하였고,

죽으면 중국에 묻힐 것이라고까지 하여 필자의 마음을 아프게 했었다..

한국에서 사업을 해 본 사람들은 이 중국 사장의 말을 공감하게 되고 나 역시 예외는 아니다. 사업을 해 보면 아름다운 한국이 얼마나 지옥 같은 나라로 변하는지 실감하게 된다. 아이디만 있으면 창업을 지원한다고 TV까지 동원하여 창업을 부추긴다. 그리고 버젓이 젊은이들에게 '실패를 두려워하지 말라'고 이르고 '실패는 성공의 어머니'라고 한다. 그러나 이 나라에서 한 번 실패하면 인생이 거의 끝난다고 봐야 한다. 사업에 실패하면 제일 먼저 신용불량자로 낙인찍고 모든 금융기관은 물론 제3의 금융권인 고금리 대부회사조차도 대출을 막아 완전히 회생의 길을 막는다.

정부지원의 자금대출도 모든 신용보증기관을 통해 보증이 거절되어 신용불량자에게 탈출구는 완전히 막혀 버린다. 또한 실패자로 소문이 퍼지면 주변의 친척, 친구 및 각종 지인들로부터도 완전히 왕따가 되어 버린다. 이런 사회에서 '일자리 창출'을 외치는 것은 한 마디로 실천할 수 없는 정치인들의 공약(空約, 빈말)이나 다름없다. 요즘 젊은이들이 이런 사회구조를 너무나 잘 알기에 온통 공무원시험에 7수까지 목을 매고 시간과 돈을 투자하는 이유이기도 하다.

노벨상이야말로 수많은 실패를 겪고서야 얻어지는 결과의 산물이 될 것이며, 사업도 그와 비슷하다. 실패를 용인하지 않는 한국사회의 분위기에서 노벨상 수상자나 훌륭한 기업가가 나오기는 힘들 것이다. 한두 번만 실패하면 그의 미래 인생싹수는 완전히 죽어버린다. 물론 다시 일어서는 사람도 없지는 않지만 그 수(數)는 아주 미약하고, 재기에 성공한 사람들도 자식이나 후배들에게 절대 사업은 하지 말라고 충고한다. 자기 하나 고생길을 걸어온 것만으로 족(足)하다는 생각에서일 것이다.

자기와 가까운 사람들에게 사업하지 말기를 권하는 이 사회에서 무슨 일자리가 생기겠는가 말이다. '일자리 창출―실업자 해결' 될 말이 아니다. 그런데 한 술 더 떠서 우리나라는 단체장이나 고급 공무원이 나서서 일자리를 만들겠다고 난리다. 국가가 국가 돈을 쓰면서 일자리를 못 만드는 것은 아니다. 그러나 그 일자리가 영구적일 리가 없다. 그러고 생각해 보라. 5,60년 살면서 사업자등록 한 번 내어본 경험이 없는 사람들이 뭔 일자리를 만들겠는가 말이다. 소(牛)가 웃을 일이다. 소총도 쏴 보지 못한 사람이 전쟁터로 나가는 격이다.

　지난 4.13 총선을 앞두고 대한민국 300명의 국회의원 입후보자들이 하나같이 일자리 창출을 노래하듯 떠들었다. TV를 보면 대통령도 장관도 도지사도 혹은 공공기관 고위직 공무원들도 저마다 일자리를 창출하겠다고 말한다. 나라살림을 하고 있거나 하려는 사람들이 모두 일자리 창출을 외쳐대는데 어찌 지난해 청년실업률이 최대이고 청년실업자 100만 명 시대를 맞이하고 있는가 말이다.

　박근혜 대통령도 청년실업 100만 시대를 상기시키며 "지금 한쪽의 일방적인 주장만으로 시간을 끌고 가기에는 우리가 처한 상황이 너무나도 어렵다"고 노동개혁 완수 의지를 거듭 천명했다. 한 마디로 나는 대통령이 말하는 노동개혁 완수가 만족할 만한 일자리 창출로 연결될 것이라고 보지는 않는다. 일자리 창출은 행정 관료나 정치인들에게서 인식의 출발점부터 바뀌어야 한다.

　현실적인 질문을 해 보자. 한국사회에서 '실패는 성공의 어머니'라고 말할 수 있나? 또 일자리 창출을 위해 국가나 사회는 실패한 기업인들에게 푸대접을 하고 있지 않나? 걸음마를 배우고 초·중·고·대학 교육을 받는 과정에서 스승들은 '실패는 성공의 어머니'라고 교육시킨다. 그러나 사회현장은 그 정반대인 경우가 더 많다. 실패한 사람들이 바라보면 사회의 눈은 격려(激勵)와는 거리가 멀다.

그 사회적인 눈높이에 맞추어 국가를 다스리는 공무원들이 사업실패자들을 향한 푸대접은 아예 실패는 성공의 어머니와는 거리가 매우 멀다. 이런 환경에서 일자리 창출을 단 한 번도 해본 경험이 없는 사람들이 저마다 일자리 창출을 하겠다고 공언(空言, 빈말)을 해대며 국민 대표가 되겠다고 난리다. 옛말에 '말로 떡을 만들면 조선이 먹고도 남는다' 라던 바로 그 격이다.

기업성장은 곧 그 나라의 부(富)를 나타내는 지표·기준이 된다. 그러기에 국가는 직·간접적으로 창업을 지원하며 권장한다. 100만 명의 청년실업자가 생산력에 투여된다면 국가적 부의 생산규모는 엄청나게 달라질 것이다. 그러나 일자리 창출에 대한 필드 경험도 없는 사람들이 일자리 창출을 하겠다고 나거면서 단지 제도(制度)라는 카드(Way)만을 만지작거린다. 그러나 일자리 창출의 해답은 경영(사업)을 실패하고 재활을 꿈꾸는 미래 경영자들에게서 찾아야 한다. 열악한 경제 환경에서 실패를 경험하고 재활을 꿈꾸는 미래 경영자들이 한국에는 너무도 많다. 역설적이지만 일자리 창출을 위한 가능성은 무수히 열려져 있다고 본다.

하지만 우리사회는 그 실패한 경영자들에게 '신용불량자' 혹은 '경영실패자' 라는 딱지를 붙여 사회에 발을 다시는 붙이지 못할 정도로 매장해 버렸다. 정부나 사회가 스스로 해답을 버리고, 입으로만 일자리 창출을 하겠다고 국민을 유혹하는 것이다. 그것은 결국 새로운 사업실패자만 반복해서 재생산할 뿐이다.

세계적인 부호 중국의 알리바바 '마윈' 회장이 한국에서 태어났다면 지금의 그는 없었을 것이라고 한다. 취업에 30번이나 실패, KFC사 혼자 낙방, 경찰시험 혼자 낙방, 30번의 취업실패, 대학 삼수합격, 첫 창업 통번역회사 3년 후 폐업, 중국 최초의 인터넷기업 2년도 안 돼 폐업, 그리고 세 번째 창업한 것이 바로 알리바바다. 자신이 살던 작은 아파트를 사무실 삼아 시작한 IT 벤처사업 알리바바를 8년 만에 중국 1위 기업으로 키워낸 마윈이다.

우리나라는 자영업자가 개업 후 3년 이내에 150만 개 정도가 폐업을 한다. 만약 절반만 생존해서 1명씩만 채용했다면 70만 명의 엄청난 숫자의 실업자가 해소되는 셈이다.

자금부족으로 폐업한 사업자는 수없이 많다. 누구나 자금이 있다고 사업을 할 수 있는 것은 아니다. 일자리 해결은 바로 사업에 한두 번 실패한 알리바바의 '마윈' 같은 사람들에게서 찾아야 한다. 바로 미래 '마윈' 같은 사업가들을 통해서 일자리를 만들어야 하는 것이다. 수 십 조 원의 세금을 들여 토목공사를 짧은 4~5년에 벌인다고 무슨 일자리가 만들어지겠는가 말이다. 몇 개의 소수 대기업에 돈을 몰아주고 사업 번창만 도와준 셈이다. 23조 원을 투입하여 4대강 토목공사를 벌이는 대신에 10,000개 기업에 1억 원씩 지원하여 1조 원을 지원했다면, 상상할 수 없이 많은 일자리가 창출되었을 것이라고 확신한다.

우리나라의 일자리 창출정책은 정책과 실행에서 따로 논다. 일자리를 만들어 본 경험이 없는 대다수의 정치인과 공무원들이 책상머리에서 정책을 내놓기 때문이다. 예를 들어보자. 5천만 원이 필요해서 정부 운영지원기관에 가면, 회사매출실적, 대표자 신용등급, 보증가능 정도 등등 문턱을 만들어 자격심사를 한다.

사업에 한두 번 실패한 후, 막 출발하려는 기업가에게 이러한 갖가지 조건들이 부합되겠는가 말이다. 정책과 지원기준이 따로 노는 것이다. 그것보다는 사업의 전문가들이 그 사업계획의 타당성과 가능성을 면밀히 검토하고 사업타당성이 분명하다면 지원해 주는 선진국제도를 받아들여야 하는 것이다.

　미국의 실리콘밸리에서는 실패의 경험도 경력서에 기록하고, 리쿠르트 때도 이에 대해 가장 중요하게 물어보며, 단순히 성공했는지, 실패했는지 그 자체보다 그런 과정을 통해 무엇을 배웠나를 더 중요하게 인식한다고 한다. 실패도 자산으로 평가해 주는 문화가 바로 사회안전망과도 같은 복지시스템 역할을 하는 셈이다. 우리는 실패한 사업내용을 경력서에 기록하면 아마도 재취업부터 사회생활의 재출발 입구를 통과하기 어려우며, 실제로 실패한 사장들은 가능하면 자신의 실패 경험을 숨기려 한다.

　요즘 사회적으로 대학생조기창업, 청년조기창업지원 및 시니어창업지원 등 나라 전체가 창업 창업을 외치면서 고용창출 확대를 만들고자 노력한다. 걱정이 된다, 창업을 부르짖으면서 지원해 주다가 그들이 창업 분위기에 휩싸여 창업한 후에 뜻대로 안 돼 실패하는 경우, 국가는 창업을 부르짖는 것만큼 실패한 사장들을 따뜻하게 보듬고 재기하도록 A/S해 줄 것인가 말이다.

　현재 정부에서는 사업부도로 어려움을 겪는 부도사장들을 위해 통합도산법, 중소기업워크아웃제도, 노란우산공제 등처럼 도산이나 폐업을 한 중소기업에 대한 지원제도 등을 마련하고 있다. 그러나 여전히 기업이 한 번 실패하면 재기하기가 어렵다. 아직도 우리 사회는 도덕적 해이를 우려하며 실패한 기업을 지원하는 것에 관대하지 못하다. 부도 기업인이 채무를 해결하고 예전처럼 재기하는 확률이 1%에 지나지 않는다고 한다. 그럼에도 불구하고 현재와 같이 서민경제는 심각한 수준으로 악화된 상태에서 창업을 하라고 나이어린 젊은이들에게 부추기는 정부정책이 괜찮은가 말이다.

　기업이 실패를 하더라도 실패의 충격을 완화시키고 재활을 돕기 위한 상담·보호·교육·지원 등 통합관리시스템이 구축되어야 한다. 부도나 폐업 전에 채권·채무 관리, 거래처 관리, 종업원 관리, 가족 관리 등에 대한 컨설팅이 있어야 한다. 그리고 재기에 필요한 교육 프로그램이나 취업 관련 서비스도 갖춰야 한다. 이러한 대책은 기업 실패가 가져올 비용을 줄이고 소중한 기업가 정신을 되살리는 데 일조할 수 있다. 실패하면 사회에서 완전히 매장되는 지금의 우리 사회에서 일자리 창출을 외치는 것은 한낱 메아리에 불과하며 영원히 성취될 수 없는 숙제로 남겨질 것이 분명하기 때문이다.

잊을 수 없는 한밝메(백두산)에서의 10월

우원상

올 여름(2016년)은 유난히도 뜨거운 폭염에 시달렸다. 따라서 청량한 가을 길도 더디었다. 이러한 때에 9월 12일 저녁, 우리 역사 속의 고도(古都) '경주'에서 심상치 않은 지진이 발생했다. 온 국민이 놀란 가슴을 안고 추석(秋夕, 한가위)을 넘기었으나 계속되는 여진(餘震)으로 불안은 가시지 않고 있다.

이웃나라들의 크고 작은 지진 발생을 타산지석(他山之石)처럼 여겨왔던 우리나라의 지반(地盤)도 지구의 온난화와 더불어 변화가 시작되는 것인가 보다. 이에 설상가상(雪上加霜)으로 10월의 첫 문턱에 들어서자마자 태풍 '치바'가 해일(海溢)을 동반한 채 한반도 남부지역을 강타하고 지나갔다. 폭염 · 지진 · 태풍의 삼재(三災)를 모두 겪은 것이다. 앞으로 계속 조여오고 있는 천재지변(天災地變)에 대한 대응은 어떻게 해야

우원상(禹元相) _ 황해도 평산 출생(1929년). 대종교 선도사. 한겨레얼살리기운동본부 감사. 한국민족종교협의회 감사. 종교인평화회의 대의원. 한국종교연합(URI) 이사. 한국자유기고가협회 이사. 한국 땅이름학회 이사. 민주평화통일자문회의 자문위원. 저서 《전환기의 한국종교》(공저), 《홍제천의 봄(땅이름 유래)》 등.

할까? 이것은 우리만의 문제가 아니라 이 지구촌 온 인류가 당면한 숙제가 아닌가 싶다.

만난(萬難)을 겪으면서도 가을은 무르익어 가고 있다. 오곡백과가 여무는 풍요로운 중추가절(仲秋佳節)이 아닌가! 더 나아가 10월은 개천절(開天節)과 '한글날'을 기리는 역사적인 상달(上月)이다. 아득한 예부터 우리나라의 가을은 청풍명월(淸風明月)에 천고마비(天高馬肥)의 계절이라 칭송하여 왔으나 현시점에 와서는 지구상의 기후변화와 함께 인구팽창에 따르는 자연훼손과 각종 산업의 발달 및 교통 차량의 팽만으로 인해 대기권의 오염도가 매우 심각하다.

예전의 쾌청한 가을의 풍미(風美)를 느끼어 보기 힘들게 되어간다. 또한 밤하늘에 가득 찬 그 영롱한 별자리(星座)의 일화들과 "푸른 하늘 은하수 하얀 쪽배에 계수나무 한 나무 토끼 한 마리……." 라는 우리 동요는 어디로 흘러가나! 오염된 대기권의 공기를 호흡하며 살아가는 우리의 건강은 어떻게 챙겨야 하나! 이것도 동병상련(同病相憐)하는 이웃나라들과 함께 추진해야 할 시급한 과제가 아닐는지!

나는 가을하고도 10월만 되면 떠오르는 평생 잊을 수 없는 추억을 간직하고 있다.

지금부터 거슬러 26년 전(단기 4323년, 서기 1990년)의 10월 3일, 개천절 천제 봉행을 위해 꿈에 그리던 우리 겨레의 영산(靈山)인 백두산(한밝메)에 난생 처음으로 등정(登程)하여 하늘을 우러러 근참(覲參)하였을 때의 감격에 넘친 영험(靈驗)스러운 감응(感應)을 어찌 형언할 수 있으리오. 또한 공교롭게도 그 해에는 개천절과 추석이 같은 날이어서 더욱 의미 깊은 날이라 여겨졌다.

그 당시 백두산 지역의 날씨는 참으로 쾌청하고 온화했다. 예년에 없던 기후라고 현지의 안내원들도 입을 모았었다. 그 때(90년도)만 해도 중국과 미수교(未修交) 중이라 '대만'을 거쳐 홍콩으로 남하(南下)하여 이삼일 묵으면서 현지 중국영사관에서 비자(사증, 査證)를 받아 가지고 막 비행기로 밤늦게 북경(베이징)에 도착, 일박하고 그 이튿날 심양(瀋陽)을 경유하여 연길(延吉)에 내려 여장(旅裝)을 풀고 백두산에 오를 채비를 했다.

백두산 가는 장시간의 자동차 길도 만만치 않았다. 자동차의 왕래가 별로 없어서 한갓지고 농촌 앞 한길가의 한켠에 고추를 널은 멍석이 빨갛게 널려 있어서 차안에서도 조심스러웠으나 옛 우리 농촌의 초가지붕마다 빨갛게 고추로 덮였던 풍경이 떠올라 고향의 가을을 보는 듯 정겨웠다. 더구나 소달구지를 타고 들 논밭에 드나드는 한갓진 정경은 외국에 와 있다는 낯선 느낌이 들지 않았다. 가는 곳마다 간판이 걸린 데는 우리 한글과 한자(漢字)로 나란히 병기(倂記)되어 있어서 '연변조선족자치주'(延邊朝鮮族自治州)의 한 모습이 인상적이었다.

아직도 한밝메가 멀었나 하는 지루함에 기지개를 펼 때 길가에서 한 젊은 여성이 손을 들어 차에 태우고 보니 우리 교포(조선족)가 아닌 만주족(滿洲族)이란다. 백두산(중국에서는 장백산이라고 함) 초입에 있는 식당에서 일한다고 했다. 우리 조선말은 잘하는 편인데 자기네 '만주어'를 못한단다. 집에 가서도 가족 모두 중국말로 생활한다면서 만주 글자도 본 일이 없다고 한다. 참으로 놀라웠다.

만주족은 청(淸)나라를 세워 중국 대륙을 석권하면서 근세까지 268년(1644~1912)간이나 통치했던 민족이고 바로 그 후예가 아니던가! 하기사 그렇게 장기간 중국을 통치하고서도 중국문화에 동화(同化)되고 말았으니 언어를 잃어버린 것쯤이야 별다른 논의의 여지가 없는 듯도 하다.

드디어 백두산(한밝메) 초입에 들어섰다. 백두산(한밝메, 2744m) 영봉(靈峯)에 오르는 둘레길을 타고 굽이굽이 돌면서 멀눈으로 두리번거리며 조바심쳤다. 마음도 설레며 가슴도 두근거렸다. 정상에 올라서는 순간 와…아…! 너도 나도 탄성이 터졌다. 어떻게 이러한 비경(秘境)의 별천지(別天地)가 전개될 수 있단 말인가! 그 황홀함에 눈이 휘둥그레진다. 광활한 신비의 세계여! 우리는 말문을 잃고 넋 나간 석상처럼 서있었다.

구름 한 점 없이 높고 푸른 저 하늘이 천지(天池, 한울못 : 못이라기보다는 호수가 어울릴 것 같다. 한울호수)에 투영(投影)되어 헤아릴 수 없이 깊고 푸르러라. 하늘의 높이만큼 깊어졌으리! 한울호수를 에워싸고 있는 장엄한 여러 연봉(連峯)들도 한울호수에 드리운 하늘을 보위(保衛)하며 그 위용(偉容)은 한울호수를 한껏 넓혔어라!

하늘과 한울호수가 섞바뀌는 찰나. 한울호수에서 넘쳐 흐르는 장백폭포(한밝폭포)의 우렁찬 메아리가 입체적인 교향(交響)을 이루어 우주 공간에 너울지어 비상하는 듯한데, 이것이 바로 천지인(天地人)이 일치(一致)하는 현묘(玄妙)한 경지가 아니겠는가. 우리는 한밝메의 장엄하고도 현묘한 감응에 한껏 가슴이 젖어 있었다.

그런데 우리가 뜻했던 개천절 천제 봉행에 제동이 걸려왔다. 현지의 통제체제(統制體制)하에서는 분향은 물론 제례의식(祭禮儀式) 자체를 부정하고 심지어 카메라 촬영까지 감시의 대상이었다. 어떻든지 우리는 묵도(默禱)를 시작으로 한울호수(天池) 자체를 자연 그대로 천수(天水, 정화수=井華水)로 삼아 개천의 노래를 조용히 부르면서 통한(痛恨)의 제천의례를 마치었다. 오히려 간결하면서도 웅장한 제천의례(祭天儀禮)가 치루어졌다고 자부했다.

우리 일행 5명 외에는 인적(人跡)이 별로 없어서 호젓했다. 그 당시에는 개방이 덜 되어서 그런지 자연의 신비가 그대로 비장되어 있어서 천행이었다고 여겼다.

　옛 어른들도 항일투쟁 당시 우리의 축제일을 맞이했을 때 격식(格式)을 차릴 수 없어서 정화수(井華水) 한 그릇만 떠놓고 묵념을 했다고 들었다. 우리의 할머님, 어머님도 날마다 이른 새벽에 집안의 조용한 뒤뜰에서 정화수 한 그릇만 떠놓고 가족의 평안과 마을의 평온, 그리고 외지로 출타한 가족의 무사안녕과 나라의 평정을 빌었었다. 나는 어렸을 때 그 속삭임 같은 잔잔한 기원소리를 풋잠 속에 들으면서 자랐다.

〈개천의 노래〉

　1. 온 누리 캄캄한 속 잘 가지 늣 목숨 없더니
　　　　　　　　(만물)　(정기)
　　한 새벽 빛 붉으레 일며 환히 열린다
　　모두 살도다 웃는다

　2. 늘 흰메 빛 구름 속 한울 노래 우러나도다
　　(한밝메)
　　고은 아기 맑은 소리로 높이 부른다
　　별이 받도다 웃는다

〈후렴〉 한배 한배 한배 우리 한배시니
　　　　빛과 목숨의 임이시로다

　나는 한밝메(白頭山)를 오르내리면서 그 전에 탐독했던 백두산 근참기(白頭山 觀參記—六堂 崔南善 지음)를 다시금 감명 깊게 떠올렸다. 우리 겨레의 역사적인 연원(淵源)과 정통성을 명확하게 웅변한 백두산근참기 중에서 극소한 일부를 다음과 같이 옮겨본다.(특히 일제하에서 집필하였다는 데에 무게를 둔다)

〈조선나라 태어난 곳〉

조선 인문(人文)의 창건자는 실로 이 백두산을 그 최초의 무대로 삼아서 이른바 홍익인간의 희극의 막을 열고 그 무대를 신시(神市)라 하였다. "이 '신시'가 하늘의 뜻인 '홍익인간 재세이화'(弘益人間 在世理化)의 첫 시혜지(施惠地)였다는 요지"이어서 아래와 같이 읊었다.

〈대백두 대천지의 탄덕문〉

일심으로 백두천왕께 귀명(歸命)합니다.

우리 종성(種姓)의 근본이시며

우리 문화의 연원(淵源)이시며

우리 국토의 초석이시며

우리 역사의 포태(胞胎)이시며

우리 생명의 양분(養分)이시며

우리 정신의 편책(鞭策)이시며

우리 이상(理想)의 지주(支柱)이시며

우리 운명의 효모(酵母)이신

백두천왕 전에 일심으로 귀명합니다.

세계의 서광인 조선국을 안으셨던 품이시며

인류의 태양이신 단군황조(檀君皇祖)를 탄육(誕育)하신 어머니시며

그만 깜깜해진 세상이어늘

맨 처음이자 가장 큰 햇불을 들었던 봉수대(烽燧臺)이시며
휑한 벌판에 어데로 갈지
길이 끊기고 방향을 모를 때
우뚝이 솟으사
만민 만세(萬世)의 대표이신
백두천왕전에
일심으로 귀명합니다

〈이하생략〉

*주) 참으로 천지신명이 감동하는 뇌성같이 우렁찬 통한의 기원문이라 할까

이역만리(異域萬里) 우리의 영산 한밝메 기슭에서 한밤을 지새우며 한가위 달을 우러러 깊은 감회(感懷)에 잠겼을 때를 지금 생각해도 넋을 잃을 것만 같다. 낮에 올라가 개천제를 올렸던 한울호수에 잠긴 한가위 달빛으로 오색찬란하게 수놓은 장엄하고도 황홀한 그 절경(絶景)은 상상만 해도 외마디 탄성이 있을 뿐이려니…….

한편에 우리 강토(疆土)의 북쪽 길로 직행하면 불과 천여 리 길 밖에 안 되는 것을 수만리 타국의 영역을 돌고 돌아서 왔다는 한 맺힌 순간이기도 했다. 그야말로 중국 근세사의 한 토막인 대장정(大長征)의 길보다도 먼 대원정(大遠征)의 길이었다.

앞으로 우리의 남북통일은 얼마나 많은 세월 속의 공간적 시간을 기다려야 하나! 그래도 뜻하지 않게 북경(北京)에서 얻은 한 줌의 낙수(落穗 : 떨어진 이삭)는 지금까지 가슴 속 깊이 간직되어 한 오리의 일화가 됐다.

첫 기착지인 북경(北京)에서 첫 날 밤을 지새우고 이튿날 심양으로 떠나기 전에 틈이 나서 자금성(紫金城) 견학을 하려고 천안문(天安門) 앞에

이르렀는데 얼핏 김일성(金日成) 배지를 가슴에 단 젊은이가 서 있었다. 단도직입적으로 "당신은 평양에서 왔소?" 하고 물었더니 그렇다 한다. "반갑소! 나는 서울에서 왔습네다" 하면서 악수를 청했다. 서로 웃으면서 이야기가 시작됐다.

내가 담배 한 대를 건네면서 한 마디 던졌다.

"평양 담배 한 대 나눕시다."

"저의 담배는 써서 그쪽에서는 못 피울 터인데요."

"아니 쓰고 달고를 맛보자는 것 아니잖소. 반가움을 나누자는 것인데……."

그리고 받아 피워보니 과연 쓰긴 썼다. 그래도 '남과 북'이 만나는 정겨움 때문인지 이내 구수하게 느껴졌다.

"원래 평양 출신이요?"

"아니요, 신의주(新義州)가 고향입네다."

"그래요. 나는 황해도 평산이 고향이지요. 지금은 서울에 살지만……."

"그런데 평양에서 어떤 일을 합니까."

"출판분야에서 일하고 있습네다."

이북에서는 출판분야가 우리처럼 수지타산의 영업성을 띤 것이 아니란다. 출판물 내용을 검토하고 지도 감독권이 있는 것 같았다. 월북 작가들의 동향과 작품내용도 훤히 꿰뚫고 있었다. 그런데 '춘원 이광수(春園 李光洙)'에 대해서는 일체 모른다고 했다. 하긴 낭만주의 문학의 거봉(巨峯)이니 자연주의 문화권에서는 금기시(禁忌視)되어 있었겠지, 하고 그러려니 추측했었다. 그 대신 벽초 홍명희(碧初 洪命熹)와 그의 작품 '임꺽정' 이야기를 꺼내서 많은 이야기를 나누었다.

한국자유기고가협회 이사직함의 내 명함을 보더니 남반부(南半部)에서는 '자유'란 말을 일상적으로 써도 되느냐고 의아하게 여겼다. 하긴 우리도 한때 '사회사상연구소' 같은 간판을 보고 적지 않은 시민이 의아하게 여긴 적이 있었다. 이것도 남과 북의 대치상태에서 우러난 이데올로기적 의식구조라고 하겠다.

그 당시 연변지구에 갔다가 북한을 방문해서 많은 물의를 일으켰던 황석영(黃晳暎) 작가를 자기가 모시고 20여 일간이나 북조선 전역(全域)을 순회했다고 했다. 홍콩엔 가보았느냐고 했더니, "다 아시면서 왜 그래요." 하면서 출장명령이 없는 곳에는 가지 않는다고 한다.

그는 북경대학을 졸업한 연고로 가끔 북경에 출장을 온다고도 했다. 자금성(紫金城) 견학을 안내해 줄 수 없느냐고 했더니, "조금 기다리세요. 저기 동료들한테 가서 상의하고 올 터이니" 하고 가더니 금세 돌아왔다. 그리고 그의 안내에 따라서 자금성 견학을 잘 마치었다. 점심 식사할 곳을 청했더니, 가본즉 우리 지난날의 판자촌 뒷골목의 간이식당 같았다. 의자도 삐거덕거리고 위생상태도 의심할 정도였다. 우리 일행이 다른 곳으로 가자는 것을 "쉿… 조용히!" 하면서 주저앉혔다.

막일하는 노동자들의 단골식당인가 보아 음식이라고 나온 냉면이 쓰고 거칠어서 먹기가 좀 무엇했다. 다들 뜨다가 마는 것을 나는 우격다짐으로 다 먹어치우고 잘 먹었다고 치하했다. 여기에는 그만한 사연이 있을 것이었다. 그가 북경대학 유학시절에 단골로 다녔던 식당이었나 보다 짐작하고, 그런 사연이 얽힌 데를 서슴지 않고 우리에게 보여준 것이 갸륵했다. 남의 일이 아니잖나!

나는 그때 그 사람과 헤어지면서 사례비를 조금이라도 건넸어야 하는 것을 얼떨결에 그냥 헤어졌다. 지금 생각해도 못내 아쉽다. 이제는 그 사람의 이름도 잊었다. 어딘가에 적어 놓았는데 찾을 수가 없다. 황석영 작가는 그 사람을 기억하고 있겠지……. 세월이 나를 건망스럽게 한다.

한반도비핵화와 상생평화통일의 길

이서행

1. 평화체제 구축 문제의 논점과 대안

36년 만에 지난 5월 6일 열린 북한의 제7차 노동당 대회가 나흘 만에 9일 공식 폐막되었는데, 한 마디로 북한의 이번 노동당 대회의 의미를 김정은 당위원장 대관식과 김일성시대로 회귀라고 평가된다. 즉 김정은 조부인 김일성으로의 회귀, 노동당을 핵심으로 한 국가체제로의 회귀, 중대한 변화의 시기를 종료하고 질서 있는 안정으로 축약할 수 있다. 북한은 당대회를 준비하면서 핵위협과 북미평화협정을 병행 주장했으나 한국과 미국의 선비핵화의 벽을 넘지 못했다.

분단 이후 지금까지 평화협정 체결에 대한 다양한 제안들 가운데 확

이서행(李瑞行) _ 전북 고창 출생(1947년). 동국대학교 대학원 철학과 한국철학전공(석사). 단국대학교 대학원 행정철학전공(박사). 미국 트리니티대학원 종교철학(박사). 미국 델라웨어대학 교환교수. 트리니티그리스도대학, 동 대학원 졸업. 한국학중앙연구원 명예교수. 세계평화통일학회 회장. 한민족문화연구소 소장. 한국학중앙연구원 부원장. 한민족공동체문화연구원 원장. 저서 《한국, 한국인, 한국정신》(1989), 《새로운 북한학》(2002), 《민족정신문화와 시민윤리》(2003), 《남북 정치경제와 사회문화교류 전망》(2005), 《통일시대 남북공동체: 기본구상과 실천방안》(2008), 《고지도와 사진으로 본 백두산》(2011), 《한국윤리문화사》(2011), 《한반도 통일론과 통일윤리》(2012) 외 20여 권 상재.

인되어 있는 몇 가지 쟁점들을 구체화할 필요가 있으며, 상생과 평화의 방법으로 남남갈등을 극복함은 물론 우리 사회의 성숙된 다문화 사회의 지표를 확대 발전시켜 나가야 한다.

● 협정의 당사자 문제

평화협정 체결에서 가장 기본이 되는 쟁점은 단연 당사자 문제로, 북과 미국을 기본으로 하느냐, 남과 북을 기본으로 하느냐 간의 쟁점이다. 이 문제는 본질적으로 최초 누가 누구와의 전쟁이었는가가 가장 중요하며 그 다음이 지원국과의 관계이다. 그런데 휴전협정서에 명기되어 있는 정전협정의 체결 당사자는 북, 중, 유엔사이다. 당시 이승만대통령은 휴전이 되면 분단영구화를 우려해 휴전을 반대했지만 결과적으로는 휴전이 되었고, 한국은 휴전협정서에 명기할 때 옵서버 역할을 한 것이 실책이며 약점이었다. 이로 인해 북한이 휴전 이후 휴전선문제만 나오면 미국을 대화의 상대로 삼아 사실상 한국을 소외시켜 왔다.

유엔사의 경우는 유엔사 창설을 결의한 유엔안보리 결의에서 규정하고 있는 것처럼 '미국의 지휘를 받는 연합군'을 의미한다. 이에 따라 유엔사령부 사령관은 주한미군 사령관이 겸임하고 있다. 뿐만 아니라 현재 한국군과 주한미군의 통제권을 모두 미국측이 갖고 있다는 점을 생각해 볼 때, 한반도 일대의 군사적 문제 해결의 핵심 주체는 북과 미국일 수밖에 없다는 것이 북의 일관된 태도였다. 향후 북미 양자간 담판을 통해 6자회담의 기본 골격이 잡히고 있는 현단계 논의의 양상으로 볼 때, 한반도 평화체제 협의 역시, 북미간 담판과 협상을 기본으로 하여 남, 중이 결합하는 양상이 될 것으로 전망된다.

우리는 여기서 Locarno 체계를 생각할 수 있다. 이 체계는 1925년의 독·불간 및 독·벨기에간의 불가침협정체계를 영국과 이태리 양국이 공동으로 보장하도록 한 일종의 2:2 다변조약이다. 주한미군을 포함한 평화협정의 포괄적 내용은 휴전협정문서상 북미간에 다루어야 하지만, 그러나 실제와 명분상 군사분계선을 둘러싸고 발생할 군사적 충돌을 제거하는 문제에 대해서는 남북이 당사자가 되어 논의할 몫이다. 「7·4공동성명서」정신과「1991년 남북기본합의서」의 불가침 내용은 이를 반영하고 있다. 때문에 로카르노체계처럼 남북당사자간에 협정을 맺고 미·중이 불가침협정과 평화협정을 보장하는 존재양식이 바람직할 것이다.

● 유엔사의 역할과 해체 문제

정전협정이 평화협정으로 전환되는 과정에서 정전체제의 관리기구였던 유엔사의 존립 근거는 사라지게 된다. 최근 미국은 주한미군 재편 및 작전권 이전 과정에서, 위기관리 및 연합위임사항(CODA) 등에 대한 개입의 권한을 유지하는 차원에서 유엔사 강화를 추진해 왔다. 또한 비무장지대에 대한 경계임무는 한국으로 떠넘기고, 남북교류협력 과정에서 필수적인 비무장지대의 이동, 통행에 대한 유엔사의 관할권 행사는 한층 더 강화하여 남북협력사업에 대한 직접통제를 강화하러 시도한 바 있다.

그러나 종전선언, 평화협정 논의 과정에서 유엔사 존립의 법적 근거가 사라지게 되면, 유엔사를 존치시키려는 주한미군측과 법적 근거를 상실하게 되는 객관적 상황 사이의 모순이 발생하게 된다. 때문에 최근 유엔사의 존치와 관련하여, 주한미군을 이른바 '평화유지군'으로 두고 이와 연계해 유엔사를 미국이 주도하는 다국적 평화체제 관리기구로 변신시키려는 제안(국방연구원 등)들이 적극화되고 있는데 이 또한 남북의 합의가 우선시될 필요가 있다.

● 한미동맹의 성격 조정, 주한미군의 철수 문제

평화협정 체결과정의 쟁점 중 가장 첨예하게 대립하면서 끝까지 쟁점이 될 수 있는 문제는 바로 주한미군 철수 문제일 것이다. 정전협정 60항에 따르면 공고한 평화실현을 위해 '정전협정을 평화협정으로 전환시키는 문제, 외국군대의 완전철수 문제 등을 다루는' 한 급 높은 정치회담을 3개월 내에 소집할 것을 건의하도록 되어 있는데, 미국이 정전협정 직후 가장 서둘렀던 것이 바로 주한미군의 영구적 주둔을 보장하는 한미상호방위조약 체결이었기 때문이다. 평화협정안에는 협정 당사자들이 상호 침략하지 않겠다는 것을 확약하고, 그 군사충돌 가능성을 전면 제거하는 내용, 즉 군축 등의 내용이 담겨야 하는데, 정전협정 60항의 합의와 평화협정의 내용을 보았을 때, 평화협정 체결과정에서 외국군대 주둔 문제, 군축 문제는 필연적으로 다루어지게 된다.

한편 주한미군 주둔문제에 관해서는 정전협정이 아니라, 한미상호방위조약에 근거한 것이므로 '평화협정과 무관한'(송민순 외교통상부 장관), 한미간 협의해야 할 사항이라고 주장하고 있기 때문에 이로 인해 북한이나 중국과의 상당한 갈등도 예상된다. 남북이 합의만 된다면 이른바 동북아 안보협력의 물적 토대, '평화유지군'으로 계속 주둔시킬 수도 있는 방안도 제기되고 있다.

● 주한미군 철수와 연계하여 나온 방안중에 한반도 중립화 문제이다

남북분단으로 물 건너가는 듯했지만, 이승만 정부하에서도 한반도 중립화운동은 그치지 않았다. 과거 권위주의 정권들은 중립화운동을 좌경, 용공 그리고 북한의 주장에 동조하는 것으로 규정하여 혹독하게 탄압하였지만 그럼에도 중립화운동은 살아남아 지금도 명맥을 유지하고 있다.

북한의 중립화 연구는 상당한 수준으로 보인다. 이미 김일성은 1980년, 1985년, 1993년 세 번에 걸쳐서 중립제안과 더불어 군대감축을 제안한 바 있다. 김정일 국방위원장의 중립화에 대한 견해는 2001년 브라운대학에서 발표된 군사외교평론가 김명철 씨의 논문 '한국문제에 대한 김정일의 시각'을 보면 잘 나와 있다.

김명철 씨는 김정일 국방위원장의 중립화 견해를 '스위스식 무장중립'으로 정의했다. 그 이유로 냉전종식을 위해서 우리 민족의 평화애호 전통, 한반도 평화, 지정학적 위치, 자위적 무장력 등을 들고 있다. 근래에 남한은 1989년 김대중 전 대통령의 '한반도 통일은 오스트리아식 통일'이어야 한다는 언급이 유일하다. 한반도 중립화에 대한 주변국의 이해관계는 어떠한지 궁금하다.

미국에서도 우리나라 중립화에 대한 언급이 있었다. 먼저 1953년 덜레스가 휴전에 앞서서 한국을 중립화하려고 했다. 이유는 휴전협정 제3조에 따라 미군이 나가야 하는 상황에서 한국을 중립화하자는 안이 1953년 6월 22일 미국 국가안보회의에 상정되었고 덜레스가 7월 18일 사인까지 했으나 합참에서의 부결로 성사는 되지 않았다. 결과적으로 미군은 한반도에 유야무야 눌러앉았다.

그 후로는 맨스필드 상원의원, 로렌스 상원의원, 레드마이어 장군, 브레진스키 교수, 라이샤워 교수, 핸더슨 교수 등 미국의 저명한 사람들이 한국의 중립화 필요성을 제기했다. 1945년 남한 주둔 이래 주한미군은 4번의 부분철수가 있었다. 그런데 주한미군철수가 언급될 때마다 한반도 중립 언급도 있었다. 한 마디로 미군이 철수하면 한반도는 중립화 되어야 한다는 논리다. 그렇다면 우리는 평화체제구축의 방안의 일환으로 중립화에 관한 준비도 강구할 필요가 있다고 본다.

2. 비핵화와 평화체제 구축의 경로

한반도 평화협정 체결 공정은 별도의 포럼을 통해 다루는 것으로 되어 있기는 하지만, 현재 북미격돌의 양상으로 볼 때, 6자회담 논의와 비핵화 실현 과정과 병행하여 진행될 것으로 보인다. 북측은 핵포기 및 평화체제 구축의 경로에 대해 평화협정이 체결되고 나서야 비로소 핵무기를 포함한 완전한 비핵화 실현의 조건이 마련된다고 밝히고 있다. "미국이 적대시정책을 완전히 철회하고 신뢰가 조성되어 핵위협을 더는 느끼지 않을 때에 가서 핵무기 문제는 론의하자는 것"(2006.12.18, 김계관)이며, 이러한 문제의식을 토대로 하여 2.13 합의 당시에는 핵시설 문제만을 거론한 바 있다.

이러한 입장에 따르면 핵무기 포기는 불가침조약이나 평화협정 체결 후 핵군축 단계에서 논의할 수 있으며, 평화협정 체결과 주한미군 문제를 밀접히 결합시켜 완전한 비핵화 문제는 주한미군 철수 및 핵군축과 연동하여 경로를 잡게 될 것이다. 반면 미국은 완전한 비핵화 전 평화협정 체결은 불가하다는 입장인데, 즉 핵무기까지 모두 폐기해야 평화협정 체결에 도달할 수 있다는 주장을 하고 있다.

북미 양측의 주장에 의거하여 각각 경로를 생각해 보면 다음과 같다.

● 미국측 입장

불능화 (테러지원국 해제 시작 ⇒ 테러지원국 해결 ⇒ 종전선언
평화협정 체결 (핵무기 폐기, 주한미군은 계속 주둔)

● 북한측 입장

불능화 시작 (군사적 신뢰구축 조치 시작 ⇒ 평화체제 구축 논의 시작 ⇒ 한미동맹 성격 및 주한미군 철수문제 논의 시작)

불능화 완료 (주한미군 철수 로드맵)

핵무기 협상 (평화협정 체결, 핵군축, 주한미군 철수)

북미격돌을 통해 북미관계 정상화와 평화체제가 목표로 명시되고, 핵실험 등의 억지력으로 미국을 확고히 대화와 협상의 장으로 끌어들인 조건에서 핵무기의 폐기는 대북적대정책의 완전한 폐기, 전쟁위협의 근본적인 제거와 연계될 수밖에 없다. 이 과정에서 평화협정을 바로 체결하는가 아니면, 종전선언, 잠정협정, 불가침 협정 등과 같은 단계를 거치느냐 하는 문제가 있다. 예컨대 북미협상 과정에서의 상호 역관계에 따라 주한미군철수원칙을 포함한 평화협정 체결이 관철되지 못하고 주한미군의 성격변환 정도와 연동되는 수준의 중간단계 협정이 체결될 수 있다는 것이다.

3. 한반도의 항구적인 평화체제 구축방향

북한 핵문제를 평화적으로 해결하여 한반도 비핵화를 실현하는 길이다. 먼저 6자회담 틀을 활용하여 주변국과의 긴밀한 협력을 통해 북핵문제를 평화적으로 해결해야 한다. 남북대화를 통해 북한의 비핵화 실천노력과 한반도 비핵화를 실현하고 포괄적 안보협력체제에 해당하는 동북아 평화안보협력기구 수립으로 발전하는 것이다.

한반도에 항구적인 평화체제를 구축하기 위해서는 평화체제 이행 전단계로서 정전협정 관련 당사국이 전쟁종식에 합의하는 '종전선언문' 을 채택한다. 즉 당사자 우선인 '2(남북)+2(중미) 남북간평화협정'을 체결하고 관련국의 보장을 확보하여 평화체제를 제도적으로 정착, '남북정상회담' 을 통해 한반도 평화체제 구축 필요성을 확인하고, 평화체제 구축방안 노력을 선도해 나가야 한다. 즉 한반도비핵화와 항구적인 평화체제 전환의 3단계적 이행이다.

이병도사학의 답습에만 급급하는
식민사학자들의 구태

이찬구

최근 역사문제연구소가 발행하는 계간지 '역사비평' 여름호에는 이른바 재야사학계를 비판하는 논문 3편이 또 실렸다. 지난 봄 호에서 낙랑 위치 문제, 식민사학 등에 대해 해방 이후 줄기차게 주류 학설을 비판해 온 학자들의 주장을 '사이비역사학'이라는 매우 낯선 이름으로 왜곡하더니 아직도 성이 덜 찼던지 또 다시 비판의 수위를 높이고 나선 것이다. 이번 호에는 '한국 고대사와 사이비 역사학 비판②'라는 그럴듯한 연속기획으로 강진원 서울대 강사, 연세대 박사과정인 신가영씨, 이정빈 경희대 연구교수 등의 글을 게재했다.

이정빈, 강진원, 신가영씨 등 발표자들이 우리나라 역사학계에서 어떤 위치에 있는지는 모르나, 이제까지 정부와 학교의 두둑한 지원을 받아오면서 명예와 부를 축적한 중진교수들과 고대사학회 임원들은 어

이찬구(李讚九) _ 충남 논산 출생(1956년). 대전대학교 대학원 졸업. 철학박사(東洋哲學). 한국철학사전편찬위원회 집필위원. 한국신종교학회 상임이사. 한국종교학회 이사. 대산 김석진 선생문하에서 한문수학. 저서《인명용 한자사전》,《주역과 동학의 만남》,《천부경과 동학》《채지가 9편》,《돈; 뾰족돈칼과 옛 한글연구》,《통일철학과 단민주주의》외 다수.

디론가 숨어버리고, 일반국민이 보기에 신출내기 연구자들을 앞세워 재야 사

학계에 거듭거듭 돌을 던지는 이유는 무엇인가? 이들이 날을 세워 비판의 대상으로 지목한 사람들은 대부분 민간연구자들이다. 민간연구자들은 자비(自費)나 관련 단체의 쥐꼬리만한 지원이 전부일 뿐이다. 이정빈 교수처럼 든든한 정부(교육부)의 재원으로 글을 쓰는 연구자들이 아니다. 학계의 건전한 비판은 국민의 세금으로 이루어진 논문들의 적합성, 창의성 등에 주안을 두고 같은 학자들끼리 치열하게 이루어져야 할 텐데도, 그들의 화살은 엉뚱하게도 민간연구자들을 향해 있다는 면에서 원천적으로 잘못된 기획물이다. 설상가상으로 언론까지 합세하여 의혹을 더 키우고 있다.

더욱이 놀라운 것은 한국의 역사학계는 "1960년대부터 본격적으로 식민주의 역사학에 대한 비판적 성찰이 이루어졌다"는 평가와 함께 이기백 등의 이름을 거명하며, "이들의 적극적인 행보로 인하여 타율성론을 포함한 식민주의 역사학은 상당부분 그 힘을 잃어버렸다"고 치켜세운 다음에 역설적이게도 민간연구자들을 향해 "일반시민들의 경우 식민주의 역사학을 부정함에도 불구하고" 식민주의 역사학의 주요내용인 만선(滿鮮)사관의 사고를 드러내고 있다(강진원)고 비판한다. 요즘 유행하는 유체이탈 화법과도 같다. 이기백씨 등이 정말로 식민사학을 철저히 청산하였는지는 차치하고라도, 강단사학계가 해방 70년이 넘었는데도 식민사학을 청산하지 못했다고 비판하는 그 민간연구자들을 향해 도리어 당신들이 식민사학에 젖은 사고를 하고 있다고 비판하는 것은 도를 넘은 적반하장이다.

정말로 강단사학계는 일제의 잔재를 청산하고 식민사학을 완전히 극복하였다고 국민에게 자신할 수 있는가? 이정빈 교수는 한사군, 특

히 낙랑군의 위치는 지금처럼 대동강유역으로 보는 것이 통설이라면서 이는 일제의 산물이 아니라 조선 후기부터 비정되어온 것이기 때문에 이에 대한 비난은 강단사학계를 '식민사학자의 허상을 만들' 어 놓고 억지로 비난을 퍼붓는 것에 지나지 않는다고 억울해 한다. 나아가 이 교수는 한 민간연구자가 낙랑군 수성현(遂成縣)의 위치를 현재의 하북 창려로 비정한 것에 대해 나름의 비판을 가한다.

그러나 우리가 알고 싶은 것은 식민사학자들의 솔직한 고백이다. 재야학자들을 비판하기 전에 진정으로 식민사학을 극복했다면, 식민사학과 동일시되고 있는 이병도학설을 비판하여야 할 것이다. 대다수 국민들은 이병도학설로 국사를 배워왔고, 그것이 이병도의 창안에 의해 나온 것으로 알고 있기 때문이다. 일찍이 이병도는 낙랑군 수성현의 위치에 관해 "자세하지 아니하나, 지금의 황해도 북단에 있는 수안(遂安)에 비정하고 싶다" 는 유명한 28자의 말을 남겼을 뿐이다. 주지하는 것처럼 이병도는 아무런 근거도 없이, 특유의 '아니하나, ~하고 싶다' 는 논문작성시 금기시된 엉뚱한 은유법으로 요동산(遼東山)을 제기하여 놓고 한반도 안에 있었다고 무조건 믿으라는 식이다. 수안과 요동산이 낙랑의 수성과 어떤 관계가 있는지 속 시원하게 밝혀달라는 것이 재야학계의 요구일 뿐, 더도 덜도 아니다.

최근 문성재 박사는 이병도가 결정적 근거로 제시한 '요동산' 조차도 전혀 증거의 가치가 없다고 단언하였다. 다시 말해 이병도가 잘못 비정(比定)한 것을 책임 있게 바로잡으라는 말이다. 수세에 몰리는 듯하면, 적당히 말을 바꾸며 한반도의 이곳저곳으로 지명을 옮기는 일을 이제 그만하라는 것이다. 실상 이병도의 이 수안비정은 측량전문가로 조선사 편찬에 깊숙이 간여하고 만주국 모대학의 교수로 일생을 마친 어용학자 이나바 이와키치(稻葉岩吉)의 기상천외한 주장을 그대로 베낀 것임은 주지의 사실이다. 그래서 이병도의 뿌리를 의심하지 않을 수 없고, 그 잘못된 오류의 고리를 이제는 끊어야 한다는 것이 필자의 주장이다.

지난 3일 윤내현 단국대 명예교수는 한 세미나에 제출한 원고에서 '위만조선과 한사군은 한반도에 있지 않았다' 며 재차 고조선의 서부 변경인 '요서(遼西)설' 을 강조해 식민사학자들의 주장에 쐐기를 박았다. 그는 20여 년 이래 "한민족은 위만에게 정권을 빼앗겨 중국 망명객의 통치를 받았고, 위만조선 멸망 후에는 한사군이 설치되어 한반도가 중국의 영토에 편입되어 나라를 잃었다"는 식민사관의 논리를 앞장서 부정하였고, "한사군 설치는 고조선의 서부 변경이었던 지금의 요서지역에서 일어난 사건"에 지나지 않는다는 신설을 내놓아 국사학계에 지각변동을 예고했었다.

그러나 식민사학을 스스로 청산하였다는 자화자찬에도 불구하고 자칭 주류사학계는 요서설을 인정하는 데 너무도 인색했다. 그럴 때마다 돌아오는 답변은 "영토만 넓으면 다냐?"는 학자답지 못한 비아냥이었다. 고조선의 넓은 영토는 문화의 영역일 수도 있다. 그것을 자랑하자는 것이 아니라 고조선 문화의 원형을 바르게 알자는 것이 목적이다. 고조선이 우리에게 중요한 것은 영토의 크기가 아니라 우리 모두가 공유할 수 있는 민족문화의 원형이 담겨 있기 때문이다.

더욱이 사료가 부족해 단군을 신화(神話)에 지나지 않는다고 무조건 부정하는 것도 학자의 본분이 아니다. 학자는 일반인이 모르는 것을 찾아내 국민에게 설명하고 이해시키는 것이 연구 못지않게 중요한 일이다. 특히 국사학은 국민의 의식형성과 직결되기 때문에 더 말할 나위가 없다. 지금 중국이 단군을 자기네 황제의 후손이라고 왜곡하기 위해 동북공정에 이어 또 다른 공정(工程)을 순차적으로 진행하고 있는데, 우리는 내부싸움에 빠져 한가롭게 '사이비' 논쟁이나 하고 있다. 왜곡된 국사를 바로잡겠다고 나선 재야학자들을 '사이비'라고 혹평하는 자신들이야말로 본분을 망각한 '사이비'가 아닌지 되묻고 싶다. 일본이나 중국의 역사학자들도 아닌 국내 순수 민간연구자들을 '사이비 역사학' 운운하며 적으로 돌리려는 태도가 진정 이 분단시대를 같이 살아가는 학자의 본분인가. 그런 말은 일제에 충성한 보은으로 교수자리를 얻어 출세한 어용학자들에게나 쓸 수 있는 말이다.

지금 시민들은 강단사학계가 국고를 이용해 자기네 학맥을 확장하고 학설을 강화라는 무기로 사용하고 있는 것이 아닌지 의심을 갖고 있다. 국민의 혈세를 지원받아 연구하는 학자들에게 시민은 바른 논문을 요구할 권리가 있고 감시할 의무가 있다. 더 이상 세금을 이기적 목적으로 사용하는 것을 방치할 수 없다. 결국 식민사학자냐 아니냐는 국민이 판단할 일이지, 자기 스스로 식민사학자가 아니라고 항변한다고 식민사학자가 아니 되는 것은 아니라는 사실을 명심할 필요가 있다. 식민사관의 극복은 아직도 지난한 숙제로 남아 있다.

수필의 전위성

전규태

문학상, 예술상의 신조나 주장이 시대에 따라 현실화되고, 나아가 풍조화 되기도 한다. 이는 일찍이 소수의 작가나 평론가들에 의한 획득물이었고, 따라서 사조상의 존재 이유처럼 여겨졌으나 오늘날에는 거의 모든 예술가의 기득권 또는 현재화(顯在化) 된 요구이기도 하다.

　오늘날 문학, 예술의 영역이 널리 확대되고 있고, 또한 외부로부터 침식되기도 하는 시대이기도 하다. 이에 따라 어디로 가야 할지를 몰라 방황하기도 하고, '전위' 라는 이름으로 돌파구를 모색하게도 된다.

전규태(全圭泰) _ 서울 출생. 호 호월(湖月). 연세대학교 국문과, 동 대학원 졸업. 건국대학교 대학원 박사과정 수료. 「동양통신」, 「연합신문」, 「서울일일신문」 기자 및 기획위원. 연세대학교 교수. 현재는 연세대학교 석좌교수. 한국비교문학회 회원. 국어국문학회 상임회원. 문교부 국어심의위원, 민족문화협회 심의위원, 한국어문학연구회 이사, 한글 전용추진회 이사 등 역임. 1960년 시조집 《석류(石榴)》 발간, 1963년 「동아일보」 신춘문예에 문학평론 〈한국문학의 과제〉가 당선되어 문단 등단. 저서로 《문학과 전통》(1961), 시조집 《백양로(白楊路)》(1960), 수필집 《사랑의 의미》(1963), 《이브의 유풍(遺風)》(1967) 등이 있고, 《한국고전문학의 이론》(1965), 《고려가요연구》(1966), 《문학의 흐름》(1968), 《고전과 현대》(1970), 《한국고전문학대전집》(編註)(1970), 《한국시가의 이해》(1972) 등의 연구저서가 있으며, 1970년 《전규태전작집》 10권 발행.

여기서 말하는 '전위' 란 기존의 흐름을 풍조화 내지 일상화해서 스스로를 뛰어넘는 작업이기도 하다. 전위의식이란 예술가가 자기 시대에, 또는 보다 깊이 스스로의 존재에 대해 위기감을 느꼈을 때에 나타나곤 하는 사조다. 본시 군대용어이기도 했던 '아방가르' 가 문학운동 용어로 사용되기에 이른 것은 〈로베르사전〉에 의하면 19세기 중반, 그러니까 1853년이었다. 이 시대에 프랑스에 있어서는 리얼리즘이 그 지반을 확보하여 '바르나스' 의 이름과 더불어 상징주의적 풍토가 마련되었던 시대로서 커다란 전환기적 시대이기도 했다. 그 후 전 유럽적 규모로 전위의식의 앙양을 보게 된 것은 1918년 제 1차 세계대전을 겪은 무렵이었다. 이때 출간된 B. 끄레뮈의 《불안과 재긴》에서 조명하고 있듯이, 이 불안시대에 있어서 유럽인들이 추구했던 것은 '인간이란 무엇인가?' '인생이란 무엇인가?' '세계란 무엇인가?' 세계대전 이전에 젊은이들이 추구했던 '어떻게 행동해야 할 것인가?' 라고 하는 처세의 문제와 견준다면 전후의 흐름은 한층 심각한 비극을 잉태하고 있어 보인다.

　프로이트의 무의식의 철학이 융 등 그 제자들에 의해 체계화되고 이 이론이 인간의 정의(情意)의 영역에 강한 영향을 끼쳤다. 또한 프로스트는 인간의 자아의 연속성은 오로지 무의적(無意的) 기억의 행사에 의해서 보장된다고 보았고, 비랑데르로는 사람의 인격이 시간과 상황의 작용에 의해서 끊임없이 바뀌고 있다고 보았다. 여기에 앙드레 지드의 '무상(無償)의 행위' 에 의한 순간의 충실과 도스토예프스키의 계보적 '심연(深淵)의 문학' 등을 덧붙이면, 제 1차 세계대전 이후의 문예사조의 '파노라마' 가 부조(浮彫)된다.

　'다만 아무런 영속성을 지니지 않는다는 것이 아니라, 모든 것이 동시적으로 존재하며, 더 나아가 지능은 인간 자신의 표면을 조명하는데 그친다'고 하는 사상적 배경으로 다다이즘이나 쉬르 레알리즘의 시인들이 언어의 파괴에 의한 새로운 표현의 세계를 추구하는 흐름이 이어졌다.

이와 같은 불안의 모습을 보다 구체적으로 보이기 시작한 것은 이른바 '끄레뮈 이론'인데, 그 실례를 든다면, 필립 스포의 〈호인(好人)〉에서 주인공 쟝은 스스로의 품격을 모색하며 여러 모델을 자기 자신에게 적용시켜 본다. 처음엔 자기 인격을 여러 모로 유통해 보기도 하지만 끝내는 자기 망각, 자기 유희에 빠지고 만다는 얘기다. 이러한 세계는 그야말로 현대판 무르소다. 현대판 무르소는 자기 해체로 치닫게 된다. 여기에는 전위의식에 의해 개척해야 할 인간의 모습을 모색하려 드는 흐름이 움트게 된다.

미국의 사회학자 리스만은 〈고독한 군중〉에서 오늘의 사회를 세 가지 유형으로 분류한다. 첫째는 의식이나 사회관행 그리고 종교 등에 의해 방향지어지는 '전통지향'의 사회이고, 둘째는 파이오니어의 소질을 지니면서 꾸준히 지기자신을 갈고 닦는 '내적 지향'의 사회, 그와 반대되는 것이 '타인 지향'의 사회인데, 리스만은 내적 지향으로 타인 지향을 이행중이라고 내다보았다.

일찍이 쉬르 레알리스트들이 제시한 주체·객체의 '버무림', '무너짐'이라고 하는 현상은 오늘날에 있어서는 한층 난삽하게 반영되고 있는데, 현실의 해체와 자아의 확산은 보다 엄격성을 띄며 우리 앞에 놓여 있다. 이 같은 붕괴감의 확인 위에 뭔가 비전이 모색될 수도 있다.

예컨대 구조주의적인 방법으로서 그러한 접근의 하나로 평가하는 것도 가능할 수 있다. 이 같은 특이한 언어관에 의해, 언어면에서의 새로운 현실의 재구성을 꾀해 볼 수도 있다. 이러한 입장에서 자못 단면화 된 현실을 이면을 통해 파악하려는 시도를 해 볼 수도 있다.

이제 우리는 새로운 전위로서의 책무를 무겁게 받아들여야 하며, 또한 전위란 결코 돌출적이거나 붕괴를 꾀하는 첨병(尖兵)이 아닌, 풍조화함으로써 스스로를 뛰어넘어 인간 일반으로 통용될 수 있어야 한다고 본다. 그런 의미에서 수필단 일각에서 시도되고 있는 '아방가르 수필'과 또 한편 수필단에서는 옛 '만필(漫筆)' 등에서 보여준 담화(談話)의 복원이라는 '전통지향성'에 대해서도 주목하게 된다. 후자에 대해서는 수필의 자율성이란 측면에서 따로이 살펴보려고 한다.

애사심과 해고의 추억

조 정 진

"조 기자, 앞으로 애사심을 조금만 자제해 주십시오."
2000년 6월 복직협상을 끝마친 직후 회사의 인사 책임자가
내게 진지한 부탁이라며 던진 말이다. 잠시 망설였지만 괜한 분쟁을 피
하기 위해 "염두에 두겠습니다" 하고 답했다. 그 후 2년 뒤 회사 창립기
념일에 난 '올해의 기자상'을 받았고, 다시 10년 뒤엔 첫 보직인 문화
부장에 임명됐다. 해직기자 출신인 내겐 생각지도 않았던 보직이다.

우리나라 일간신문 중 전국지는 11개이므로 각 부서장은 대한민국
에 11명뿐이다. 문화체육관광부를 위시해 학술·예술단체, 방송국, 출

조정진(趙貞鎭) _ 경기 김포 출생(1962년). 언론인 겸 작가. 인천 대건고,
서강대 국문과·언론대학원, 북한대학원대학교 박사과정 수료. 1988년
기자생활을 시작해 「세계일보」 문화부장, 논설위원, 한국기자협회 기획
위원장, 동덕여자대학 강사, 월간 『신문과 방송』 「국회도서관보」 편집
위원, 「시사통일신문」 대표 겸 편집국장, 도서출판 열린포럼21 대표, 한
국기자협회·서울시교육청 저널리스트 멘토 등 역임. 세계문학상 기획.
그림동화 〈사람보다 나은 동물 이야기〉 시리즈 집필 중. 농촌농민문학상(1986)·한국신
문협회장상(1994) 등 수상. 〈골프채 업자에 놀아난 '민홍규 죽이기' 게이트〉(2013)와 〈가
산 이효석 선생의 혈육을 만나다〉(2014)로 기자협회 '기자의 세상보기' 공모 당선. 저서
로 《한국언론공정보도투쟁사》, 《한국신문필화사》, 《누가 국새를 삼켰는가》 등을 펴냈고,
《왜 정부는 하는 일마다 실패하는가》를 번역출간.

판사 등 20여 개의 출입처를 둔 10여 명의 기자와 함께 문화계를 속속들이 들여다보며 방향도 바꿀 수 있는 중요하고 귀한 자리다.

문화부장 취임 다음해 창간기념일엔 특별공로상을 받았다. 지금은 논설위원으로 일하고 있다. 신문사에 들어오기 전, 학창시절부터 꿈꿔오던 보직이다. 뿔테 안경에 봉두난발을 휘날리며 일필휘지하던 논설위원이 그렇게 멋져 보였다. 우여곡절도 많았고, 지금은 당연한 일 같지만, 돌이켜 보면 하나하나가 모두 기적 같은 일이다.

나는 회사의 최대 기피인물이었다. 입사 후 기자회와 노동조합을 만들어 100일 가까운 파업을 주동하다 해직됐던 게 원인이다. 언론의 생명인 공정보도와 사내민주화가 명분이었다. 사측은 나를 '북에서 파견한 빨갱이' 라는 등 별의별 모함을 했지만, 굴하지 않았다. 고맙게도 200명 가까운 사우가 나의 진정성을 이해하고 동조했다.

내부 동력 부족으로 파업은 졌고, 약 300명의 동료는 회사를 떠났다. 나를 포함한 파업 핵심 주동자 3인은 대법원까지 가는 치열한 법정 소송 끝에 승소해 3년 만에 원직 복직했다. 나를 해고했던 당시 대표이사는 부당노동행위로 징역 10개월의 실형(집행유예 1년)을 받았다.

파업에 동조하지 않은 회사 동료는 한동안 나를 두려워했다. 파업 때는 출퇴근길에 나와 마주쳐 대화라도 하면 인사과에 불려가 무슨 얘기를 나눴느냐고 추궁당하는 게 예사였다. 경우에 따라선 인사조치 등 징계까지 당했다. 당연히 나와 대화는 물론 눈 마주치는 것조차 꺼렸다. 어떨 땐 별로 안 친한 동료에게 다가가 일부러 말을 붙여 인사과에 불려가게 하기도 했다. 지금 생각하면 미안하지만 그땐 어쩔 수 없었다. 모두에게 모질고 힘든 세월이었다.

하지만 인생사 새옹지마라 하지 않던가. 보직 부장을 맡으니 완전 딴판이었다. 적지 않은 기자가 문화부에 발령받고 싶어 나를 찾아오고,

일부는 문화계에서 일하는 지인들 기사를 부탁하기 위해 민원을 들이밀었다. 사장은 입에 침이 마르도록 내 칭찬이고, 달력은 점심식사 약속 메모로 늘 빨갰다. 최악의 기피인물에서 '회사에서 꼭 필요한 데스크'로 평가가 180도 뒤바뀐 셈이다.

왜일까. 곰곰이 생각해 보니 '애사심'이다. 인사 책임자는 내게 애사심을 자제해 달라고 했지만, 실은 복직 후 애사심을 조금도 자제하지 못했다. 내 천성이다. 일을 보면 안 하곤 못 배기고, 없으면 찾아서라도 하고, 마무리하지 못하면 며칠이고 밤을 샌다. 회사의 일 추진 과정에 문제가 있으면 적극 지적했다. 물론 복직 당시 인사 책임자의 속말은 '노동조합' 얘기였을 것이다. 하지만 내가 노조를 만든 것도, 보직 부장으로서 맡은 역할을 100% 이상 책임 있게 수행한 것도 뿌리는 모두 애사심이다.

복직 15년 만인 지난해 나는 또 해직을 당했다. 한 회사에서 두 번씩이나 해직되는 기이한 기록을 갖게 된 셈이다. 이번엔 대표이사의 투명하지 못한 일 처리를 지적한데 대한 보복이었다. 치사하게 사장이라는 우월적 지위를 이용해 후배 기자들까지 동원해 이간질을 하고, 심각한 명예훼손까지 가해 왔다. 하지만 이번에도 지방노동위원회에서 승소해 보란 듯이 다시 원직에 복직했다. 징계 요구 성명서에 서명함으로써 얼떨결에 가해자가 된 후배들은 아직도 나와 눈을 마주치지 못한다. 또 다시 기피인물이 된 것이다. 나를 해고했던 대표이사는 교체됐지만 아직도 여진은 계속되고 있다.

직장인으로서 난 '밥값은 한다'는 신조가 있다. 아울러 직장이 언론사이므로 '공정 보도'와 '자기 절제'라는 공적 가치를 추구한다. 신문사에서의 나의 모든 행동거지는 여기에 기인한다. 나의 행동과 주장에 거북해 하는 동료나 상관이 있다면 그건 자신의 이해관계와 얽히기 때문인 경우가 대부분이다. 나를 모함한 자들은 자신의 무능과 비리, 비애사심을 감추기 위해 나를 이용했다. 기피인물인 나를 매도하면 쉽게 공범자를 모을 수 있고, 최고경영자가 쉽게 속기 때문이다.

하지만 결과는? 뻔하지 않은가. 간신배, 모리배, 무능력자가 일을 잘하면 얼마나 잘하겠는가. 무능과 속임수는 백일하에 드러나게 마련이다. 캄캄한 밤엔 촛불이나 호롱도 빛을 내긴 하지만, 해가 뜨면 다 사그라지는 것과 같은 이치다. 실력자는 아부하지 않는다. 아부하지 않는다고, 비리에 동조하지 않는다고 배척한다면 그 조직은 건강할 수 없다. 더욱이 해직·파면같이 아예 도려낸다면, 그 조직은 사망을 재촉할 뿐이다.

30년 가까운 세월을 함께한 나와 회사의 관계에서 바뀐 건 회사가 나를 바라보는 태도, 나를 평가하는 기준, 그리고 나의 능력과 애사심에 보여준 신뢰다. 나는 30년 동안 한 자리를 지키고 있었는데 '자기 절제'라는 언론인으로서 타협할 수 없는 가치를 상실한 이들이 제 발이 저려 반칙을 해 온 것이다.

이제 물리적 정년이 가까워지고 있다. 지난해까지 56세였던 언론사 정년이 올해부터는 60세로 조정됐지만 별로 괘념치 않는다. 선택의 문제이기 때문이다. 애사심을 자제해달라는 묘한 주문을 지킬 수도 어길 수도 없는 묘한 딜레마에 빠져 있다. 사회를 향해 온갖 비판과 지적을 하며 사는 게 생명인 언론인이 주변 부조리조차 못 본 척하고 자기 관리, 자기 절제를 못한다면 그것이 어찌 언론인이겠는가.

얼마 남지 않은 언론인 생활을 부끄럽지 않게 잘 마무리하는 게 소박한 바람이다. 애사심을 절제하지 못한 게 죄라면 언제든 달게 받겠다. 사회생활을 처음 시작할 때 먹었던 다짐이 새삼 떠오른다.

'생각한 대로 살지 않으면 산 대로만 생각하게 되리라.'

창작발레 '심청'에 대한 단상(斷想)

조형국

20 16년 6월, 어김없이 '심청'은 나에게 손짓했다. 예술의전당 오페라극장에서 공연된 유니버설발레단의 창작발레 '심청'. "창작 30주년, 동양의 아름다움을 담은 발레. 눈부신 감성을 입다" 공연 포스터에 새겨진 이 문구는 철학을 전공한 나에게 '지구촌시대와 문화콘텐츠', '한국문화의 세계화' 라는 화두를 다시 일깨웠다.

유니버설발레단의 창작발레 '심청'은 서양의 이러저러한 발레 작품의 스토리를 재연하는 차원이 아닌 한국 문화와 역사 속에서 잉태된 우리의 '효(孝)' 이야기의 대명사인 '심청'을 몸으로 그리고 있는 작품이다. '심청' 공연은 성황리에 막을 내렸다. 예술의 순기능이 그렇듯이

조형국 _ 선문대학교와 한국외국어대학교 대학원에서 신학과 철학을 공부했다. 철학박사. 한국외대 교양학부 강사와 선문대 문화콘텐츠학과 교수를 역임했다. (사)남북통일운동국민연합 통일연구소 부소장에 이어 세계일보사에 근무하고 있다. 저서로는 박사논문을 다듬은 《하이데거의 삶의 해석학》(채륜, 2009)과 《하이데거의 철학 읽기: 일상/ 기술/ 無의 사건》(누미노제, 2010), 심정체휼 에세이 《심징사유의 숲길》(예나루, 2011) 등이 있다. 논문으로는 'M. 하이데거: 일상의 발견(《존재와 시간》에 나타난 현존재의 일상성과 결단성에 대한 분석을 바탕으로)', '현존재와 염려 그리고 이야기', '하이데거의 無의 사건론(현존재의 무경험과 거주함은 무엇을 뜻하는가)' 등이 있다.

'심청' 공연 역시 나의 감정을 순화시켜 주고 마음을 따뜻하게 해 주었다. 그리고 남자 무용수들의 집단 군무를 볼 때면 어떤 내면의 힘찬 박동을 느낄 수 있었다. 아마 그 무용수들이 가지고 있는 내면의 에너지가 몸으로 표현되고 그것을 느끼는 내가 자연스럽게 감응한 카타르시스일 것이다. 이런 것이 바로 예술이 갖는 힘이 아닐까. 예술가가 지니고 있는 생각이나 감정이 전달되어 상대의 마음을 움직이는 것 말이다. 그래서 예술은 일상을 넘어선 어떤 사태를 보게 하고 느끼게 만든다. 우리가 바쁜 일상생활에 빠져 미처 느끼지 못하고 깨닫지 못하던 사태에 대해 새롭게 일깨우는 행위가 바로 예술 창작일 것이다. 2016년, 유니버설발레단의 '심청' 공연은 이런 의미에서 나에게 많은 감동과 일깨움을 주었다.

특정한 예술작품뿐만 아니라 삶의 다양한 문제들 역시 우리가 어떤 눈을 가졌느냐에 따라 다시 말해, 어떤 문제의식을 가지고 보느냐에 따라 그 의미와 지평이 달라질 것이다. 특별히 서양철학을 공부하고, 서양문명과 철학의 특성과 한계를 밝히고 21세기를 위한 새로운 삶의 가치관을 모색하고자 하는 나의 눈에 비친 창작발레 '심청'은 그야말로

나의 고민거리, 문제의식을 앞서 예술적으로 승화시켜 보여주고 있었다. 이것이 이 글의 제목을 '창작발레 심청에 대한 단상'으로 정한 이유이다. 나는 여기서 작품의 줄거리를 설명한다거나 발레의 테크닉에 대해 이야기하기보다는 창작발레 '심청' 공연이 오늘날과 같은 지구촌 시대, 다문화시대를 살고 있는 우리들에게 어떠한

시대적 의미를 던지는가에 대해 생각해 보고자 한다.

창작발레 '심청'은 한국에서만 공연된 것이 아니다. 30년의 역사를 지내오는 동안 미국 워싱턴 케네디센터, 뉴욕 링컨센터 그리고 로스앤젤레스 뮤직센터 등 미국과 유럽을 비롯한 세계 각지에서 성황리에 공연을 해 왔다. 그런데 이러한 스토리에 낯설기만 할 서양인들이 이 '심청'을 보고 대부분 감동의 눈물을 흘렸다고 한다. 서양인이 아닌 동양인 그것도 한국인들이 자기들의 삶의 이야기를 새롭게 콘텐츠화한 작품 '심청'. 한국인들의 삶, 가족문화 속에서의 효 이야기를 춤으로 형상화한 작품을 보고 서양인들이 감동을 받았다는 것이다. 춤의 기교, 화려한 무대 의상에서 뿐만 아니라 특히 작품 이야기에 많은 감동을 받는다는 것이다. 심청이라는 효 이야기는 사실 서양인들의 문화적 맥락, 그들의 생활세계에서는 좀처럼 접하기 어려운 스토리이다.

'심청' 작품은 한국인들의 독특한 가족문화에서 나올 수 있는 이야기이다. 거기에는 우리의 역사, 정서, 감정이 배여 있다. 바로 그 우리들의 이야기를 발레라는 옷을 입혀 서양에 가서 선보인 것이다. 가족·가정에 대한 그들의 눈을 바꾼 것이다. 이것이야말로 한국인들의 예술적 혼의 작열이며 예술적 진리 사건이 아니고 무엇일까. 철학을 공부하고 있는 나에게는 이 점이 가장 인상 깊은 대목이다. 세계 속의 한국, 세계 속의 한국인의 갈 길을 보여준 것이다. 삶의 위로와 말로 표현할 수 없는 자신감을 얻었다.

오늘날 한국의 인문학계, 철학계에 '우리말로 학문하기 모임'이 있다. 이 모임의 초대회장이었던 이기상 교수(한국외대 철학과)는 이 모임의 취지를 다음과 같이 말한 적이 있다. "비록 '한국철학'이 아직 숙성이 덜 된 상태이기는 하지만, 2008년 세계철학대회를 한반도에서 개최하면서 남의 철학만을 소개하고 있을 수만은 없는 실정 아닌가! 그동안 국제적인 석학들이 이 한반도에 찾아와 전문 학술 강연을 하면서 이 땅 5,000년의 찬란한 문화유산에 대해 찬사를 아끼지 않았다. 이제 그 문화유산에 걸맞은 사상과 철학을 이론화하고 체계화해 세계인들에게 소개할 때가 되었다. 그래서 지구촌 시대가 맞닥뜨리고 있는 인류의 문제에 한국의 철학자들도 해결책을 제시할 수 있는 수준에 이르렀음을 보여주어야 할 시점이다."(우리사상연구소 엮음, 《우리말 철학사전5》, 지식산업사, 9쪽)

지금은 구연상 교수(숙명여대 기초교양학부)가 그 뜻을 이어 회장직을 수행하고 있다.

언제부터인가 우리나라에서 '철학한다'고 하면 대부분의 사람들은 동양철학이나 서양철학을 전공하는 것으로 생각한다. 그리고는 특히 동양철학을 전공한다고 하면 사주나 관상을 봐 달라고 청하기도 한다. 심지어 손금을 봐 달라고 청하는 사람도 있다. 한국 사회에서 철학 이해의 분위기가 그렇다.

그런데 또 한 가지 특이한 점, 동양철학을 하는 사람들은 한자(漢字)로 된 중국의 고전(논어, 맹자 등)을 줄줄 읽을 줄 알고, 서양철학을 하는 사람들은 자기가 전공하는 철학자의 텍스트(일명 원전)를 읽을 줄 아는 것으로 '철학한다'고 여기는 경향에 머물러 있다. 사실 이러한 행위는 철학을 하는 것이 아니라 그 나라 언어를 배우는 것이다. 만약 어떤 사람이 하이데거를 전공한다면 독일어를 배우는데 많은 시간을 보내느라 정작 자신의 철학함, 주체적 생각하기의 힘은 부실한 경우가 많다는 것이다. 요즘 한국에서 유행하고 있는 프랑스 철학자 자크 데리다(Jacques Derrida)나 질 들뢰즈(Gilles Deleuze)의 철학을 전공한다면 프랑스어 배우는 데 많은 시간을 할애해야 해서 그런지 몰라도 역시 주체적 입장에서 데리다나 들뢰즈에 대한 비판적 읽기는 약하다.

우리나라 많은 철학회의 분위기는 철학 세미나를 하는 것이 아니라 마치 어떤 특정한 철학자를 떠받드는 분위기가 농후하다. 그 동안 우리나라에서 철학을 하거나 사상을 공부한다는 사람들이 대부분 이런 경우가 많았기 때문에―이것은 한국 인문학계의 구조적인 폐단이기도 하지만―우리들이 이 땅에서 살아가면서 부딪치는 '지금', '여기'에서의 문제에 대한 절박한 상황들에 대해서는 답을 제대로 주지 못하는 게 아닐까. 이 땅에서의 정치문제, 양극화문제, 인권문제, 통일문제 등에 대해 스스로 생각하고 공적 토론을 거쳐 우리 사회의 문제에 대한 담론을 두텁게 만들어가지 못하고 있다.

스스로, 주체적으로 만들어가지 못하니 자꾸 남에게 기댄다. 미국의 유명한 학자, 독일의 잘 나가는 사회학자, 프랑스의 이름 날리는 철학자 등을 들먹이며 그들의 생각의 결과들로 우리 삶의 문제에 대한 답이라고 전해 주는 경우가 많다.

대표적인 사례로 우리 사회에서의 교육문제를 들 수 있다. 우리나라의 사정과 여건에 맞는 교육제도와 교육행정 및 교육과정을 개발해야 함에도 대부분의 교육정책을 담당하는 고위 공무원들은 '지금 미국에서는 뭐가 유행하지?', '선진 유럽에서는 아이들 교육을 어떻게 하고 있지?' 하며 자꾸 남에게 눈을 돌리고, 남들이 고민해서 내놓은 교육철학과 정책들을 대안이랍시고 내놓는다. 그러니 우리의 교육정책은 계속 헛돌고 청소년들은 자신들에게 맞지도 않는 교육정책에 맞추어 가는 로봇이 되어 가고 있다.

우리나라에도 적잖은 철학자나 사상가, 목사, 신부, 스님 등이 있고 많은 사람이 한편으로는 그들의 강론을 듣지만 다른 한편으로는 이런 생각을 하는 게 아닐까. "철학관에나 한 번 가볼까?" 철학관에 드나드는 사람들을 나무랄 것이 아니다. 자신의 문제, 우리의 삶의 문제에 대해 스스로 생각해서 풀어내려는 작업을 하지 못하는 우리 모두의 잘못인 것이다. 우리의 현실에 대해 스스로 생각하고 그 생각한 바를 우리말로 풀어내어 한 문제 한 문제에 대한 담론의 층을 쌓아갈 때 우리의 전통과 문화적 역량은 점차 확대될 것이다.

우리가 살아가는 오늘은 지구촌 시대다. 따라서 끊임없이 탈중심을 강요당하기도 하지만 그럼에도 불구하고 우리는 중심을 잡아야 한다. 이러한 21세기, 지구촌 시대의 최대 과제 중 하나는 상호주관의 시대, 다문화의 시대에 어떻게 평화롭게 공존할 수 있는가에 대한 답을 찾는 일일 것이다. 어느 한 사람, 한 곳만이 절대 중심이 아닌 다원주의 세상에서 소통과 공감의 시대를 열어가는 삶의 논리가 무엇인지 고민하는 일은 이제 우리 모두의 과제로 다가왔다. 세계화의 물결, 끊임없이 보편성의 이름하에 강요당하는 시대적 흐름 속에 살다 보니 다른 한편으로 '우리는 누구인가' 하는 정체성에 대한 물음이 절실해지는 것은 당연한 일일 것이다. 우리의 정체성에 대한 탐구. 그것은 우리의 이야기를 스스로 만들어가는 작업과 함께 가는 일이다. 이른바 이야기와 정체성.

우리들은 저마다 주어진 인생이라는 시간 속에서 자신의 이야기를 만들어가며 살아간다. 그러한 자신만의 이야기를 통해 우리는 삶의 주인공이 되는 것이다. 한국인들의 효 이야기를 새롭게 만들어 세계인들의 심금을 울린 유니버설발레단의 창작발레 '심청'은 한국인들이 지구촌 시대에 주인공이 되는 비결을 알려 주었다. 이 땅의 수많은 인문학자들보다 앞서 세계 속에 한국인이 되는 길을 보여주었다.

실패하는 경영자의 특성

주동담

'**실**패는 성공의 어머니'라는 격언이 있다. 또 '실패를 성공의 기회로 생각하라'고 여러 현자들은 당부한다. 옳은 말이다. 하지만 실패와 성공이라는 말을 여러 번 반복하여 되뇌어보면 자연스럽게 성공이라는 단어에 악센트를 두게 될 것이다. 이런 말들이 은연중에 풍기는 뉘앙스로 볼 때 원래의 의도와는 달리 실패 자체보다는 성공에 더 큰 가치를 부여하고 있다는 점을 스스로 인식하게 되는 것이다.

사실 이런 격언 때문에 저 높은 곳에 자리 잡은 그 어떤 성공의 모습이 자동적으로 연상된다면 우리는 더욱 초라해지고 괴로워질 수밖에 없다. '성공을 위한 실패'를 강조하는 이런 충고들은 '성공의 반대말이 실패'임을 더 각인시키고 성공과 실패 사이의 괴리를 더욱 크게 느

주동담(朱東淡) _ 40여 년간 언론인으로 종사하며, 시정일보사 대표, 시정신문 발행인 겸 회장, 시정방송 사장 등으로 재직. 서울시 시정자문위원, (사)민족통일촉진회 대변인 등을 거쳐, 현재 (사)전문신문협회 이사, (사)한국언론사협회 회장, (사)민족통일시민포럼 대표, (사)국제기독교언어문화연구원 이사, (사)대한민국건국회 감사, (사)나라사랑후원회 공동대표, 대한민국 국가유공자, 고려대 교우회 이사, 연세대 공학대학원 총동문회 부회장, ㈜코웰엔 대표이사 회장 등으로 활동.

끼도록 만든다. 그야말로 무엇인가를 달성해야 하는데 역시나 실패했다는 생각 때문에 절망감만 더욱 키우게 되는 것이다.

실패에 보다 현명하게 대처하는 방법은 실패 자체를 '성공을 위한 실패'가 아닌 '더 나은 실패'라고 인식하는 것이다. 성공과 실패를 별개의 것으로 떨어뜨려 놓고 실패로 하여 자신의 한계가 어디인지 알려주는 지표로 인식하는 자세가 필요하다.

"이번에도 실패했군. 그렇지만 저번 실패보다는 조금 나아졌으니 괜찮아"라고 생각하며, 다음에는 지금의 실패보다 더 나은 실패를 위해 달려 나간다면, 실패는 성공이 좌절된 것이 아니라, 좀 더 세련되게 실패할 줄 알아가는 과정이 된다. 긍정적인 사고방식으로 환치하여 자신의 인생을 좀 더 세련되게 만들어가는 방법으로 존재하며, 이로써 실패는 성공의 희생양이 아닌 것이다.

성공한 사람들의 인터뷰 기사나 자서전을 읽어보면 공통적인 성공 비결로 실패를 두려워하지 않았다는 내용으로 점철되어 있다. 물론 실패를 두려워하지 않고 도전을 했었기 때문에 현실적으로 오늘의 성공이 존재함은 이견의 여지가 없다. 그러나 오늘도 수백 수천 개의 크고 작은 기업들이 실패의 멍에를 짊어지고 문을 닫고 있음도 간과할 수 없는 엄연한 사실이다. 그리고 그들도 한때는 다른 사람들의 부러움을 받았던 성공한 사업가들이었음은 우리들에게 시사하는 바 매우 크다.

더군다나 한 사람의 실패는 그 개인으로 끝나지만 기업을 경영하는 리더의 실패는 자신뿐 아니라 그 기업과 관련된 많은 사람들, 크게는 업계나 사회에도 나쁜 영향을 미치게 된다. 따라서 기업인이 실패를 극도로 경계해야 함은 아무리 강조해도 지나치지 않다. 더욱이 지금처럼 업종간 경계가 모호하고 국가간에 FTA 체결로 국경도 허물어진 치열한 글로벌 경쟁시대에서는 한 번의 실패로 재기 불능에 빠질 가능성이 매우 높기 때문에 극도로 경계하여야 할 대상이다. 따라서 성공하겠다는 열망이 크다면 더 큰 실패는 하지 않겠다는 강한 의지를 갖춰야 한다.

　실패하는 경영자들의 첫 번째 특성은 자신의 능력을 과대평가하거나 매사를 지나치게 낙관적으로 생각하는 경향이 있다. 몇 번의 작은 성공을 연속으로 하다 보면 성공 과정의 냉철한 분석이나 객관적 평가에 앞서 스스로 뛰어난 경영자라 생각하거나 자신을 특별한 행운의 사나이라 믿게 된다. 이렇듯 우연과 필연의 냉정한 성찰을 생략한 결과는 무슨 일이든 자신이 하면 반드시 성공할 거라는 과도한 자신감으로 이어진다. 이런 자신감은 무리한 확장이나 알지도 못하는 분야로 사업 영역을 넓히면서 대부분 실패하는 경우가 많다.

　실패하는 경영자들의 두 번째 특성으로 새로운 사업에 도전하는 사업가들의 설명을 들어보면 은연중 경쟁사나 경쟁자를 과소평가하는 경향이 강하다. 물론 신규로 시장에 진입하는 후발주자로서 경쟁사의 약점을 파악해 승산이 있다고 판단할 수도 있다. 그러나 정보의 정확도나 객관성이 떨어지는 경우가 많음도 사실이어서 더욱 큰 오류는 실제로 눈에 보이는 자료보다 중요한 기업 조직의 경쟁력이나 경영자 개인의 능력을 깊이 생각하지 않고 과소평가한 것이다.

　회사의 핵심 경쟁력은 보통 보이지 않는 곳에 있으므로 외부에서 완벽하게 파악하기는 불가능하다. 회사를 떠나 같은 업종을 창업하는 직원들의 성공률이 낮거나 근무하던 회사보다 더 크지 못한 원인도 냉철히 살펴보면 자신보다 능력이 떨어진다고 판단한 오너의 머릿속 능력을 과소평가한 필연적인 결과일 뿐이다.

　여기서 다시 실패하는 경영자들의 세 번째 특성을 살펴보면 위기와 기회의 경계를 확실하게 정의하지 못하고 있다는 것이다. 기업은 일상적으로 고객을 확보하기 위한 아이디어를 내고 신제품 개발과 신규시장 진입을 위한 프로젝트를 진행한다. 모두 성공하면 좋겠지만 실패하는 경우도 자주 발생하게 되므로 자사에 적합한 위기와 기회의 경계를 명확히 설정해 프로젝트 실행 여부를 판단해야 한다.

예컨대 10억 원의 자본을 가지고 있는 A사가 B프로젝트에 투자했을 때 예상하는 이익이 투자대비 10배인 1,00억 원인데 성공 가능성이 90%라면 이것은 A사의 기회인지, 위기인지 생각에 따라 차이는 있겠으나 필자로서는 분명코 위기라 결론내리고 싶다. 도박을 업으로 하는 회사가 아닌 바에야 10% 실패의 가능성이 결코 낮은 것도 아닌 데다 한 번의 실패로 회사는 도산할 가능성이 매우 높기 때문이다. 그러나 자본이 30억 원 이상인 C사가 이 프로젝트를 진행한다면 이것은 분명 C사의 좋은 기회가 될 것으로 믿는다.

이렇듯 같은 상황에서도 자신의 능력과 환경에 따라 기회가 도리어 위기가 되기도 하고 반대의 경우로 바뀌는 게 자본주의 현실임을 냉정하게 직시해 능력에 맞는 선택을 하지 않으면 실패할 가능성은 언제나 존재한다.

기업은 하루도 도전을 멈출 수 없고 중단해서도 안 된다. 그러나 준비가 부족하거나 자신의 능력을 넘어선 싸움은 대부분 실패를 불러온다는 사실을 각성하여야 한다. 실패의 나락으로 떨어져 본 경험이 없는 사람은 그 쓴잔의 고통을 이해하지 못한다.

따라서 도전도 능히 감당할 수준에서 시도하는 게 옳다고 본다. 성공하겠다는 열망이 크다면 그 이상의 실패도 하지 않겠다는 강한 의지가 동시에 요구되는 시대다.

냉혹한 현실인식에서 보는 희망의 불빛

주호덕

요즘은 뜸하지만 과거 1970년대부터 인류 최대의 에너지원인 석유고갈에 대해서 전세계적인 공포의 루머가 난무하던 시절이 있었다. 석유를 매개로 강대국들이 세계 3차 대전을 일으킨다는 등, 천연자원의 무기화 운운했는데 3, 40년의 세월이 지난 현시점에서 한낱 기우에 불과한 지나친 과민반응이었다는 사실이다.

주호덕 _ 경기 수원 출생(1969년). 대불대학교 법학과, 한국방송통신대학 행정학과 등을 졸업하고, 경기대학교 대학원에서 정치법학 및 북한학을 전공하여 정치학박사학위 수위. LA이스턴 프라임 유니버스티 사회복지학(명예박사). 서울대학교 국제대학원 GLP 11기 등, 10여 대학교 특수과정 수료. 민주평통 자문위원, 사) 복지경제신문 부회장, 백두산문인협회 상임임원, 경기대학교 정치전문대학원 원우회 부회장, 한국방송통신대학 법학과 총동문회 부회장, 한양로타리3650지구 봉사회원, 대한민국 민생치안단 남부지부 자문위원, 국제경영원(IMI) 자문위원 등을 역임하고, 현재 아이러브 아프리카 봉사회원, 국제부동산연합회 국제이사, 사)한국무예진흥원 부총재, 한국청소년육성회 운영위원, 사) 4월회 자문위원, 자연보호연맹 중앙이사 등과 원아시아클럽, 고정회, 시마2080 포럼, 광화문포럼, 충정로포럼, 인간개발연구원, 국가안보포럼, 21C 거버넌스 등의 회원, 대한민국 나눔클럽 부회장, 서울대학교 총동문회 평생이사, 한국국제정치학회 평생회원 및 (주)미라클공영 대표이사, (주)제이에스부동산중개이사 등으로 활동하고 있다. 상훈으로는 주돈술 아버님 필순기념 착한 효자상, 국제평화언론대상, 보건복지부 장관상 대상, 대한민국 사회발전 공헌대상, 글로벌 자랑스런 세계인대상 등과 다수의 국회의원 표창에 10여 단체의 감사장 및 표창.

그런데 이런 종류의 세계와 인류의 미래에 대한 과민증상이나 비관론은 다양한 형태로 끊임없이 나타나고 있다. 우리가 잘 아는 것 중에 아마도 교과서에까지 실릴 정도로 잘 알려진 멜더스의 '인구론'이 있는데, 멜더스의 주장에 따르면 '지구상에서 인구는 기하급수적으로 증가하고 식량은 산술급수적으로 증가한다'고 하여 현 시점에서 지구는 사람으로 가득차서는 거의가 굶어 죽는 상황이어야 할 텐데 결코 그렇지 않다.

그 밖에도 그 유명한 로마클럽 보고서, 환경오염에 대한 경고, 지구 온난화, 물부족, 유전자 조작의 위험성, 더 나아가 자본주의 필망론 등 끊임없는 비관론이 생겨났다가 사라지기를 반복하며 지금도 계속되고 있다.

인류의 역사는 번영을 계속해 왔으며 앞으로도 계속 진화할 것인데 우리는 흔히 '옛날이 좋았지' 하며 근거 없는 복고적 감성에 빠지곤 한다. 사실 통나무집 화덕 주위에 식구들이 옹기종기 모여 앉아 담소를 나누며 감자를 구워먹는 모습을 연상해 볼 때 겉보기에는 매우 평화롭지만 그 옛날 실제의 삶은 얼마나 참혹했던가.

우리가 과거에 비해 얼마나 풍요롭고 안락한 생활을 하고 있는지, 현재 도시의 빈민층 노동자들조차도 과거 시대 귀족들이 누리던 삶의 질보다도 훨씬 나은 생활을 하고 있는 것이다.

그런데 인식의 차이란 것이 확연하게 다른 결과를 빚어내는데 실제로 미국에서 있었던 사례 하나를 들어 본다.

"끝까지 견디지 못하고 죽은 사람들은 누구였습니까?"

"아, 그건 간단하지요. 낙관주의자들이었습니다."

월남전에서 포로가 된 미군 중 최고위 계급이었던 짐 스탁데일 장군이 경영학의 대가로 이름을 떨치고 있는 짐 콜린스와 인터뷰에서 밝힌 답변이다.

그는 악명 높은 하노이 힐턴 수용소에서 미군 포로들의 부당한 대우에 투쟁하면서 8년간의 모진 고문을 견뎌내고 생환했다. 일반의 예상과 달리 의외의 대답인 그의 설명을 더 들어보자.

"낙관주의자들은 크리스마스까진 나갈 거야, 하고 기다리지만 크리스마스가 오고 또 갑니다. 그러면 그들은 다시 부활절까지는 나가게 될 거야, 라고 기대하다 다음에는 추수 감사절, 그리고 다시 크리스마스를 기다리다 실망한 나머지 상심해 죽는 사람들이 많았습니다. 이건 매우 중요한 교훈입니다. 결국에는 성공할 거라는 확신, 결단코 실패할 리 없다는 믿음을 갖되 그것이 무엇이든 눈앞에 닥친 현실 속의 가장 냉혹한 사실을 직시하는 규율들과 결코 혼동해서는 안 됩니다. 크리스마스까지 나가지 못할 수도 있다는 엄연한 현실을 인정하고 마음에 대비를 한 사람들이 살아남았습니다."

주위를 돌아보면 지금 우리는 온통 긍정의 바다에 빠져 있다 해도 과언이 아닐 정도로 낙관의 힘을 강조하는 출판물과 인터뷰 기사 등이 물결을 이룬다. 어려운 환경일수록 희망을 주는 메시지는 사람들에게 더욱 달콤한 음성으로 다가오기 때문일 것이다.

그러나 기업은 치열한 경쟁을 통해 생존하는 냉혹한 현실 속에 존재한다. 큰 기대를 가지고 시작했던 프로젝트가 실패하여 기업 전반에 걸쳐 위기에 봉착할 가능성도 있고, 믿었던 고객이 등을 돌리는 돌발 상황으로 차질이 생기는 경우도 적지 않다. 자신은 아무런 잘못이 없음에도 억울한 소송을 당하거나 질이 나쁜 고객을 만나 마음고생을 하게 되면 내일이라도 당장 사업을 접고 싶은 충동도 생길 것이나.

특히 요즘처럼 SNS가 일반화 된 환경에서 악의적인 의도를 가진 소비자가 인터넷에 일방적 비방을 하면, 그동안 성실하게 쌓아온 신용과 평판을 훼손당하는 경우도 발생한다. 거기다 익명의 가면 뒤에서 가학을 즐기는 새디스즘적 악플러들의 집단적 무차별 인신공격까지 받으면 심약한 사람에겐 극단적인 생각까지 들게 만드는 것이 작금의 현실이다.

지구상 전체 에너지의 양은 일정하다는 에너지 총량 불변의 법칙이 있듯이 비즈니스나 개인도 운수 총량의 법칙이 있다. 환경에 따라 다소 차이는 있겠으나 위에 열거했던 문제들은 어느 업체도 피할 수 없는 게 요즘 현실이다. 억울한 일을 당했을 때 까맣게 타들어 가는 마음은 자신의 건강도 해치고 의욕과 자신감까지 상실하게 하여 결과적으로 실패를 가져다 줄 뿐이다. 따라서 피할 수 없는 문제들이라면 기꺼이 즐기겠다는 전향적인 자세로 맞서야 한다.

삼성 이건희 회장은 취임 후 지금까지 끊임없이 회사가 위기에 직면해 있음을 강조하면서 임직원 모두 긴장할 것을 요구하고 있다. 빌 게이츠는 마이크로 소프트 회장 시절 인터뷰에서 3년 후 자기 회사가 어떻게 될지 장담할 수 없다는 비관적 얘기를 했었다. 인텔의 앤드류 그로브 또한 "걱정파가 살아남는다. 현재의 성공 뒤에 어떤 위협이 있는지 끊임없이 주시하는 태도를 가져야 한다"고 강조했다. 도요타 자동차는 상시 위기 경영으로 유명한 회사다. 심지어 사상 최대의 실적을 올렸던 해에도 위기에 대비해야 한다며 직원들 급료를 동결하고 보너스도 전년보다 적게 지급했었다.

누가 봐도 절대로 무너질 것 같지 않은 업계 최고의 회사를 경영하는 CEO들의 발언치고는 조금 과장됐거나 약간의 엄살기가 있다는 생각도 들 것이다. 혹자는 직원들 급료는 인색하게 지급하고 일은 많이 시키기 위한 꼼수라고 평가 절하하기도 하지만 결코 그 말에 동의할 일이 아니다. 현재의 성공에 자만하지 않고 끊임없이 대비하는 위기의식이 그들을 업계 일등으로 성장시키고 오랜 기간 동안 그 자리를 굳건하게 지키는 요소 중 하나임은 부인하기 어렵다.

드라마 '정도전'을 보던 중 다음과 같은 의미 있는 대사를 들은 바 있다.

"천하를 다스리는 자는 한 사람을 잘 다스리면 된다. 그 한 사람은 바로 자신이다."

그렇다. 내가 무너지면 모든 게 넘어진다. 경영자가 되려면 외부로부터 충격을 이겨낼 자신의 마음을 먼저 무장해야 한다. 남의 판단에 내 기분이 좌우되지 않고 자신만의 고유함을 유지하겠다는 배짱도 길러야 한다. 반드시 성공할 거라는 긍정적 확신과 함께 어려움도 대비하는 이성적 낙관주의 사고는 경영자가 가져야 할 중요한 마음가짐이다.

제**3**부

동아시아 시민성 함양

말은 중요한 소통의 수단

곽지술

1. 화술의 중요성

화술이란 글자 그대로 말하는 기술을 뜻한다. 사람들은 세상에 태어나서 죽는 날까지 계속 말을 하면서 살아간다. 대화에는 개인 대 개인의 대화도 있을 수 있고, 개인 대 대중, 대중 대 대중 등 그 말하는 대상이 제각각이다.

흔히들 교육수준이 높을수록 자신의 의사표현을 보다 구체적이고 개성 있게 표현한다고 하지만, 그 또한 자신이 가지고 있는 상황에 대해 의사표시를 얼마만큼 창의적이고 논리적으로 표현하는가에 따라 달라진다. 같은 말이라도 말하는 사람에 따라 그 전달되는 느낌이 전혀 다를 수 있기 때문이다.

많은 사람들 앞에서 하는 말도 결국은 일상적인 대화를 확대한 것에

곽지술 _ 경기도 평택에서 태어나 한양대에서 신문방송학을 전공하고 신문사 기자로 사회와 첫 대면을 시작했다. 늦은 나이에 농업인에 꿈을 꾸며 한국벤처농업대학을 졸업하기도 했다. 이후 톱데일리 편집국장, 보도본부장, 푸드타임스코리아 신문사 사장을 거쳐 현재는 한국정책방송원 KTV국민방송에서 국민기자로 활동하고 있다. 저서로는 《리더의 스피치》,《곽 기자가 말하는 세상과의 소통》 등이 있다.

불과한 것이다. 특히, 현대사회는 대화와 설득의 시대라고 특징되어질 만큼 발표력의 중요성을 강조하고 있다. 특히 요즈음 현대를 살아가는 사회인이라면 개인 대 개인의 대화도 중요하지만 그에 못지않게 대중을 상대로 하는 발표 등이 각 개인의 발전에 있어 크게 작용하고 있는 실정이다.

2. 자기표현의 중요성

피터 드러커는 "인간에게 있어서 가장 중요한 능력은 자기표현이며 현대의 경영이나 관리는 커뮤니케이션에 의해 좌우된다"라고 화술의 중요성에 대해 언급했으며 GE의 잭 웰치 전 회장이 후계자를 결정할 때 대중연설과 프레젠테이션 능력을 가장 중요시했다.

주주들을 설득하고 직원들에게 동기 부여를 할 수 있는 설득력이 중요하다고 본 것이다. 그렇게 선임된 제프리이멜트 현 회장은 잭 웰치만큼이나 화술이 좋은 것으로 유명하다.

미국 국립인간관계 연구소에 있는 제임스 벤더 소장이 미국의 톱 경영자 55명을 대상으로 조사한 것을 보자. "리더로서의 갖춰야 할 첫 번째 조건은 무엇이라고 생각하나?"라고 했을 때 55명중 54명이 스피치라고 했다. 그러면 나머지 한 명은 무엇이라고 했을까? 그 나머지 한 명은 글이라고 그마저도 2위로는 스피치라고 했다.

왜 최고 경영자들은 스피치에 연연해 할까?

경영자나 리더가 자기 조직원 하나 설득하지 못한다면 과연 무슨 일을 할 수 있을까? 스피치는 비단 경영자나 리더에게만 필요한 것이 아니다. 이 시대를 살아가는 모든 사람들에게 필요하다. 상대방이 듣고 믿게 할 수 있는 능력, 남에게 자신의 능력을 인정받을 수 있는 상황은 스피치를 통하여 일어난다고 해도 과언이 아니다.

3. 자기발전을 모색하려거든 스피치 능력부터 키워라!

화술 즉 스피치라 하면 대개는 대중연설을 먼저 떠올린다. 대중연설이 스피치의 중요한 요소인 것은 사실이다. 그러나 스피치란 대중연설만을 뜻하는 것은 아니다. 스피치는 어떤 상황에 주어진 목적에 따라 서로 대화하는 방법이다.

스피치는 대중연설을 포함해서, 각종 모임의 인사말이나 축사, 각종 프레젠테이션, 토론, 토의, 면접, 선거유세 등을 모두 포함하는 개념이다. 심지어 텔레비전에 출연한 연예인들도 스피치를 행하고 있다.

우리가 살고 있는 이 시대는 빠르게 급변화하는 정보화 사회이다. 정보화 사회에서 말은 곧 능력이다. 자신을 적극적으로 홍보하고 자신의 능력을 보여주려면 대화의 기법이 필요하다. 숙련된 대화의 기법을 연마해놓지 않으면 자신의 능력을 보여줄 기회가 그만큼 줄어들게 된다.

아무리 아는 것이 많은 교수라 해도 그것을 전달하는 방법이 미숙하면 무능한 교수가 되고 만다. 정치를 하려는 사람도 마찬가지다. 아무리 훌륭한 비전과 능력을 가지고 있다 하여도 선거언설 등을 통해서 제대로 알려줄 수 없다면 유권자들의 지지를 얻지 못하게 된다.

직장에서도 마찬가지다. 자신에게 맡겨진 일을 성실히 수행하고 열심히 한다고 해도 프레젠테이션에 주눅이 들어 더듬거리거나 제대로 말을 못하면 그는 자신의 능력을 인정받지 못한다. 능력을 인정받고 싶거나 자기 발전을 모색하려거든 스피치 능력부터 키워야 한다.

4. 말을 잘하는 사람이란 무엇일까?

① 말을 잘하는 사람

'말을 잘하는 사람' 이란 아무 말이나 거침없이 지껄이는 사람을 가리키는 것이 아니다. 말하고 싶은 내용을 상대방에게 확실하게 전달하고 귀 기울이게 하며, 커뮤니케이션을 심화시켜 갈 수 있는 사람을 일컬어 말을 잘하는 사람이다, 라고 할 수 있다.

현재 우리나라에서는 스피치학이나 화술론을 체계적으로 공부할 수 있는 전문 기관이 없다는 것이 매우 안타까운 현실이다. 그러나 실제 말하기 훈련을 통해 자신의 부단한 노력을 기울인다면 얼마든지 말을 잘할 수 있다. 말솜씨는 분명 자신의 노력으로 얼마든지 바꿀 수 있다.

평소의 잘못된 언어 습관을 고치고 항상 상대방의 입장에 서서 상대방의 말을 잘 들어줄 줄 아는 넓은 마음으로 자신의 말에 대한 연구와 분석을 해 나간다면 얼마든지 말을 잘할 수도 있다고 생각한다. 올바른 가치관으로 자신의 생각을 논리 정연하고 진실되게 말하는 사람, 말하기 전에 사전 준비를 철저하게 하는 사람, 꾸준하게 말하는데 필요한 어휘력을 기르는 사람. 이런 사람이 분명 말을 잘 하는 사람인 것이다.

② 스피치할 때의 올바른 자세
- 허리를 펴고 자세를 바르게 한다.
- 전체를 골고루 바라본다.
- 손은 살며시 모아 가볍게 쥐거나 옆으로 내린다.
- 어깨의 힘을 빼고 자연스럽게 선다.
- 다정하고 부드러운 표정을 짓는다.

③ 말할 때 지켜야 할 사항 4대 원칙
첫 번째, 여유를 갖고 말을 천천히 하라.

경험이 없는 사람이 단상에 오르게 되면 불안감이 고조되어 자신도 모르게 말이 빨라질 수 있다. 말이 빨라지면 듣는 청중들이 정확하게 알아들을 수 없다. 아무리 좋은 내용의 말이라도 상대방이 이해하지 못하면 좋은 연설이 될 수 없음을 누구나 잘 안다. 너무 느린 말도 청중들에게 지루함을 주어 좋지 않지만 너무 빠른 말 또한 청중들이 이해하기 힘들다. 침착하게 여유를 가지고 천천히 말하는 습관을 평소의 훈련을 통해 다듬어야 할 것이다.

두 번째, 큰 소리로 말하라.

목소리가 작으면 듣는 이로 하여금 자신감이 결여되어 있는 것 같은 오해를 받기 쉬우며 전달 효과 또한 적어진다. 또한 바쁜 현대사회에서 상대방으로 하여금 많은 에너지를 쓰게 하는 것은 신뢰감을 주는 데 있어서도 문제가 생긴다. 목소리가 작아서 평소에 걱정하는 사람들은 발음교정 10단계에 따라 연습하면 차츰 자신의 변화하는 모습을 볼 수 있을 것이다. 상황에 맞게 자신의 목소리를 조절할 줄 아는 것이 말하기에 가장 근본임을 명심하고 꾸준히 연습하길 바란다.

세 번째, 또박또박하게 발음하라.

말하는 내용을 분명하고 정확하게 전달하기 위해서는 또박또박 하게 말하는 습관을 길러야 한다. 아무리 좋은 목소리, 좋은 내용의 말이라 하더라도 말할 때 말이 흐려지거나 부정확하게 들린다면 자신의 의사를 제대로 전달할 수 없다. 평소에 한 자 한 자 또박또박하게 발음하는 것에 주의를 기울여야 한다.

네 번째, 띄어쓰기에 주의하라.

"아버지가방에들어가신다"의 경우 띄어쓰기를 잘못할 때 그 뜻이 아주 다르게 된다. "아버지가/ 방에/ 들어가신다."와 "아버지/ 가방에/ 들어가신다."로 그 전달되는 뜻이 확연히 구별되어진다.

* 피자헛/ 먹었습니다.

* 피자/ 헛먹었습니다.

＊그/ 아기강아지를 잘 키워야 할 텐데….
＊그 아기/ 강아지를 잘 키워야 할 텐데….

＊아줌마/ 파마 되요?
＊아줌마파마/ 되요?

＊군입대하는 황규가/ 울면서 떠나는 수정이를 배웅했다.
＊군입대하는 황규가 울면서/ 떠나는 수정이를 배웅했다.

위 예에서 알 수 있듯 어디에서, 어떻게 말을 띄어서 하느냐에 따라 그 내용은 물론 전달 효과도 엄청난 차이를 가져온다.

띄어쓰기는 평소 국어책 등으로 충분히 연습을 할 수 있다. 그런데 띄어쓰기뿐만 아니라 끊어 읽기 또한 매우 중요하다. 자신의 호흡을 지나치게 길게 한다든가, 아니면 지나치게 짧게 할 경우 듣는 사람이 힘들어 할 경우가 있다. 다만, 말을 하는 사람이 그 내용에 따라서 표현하기 쉽고 뜻에 맞게 적절히 끊어서 말하는 연습이 필요하다.

5. 왜 자신의 변화를 거부하는가?

인간에게 부여된 능력 중 가장 소중한 보물이 있으니 그것은 '말'이다. 고매한 인격과 지식을 갖고 있으면서도 대중 또는 중요한 화합의 자리에서 얼굴이 붉어지고, 가슴이 뛰며 다리가 후들후들 떨려 말문이 막히는 현상으로 인해 타인으로부터 그 재능을 인정받지 못하는 경우가 종종 있다. 현대사회는 훌륭하게 말할 수 있는 사람을 요구하고 있다. 따라서 훌륭하게 말할 수 있는 사람만이 주위로부터 인정을 받을 수 있고 자신의 삶을 풍요롭게 채색할 수 있다. 요컨대 '스피치 교육'

이란 특별한 재능이나 적성을 필요로 하는 것이 아니다. 누구나 수영을 배우면 수영을 할 수 있듯이 강도 높은 훈련과 지속적인 관심을 갖고 반복된 훈련과 연습을 한다면 교육에 의해서 명연사가 될 수 있다.

6. 변화를 두려워하지 말라

사람은 누구나 자신이 지금까지 살아오면서 굳어진 습관이나 버릇을 고치기 힘들다.

첫 번째 사례. 학교나 직장이 가까운 사람일수록 지각을 더 자주하는 경우를 많이 본다. 10분만 일찍 일어나면 여유롭게 출근할 수 있는데 5분만 더, 5분만 더 하다가 결국 지각을 하게 된다.

두 번째 사례. 직장동료나 친구들과 술자리를 할 때, '오늘은 간단히 한잔만 하고 들어가야지' 하고 마음을 먹지만 막상 자리를 하게 되면 2차, 3차를 외치게 되고 결국 다음날 계획했던 것을 못 할 때가 종종 있다.

위에서 언급한 내용을 보자.

첫 번째 사례의 경우 자신을 위해서 나태하고 게으른 것을 벗어 던져야 한다. '5분만 더' 이것만 안 한다면 자신의 인생이 바뀐다고 생각하라. 그러면 오랜 습관을 버릴 수 있을 것이다.

두 번째 사례의 경우 자신이 다음날 아침에 중요한 일을 해야만 한다는 생각으로 과감하게 1차에서 끝내고 일어서야 한다. 이것은 의지의 문제이다. 이런 자은 습관부터 고쳐나가는 것이 자신을 바꾸는데 가장 기초가 된다는 생각을 잊지 말기 바란다.

① 말도 마찬가지이다

나 자신이 표현하고자 하는 것을 정확하게 표현하지 못하면 그 사람은 낙오될 확률이 그만큼 크게 될 것이다. 자신이 말주변이 없다고, 혹은 다른 사람만큼 표현력이 없다고 자포자기해 버리면 결코 발전은 없게 될 것이다.

가나다라…부터 한 자 한 자 또박또박 연습하는 길만이 자신의 말을 변화시킬 수 있는 가장 좋은 방법임을 명심하고 꾸준히 자신의 말을 변화시켜야 한다. 그래야 성격도 변하고, 인생도 변할 수 있다.

② 변화를 즐겨라

매사 모든 일에 소극적이고, 자격지심에 사로잡혀 어떤 일이건 부정적으로 생각하는 경향이 있으면, 때로는 공격적으로 변하여 사소한 일에도 화를 내는 경우가 많다. 자기 삶을 성공적으로 이끈 사람들은 끈기와 식지 않는 열정 속에서 두려움을 극복하고 자신을 변화시킨 덕분에 성공한 사람들의 사례가 많다. 자신의 변화를 두려워하는 사람은 자신을 변화시키는 데 들어가는 노력을 거의 하지 않는다. 그리고 변화되지 못한 사람들은 변화하지 못한 것에 대한 변명을 늘어놓는다.

대부분의 사람들은 결과물에 대한 답이 빨리 나오기를 기다린다. 당장 어떤 성과가 나오지 않으면 회의를 품고, 초조해하며 실패에 대한 두려움이 엄습해서 견디기 힘들어한다. 그러나 이것도 성격 급한 사람이 가장 먼저 빼드는 변명의 카드다. 자신의 급한 성미를 탓하기보다, 자신이 변화하려는 노력이 부족했던 것은 아닌지를 먼저 살펴보아야 한다. 성공한 사람은 변화에 저항하기보다는 변화의 급류에 나를 맡기고 이제까지 해 보지 않은 일이라도 즐겁게 나를 거기에 맞출 준비가 되어 있다. 그렇기에 변화를 할 수 있었고, 성공을 할 수 있었던 것이다. 변화를 사랑하는 사람은 두려움도 없다. 변화를 즐기는 사람은 무엇이든 받아들일 자세도 열려 있다.

변화를 두려워 말라. 변화는 변화를 즐길 준비가 되어 있어야 변화할 수 있다. 변화라는 모험과 도전에 나를 맡길 때 내 삶은 새롭게 리모델링될 수 있다.

7. 변화하려면 값을 치러라

변화하려면 지금까지 살아오면서 가지고 있던 좋지 못한 달콤한 습관들을 과감히 던져버려야 한다. 그것이 변화에 대한 대가다.

내가 편하다고 생각했던 것들을 벗어 버려야 한다. 나를 편하게 했던 것, 나를 게으르게 했던 것, 내가 좋아하는 것들까지도 포기해야 할지 모른다. 포기하지 못하고 변화하겠다는 생각은 애초부터 불가능한 일이다. 아침에 지각하는 사람들은 '5분만 더'를 포기해야 하고 아침에 중요한 일을 해야 하는 사람은 술자리에서 2차 3차를 포기해야 한다. 살이 많이 쪄서 고민하는 사람은 맛있는 음식을 포기해야 하고, 운동부족으로 힘든 사람들은 시간을 쪼개서라도 운동을 해야 하므로 잠을 줄여가며, 발에 땀이 나오도록 뛰는 대가를 치러야 한다.

남 앞에서 말을 잘 못하는 사람들은 말을 잘하기 위해서 마음 속에 가지고 있던 창피함을 포기해야 하고, 더불어 말을 잘하기 위하여 노력하는 시간을 감수해야 한다. 해 보지도 않고 실패의 두려움에 움츠러들면 아무것도 할 수 없다. "그래, 실패하면 좀 어때? 또 다시 하지 뭐!" 하는 마음을 가지고 적극적으로 움직이는 자세가 필요하다. 이러한 자세의 변화는 필연적으로 행동의 변화를 낳는다.

한두 번 실패하지 않고 바로 변한다는 것은 매우 힘들다. 한두 번 실패하더라도 적극적으로 다시 변화를 시도하다 보면 자신도 모르는 사이에 발전된 자신의 모습을 보게 될 것이다. 모든 변화에는 달콤한 것을 포기해야 하는 대가가 반드시 필요하다. 포기하는 과정 속에서 나의 삶은 새로운 모습으로 다시 태어날 수 있다.

8. 독수리의 창조적 파괴

독수리는 새롭게 거듭나기 위해서 자신의 목숨을 걸고 자기 혁신을 한다. 독수리는 지구상에서 가장 오래 사는 새다. 70년까지 살 수 있다. 그러나 70년을 살기 위해서는 40살 정도 이르렀을 때 신중하고도 어려운 결정을 해야만 한다. 마흔 살 정도가 되면 발톱이 안으로 굽어진 채로 굳어져서 먹이를 잡기조차 어려워진다. 길고 날카로운 부리는 독수리의 가슴 쪽으로 굽어져 가슴 쪽으로 파고든다. 날개는 약해지고 무거워지며 깃털들은 두꺼워진다. 날아다니는 것이 견디기 어려운 짐이 된다. 이 때 독수리는 두 가지 중 한 가지를 선택하여야 한다. 그냥 1년쯤 더 살다가 죽든지, 아니면 고통스러운 변신의 과정을 통하여 완전히 새롭게 거듭 태어나면 30년을 더 살게 된다.

결단한 독수리는 환골탈태를 하기 위해 아주 긴 150일 동안 고통의 날들을 보내야 한다. 산꼭대기에 올라가서 절벽 끝에 둥지를 틀고 전혀 날지 않고 둥지 안에 머물러 있으면서 자신의 부리가 없어질 때까지 바위에 대고 처절하게 치고 으깨어 자신의 부리를 뽑는다.

새로운 부리가 날 때까지 오랜 시간을 기다린 후에, 그 자리에 날카로운 새부리가 돋아나면 그 부리를 가지고 고통을 이겨내며 발톱을 하나하나 뽑아낸다. 새로운 발톱이 다 자라나면 이제는 낡은 깃털을 뽑아낸다. 독수리는 40살이 되면 새로운 부리, 새로운 발톱, 새로운 깃털이 생겨나 예전의 것은 전혀 찾아볼 수 없게 된다. 거듭남이란 이렇게 큰 고통이 따르게 되는 것이다.

독수리는 시기와 때를 안다. 바위 위에 앉아 이 고통스러운 시간이 지나가고 따뜻한 기류가 올 때까지 기다린다. 이렇게 5개월이 지나면 독수리의 새로운 비행이 시작되며 생명을 30년 연장할 수 있게 된다.

이러한 고통을 이겨낸 독수리는 지난 40년보다 더 원숙된 모습으로 새로운 부리, 새로운 발톱, 새로운 날개로 새 삶을 살아가게 된다. 그 고통은 새로운 삶을 위해 기쁜 마음으로 기꺼이 할 수 있는 가치 있는 일인 것이다.

9. 인간의 창조적 파괴

인간에게 있어서도 독수리의 창조적 파괴가 필요하다. 나의 새로운 삶이란 누가 그냥 주는 것이 아니라 나 자신이 스스로 노력하는 과정에서 오는 것이다. 인간에게 있어서도 독수리와 같이 70년을 산다고 가정해 보자. 지금 나이가 20대, 30대, 40대 혹은 그 이상이라면, 지금까지 살아온 대로 나머지 인생을 살아가겠는가? 아니면 독수리의 창조적 변화처럼 나를 변화시켜 새로운 삶을 살아가겠는가?

독수리의 새로운 비행을 꿈꾸듯, 인간도 새로운 삶을 위해서는 고정관념의 부리와 깃털 그리고 날개를 과감히 벗어 버려야 한다.

내가 나 자신 안에 갇혀서 헤어 나오지 못한 것들….

내가 계획한 것들을 실천에 옮기지 못했던 것들….

오랜 습관으로 인해 고정관념이 되어버린 것들….

먹는 것, 입는 것, 보는 것, 말하는 것, 아는 것, 이 모든 것들. 이제는 새로운 비행 날갯짓을 위해서 하나하나 털어버리고 새로운 것들에게로 다가가야 한다. 새롭게 사는 삶에는 잠시 동안 자신이 스스로 묶어두었던 모든 것에서 손을 떼고 독수리와 같이 날개를 펴고 날기 전에 새롭게 되는 고통스러운 고정관념을 벗는 시간이 필요하다.

우리는 흔히들 작심3일이란 말을 많이 쓴다. 그 3일 동안은 우리는 창조적 파괴를 하려고 힘을 쓴다. 그러나 바로 포기하게 되는 경우가 허다하다. 미물인 독수리도 150일을 참고 견뎌내어 새로운 삶을 찾아가는데, 만물의 영장인 인간이 이 고통을 외면한다면 자신의 삶은 영원히 바꿀 수 없게 될 것이다.

변화에는 고통이 따르게 된다. 독수리처럼 우리도 자신의 목숨을 걸고 준비한다는 자세로 변화를 시도한다면 불가능이란 없을 것이다. 기회는 누구에게나 주어지지만, 자신을 변화시키고 노력하는 자만이 그 기회를 잡을 수 있다는 것을 우리는 명심하여야 한다.

10. 성격을 개선은 마음으로부터 온다.

인간은 사회적인 존재라고 한다. 우리가 현재 살아가고 있는 세상은 태어나서 유아원, 유치원에 들어가고, 초등학교부터 시작해 사회에 나아가기까지 모든 분야에서 자기 혼자 힘만으로 해결되고 이루어질 수 있는 일은 거의 없다. 부모님, 친구, 선·후배, 선생님, 직장동료, 상사든 간에 서로에게 협력이 절대적으로 필요한 것이다. 스스로 혼자서 모든 것을 해결하려는 발상은 금지되어야 한다. 자신의 목적을 이루는 데에는 반드시 주변 사람들의 도움이 필요한 것이다.

우리는 이 어렵고 힘든 혼자만의 싸움에서 이제는 벗어나려 노력해야 한다. 인간이 인간 사회에서 고립된다는 것은 혼자서 모든 것을 해결해야 되는 것이기에 스스로 자신감을 잃을 수 있으며, 자칫하면 스스로 무너져 일어나기 힘든 지경으로 가버릴 수도 있다. 우리는 미연의 방지 차원이 아니라 자신의 발전 차원에서 성격을 다시 한 번 되짚어봐야 할 것이다. 혼자의 힘만으로 세상이 뜻대로 된다면 좋은 성격, 좋은 대인 관계는 따질 가치도 없게 된다. 그러나 내가 살고 있는 현실은 절대 그렇지를 못하다. 직장이나 사회에서의 적응하기 힘든 성격은 인생마저 겉돌게 할 수도 있다. 특히 자신의 성격이 스스로 판단했을 때 무언가 문제 있다든가 부족하다고 느끼게 되면, 자신의 성격을 바꾸는 데 주저함이 있어서는 안 된다.

자신을 변화시킬 수 있는 자만이 자신의 능력을 마음껏 발휘하고 복잡한 경쟁 사회에서 살아남는 다는 점을 명심해야 한다.

11. 열등감

열등감에는 크게 다섯 가지 유형이 있다.

첫 번째, 신체적인 것 : 기형이나 병, 사고 등에 의한 장애나 외모 등에 의한 콤플렉스 등

두 번째, 정신적인 것 : 학교성적, 일을 못한다, 능력이 없다, 성격 등

세 번째, 사회적인 것 : 인종이나 신분에 의한 차별, 언어 · 빈곤 · 왼손잡이 등

네 번째, 실패의 경험 : 어떤 일을 하는데 반복적으로 실패를 하게 되어 '나는 안 돼' 라는 강박관념에 빠져 열등감으로 되는 경우

마지막으로 별다른 원인 없이 열등감이 주기적으로 나타나는 경우가 있는데 이때는 우울증인 경우가 많다.

미국의 심리학자 맥츠웰 말츠 박사는 "세상 사람들 중 적어도 95%는 열등감을 느끼고 있다"고 한다. 열등감을 느끼는 크기의 정도에 차이가 있을 뿐 거의 모든 사람들이 열등감을 가지고 살아간다고 봐도 과언이 아니다. 열등감은 자기 자신이 다른 사람에 비해 뒤떨어져 있다고 생각하는 점이 무엇인지 그 이유를 찾아내야 해결방법을 강구할 수 있다.

첫 번째는 열등감은 자신의 신체 등에 대하여 비교의식 때문에 확대 해석하거나 과장해서 열등감에 빠지게 되는 것이다.

두 번째는 능력 때문이다. 사람에게는 모두 똑같은 영역에 같은 능력

이 있는 것이 아니다. 서로 다른 분야에서 출중한 능력을 드러내는 것이다. 선천적으로든, 후천적으로 노력을 해서든 낮은 능력 때문에 주변 사람들을 회피하고 열등감을 느낄 수 있다.

세 번째는 사회, 경제적 요인이다. 학력이나 인종, 신분 등에 의한 차별, 그리고 사회적으로 잘 받아들여지지 않는 습관이나 상태로 열등감을 느낄 수 있다.

네 번째 이유로는 실패의 경험이라고 볼 수 있다. 어떤 일이든 반복해서 실수 혹은 실패를 하게 되면 자연스럽게 '나는 안 돼' 라는 생각을 가지게 되며 이러한 일이 계속 일어난다면 될 수 있는 일, 할 수 있는 일도 꺼리게 되고 결국은 자기비하와 열등감으로 나타나게 된다.

네 가지 이유 모두 다른 누군가와의 비교로 나타나게 된다. 인간은 자기 자신을 다른 누군가와 비교해서 비교우위, 혹은 같은 입장에 있을 경우 기뻐하고 안도하지만, 비교열위에 있을 경우 아무리 활기차고 낙천적인 사람이라도 열등감을 느끼게 된다.

스스로 못 느낀다 하더라도 주위사람들의 언행 때문에 느낄 수 있고, 그 열등감이 깊어질 수 있다. 어느 정도의 열등감은 필요하다고 볼 수 있지만 심한 열등감은 우울증으로 번질 수 있고 끊임없는 자기비하와 사회성의 결여현상도 나타날 수 있다. 물론 이러한 열등감을 해소시킬 수 있는 방법은 존재한다.

먼저 자기 자신에 대한 객관적인 이해가 선행되어야 한다. 열등감에 깊이 빠져 있는 사람은 자기 자신은 무얼 해도 안 되는 사람이라고 생각하기 때문에 자기 자신을 객관적으로 바라볼 수 없다. 자기 자신을 객관적으로 바라본 다음 열등감의 원인을 찾아볼 필요가 있다. 열등감은 자신감이 없어서 나온다거나, 자신감이라는 말과 반대말은 아니다.

능력은 전혀 없는데 자신감만 넘치는 사람보다는 자신의 능력을 과소평가하지 않고 자신을 객관적으로 바라보는 자세가 필요하다. 분명 열등감은 자신에게 있어서 안 좋은 문제로 받아들이기 쉽다. 하지만 열등감을 자신의 단점을 극복할 수 있는 계기로 삼는다면 보다 나은 미래를 설계하는 데 도움이 될 수 있다는 점 또한 간과할 수 없다.

12. 목소리 떨림증

평소에는 괜찮은데 사람들 앞에 서면 목소리가 불안정해지면서 떨림 현상을 일으키는 사람들이 의외로 많다. 특히 평상시에는 말을 잘하다가 흥분한다든지 여러 명 앞에 서서 발표를 한다든지 할 때 이러한 목소리 떨림 현상이 심해지는 경우가 많다. 목소리 떨림 현상이 많아지면 자연스럽게 남 앞에 나가서 발표하기를 꺼리게 되고 자신감이 없어지며, 대인공포증이나 소심증까지 유발할 수 있다.

목소리가 떨리는 이유는 과도하게 긴장하거나 흥분하면 심장 박동 수가 빨라지고, 가슴이 두근거릴 뿐만 아니라 호흡이 불안정하기 때문이다. 목소리는 호흡을 원동력으로 하기 때문에, 호흡이 불안정해지면 목소리도 불안정해져 떨리거나 말문이 막히고 기어들어 가는 듯한 소리가 난다. ○○대학병원 음성언어를 연구하는 ○○○ 교수는 "일반인의 70~80% 가량은 특별한 상황에서 목소리가 떨린다"면서 "목소리 떨림이 다른 사람에 비해 심하더라도 평소 훈련을 통해 충분히 극복할 수 있다"는 연구사례를 발표했다.

크게 심호흡을 하고, 입술을 부르르 떠는 연습 등을 하여 혀와 입술을 이완시켜 성대를 부드럽게 풀어주는 것이 실전에서의 목소리가 과도하게 떨리는 것을 예방해 줄 수 있는 한 방법이다. 그리고 아, 이, 우, 에, 오를 크게 연습하면 입안에서 우물쭈물하는 것을 예방할 수 있다.

목소리 떨림증의 치료방법으로는 하루에 30분 가량 짧은 시를 감정을 넣어 큰 소리로 낭독하거나, 국어책을 또박또박 읽어나가는 것이 가장 효율적이다.

13. 목소리 떨림증 예방 발성호흡법

① 의자에 엉덩이를 집어넣고 허리를 펴고 바르게 앉아서 코로 숨을 들이마시고, 입으로 숨을 천천히 내쉰다.

② 서 있는 자세에서는 동일한 방법으로 호흡하되 흉부가 양 옆으로 확장되는 느낌을 갖는다.

③ 땅바닥에 배를 깔고 엎드린 뒤 동일한 방법으로 호흡한다. 숨을 쉬기 가장 힘든 자세로 폐활량을 높일 수 있다.

위 ①~③번까지의 자세를 몸에 무리가 가지 않도록 되풀이한다.

14. 안면홍조 공포

'많은 사람 앞에 서면 얼굴이 붉어지면서 말이 잘 안 나오고 말을 더듬게 된다.'

자기 가족 이외의 사람들 혹은 많은 사람 앞에 나갈 때, 때로는 특정한 인물과 만나거나 할 때 안색이 붉어지는 것을 안면홍조 공포증이라 한다. 이런 안면홍조 공포증의 경우 부담스러움에서 오는 심리현상으로 오는 경우가 많다. 예를 들면 이성의 경우라던가 연장자 또는 직장 상사 등과의 만남으로 오는 경우도 많다. 이와 같은 상황에서 일어나는 안면홍조는 정상인에게도 있는 생리적인 현상이지만, 안면홍조 공포증의 환자는 자기의 신경질적인 성격 때문이라는 것에 사로잡혀서 안면홍조를 더욱 유발시키는 악순환을 만든다.

안면홍조 공포증의 경우 단순한 개인의 체질적 질환으로 예를 들어 이름만 불러도 얼굴이 빨개지는 현상으로 이런 경우에는 병원이나 한

의원 등에서 체질개선상담을 받는 것도 좋은 방법이다. 그리고 원인이 있어서 일어나는 안면홍조 공포증은 그 원인으로부터 탈출하는 것이 가장 중요하다.

보통 안면홍조 공포증은 학창시절에 특정 이유로 많이 생기는데 방치하게 되면 일상적인 생활에서도 얼굴이 붉어질 수 있다. 가벼운 안면홍조 공포증은 사람들을 자주 대하는 기회가 많아지면 사라질 수 있으며, 특히 말할 때 안면홍조 공포가 있는 경우에는 자신의 안면홍조 공포증을 부끄럽게 생각하여 덮어두고 숨기려 하지 말고 사람들과 자주 접촉하면서 얘기를 하다 보면 자연 치유될 수 있다.

15. 소심

한 심리학자는 소심한 사람들에 대해 이렇게 정의한다.

"소심한 사람이 불안해 하는 이유는 성취하고 싶고, 남보다 우월하고 가치 있는 존재가 되고 싶다는 욕구 때문이다. 이런 욕구가 긍정적으로 표출되면 열정이 된다. 그러나 소심한 사람들이 이런 욕구를 활용하지 못하고 그에 휘둘리면 더 소심한 사람이 된다."

컨설팅 기업 '마케팅 멘토'의 창립 일리스 베넌은 "소심함은 '겁이 많다'는 부정적 의미도 있지만 '조심성이 많다'는 긍정적 의미도 갖는다"고 하였다. 이 말은 최고를 가리는 차이는 바로 작은 것, '디테일'이다. 그렇다면 조심성이 많다는 것은 그 사람을 완벽하게 만들어주는 요인이 될 수 있다.

'일리스 베넌'은 뉴욕타임스 등에 소개될 정도로 성공한 여성 멘토다. 그 역시 소심함 때문에 일에서 늘 한계에 부딪혔고 그것을 극복해왔다. 소심함이란 정도의 차이가 있을 뿐 모든 사람이 다 가지고 있다. 다만, 소심함이라는 것에 얽매여 자신이 가진 잠재력을 표출하는 방법을 꺼내지 못하는 것이 소심증으로 변하는 것이다.

소심증은 '나는 안 돼', '내가 이렇게 하면 다른 사람들은 어떻게 생각할까?' 이러한 생각을 버리고, 자신을 인식하고 자신감을 가질 때 해결할 수 있다.

① 소심증을 버리기 위한 방법

자신을 남과 비교해서는 안 된다. '남들은 이러한데 나는 이러하다.' 즉, '남들은 잘하는데 나는 못한다.' 등의 비교는 상대적일 뿐이다. 나보다 못하는 사람이 얼마든지 있을 수 있고, 자신이 잘 한다고 생각하는 사람 중 상당수가 자신보다 못했었는데 스스로 노력에 의해서 잘 하는 경우도 많다. 자신을 남과 비교하지 말고 자신이 그 잘 하는 사람처럼 되기 위해 스스로 변화하는 자세가 바람직하다.

다른 사람의 평가를 두려워하지 말라 '내가 이런 행동을 하면 남들은 어떻게 생각할까?'

소심한 사람의 고통은 자신에 대한 다른 사람의 평가가 어떤지 모르는 상황에 처했을 때 비롯되는 경우가 많다. 어떤 결과가 나오든 그 행동에 대하여 평가가 나오게 되면 그 평가가 좋은 것이든 나쁜 것이든 상관이 없이 최소한 두려움에 대한 고통은 사라지게 된다.

다른 사람의 이목이 두려워 어떤 일을 행동으로 옮기는데 주저함이 있다면 이것은 스스로 당당하지 못한 것이다. 다른 사람의 평가를 두려워하여 행동하지 않게 되면, 결국 과감한 추진력과 이성이 마비되고, 두려움의 노예가 되어 아무것도 못하게 된다.

사람이란 어떠한 경우에도 완벽할 수는 없다. 더러는 실수를 하기도 하고, 더러는 성공을 하기도 한다. 실패하더라도 그 실패를 거울삼아 다음에 똑같은 실패를 하지 않으면 되는 것이다.

② 변하기 위한 계획을 세워 실천하라.

여러 사람들과 만난다든지, 남들과의 대화를 적극적으로 해 본다든지, 모르는 사람과 대화를 해 본다든지, 자신의 목소리를 크게 마음껏 질러 본다든지 등 자신이 할 수 있는 행동들을 계획하여 실천해 보면 또 다른 자신을 만날 수 있으며, 자신감을 회복하는 데 큰 도움이 될 수 있다. 사람은 하루 만에 사교성이 좋아질 수 없다. 꾸준한 준비와 노력이 필요하다.

16. 불안

불안해 할 필요가 없는 상황에서도 불안해 하거나 정도 이상으로 지나치게 나타나는 현상을 불안증이라 한다.

일반적으로 이 장애를 갖고 있는 사람들은 안절부절 못하고 짜증을 잘 내며 예민하다. 또 닥치지도 않을 위험을 걱정하고 최악의 사태만을 상상하는 경향이 있다. 신체적인 증상으로는 심박동 증가, 소화불량, 설사, 변비, 발한, 근육긴장으로 인한 두통, 불면증 등이 나타난다.

불안증이 발생하는 요인으로는 과거 어느 대상에게 느낀 공포심이 지속되는 경우, 과도한 정신적인 과민현상이 연속되어지는 경우, 긴장 상태의 지속으로 인한 경우, 지나친 강박관념을 가질 경우 등이 있다.

너무 지나칠 경우에는 병원에서 약물복용이나, 상담요법 또는 최면요법 등이 필요하다. 그러나 이러한 병원의 도움보다는 자신의 잘못된 생각이나 행동·습관을 고쳐 불안을 근본적으로 없애버리는 것이 더 좋은 치료법이라 할 수 있다. 불안증을 가지고 있는 경우 신체적으로 질환이 없다는 것을 자신이 확인하고 인지하여야 한다.

가까운 사람들과 상담 등을 통하여 본인이 의식하지 못하는 번민을 발견하여 그 번민을 제거하는 것이 가장 선결 문제라 할 수 있다.

불안하다고 하여 신체활동을 줄일 필요는 없다. 일상생활을 유지하는 것이 불안 극복에 도움이 된다. 불안은 회피할수록 오히려 더 심해지므로 불안해 하는 대상을 회피하지 말고 반복해서 접해 보는 것이 불안을 점차로 약화시킬 수 있다.

여러 사람과 대화하기가 불안한 경우나 단상에 서는 것이 불안한 경우 또한 마찬가지이다. 처음에는 불안하고 낯설지만 몇 번 하다 보면 자신도 모르는 사이에 자신감을 갖게 된다.

자신의 단점을 마냥 부끄러워 감추려고 하면 발전하기 힘들다. 자신의 단점을 스스로 인식하고 과감하게 변화시킬 수 있어야 보다 나은 삶을 살아갈 수 있다는 점을 잊지 말아야 하겠다.

17. 말더듬

어릴 적 내면에 쌓인 화를 드러내는 과정에서 주로 말더듬현상이 나타난다. 매 맞는 아이 중 말더듬이가 많다는 조사도 있다. 이것이 '자극 반작용'으로 고착화돼 성장한 후에도 스트레스를 받거나 긴장하면 말을 더듬게 되는 경우가 발생한다. 어릴 적엔 부모가 조금만 신경을 써도 말더듬을 고칠 수 있지만 성인이 되어서도 말더듬이 심한 경우는 치료를 받거나 주위의 도움을 받아 자신의 적극적 노력으로 해결해야 한다.

성인이 되어서도 말을 더듬는 경우에는 자신이 어느 정도 말을 더듬는지 검사하여 대처해 나가야 한다. 보통 한 달 이상 말더듬 현상이 지속되면 전문가와 상의한다든가 주위의 도움을 받아 빨리 고쳐야 한다. 말더듬은 단기간에 고치기 힘든 경우가 많다. 몇 주일 동안 고치려고 노력했는데 안 고쳐진다고 포기해서는 안 된다.

도움을 줄 수 있는 주위 사람들을 적극 활용한다. 만약 치료를 받게 된다면 치료사가 "내가 말하는 것을 들어보라. 나는 이제 치료방법을 알았으니 치료가 될 것이다"를 계속 말하며 치료하는 사람을 완전히 신뢰하고 믿고 따라야 한다. 이 방법은 암시치료법이라 하여 반복되는 암시를 통하여 자신감을 형성하는 것이다.

말더듬이 심할 경우에는 처음부터 말더듬을 한 번에 고치려 하지 말고, 천천히 반복된 훈련을 통하여 유창하게 말할 수 있을 때까지 반복 연습을 하는 것도 좋은 방법이 된다. 말을 더듬을 때 근육의 긴장을 줄이고 서둘러 말을 하지 않도록 하여야 한다. 이 경우 말을 더듬는 사람은 심리적인 부담을 줄일 수 있다. 그 다음에 "말을 더듬는 순간"을 수정하는 방법을 가르친다.

그 외에도 주위의 친지나 친구 등을 통하여 편안하게 말할 수 있는 분위기를 조성하여 급하지 않게 차분한 마음으로 말을 하게 되면 충분히 고칠 수 있다.

목소리의 높낮이를 변화시키는 방법으로는 자기의 정상적인 목소리(40~50도)의 높낮이보다 훨씬 높은 말소리(70 이상) 또는 낮은 목소리(30 이하)로 말을 한다든가, 노래하듯 말을 한다든가, 속삭임(10 정도)으로 말을 하는 등으로 말더듬을 줄이거나 없앨 수 있다. 목소리의 높낮이를 조절해서 말하는 것을 연습할 경우 보통 톤의 목소리 때와 달리 긴장을 하게 되고 자신의 목소리에 대해 신경을 쓰게 된다. 연습시 주의해야 할 점은 말을 될 수 있는 한 천천히 또박또박하게 해야 한다.

자기 최면법은 말을 더듬는 사람이 마음 속으로 또는 말을 통하여 "나는 말더듬을 극복하고 유창한 말을 할 수 있다"는 것을 무수히 반복하는 것이다. 모든 것은 자기 자신이 어떻게 생각하느냐 즉, 마음먹기에 달려있는 것이다.

박자 치료법은 시계의 똑딱거리는 소리 또는 박자에 맞추어 말을 하면 심하게 말을 더듬는 사람에게 큰 효과를 볼 수 있다. 이런 방법으로 말하는 것을 연습하면 말더듬이 급격히 감소하거나 완전히 없어질 수 있다. 이 경우 발로 박자를 조절하거나 엄지와 집게손가락을 서로 누르면서 매 음절을 발음해야 한다.

심리 상태를 바꾸어야 완전히 치료된다. 우선 말에 대한 "적극적인 태도"를 형성하고 말을 하기 어려운 여러 상황을 찾아내어 이들 상황에 직면하게 함으로써 말에 대한 공포심을 감소시켜야 한다. 말더듬의 경우 부정적인 심리와 태도를 고치지 않고는 치료가 어렵다. 부정적인 심리와 태도가 생기면 다시 말더듬이 재발할 수 있다.

만약 집에 말더듬는 아이가 있다면 아이에게 "말을 천천히 해라." "더듬지 말라"고 다그치면 안 된다. 그것은 "네가 지금 말을 더듬고 있다"는 메시지를 전달해 아이가 긴장하게 되어 더욱 말을 더듬게 될 수 있다. 아이가 지쳐 있거나 흥분했을 땐 말을 시키지 않는 것이 좋다. 아이에게는 짧은 문장을 천천히 또렷한 발음으로 말해야 한다. 부모가 자주 대화하는 것도 좋은 방법이다.

18. 목소리 교정

① 가는 목소리

말을 할 때에는 소리가 너무 가늘면 표현력이 약해져 자신이 전달하고자 하는 말을 정확하게 전달하기 힘들어진다. 가는 소리는 대개 여성에게서 많이 나타나지만 간혹 남성에게서도 나타난다. 특히 병상생활을 오래한 경우나 심약한 사람의 경우 종종 가는 소리를 내는 경우를 볼 수 있다. 가는 소리는 성대가 충분히 움직이지 않거나, 혀의 움직임이 적어 공명 기관에 울리지 않을 때 음정이 너무 높아 저음 공명기관이 제대로 작동되지 않을 때 주로 나타난다.

간혹 연설 중에 소리가 작다는 말을 듣는 경우 연사가 갑자기 높은 소리를 내는 경우를 종종 본다. 이때의 높은 소리는 목소리를 크게 한 것이 아니라 음계의 높이를 높였을 뿐이다. 목소리를 크게 한다는 것은 소리의 양을 강하고 힘차게 숨을 내뿜는 것이지 음계의 높이를 높이는 것이 아니다. 이런 경우 청중들의 반응은 그리 좋지 않게 나타난다.

가는 소리의 경우에는 그 해결법으로 소리의 울림을 증대시키는 연습을 하여야 한다. 울림의 증대를 위해서는 우선 음량이 아닌 음계의 높이(예를 들어 '솔'에서 '미'로)를 훨씬 낮추어 말하는 습관을 의도적으로 가져야 한다.

처음에는 음량이 약해지는 느낌이 들 수 있으나, 성대에 울림을 보낼 수 있으므로 가는 소리의 교정에 큰 도움이 될 수 있다.

② 목이 쉰 거친 소리

거친 목쉰 소리는 폐에서 보내온 호흡의 기운이 완전히 소리로 되지 못하고 공기의 일부가 성대를 슬쩍 지나는 경우나, 말을 할 때 후두의 근육을 긴장시켜 성대가 완전히 울리지 않을 경우 발생한다.

거친 목쉰 소리의 해결 방법으로는 성대를 완전히 울리게 하는 것을 연습하여야 한다. 목근육의 힘을 빼고 복식호흡을 하면서 작고 길게 모음 '아, 이, 우, 에, 오'를 발음하여 성대가 완전히 떨릴 수 있도록 연습을 하여야 한다. 처음에는 성대로 보내지는 풍압을 조금 작게 하다가 점차 풍압을 높이는 방법이 효과적이다. 이때 주의할 점은 성대에 무리가 가면 성대가 상할 수 있으니 너무 강한 풍압으로 성대에 무리를 가해서는 안 된다.

호흡의 기운이 제대로 완전히 소리로 되었는지의 여부는 촛불을 입

앞 약 20cm 거리에 두고 입을 크게 벌려 "아!"하고 소리를 내 보라. 촛불이 흔들리지 않으면 성대가 완전히 울려 호흡의 기운이 완전히 소리로 나타나게 된다.

19. 긍정적인 사고를 가져라

사람들은 각자 다른 생각을 하고 다른 행동을 한다. 성공한 사람들의 사고방식은 어떠할까? 긍정적인 사고방식일까? 아니면 부정적인 사고방식일까? 성공한 사람들의 사고방식은 단연코 긍정적인 사고방식을 가지고 있다고 단정 지을 수 있다.

다음 두 가지 예문에서 당신은 어떤 사고방식을 가지고 있는지 점검해 보고, 왜 그런 사고방식을 가지게 되었는지 되돌아본 후, 그 사고방식을 바꿀 수 있는 계기를 만들어 보기 바란다.

① 첫 번째 예문

컵에 물이 반 남았다. 당신의 대답은 어떠한가?

긍정형 ; 컵에 물이 반이나 남았네.

평범형 ; 컵에 물이 반 있구나.

부정형 ; 컵에 물이 반밖에 안 남았네.

컵에 물이 반 남아있는 똑 같은 상황인데 답변은 서로 다르게 나온다. 부정형의 경우 물컵에 물이 반만 남아 있어서 불만이고 자신한테 별 도움이 안 되는 존재로 느낄 것이다. 그러나 긍정형은 물컵에 물이 반씩이나 남아 있어서 고맙게 느끼고 유용하게 쓸 수 있다.

물컵이 아니라 다른 것일 경우를 생각해 보자. 예를 들어 사업을 시작하려는데 본인이 생각한 사업자금의 반에 해당하는 돈이 들어왔다. 부정형은 돈이 반밖에 없으므로 사업을 할 생각을 안 하고 나머지 사업자금이 다 들어올 때까지 그냥 불만만 털어 놓고 있을 것이다. 그러나 긍정형은 사업자금의 반이나 되는 돈이 들어왔으므로 개업을 대비하여 사전준비를 할 것이다.

　과연 누가 성공하겠는가? 성공하는 사람들의 공통점 중 하나는 부정적인 생각보다는 긍정적인 생각을 많이 가지고 있다는 데 있다.

　② 두 번째 예문

　우리는 흔히 이런 질문을 많이 받는다.

　"요즘 어떠십니까?"

　보통 이런 질문을 받으면, 당신은 무엇이라고 대답하는가?

　긍정형 ; "좋습니다." "아주 잘 돌아갑니다." "끝내줍니다."

　이들이 하는 말에는 열정과 힘이 가득 실려 있다.

　평범형 ; "그저 그렇지요." "거기서 거깁니다." "그냥 먹고는 살지요." "늘 똑같죠."

　이들은 힘없는 말로 그냥 대답한다.

　부정형 ; "죽을 지경입니다." "별로예요." "요즘 잘 되는 게 있습니까? 죽겠습니다."

　이들은 질문을 받으면 입버릇처럼 이렇게 말한다.

　이 세 가지 유형 중 당신의 일상적인 대답은 어떻습니까? 당신이 듣는 입장이라면 어떤 대답이 듣기 좋겠습니까? 아마도 긍정형의 대답이 듣기 좋을 것입니다.

　당신이 대답하는 사람의 거래처라면 어떤 사람한테 일을 맡기겠습니까? 단연코 긍정형에게 우선적으로 일을 맡길 것입니다.

　인간은 자기도 모르는 사이에 자기최면에 걸려 살아간다고 한다. '나는 할 수 있다'는 긍정적인 사고방식을 가지면 그 일을 성공하려고 더 노력하게 되고 결국 자신이 목표로 한 것을 이룰 확률이 높아진다. 그러나 '내가 해서 되겠어?' 라는 부정적인 사고방식을 가지고 있으면 조그마한 벽에 부딪혀도 자포자기하게 되고 결국 자신이 목표로 정한 바를 이룰 수 있는 확률을 스스로 포기해 버리는 경우가 많게 된다.

부정형 인간들은 '난 하고 싶었어' 라는 말을 하며 무조건 안 된다는 사고방식으로 인하여 결국 실행에 옮기지 못한다. 그러나 긍정형 인간들은 '난 꼭 할 거야' 라는 말을 하고 해 보겠다는 의지로 자신이 하고자 하는 일을 실행에 옮기게 되어 사회에 꼭 필요한 일원으로 남게 된다.

한글사랑만이 애국인가, 아니다

김 명 식

한글전용화(專用化)만이 애국인 양 호도되는 세상이 되었다. 어문 정책이 국가지도자와 정치세력 및 학자들과 사회운동가들의 성향(性向)에 의해 잘못 결정된다면 이는 두고두고 후회막급한 일이 될 것이며, 민족의식(民族意識)과 국민의 정체성(正體性)에도 지대한 영향을 미친다.

세종 25년(1443) 12월에 훈민정음을 완성하였으나, 그로부터 무려 451년 동안 제한적이고 비공식적으로 사용되다가 고종 31년(1894)에

김명식(金明植) _ 전남 신안 출생(1948년). 詩人・작가, 평화운동가. 해군대학 졸업. 大韓禮節研究院 院長(現). 저서《캠페인 자랑스러운 한국인》(1992, 소시민)《바른 믿음을 위하여》(1994, 홍익재)《왕짜증(짜증나는 세상 신명나는 이야기)》(1994, 홍익재)《열아홉마흔아홉》(1995, 단군)《海兵사랑》(1995, 정경)《DJ와 3일간의 대화》(1997, 단군)《押海島부지개》(1999. 진리와자유)《直上疏》(2000, 백양)《장교, 사회적응 길잡이》(2001, 백양)《將校×牧師×詩人의 개혁선언》(2001, 백양)《한국인의 인성예절》(2001, 천지인평화)《무병장수 건강관리》(2004, 천지인평화)《公人의 道》(2005, 천지인평화)《한민족 胎敎》(2006, 천지인평화)《병영야곡》(2006, 천지인평화)《평화》(2008, 천지인평화)《21C 한국인의 통과의례》(2010, 천지인평화)《내비게이션 사람의 기본》(2012, 천지인평화)《直擊彈》(2012, 천지인평화)《金明植 愛唱 演歌 & 歌謠401》(2013, 천지인평화)《大統領》(2014, 천지인평화)《平和の矢》(2014, 천지인평화). www.oyeskorea.com. Mobile 010-9097-1550

국한문혼용(國漢文混用)을 선포하여 비로소 공식적인 국자(國字)로 인정되었다. 다시 말하면 우리 한민족이 문자로 기록하기 시작한 역사시대로부터 1894년 갑오개혁(甲午改革) 이전까지 수천 년간 한자(漢字)가 공식적인 문자(文字)였고, 국자(國字)였을 뿐, 한글은 비공식적인 문자였다.

고종은 갑오개혁(1894~1896)과 함께 조선의 극소수 양반들을 포함하여 주로 여성들과 중인 및 하층민들에 의해 제한적으로 사용해 왔던 한글을 한문과 혼용(混用) 즉 공용(公用)하도록 칙령으로 하달하였다. 고종 31년(1894) 11월 21일 칙령 1호 제14조에 "法律勅令, 總以國文爲本, 漢文附譯 或 混用國漢文"이라 하였고, 고종 32년(1895) 칙령 86호로 "法律命令은 다 國文으로써 본을 삼고 漢譯을 附ᄒ며 或 國漢文을 混用홈"이라고 명시하여 한글과 한자의 혼용(混用=倂用) 즉 공용화(公用化)를 선포한 것이다. 그러다가 1970년 1월 1일부터 한글전용화정책이 당시 박정희 대통령의 친필 담화문을 통해 시행되어 오늘날까지 모든 공문서가 한글로 작성되고 있다.

공용문자 즉 우리의 공식문자는 장구한 한자전용시대(漢字專用時代)를 거쳐, 76년간의 국한문혼용시대(國漢文混用時代)를 경유하여, 지금으로부터 46년 전부터 한글전용시대(專用時代)가 시작되어 오늘에 이르고 있다.

이제 우리는 한민족의 역사를 상기하며 과연 우리의 어문정책을 현재와 미래에 어떻게 발전시켜야 하는지, 그리고 현행 한글전용화정책이 최선인지 냉철히 검토해 볼 필요가 있다. 진보와 보수의 시각과 정권적 차원을 넘어서 한민족의 미래를 위해 깊이 숙고하여야 한다.

그럼 먼저 훈민정음을 만든 세종의 의중(意中)을 살펴보자.

왜 세종은 새로운 문자를 만들 생각을 하였을까? 어떤 필요성이 있었을까?

이를 알기 위해 당시 중국 명나라 정세(政勢)를 살펴볼 필요가 있다. 세종이 즉위하였을 때 중원(中原)에는 몽고족 칭기즈칸의 손자 쿠빌라이가 세운 원나라(1271~1368)에 이어, 한족(漢族) 중심의 명나라(1368~1644)를 세운 지 50년이 되던 해로 몽고족(蒙古族)이 지배하던 원나라 97년 동안에 변형(變形)된 한자의 발음을 버리고, 한족(漢族) 고유의 한자발음으로 재정립하고자, 요즘 표현으로 말하자면 국책사업으로 한자발음사전이라 할 수 있는 "운회(韻會)"와 "홍무정운(洪武正韻)"이라는 책을 펴내며 어문정책을 강력히 추진하고 있었다.

명나라와 조선은 지성사대(至誠事大) 관계로 하늘처럼 명나라를 숭상하던 조선이었기에 세종은 "운회(韻會)"와 "홍무정운(洪武正韻)"에 대한 번역사업을 추진한다. 그 두 책을 우리말로 번역하려면 기존의 조선발음으로 읽을 수밖에 없으므로 세종은 중국식 한자발음을 우리식으로 표기하는 발음기호가 필요했던 것이다. 그래서 발음기호에 해당하는 닿소리, 홀소리를 만들었고, 이를 조합하여 초성(初聲)과 중성(中聲)과 종성(終聲)으로 하여 각각의 소리를 내노록 하였다.

발음기호를 만들어 "운회(韻會)"와 "홍무정운(洪武正韻)"을 번역하려던 세종의 목적은 당시 집현전 책임자였던 부제학 최만리가 앞장서서 상소(上疏)를 올려 타격을 받았다.(대제학으로 정인지가 있었으나, 당시 집현전 대제학은 겸직이었고, 명예직이었기 때문에 실제 집현전의 업무는 하지 않아 공석이나 다름 없었다)

최만리의 이름을 필두(筆頭)로 하여 올라온 상소를 본 세종은 대로(大怒)하여 그 상소에 서명(署名)한 학자들을 하옥시킨 후, 최만리를 불러 "운(韻)에 대해서 뭘 아시오?"라는 단 한 마디 추궁만 하였다. 이는 운(韻)을 표기할 목적과 필요성이 있었음을 시사하고 있는 것이다.

결국 오늘날 한글의 근원이 된 훈민정음은 명나라의 "운회(韻會)"와

"홍무정운(洪武正韻)"을 번역하려는 의도에서 성리학(性理學), 음악은 물론 특히 음운학(音韻學)에 뛰어난 식견을 가진 세종이 주도적으로 만들었으나, 오늘날처럼 한글을 전용하는 세상이 될 줄은 세종 자신은 물론 최만리도 몰랐을 것이다. 분명한 것은 세종이 한자(漢字)를 대체(代替)할 의도로 한글을 만들지 않았다는 점이다. 다시 말하면 우리 한민족의 공식문자로 활용하기 위한 목적에서 훈민정음을 만든 것이 아니다. 그런데 훈민정음이 완성된 지 527년만인 1970년에 한글전용화가 시행되며, 그 동안 공식문자였던 한자(漢字) 대신에 한글을 공식문자로 대체한 결과가 되었으니, 역사의 아이러니라 아니할 수 없다.

훈민정음 서문(序文)에서 세종은 왜 스물여덟 글자를 만들었다고 밝혔는가?

訓民正音 解例本 서문에 다음과 같이 언급하였다.

國之語音異乎中國與文字不相流通
故愚民有所欲言而終不得伸其情者多矣
予爲此憫然新制二十八字欲使人人易習便於日用矣(耳)

世宗御製 訓民正音 諺解本 서문에는 다음과 같이 기록되어 있다.

나랏말ᄊᆞ미中듕國귁에달아文문字ᄍᆞ와로서르ᄉᆞᄆᆞᆺ디아니
ᄒᆞᆯ씨이런젼ᄎᆞ로어린百ᄇᆡᆨ姓셩이니르고져홇배이셔도ᄆᆞᄎᆞᆷ
내제ᄠᅳ들시러펴디몯ᄒᆞᇙ노미하니라내이ᄅᆞᆯ爲윙ᄒᆞ야
어엿비너겨새로스믈여듧字ᄍᆞᄅᆞᆯ밍ᄀᆞ노니사ᄅᆞᆷ마다ᄒᆡᅇᅧ
수ᄫᅵ니겨날로ᄡᅮ메便뼌安ᄒᆞᆫ킈ᄒᆞ고져ᄒᆞᇙᄯᆞᄅᆞ미니라

훈민정음 해례본(解例本)과 언해본(諺解本)에 기록된 서문을 현대적 표현으로 다음과 같은 해석이 통용되고 있다.

(우리)나라 말이 중국과 달라서 문자가 서로 통하지 못하니 이런 까닭으로 "어리석은 백성들"이 말하고자 하는 바가 있어도 마침내 그 뜻을 펴지 못하는 이들이 많도다. 내 이것을 매우 불쌍히 여겨서 새로 스물여덟 글자를 만들어 놓으니 사람마다 쉽게 익혀 날마다 사용함을 편안하게 하고자 할 따름이니라.

여기에서 문제가 된 것은 해례본에 나오는 "愚民"이다. 서문에 언급된 "愚民"을 "어린 백성"이라고 해석하는데, "어리석은 백성"이라고 직역(直譯)해야 한다. (15세기에는 "어리석다"가 "어리다", "우둔하다"와 통용되었다)

세종은 훈민정음 서문에서 "운회(韻會)"와 "홍무정운(洪武正韻)"을 번역하며 중국식 발음을 우리 방식으로 표기할 의도를 언급하지 않은 채, 故愚民有所欲言而終不得伸其情者多矣라며, 愚民(우민) 즉 어리석은 백성들을 위하여 스물여덟 글자를 만들었다고 밝히고 있다. 그러면 세종이 생각한 어리석은 백성이란 누구를 지칭하는가? 세종 자신을 제외하고 모든 백성이 어리석다고 말할 수 있었을까? 조선사회의 사대부 양반들 즉 유림(儒林)의 학문수준은 결코 명나라에 뒤지지 않는 높은 수준이었다. 三峰(鄭道傳), 浩亭(河崙), 栗谷(李珥), 退溪(李滉), 高峯(奇大升), 南冥(曺植), 沙溪(金長生), 尤庵(宋時烈), 秋史(金正喜), 茶山(丁若鏞) 등의 儒學(東洋學) 경지(境地)와 그들이 남긴 시문(詩文)과 저술서(著述書) 그리고 상소문(上疏文)을 살펴보면 그 누구도 우민(愚民)이라고 할 수 없을 것이다. 역사적인 인물뿐만 아니라 이른바 양반 집안에 전해지고 있는 시문(詩文), 서화(書畵), 저술 작품의 수준이 어느 정도인지는 식자층이라면 누구도 부인하지 못할 것이므로 그들을 어찌 "어리석은 백성"이라고 지칭할 수 있겠는가?

그러면 당시 세종은 누구를 우민(愚民)으로 지칭한 것이겠는가? 왕실

(王室)과 반상(班常)이 차별되던 당시 유학(儒學) 중심의 신분사회였음을 상고하면 세종이 생각한 어리석은 백성이란 여성과 농민, 상민일 것이다. 왕실과 양반을 어리석은 백성이라 할 수 없으며, 왕실과 양반들은 한자를 공용문자로 활용하는 데 아무런 문제가 없었다. 즉 세종은 한자(漢字)를 대체할 공식문자(公式文字)로 만든 것이 아니라, 어리석은 백성들이 편안히 사용하며 소통하도록 만든 것임을 훈민정음 서문에서 밝히고 있는 것이다. 우민(愚民)들이 쉽게 배워 활용하도록 가장 쉬운 방법으로 訓民正音을 만든 것이다. 만약 세종이 부활(復活)하여 오늘날 한글전용화된 한민족을 살펴본다면 "오호라! 모두 우민(愚民)이 되었구나!"라고 탄식하지 않겠는가?

한자와 한글의 특장(特長)을 살펴보자.

결국 우리에게는 두 가지 문자를 활용할 수 있는 환경이 조성되었다. 표음문자(表音文字)로서의 한글은 매우 우수한 문자이고, 표의문자(表意文字)로서의 한자는 역사상 가장 우수한 문자임을 세계 어문학자들이 인정하고 있다. 그처럼 우수한 두 가지 문자를 활용하면 금상첨화였을 텐데, 박정희(朴正熙) 정권에서 국민들의 문맹퇴치(文盲退治)를 서두르며 한글전용화정책을 시행하여 한글문맹에서 벗어나는 데에는 성공했으나, 이제 한자문맹(漢字文盲)을 걱정해야 할 처지에 있지 않은가? 당시 한글전용화는 근시안적(近視眼的)인 판단에서 잘못 선택한 어문정책이었다. 결국 한글전용화로 한자교육이 배제된 이후 우리 국민들 다수가 가문의 족보(族譜)와 왕실의 실록(實錄)은 물론 시문(詩文)과 비문(碑文) 및 궁전의 현판(懸板)도 읽을 수 없는 지경에 이르렀다. 과거의 역사기록은 어문학(語文學)을 특별히 공부한 전문가의 도움 없이 해득할 수 없게 되었다. 또한 우리말 약 70%가 한자어(漢字語)인데, 그것들을 한글로 표기하니 그 뜻을 정확히 이해할 수 없는 것이다. 물론 한글이 과학적인 구조로 쉬운 문자임에는 틀림없지만, 한글과 한자(漢字)의 병용과 조화로 학문과 소통의 깊이를 더하면 국민소양과 문화수준이 더욱 고양될 것이다.

한글전용론자들과 국한문혼용론자들이 무엇 때문에 싸워야 하는가?

양자(兩者) 모두 애국한다고 주장하면서 반목하고 비난하는 일에 에너지를 소모할 일은 아니다. 특히 한자교육 부활을 반대하는 이들은 초등학교 한자교육이 어린이들에게 한자 멍에를 씌우려는 반역사적 행위이며, 한자를 쓰지 않아도 의사소통에 아무런 지장이 없고 또한 한자 사교육(私敎育)을 조장하여 학생들의 학습부담이 늘어난다는 논리를 펴며 극렬히 반발하고 있는데, 과연 한자교육 부활이 반역사적인 정책이란 말인가? 물론 한글로 소통하는 데 크게 어려움이 있는 것은 아니지만, 최만리(崔萬理)가 상소(上疏) 3항에 적시한 문화수준의 질적인 저하가 그저 기우(杞憂)라고 흘려 넘길 것인가? 일본이나 북한은 반역사적 정책으로 초등교육과정에서 한자를 가르친다는 말인가? 한자 사교육으로 학생들의 학습부담이 늘어난다면 영어와 중국어 사교육은 학생들에게 아무런 학습부담이 안 된다는 것인가? 언어도단이다. 서로 질시하며 싸울 일이 아니다.

한글유관단체와 한글학자들이 해야 할 책무(責務)는 따로 있다.

국립국어원과 한글학회 및 한글학자들이 해야 할 일은 국한문혼용론자들과 싸우며 비난할 일이 아니라, 한글을 잘 다듬고 발전시키는 일에 열정을 쏟아야 한다. 한자를 병용하자는 사람들이 한자를 전용하자고 주장하거나, 한글을 폐기시키자고 한 일은 없다. 한글도 소통과 발음 면에서 매우 우수한 문자이며 우리의 소중한 자산이다. 그러면 한글을 통해 품격 있는 어문생활을 하도록 발전시키고 선도해야 할 의무와 책임이 교육당국과 한글학자 및 국립국어원 등 한글유관단체에 있는 것 아닌가?

　문자와 언어에도 품격(品格)이 있다. 굳이 문자학(文字學)을 전공하지 않았을지라도 식자층(識者層)이라면 라틴어, 불어, 영어, 스페인어, 중국어, 일본어, 아랍어, 태국어 등에 대한 품격을 느낄 수 있을 것이다. 한글의 품격은 어떤가? 오늘날 젊은이들이 사용하는 한글이 어떤 지경에 이르렀는지, 모르지 않을 것이다. 또한 학생들의 한글 필체(筆體) 역시 어느 수준인지 모르지 않을 것이다. 이렇게 된 원인에 대해 교육당국이나 한글학자들의 책임과 진단과 처방에 대해 들어본 일이 없다.

　본래 한중일(韓中日) 문자는 띄어쓰기가 아닌 붙여쓰기였다. 중국과 일본은 지금도 공식적(公式的)으로는 붙여쓰기이지만, 우리만 헐버트(Homer B. Hulbert, 1863~1949)와 주시경에 의해 영어식 띄어쓰기로 바뀌었다. 그런데 그 띄어쓰기를 일반국민들이 제대로 인식하여 쓸 수 있는가? 국립국어원에서 내놓은 띄어쓰기 지침을 보면 원칙(原則)이 있고, 허용(許容)이 있다. 즉 표준(標準)이 둘인 셈이다. 사이시옷(ㅅ)의 용례와 동물의 암수(雌雄) 표기 및 띄어쓰기 등에서 납득하기 힘든 사례를 몇 가지만 적시하면 다음과 같다.(괄호 속은 筆者의 見解이다)

　出必告反必面을 한글로 출필곡반필면, 출필고반필면 등으로 혼선을 빚고 있다.(告는 중국 古音으로 gú이지만, 現音으로 gáo이다. gú는 우리 발음으로 '곡' 이고, gáo는 '고' 이므로 현대적 발음으로 출필고반필면으로 표기해야 마땅하다)

　개펄, 갯벌이 모두 옳다고 한다.(하나로 통일하는 것이 바람직하지 않을까?)

　인사말, 반대말, 소개말 및 노랫말, 존댓말, 혼잣말(사이시옷을 붙이는 경우와 붙이지 않는 경우로 굳이 구분할 필요가 있겠는가?)

　동물의 암수(雌雄)를 나타내는 표기를 수캐와 암캐, 수탕나귀와 암탕

나귀, 수평아리와 암평아리, 수퇘지와 암퇘지라고 한다.(개, 당나귀, 병아리, 돼지라는 名詞를 변형시키는 것이 과연 합리적인가?) 반면 숫양과 암양, 숫염소와 암염소, 숫쥐와 암쥐는 표준표기라고 한다.(왜 몇몇 동물의 수컷에 '사이시옷'을 붙여 혼란을 주는지 이해되지 않는다)

띄어쓰기도 '본 듯한 얼굴'(原則), '본듯한 얼굴'(許容) 등에서 보는 것처럼 수많은 용례로 原則과 許容을 認定하고 있다.(原則을 가르치고 실천을 계도해야지, 굳이 許容을 인정할 필요가 있겠는가?)

큰아들, 큰 송아지(큰아들은 사용빈도가 많아 붙여 쓰고, 큰 송아지는 사용빈도가 적어 띄어 써야 한다는데, 꼭 그럴 필요가 있겠는가?)

우리말을 아름답게 다듬고 통일시키며 발전시켜야 할 사명(使命)에 교육당국과 국립국어원 및 한글학자들이 헌신해야지, 한글전용만이 애국인 양 국한문혼용에 반대하며 에너지를 소모할 일이 아니지 않는가?

첨언하면 중국어와 일본어는 지금도 붙여쓰는데, 우리만 띄어쓰기로 하여 엄청난 혼란을 겪고 있다. 띄어쓰기가 없던 시절에 〈아버지가방에들어가신다〉였는데, 이를 〈아버지가 방에 들어가신다〉와 〈아버지가방에 들어가신다〉로 혼란스럽다면서 극단적인 사례를 예시(例示)하며 띄어쓰기의 당위성을 누구나 들어보았을 것이다. Homer B. Hulbert는 〈장비가말을타고〉에 대해 〈장비가 말을 타고〉와 〈장비 가말을 타고〉라는 사례(事例)를 그가 발행한 『한국소식』(The Korean Repository) 1896년 1월호에 게재하고 있다. 즉 세계 여러 언어를 구사할 수 있을 정도로 어문(語文)에 뛰어난 재능을 가진 영어권(英語圈)의 헐버트가 당시 붙여쓰던 한국어를 배우면서 영어식 띄어쓰기의 필요성을 느꼈던 것이고, 그의 수하에 있던 주시경(周時經, 1876~1914, 享年 38歲로 病死)과 의견을 교환하며 붙여쓰기를 띄어쓰기로 전환한 것이다.

헐버트와 주시경은 사제지간(師弟之間)이었으며, 한글 띄어쓰기 필요성을 『한국소식』에 게재했던 1896년에 헐버트는 33세였고, 주시경이 20세였던 점을 감안한다면, 한글 띄어쓰기는 헐버트의 작품으로 보는 것이 타당하다. 주시경은 어려서부터 한학(漢學)을 공부했고, 붙여쓰기 방식의 한글을 익혔기 때문에 아무런 불편이 없었을 것이므로 한글 띄어쓰기는 헐버트의 작품으로 보는 것이 합리적 추론이다. 주시경뿐만 아니라 당시 한글 붙여쓰기를 익힌 사람들은 한자나 한글 붙여쓰기에 이미 익숙해 있었기에, 〈아버지가방에들어가신다〉와 〈장비가말을타고〉를 잘못 이해할 수 없었고, 다만 초보자(初步者)가 잘못 읽을 가능성을 배제할 수 없으나, 그런 극단적(極端的)인 사례(事例)를 일반화하여 영어식(英語式) 띄어쓰기로 전환한 것을 필자는 결코 잘한 일이라고 생각하지 않는다.

띄어쓰기 시대에 우리가 살고 있기에 붙여쓰기보다 띄어쓰기가 쉬운 것으로 생각될 법하지만, 붙여쓰기에 익숙한 일본인들이나 중국인들이 한글을 배우는 과정에 띄어쓰기가 더 어려울 수 있다. 만일 헐버트가 영어식으로 한글 띄어쓰기를 제안하지 않았다면, 오늘날 한글 띄어쓰기로 인한 대혼란은 없을 것이다. 한글 맞춤법과 띄어쓰기로 인한 혼란(混亂)이 어느 정도인지는 국립국어원 홈페이지 '묻고 답하기'를 열람해 보면 누구나 확인할 수 있을 것이다.

그럼 이제 어문정책(語文政策)을 어떻게 해야 할 것인가?

의무교육과정에 한자교육(漢字敎育)을 강화하고, 국한문혼용정책으로 전환해야 한다. 오랜 연구와 국민운동을 통해 2018년부터 초등학교에서 한자교육을 실시하도록 관철(貫徹)시키기는 했으나, 스스로 애국자를 자처하는 한글학자와 한글관련단체에서는 초등학교에서의 한자교육 시행을 저지(沮止)하려고 발버둥치고 있다. 과연 한자교육이 나라를 망치는 일인지, 우리 민족의 발전에 도움이 되는 일인지 냉철히 숙고해야 할 일이다.

미래세대의 주역인 청소년들이 열심히 공부할 수 있는 풍토를 마련하여 애국자를 만드는 일에 열정을 바쳐야지, 어찌 초등학교 한자교육 찬성과 반대로, 한글전용화와 국한문혼용 찬성과 반대로 상호 비난하며 싸울 일인가? 세상에 그렇게도 싸울 일이 없는가? 한자가 쓰고 배우기 어렵다는 핑계도 이제 더 이상 통하지 않는다. 지금 우리 청소년들의 지식수용성(知識受容性)을 감안하면 영어, 중국어, 일본어 정도는 충분히 소화해낼 수 있다. 한자는 가장 함축적이면서도 본질(本質)을 알 수 있고, 또한 오래 기억되는 문자 아닌가?

진정으로 애국하려면 바른 생각을 가져야 할 것이다. 어느 것이 애국인지, 진영논리를 떠나서 생각해야 한다. 한글학자와 한문학자들이 싸울 일이 아니라, 서로 협력하여 애국적이고 발전적인 어문정책 수립에 기여해야 할 것이다.

한자(漢字)가 중국만의 문자인가? 아니다. 한자는 진시황 당대에 모두 만들어진 것이 아니라, 진태하 박사의 주장대로 누대(累代)에 걸쳐 여러 지역(地域)에서 여러 사람에 의해 만들어진 동방문자(東方文字)이고, 중국은 물론 한국과 일본의 역사에서도 한자는 매우 중요한 의미를 지닌다. 한중일 학자 30명이 2013년 7월에 한중일 공용한자(公用漢字)로 808자를 선정, 합의한 것은 역사상 초유의 획기적인 일이며, 2014년 11월 30일 韓國의 金鍾德 문화체육관광부장관, 日本의 下村博文 문부과학성 대신, 中國의 楊志今 문화부 부부장이 참석한 3국 문화장관회의에서 공통한자 808자 활용방안을 적극 검토하기로 합의한 바 있다. 한중일 3국의 국민들이 808자를 공용함으로써 상호 이해에 도움이 될 것은 충분히 예상할 수 있는 일이다.

그런데 한국에서는 한자를 정체자(正體字)로 쓰는 반면, 중국에서는 간체자(簡體字) 그리고 일본에서는 약자(略字)로 쓰지 않는가? 한중일 학자들의 연구와 3국 정부의 적극적인 협력으로 808자를 공통으로 사용하고, 그 808자의 자형(字形)을 통일하면 미래세대에게 엄청난 선물이 될 것이며, 상호 이해와 협력에도 크게 도움이 될 것으로 생각하여 제안(提案)한다.

가치의 혼돈

김대하

설악산이나 지리산 능선에서 야영하며 바라보는 하늘의 수많은 별들이 무질서 속에 질서를 유지하며 돌고 있는 저 광대무변의 우주를 떠돌던 내 맑았던 영혼이 깜빡 한 눈 파는 사이에 온갖 영혼들의 미세먼지로 오염된 지구라는 이름의 별에 불시착하게 된 것 같다.

본의 아니게 불시착하여 살아오던 과정에서 나 역시 지구촌 일원으로 등록되어 오염된 먼지를 뒤집어쓰고 오염된 공기를 들이마시며 살아온 세월이 80翁 고개 마루턱에 올라 서 있다. 이 땅에 떨어질 때 물고 있던 흙수저를 문 채 말이다. 무슨 미련 있어 버리지 못하고 아직 물고 다니는지…. 인생 80 그 긴 세월을 이렇게 지나고 보니 이 또한 찰나의 순간이었음을 느끼게 한다.

김대하(金大河) _ 경남 밀양 출생(1936년). 경희대학교 법학대학 대학원 공법학과 수료. 주식회사 청사인터내셔널 대표이사, 주식회사 부산제당 대표이사, 경기대학교 전통예술대학원 고미술감정학과 대우교수, (사)한국고미술협회 회장 등을 역임하고, 현재 국립 과학기술대학교 출강, 한국고미술 감정연구소 지도교수 등으로 활동. 저서―연구서 《고미술 감정의 이론과 실기》, 수필집 《골동 천일야화》, 여행기 《철부지노인 배낭 메고 인도로》 등 상재.

피는 조선 땅에서 살아온 조상의 피를 이어 받았지만 국적은 일본이란다. 열 살 때까지 '아이우에오…'를 외우다가 해방이라는 단어들이 날아다니면서 국적이 대한민국으로 바뀌고 나라 글이 '가나다라마바사…'라는 것을 알게 되면서 나의 뿌리가 단군의 자손이라는 것도 이때 비로소 알게 되었다.

조국 해방 3년이 되던 해인 1948년 국회로 보내는지 쑥 캐러 보내는지 알 수 없는 외침들이 지게 위의 확성기를 통해 이 골목 저 골목을 울리며 다니고, 출마한 고무신 공장 사장님은 집집마다 고무신도 나누어 주고, 양말 공장 사장님은 양말도 나누어 준다. 유세장은 어김없이 막걸리파티가 열리고 유세가 끝나기도 전에 네 편 내 편 나누어 멱살잡이가 벌어진다.

이렇게 정신없는 혼란스러운 세상도 정해진 시간은 흘러가 겨우 한글을 익히게 되었을 때 이제 중학생이 되면서 'ABCDEFG…'를 돌지 않는 혀로 외우던 중, 1950년 6월 25일 요란한 확성기 소리에 새벽잠을 깨우게 되었고, 그로부터 며칠 후 학교 교정은 참전군들의 군영이 되어 버려 우리는 산으로 들로 다니면서 풀밭에 앉아 선생님의 입만 바라보며 수업시간을 때우는 신세가 되었다. 그러나 부산의 학생들은 그나마 다행이다. 서울이나 대전 등지의 학생들은 가족들과 함께 남쪽으로 남쪽으로 피난길에 올라 있었기 때문에 피난처에 도착하여 끼리끼리 모였을 때까지 선생님 입을 쳐다볼 수조차 없었다,

어영부영 이런 세월을 겪으며 청소년 시절을 보내던 중 휴전이 되면서 대학생이 되었을 때 관이나 군 어느 한 구석 부패되지 않은 곳이 없었던 자유당 정권을 붕괴시키는 중추적 역할을 한 것 역시 당시 우리들 젊은 세대였다. 바로 3.15부정선거의 규탄이 봉화불이 되어 그 동안의 부정부패에 썩어 문드러진 자유당 정권을 청산하고자 일어났던 4.19민

주화 혁명이었다. 물론 그 주체는 지금은 주름살이 80개 넘게 달린 대학생들을 중심으로 한 당시의 진보세력들이었다.

그러나 지금은 사회적 급진파들에 의해서 이들을 가리켜 보수 꼴통이라는 딱지를 붙여놓고 어른들을 욕보이고 있다.

지금 진보와 보수에 대한 이념논쟁을 하고자 하는 것은 결코 아니다. 이 사회 구성원의 일원으로 소속되어 민족 전통문화를 지키며, 그 어렵던 시절 잘 견뎌내며, 나라 지키며 살아온 나, 그래도 지식인 대접을 받고 있는 나를 '보수 꼴통'이라는 딱지를 붙이고 뒷전으로 밀어내는 이 이분법적 사회문화가 너무 안쓰럽다.

사실 이들이 있어 오늘의 대한민국이 있게 되었다, 어려웠던 보릿고개, 우리들 부모님들은 주린 배 움켜쥐면서도 자식들 공부시켰고, 그렇게 대학을 졸업해 봤자 일자리가 없어 서독 광부로, 간호사로, 열사의 땅 중동 건설 노동자들의 피와 땀, 월남전의 젊은 피의 대가로 이룩한 오늘의 내 조국의 안방에서 또는 그들이 그렇게 싫어하는 미국을 비롯한 서방세계에 유학하고 돌아와 어씨어찌 하다가 금배지 하나 달고 나면 이때부터는 자신들은 국민의 대의기관임을 까맣게 망각한 채 '국회'라는 이름의 슈퍼 갑질 전국 연합회를 결성하고 국민 위에 군림하여 온갖 특혜를 누리면서 자신들이 가장 소중하게 지켜야 할 가치인 헌법기관으로서의 국정은 뒤로 미룬 채 패거리를 지어 그들만의 영리를 쫓기에 여념이 없어 보인다. 이런 사람들을 위하여 혈세를 써야 하는지 혼란스럽기만 하다.

그리고 또 하나 이른바 슈퍼 지식인들에게 물어보자. 지금 서울 거리로 나가 보라! 건물에 붙은 간판들은 대부분 영어표기로 되어 있다, 영어인지, 불어인지, 영어식 불어인지, 불어식 영어인지 도무지 알 수 없는 단어들이다. 상점내용과 간판의 단어 내용들과는 전혀 별개로 보이는 용어들이 대부분이다.

　이런 광경을 바라보며 광화문 광장에 높이 앉아 계시는 세종대왕께서도 '나랏말씀이 언제 이렇게 바뀌었나' 하시며 행여나 외국어학원이라도 찾으려 하시지나 않을까 심히 우려되는 바다. 세계에서 가장 과학적인 글, 민족의 최고 자랑거리며 최고의 문화가치인 한글을 제대로 지키지 못하고도 우리 민족이 문화민족이라고 자칭할 수 있을까.

　우리글을 지키며 한글을 발전시키려는 목적에서 한글전용을 부르짖던 한글학회 선생님들, 그리고 이른바 지식인들이라 자처하는 방송출연 토론자들에게 물어보자. 영어로 된 외래어는 공영방송은 물론이고 일간지에도 수없이 게재되지만 한 마디 반격이 없으면서 교육적 차원에서 한자 겸용에는 기를 쓰고 반대하는 이유가 무엇인지 도대체 모르겠다. 한자겸용인 일본을 보자. 한자 겸용한다고 일본글인 '히라가나'나 '가다가나'가 없어지지 않았다. 그렇다고 그들이 못사는 후진국은 더더욱 아니다.

　어젠다가 어쩌니, 펙트가 어쩌니, 콘텐츠니, 트라우마니, 컨셉이니 등등 수많은 외래어들이 들어가지 않으면 문장이 연결되지 않는 것처럼 토론자나 기자나 사회자나 하나같이 우리말에 외국어 범벅을 만들어 언어 비빔밥을 구사하고 있다. 그것도 아주 자랑스럽게 말이다. 명색이 대학원까지 다녔던 나도 헷갈릴 때가 많은데 7,80대 노인, 그리고 배움이 낮은 어린 백성들 모두가 이런 외국어들의 참 뜻을 이해하고 있을까? 아마도 아닐 것이다. 이는 그들만의 용어 사용상의 사치이며 허영일 뿐이라고 생각된다. 참으로 개탄스럽지 않을 수 없다.

　또한 자칭 진보세력이라고 하는 사람들에게 물어보자. 국방을 위한 해군기지 건설에 반대하며 몇 년의 세월을 허비하게 만든 사람들, 수조 원의 국고 손실을 보게 만든 국책사업 철도건설을 방해한 사람들, 이들은 정작 우리 머리를 위협하고 있는 북한 핵 문제에 대해서는 한 마디 말이 없이 입을 닫고 있는 이유가 무엇인지.

두 차례의 연평해전과 천안함폭침, 휴전선 목함지뢰 도발, 이적 단체들의 종북정당의 유사시 중요시설 파괴 계획 등 이런 저런 극좌파들의 이적 행위적 사고의 틀 속에 갇혀 사는 그들만의 정의사회로 나 보수꼴통의 머릿속은 온통 혼란스러울 뿐이다.

지금 이 글을 쓰고 있는 순간 방송에서 6.15(남북공동선언)를 국가 기념일로 정하자고 어느 야당의원이 제안하고 있다. 이런 일들을 혼란스럽다고 생각하기 때문에 보수꼴통이라는 딱지를 붙여주는가 모르지만….

이야기를 살짝 다른 세계로 돌려보자. 검사장의 납득할 수 없는 치부수단과 사건 브로커들의 커넥션, 아무리 큰 죄를 지어도 일정액의 돈만 있으면 쉽게 풀려나오는 법조계의 전관예우라는 악습은 비단 법조계뿐만 아니라 권력기관인 경찰이나 군과 철도 등 각계에 전염병처럼 퍼져 있고, 연초에 사회 이슈가 되었던 서울 메트로의 퇴직자들 재취업의 경우는 월 급여가 440만원인데 비해 하루 종일 뛰어다니는 젊은 수리공에게는 140만원이 지급된다니 참으로 해도 해도 너무한다 싶다.

뿐인가 국민의 생존과 국가 안보를 책임지고 있는 군 장성들의 군납비리, 유명 가수의 그림 대필사건, 하루가 멀다 하고 일어나는 기분에 따라 사람을 살상하는 묻지 마 범죄들, 대가들의 가짜 그림들이 횡행하는 미술시장의 사기 사건들, 돈을 위해서라면 부모형제를 살해하고도 털끝만한 죄책감을 느끼지 못하는 카인의 후예들, 이들은 이러한 행위들을 잘살 수 있는 자신들의 능력이라고 말한다. 과연 그러할까. 이러한 소식들을 접할 때마다 인간 존엄의 보편적 가치에 혼란을 가져온다.

또 다른 면을 보자. 미국이라면 원수처럼 여기면서 자기들 자식들은 모두 미국으로 유학 보내고 또 거기에서 살게 만들면서 반미를 선동하던 정치인들, 그 정치인들 중 미국 국적과 한국 국적을 동시에 가지고 있는 자들도 상당수라고 들었다. 이런 파렴치한 위정자일수록 입만 벌리면 나라사랑이며 민족사랑이란 구호를 달고 다닌다.

임명직 장관들 인사청문회를 보자. 도대체 부동산 투기는 기본이고 그 외 탈세 등 이런 저런 불법행위들을 교묘하게 피해 왔던 사람들이 고위직 공직자가 되겠다고 뻔뻔스럽게 얼굴을 들고 앉아 있는 꼴들이란 참으로 구역질나서 못 봐 주겠더라. 그러니 나라꼴이 이 모양이지.

금년에 일어난 사건 중 가장 충격적인 사건은 깜도 되지 못하는 한 강남아줌마의 국정 농단사건을 꼽을 수 있다. '이러려고 내 귀중한 권리를 그녀(대통령)에게 위임했던가'라는 자괴감 때문에 가슴만 치게 된다. 뿐인가. 나를 더욱 화나게 하는 일들은 그 아줌마를 주군으로 모시고 국정을 농단한 공모 및 방조자들은 국민의 대의기관인 국회 청문회에 나와 그런 사람은 알지도 듣지도 못하였단다. 그와 연관된 대부분의 사람들의 입들은 '아니요, 모르오'라는 단어 외는 아는 단어가 없는 듯하다. 이들은 모두 정3품 이상의 당상관 벼슬아치들이다. 이런 사람들이 이끈 나라가 한 발로 절룩거리긴 하지만 그래도 넘어지지 않고 지금도 그런대로 굴러가고 있으니 참으로 신통방통할 따름이다, 혹여 우주의 기운 때문인지는 모를 일이지만 말이다. 참으로 혼란스럽다. 내가 이 꼴들을 보려고 그 어렵고 한 많은 세월을 견디며 80고개까지 넘어 왔던가. 진짜로 자괴감이 드는 사람은 바로 나와 같은 우리들이다.

이 시간에도 동북쪽으로부터 밀려오는 물리 화학적 미세먼지보다 사고의 가치를 오염시켜 혼돈의 늪으로 빠져들게 하는 내 어린 영혼을 어떻게 간수하면 좋을꼬!!

세월이 약이라 했던가! 빨리 시간들이 흘러갔으면 좋으련만….

동아시아 시민성 함양

김용환

세계화의 추세가 뚜렷해짐에 따라 세계생활 지형이 관련블록을 형성하면서 새로운 시민성 함양으로 일신하고 있다. 우리는 '유럽연합(EU)'을 통하여 이러한 변화를 실감한다. '국민'이라는 개념은 국가 의존·종속 개념에 기반을 두었다면, '시민'은 스스로 자각을 통해 타인을 배려하는 주체의식에 관건이 있다. 시민과 연동된 '시민성(citizenship)'은 사적 시민(citizen)으로서의 자질 또는 조건을 의미한다. '동아시아시민성'은 동아시아 시민공동체의 일원으로서의 자질, 성품을 말한다. 이러한 자질을 함양하기 위해서는 동아시아 시민교육이 요청된다.

이제까지 동아시아 시민자격에 관한 의식이나 동아시아 시민공동체

김용환(金容煥) _ 대구 출생(1955년). 서울대학교, 동 대학원 졸업(철학박사). 충북대학교 본부 기획연구실장(1997~1998), 파리 소르본느대학 연구교수(1992~1993), 캐나다 브리티시 콜럼비아 공동연구교수(1998~1999), 한국윤리교육학회 회장(2011~2012) 등 역임, 현재 충북대학교 사범대학 윤리교육과 교수, 고조선 단군학회 부회장, 사단법인 겨레얼 살리기 국민운동본부 편집이사 등 활동. 충북대학교 학술상(1998) 외 다수 수상. 저서 《현대사회와 윤리담론》(2006), 《세계윤리교육론》(2009, 문광부 우수도서 선정), 《한국철학사전》(공저, 2010), 《도덕적 상상력과 동학의 공공행복》(2012)외 다수.

에 관한 정체성에 대한 논의 없이 주로 공간연대의 의미로 사용되었다. 따라서 연대의식에 기초하기보다 상대적 우월감을 과시하거나 상대를 정복의 대상으로 삼아 과거에는 분쟁을 주로 일삼았기에 새로운 형태의 동아시아 시민의식이 요청된다. 그 범위는 남북한, 중국, 일본과 인도를 중심으로 주변의 인접 국가를 포함하게 된다.

일찍이 인도의 시성(詩聖), 라빈드라나드 타고르(Tagore, Rabindranath, 1861~1941)는 '동방의 등불'에서 동아시아의 예언자적인 비전과 격려를 담고 있다. '일찍이 아시아의 황금 시기에 빛나던 등불의 하나 코리아. 그 등불 한 번 다시 켜지는 날에 너는 동방의 밝은 빛이 되리라'고 찬미하였다.

지금까지 미국이 동아시아의 대량생산 제조업을 지탱할 수 있게 하는 수요자로서 시장역할을 해 왔다. 중국이 이제까지 미국이 해 왔던 수요자, 만약 중국이 이러한 역할을 하지 못한다면 많은 동아시아국가들은 미래에 새로운 수요자로서 인도를 생각할 수 있다. 따라서 동아시아에서 '패권 이동'(hegemonic transition)을 순조롭게 도울 제도적 기반으로서 동아시아 시민공동체 형성은 눈여겨 볼 대목이다.

동아시아 시민은 동아시아 시민성 함양을 위한 것으로, 동아시아 시민에 대해 상호존중과 상호배려가 전제된다. 배려윤리 입장에서 동아시아 시민의 남성덕목으로서 권리와 정의 못지않게 여성덕목으로 책임과 배려의 균형과 조화를 통해 온전한 덕목으로 정착시켜 나갈 필요가 있다. 국가횡단매개 관점에서 자국중심에서 벗어나 배려범위를 동아시아 수준으로 확대하고, 자연적 배려에서 동아시아 시민의 자각에 토대를 둔 윤리적 배려로 확산시킬 필요가 있다.

동아시아 시민성 자질측면에서 동아시아 공공성에 합당한 국가횡단매개 의식이 중시된다. 국가횡단매개 의식은 국가국민성에서 벗어나지만 모든 인류국가 상대의 횡단매개 합당까지는 요구하지 않기에 국가국민성과 세계시민성 사이에 자리 잡고 있는 '선택적 지혜'라고 할 것이다. 동아시아 시민성 함양을 위한 교육은 '다중시민성 교육'이자 '더불어 행복한 시민교육'으로 상호소통의 기반과 교육프로그램의 공유를 전제한다.

동아시아 시민성 함양은 덕목에 근거한 공감가치를 형성하기 위해 '성경신(誠敬信)' 덕목을 함께 함양하는 교육을 생각하게 된다. 동아시아 시민성 함양교육이 협동학습 활동과 교육훈련을 통해 깊은 시민성으로 나아갈 수 있다. 공공단체와 언론기관, 민의 자발적 참여에 의한 상호 협조체제 구축은 동아시아 시민교육의 선결과제이다. 겨레얼 살리기 운동이 개방형 민족주의를 지향하려면 자발적 참여자를 대상으로 동아시아 시민성 함양에 참여시킬 필요가 있다.

지금 필자가 살고 있는 도시는 청주이다. 청주는 〈직지〉의 고향이다. 〈직지〉를 통해서 일심·개심·무심의 상관연동의 사유를 찾아볼 수 있다. 고려의 백운경한(白雲景閑, 1299~1374) 대선사는 중국의 성옥청공(石屋清珙, 1257~1352) 대선사에게 직접 찾아가서 직지인심의 가치를 깨닫고 이를 널리 전파하고자 세계 최초의 금속활자본, 〈직지심체요절〉(直指心體要節)을 펴냈다. 이 대화록은 동아시아 시민성 함양의 대안으로 직지무심을 설파한 것이다. 〈직지〉는 육도중생의 다심을 일심으로 매개하여 동아시아의 깊은 시민성으로 대화함으로 무착(無着)·무심(無心)의 구경(究竟)에 이루고자 노력한 문화콘텐츠에 상응한다.

따라서 〈직지〉는 동아시아 시민들의 '깊은 시민성 대화록'이라고 말해도 손색이 없을 것이다. 무념으로 개체의 생각을 횡단매개하고, 무심으로 국민공동체 의식을 횡단으로 매개함으로 서로를 열고 더불어 살리는 열린 마음으로 '직지무심'의 사회실천으로 나아가는 방편을 제시하였다. 우리는 이 길에서 '자기개체 중심'·'자국이익 중심'에서 벗어나 동아시아 시민으로 서로 열어 함께 나아가는 문화콘텐츠의 새로운 가치를 모색하게 된다. 따라서 이 문화콘텐츠는 동아시아 시민성 함양에 관한 미래지향적 비전을 제공한다.

먼저 동아시아 시민공동체에 대한 '한마음(一心)'의 책임의식 함양이다. 동아시아 시민공동체를 체험하는 동아시아 시민성은 서로 상통하는 책임의식이 요청된다. 이는 책임의식의 적용범위가 과거의 향토애민의 수준이나 국가국민의 의식수준에 매이지 않고 개체횡단·국가횡단의 상호 매개를 통해 동아시아 시민성을 함양하는 책임의식으로 나아갈 수 있음을 말한다.

또한 동아시아 시민공동체에서 서로를 열어가는 '열린 마음(開心)'의 함양이다. 이는 동아시아 시민공동체 형성을 위한 기본덕목에 해당된다. 서로의 차이를 인정하고 존중하는 상호호혜의 열린 동아시아 사회가 되려면, 동아시아 경제·문화·사상의 교류가 보다 원만하고 활발하게 이루어지도록 공통적이며 기본적 덕목의 진작을 위해 열린 자세가 요청된다.

그리고 동아시아 시민성 함양은 '삿됨이 없는 마음(無心)'에 근거한 인권의 존중이다. 동아시아 시민성 함양은 북한의 인권문제에 접근함으로 남북통일의 비전에 다가선다. '인권존중'은 동아시아 시민성 함양의 지향점이다. 인권존중 가치는 21세기 화두로서 상호존중·상호배려의 계기를 마련할 수 있다. 동아시아 시민성 함양은 '다중시민성'의 함양이자 '더불어 행복한' 시민성 함양으로서 소통의 공통기반을 제공한다. 동아시아 시민성 함양은 동아시아 시민이 함께 육성하고 더불어 함양하는 협동학습과 교육훈련으로 보다 깊은 시민성으로 나아갈 수 있다.

건강한 100세를 위하여

김 혜 연

등 뒤로 흐르는 강물은 노을 진 저녁만큼이나 휘어져 흐른다. 축 늘어뜨린 어깨는 삶의 고단함을 잊은 채 내일을 준비하려 강물을 거슬러 오르는 연어처럼 바람을 가르며 흔들리는 걸음을 추슬러 강을 오른다.

무엇을 떠나보냈을까. 잊혀진 옛 사람의 그림자는 이미 보낸 지 오래건만 살면서 다가온 인연들을 놓지 못해 잡고 온 미련을 살며시 강물에 흘려보내고 건져 올린 희망을 주워 담은 가슴은 걸어 나갈 힘이 되어 내일을 기다린다. 서울의 한강은 그렇게 흐르고 난 또 다시 생활 전선으로 걸어 들어간다.

앞서 걷는 사람의 뒷모습에서 스캔을 하듯 바라보며 뒤따라간다. 팔자걸음, 발뒤꿈치를 끌며 걷는 걸음, 뒤뚱거리며 걷는 걸음, 발을 돌리

김혜연(金惠蓮) _ 강원 태백 출생(1968년). 태백에서 황지여상고를 졸업하고 상경한 뒤 최근 동방대학원대학교 사회교육원 졸업. 대종교와 관련한 경전 연구 및 보급처인 '천부경나라' 대표로 재직하며, 한국자유기고가협회 회원, 글로벌문화포럼 공론동인회 회원 등으로 문필활동.

듯 걷는 걸음, 걸음걸이만 봐도 천차만별이다. 어깨선을 바라보면 자라 목처럼 하고 다니는 사람, 가슴을 쑥 내밀고 어깨를 뒤로 한껏 젖혀진 채로 걷는 사람, 아님 반대로 어깨를 구부려 땅만 바라보고 걷는 사람, 인생의 짐들이 무겁고 세풍에 찌들어 힘들어서일까, 아님 높은 지위에, 그리고 풍족한 생활로 자신이 넘치는 삶을 살아서일까. 남녀노소 누구를 구별해 말할 필요도 없이 휘어지고 구부러진 모습들이다.

굽이굽이 세월의 흔적으로 알고 있는 주름에서 인생을 노래하고 지나간 젊음을 아쉬워하면서 앞으로 나가기보다는 안주한 생활에 만족하면서 변화를 두려워하는 사람들에게 말해 주고 싶다. 주름의 깊이만큼 자신을 사랑하지 않은 것이며 이제부터는 자신을 좀 더 사랑해야 하며 그 방법을 찾으라고. 설령 자신을 사랑하는 방법을 몰랐거나 시간이 없었다는 핑계는 이제 그만 멈추고 지금이라도 자기 자신이 말하는 것에 귀를 기울이고 관찰을 시작하라고 말하고 싶다.

왜냐하면 지난날에 이루지 못했거나 놓쳐 버린 것을 다시 시작할 수 있는 길이요, 지금의 모습이 10년 아니 20년 전의 모습으로 돌아갈 수 있는 길이기 때문이다. 이만하면 충분한 이유가 될 것이고 개념을 세우는 명분이 뚜렷해지지 않을까. 명분이 뚜렷하면 그 대가를 무엇으로 지불할 것인지 생각해야 한다. 시간을 돌려 젊음을 살 수 있다면, 병들고 늙어가는 몸의 생체 시계를 늦춰 준다고 하면 과연 당신은 무엇으로 그 대가를 지불할 것인가에 대한 대답을 해야 할 것이다.

돈과 시간이라는 답을 찾았다면 그것은 절반의 정답을 찾은 셈이다. 그렇다면 돈이 없는 사람은 어쩌란 말인가. 흔히 하는 말로 마음을 비우라고 한다. 욕심 부리지 말라고 한다. 무엇을 비우라는 것인지 무엇이 욕심인지 그 경계를 지으라 하면 자기 자신들의 잣대와 저울로 잰 만큼의 욕심과 자기 것을 뺏어 가지 말라는 소리 밖에 되지 않는다. 그러기에 이젠 그런 흔한 말로 남을 위로하듯 하는 말에서 벗어나 실질적이고 분명한 답을 줄 수 있는 사람이 되기를 바란다.

먼저 의학적인 용어와 내용은 내가 언급할 사항이 못된다. 난 의사나 한의사의 전문적인 공부를 한 적이 없기 때문이다. 하지만 일상생활에서 오는 자연의 이치를 바라보는 것에 있어서는 다른 이들보다 좀 더 많은 관심을 가지고 있다.

집 앞에 국화를 심은 적이 있다. 그런데 잎은 무성하고 키도 크건만 꽃이 피지 않는 것이다. 왜 그럴까 의문을 가져 보니 국화 옆에 가로등이 세워져 있는 것이다. 밤낮으로 빛을 보면 꽃을 피울 수 없는 것이 이치란 것을 알게 된 후부터 식물도 그러한데 사람은 오죽하랴 싶은 생각으로 잠을 잘 때는 불을 끄고 캄캄하게 하는 완전한 밤을 선호하게 되었다. 밤거리가 찬란하게도 북적거리는 모습들을 보면서 지친 모습들 하나의 이유를 찾은 셈이다.

잠의 환경과 시간, 질 등으로 뇌에 쌓인 노폐물이 청소되고 온몸으로 전달되는 신경과 호르몬들이 자기의 역할을 찾는 것일 텐데 청소가 덜 된 뇌는 피곤하고 다른 장기들과의 원활한 흐름을 주관하지 못하여 신경이 예민해지면 모든 근육이 긴장을 하고 긴장한 만큼 몸은 오그라들어 몸에서 가장 멀리 있는 손과 발은 차츰 휘어지고 구부러져 주름지는 것이다. 관찰해야 함에도 불구하고 사랑하지 않는 이유로 지나쳐 버린 결과 우리의 발가락은 조그마한 신발 속에서 더욱 웅크린 자세로 심장에서 오는 혈액을 제대로 공급 받지 못하는 상황이 벌어진다. 얼굴과 목엔 점점 깊어지고 늘어나는 주름 수만큼 세월의 향기보다는 몸의 기능이 떨어지고 통증이 깊어진다는 것을 인식해야 할 것이다.

반면 있던 주름이 사라지고 혈색이 돌아온다는 것은 그만큼 혈액 순환이 잘 되고 있고 몸의 공장에서 세포를 만들고 있으며 노화의 속도가 늦춰지고 있다는 증거이다. 심장이란 혈액 수도꼭지의 펌프를 돌려 보면 혈관이란 호스관을 통해 새롭게 만들어진 피가 흐르는 상수관인 동맥과 온몸의 곳곳에 공급하고 쓰여진 피가 흐르는 하수관인 정맥, 그리고 이 둘을 이어 주는 모세혈관으로 지구 세 바퀴에 해당되는 120,000km의 길이나 된단다. 더욱 놀라운 것은 온몸을 한 바퀴 도는데 걸리는 시간은 단 46초라는데….

영양분과 호르몬 노폐물이 심장과 가장 멀리 있는 손과 발까지 잘 이동을 하면 아름답고 건강한 미를 가질 수 있다. 왜냐하면 손과 발에 가장 많은 모세혈관이 있고 혈액 순환의 전환점으로 특히 발가락은 중요한 역할로 걸을 때의 충격 분산과 발의 균형과 신체의 균형 체형의 밸런스를 잡는 데 중요성을 가지고 있기 때문이다.

그러나 대부분이 발가락을 보면 휘어지고 구부러진 모습으로 높은 구두에 힘겨운 모습으로 아스팔트를 걷다 보면 걷는 동안 우리의 발로 전해지는 무게는 실로 엄청나다. 그 충격이 흙을 밟을 때는 분산되지만 아스팔트나 대리석 같은 곳은 다시 우리 몸으로 충격이 다시 전해져 더욱 큰 피곤을 느낀다.

높은 곳에서 아스팔트 위로 뛰어내려 보면 발로 전해지는 고통을 고스란히 느낄 수 있을 것이다. 그 고통이 걸을 때 몸으로 쌓이는 것이다. 우리의 환경이 더욱 이렇게 내몰고 있는데 그러한 것이 차츰 쌓이고 시간이 지나면서 더욱 발가락은 휘어져 마치 수도꼭지의 호스가 꺾여져 눌려 있으면 물이 나오지 않듯 혈액공급을 받지 못하고 신경은 눌려 악순환의 고리가 이어지면서 통증은 심해지고 몸의 균형은 더욱 틀어져 혈관은 말라가고, 또 좁아지고 약해서 머리에서 막히면 뇌졸중이고 터지면 뇌출혈이 되며 심장에서 막히면 심장마비다.

손과 발의 말초 신경과 말초 혈관은 우리 몸의 스위치와 같아 예민하다. 그곳의 모세혈관으로 혈액 순환이 잘 되게 하여 감각이 떨어진 것을 살려 놓으면 우리의 몸은 스스로 깨어 자가 시스템이 움직이기 시작하는 이치를 알아주면 되는 것이다.

꼬여 있는 새끼줄의 양끝을 묶어 중간에서부터 풀어 보자. 오랜 시간과 방법을 찾아야 할 것이다. 어떤 현상이 일어나는지는 설명을 하지 않아도 알 것이다. 하지만 양쪽 어느 곳이든 끝에서부터 풀어 보면 끝까지 풀 수 있을 것이다. 틀어진 체형 또한 이와 같아 몸의 끝인 발가락과 손가락 머리에서부터 찾아 풀어 보면 그 효과는 놀라울 정도로 빠르고 정확할 것이다.

공장인 몸의 건물을 바르게 하고 음식이란 재료를 통해 몸의 혈액으로 세포라는 것을 새롭게 생성하면 그것은 젊음을 유지하는 것이고 에너지를 생성하는 것이다. 에너지가 있고 건강하면 무엇이든 할 수 있겠다는 의지와 자신감이 만들어지고 의욕이 생기며 실천의 행동이 이루어지는 것이다. 명상이다, 호흡이다, 하는 것은 일부러 시간을 내고 돈을 들여 다른 사람의 지도를 받아야 할 수 있는 것이지만 조금만 내 자신을 사랑하는 마음을 내어 보면 일부러 호흡을 하지 않아도 폐기능이 좋아져 더욱 짧은 시간에 호흡을 이룰 수 있고 호르몬의 생성과 흐름이 좋아지면 오랜 시간 명상을 하지 않아도 짧은 시간에 그 목표치에 도달할 수 있을 것이다.

뒤틀어지고 눌린 몸에서 바른 자세와 호흡은 힘들 것이고 탁한 혈액으로 건강을 말하며 명상을 앞세우는 것은 뭐가 먼저이고 나중인지를 모르는 듯하다. 더욱이 굵은 주름으로 삶이 행복했소, 라고 말하는 것은 몸의 언어와 말의 언어가 다르게 말하는 것이다. 곱고 맑은 피부를 가지고 똑 바른 자세로 말을 한다면 건강하고 행복한 삶이었구나, 정화된 마음으로 세상을 바라보고 왔음을 인정받을 수 있을 것이다.

물론 돈으로 만들었다면 뭐라 말할 수 없지만 그 나름대로 대가를 지불하고 행복했을 것이다. 의학이 발달되기를 자신의 줄기세포를 보관해 수십 년 후의 자신의 젊음과 건강을 책임져줄 수 있을 만큼 발전을 해 왔고 지금 실행되고 있는 것이 눈앞의 현실이다. 그것은 비용이 많이 들고 죽음을 앞둔 사람들의 방법이지만 서민의 삶속에서는 평소의 생활 습관을 어떻게 가지며 나를 사랑하는 방법을 찾아 위로해 주면서 보낼 것 인가, 돈과 현실이 우선이 되어 다른 것을 보지 못하는 어리석음을 깨닫고 보면 이러한 것이 살아가면서 가지는 자신에 대한 애정이요 사랑인 것을 느끼게 될 것이다.

아스팔트는 힘이 들어 흙길을 걷기 위해 산으로 들로 움직이게 되고 맑고 좋은 공기 속에 음식은 조미료나 소금의 힘을 빌리지 않더라도 그 재료의 맛과 향이 더욱 진하게 느껴져 굳이 의사의 처방이 없어도 저절로 멀리 하게 되어 자연식이 좋아짐을 느낄 것이다. 그러다 보면 사람과의 관계는 더욱 자연스러워질 것이며 일은 순조로울 것인데 이 모든 것은 시간이 필요할 뿐이다.

이제 얼굴의 주름으로 나이를 내세우고 권위를 세우는 시대는 지났다. 어쩌면 좀 더 젊은 모습으로 건강하게 100세 시대를 살아갈 것인가를 생각해야 되지 않을까. 예전과 다름없는 삶으로 살겠다는 사람은 스트레스로 더욱 주름은 늘어날 것이다. 그리고 병원에 누워 주사바늘과 산소 호흡기로 무장한 채 누워 침대만이 자기 세상이 될 것이다.

기업 성장의 핵심적인 요소

박 서 연

"기업 성장에 있어 첫 번째 요소는 고객 만족에 달렸다. 그들에 의해 우리 기업의 미래가 결정되며 성공과 실패 또한 평가 받는다. 따라서 회사의 궁극적 목표는 고객들에게 최상의 제품을 합리적인 가격에 공급하는 것이다. 이를 위해 품질 향상과 비용 절감에 꾸준한 노력을 기울이고 거래하는 모든 당사자는 공정한 이익을 얻도록 협조해야 한다."

다국적 제약회사인 존슨앤존슨이 1943년에 제정한 행동강령이다. 무엇보다 인상적인 부분은 첫 번째 책임인 고객 만족을 위해선 자사와 거래하는 모든 당사자도 공정한 이윤을 얻어야 한다는 부분이다. 여기서 언급한 거래 당사자는 자사 상품을 판매하는 업체는 물론 재료나 상

박서연 _ 인덕대학교 사회복지학과 수료. 월간 『한맥문학』 신인상에 시 부문과 수필부문 모두 당선되어 문단에 등단. 현재, 상담전문가로서 증여상속·세무회계·투자설계·부동산·은퇴설계·위험설계·법률상담·교육설계 등 상담. 교보생명 V-FP로 근무하며 생명보험협회 우수인증 설계사, MDRT(Million Dollar Round Table) 회원, 교보생명 리더스클럽, 교보생명 프리임리디의 위치에서 3년 연속 President's 그룹달성으로 교보생명 고객보장 대상을 수상하였으며, Chairman's 그룹달성으로도 교보생명 고객보장 대상 수상.

품을 공급해 주는 협력업체도 포함한다.

　전문 분야별 분업화가 일반적인 시스템 속에서 외부 공급자의 협력 없이는 효율적 경영이 불가능한 세상이 됐다. 앞으로 전문적 분업화는 더 다양해지고 기업의 외부 의존도는 더욱 높아질 전망이다. 최소한 유통업의 80~90%, 제조업 50~65% 매출을 공급자에 의존하는 현실을 감안하면 경쟁력의 중요한 요소가 여기에 있음을 간과해선 안 된다.

　따라서 구매부서의 역할은 그 어느 때보다 중요한 위치를 차지하고 있는 것이다. 해당 분야의 탁월한 전문성을 갖춘 정예요원으로 배치해야 자본 효율성을 높이고 수익률 저하를 가져오는 장기 재고를 막을 수 있기 때문이다.

　이윤은 판매가와 공급가의 차액에서 나온다. 기업은 이익을 더 얻기 위한 수단으로 구매 활동의 대부분을 구매비용 줄이는 데 초점을 맞춰 업무를 추진할 수밖에 없는 이유일 것이다. 그러나 공급자 중에는 자사와 비슷한 규모도 있고 아주 적거나 훨씬 큰 규모의 회사도 있을 것이다. 문제는 절감활동의 대부분이 자사보다 규모가 작은 업체를 대상으로 이뤄지고 있는 데 있다.

　구매 파워를 무기로 가격을 낮추면 공급업체는 이를 만회하기 위해 무리한 절감활동을 할 수밖에 없고 이는 향후 품질 문제를 야기할 위험이 도사리고 있다. 최근 미국 시장에서 백 만 대가 넘는 대규모 리콜 사태를 가져온 GM이나 수십 만 대를 리콜하는 기타 자동차 회사들의 사례에서 보듯 원가절감을 목적으로 공급자를 무리하게 압박하는 게 얼마나 위험한 일인지 좋은 사례가 아닌가 생각된다.

　기업의 존폐를 걸고 경쟁하는 여건을 감안하면 이런 점을 이해 못하는 건 아니다. 그러나 원가 절감을 통해 기업이 얻고자 하는 궁극적인 목표를 분명히 해 당장 몇 푼 절약하고 향후 수천 배의 비용을 들이는 우를 범하지 말아야 한다. 원가 절감을 위한 공급자의 협력을 구할 때는 구매자가 먼저 최선을 다해 노력하는 모습을 보여야 한다. 자사의 직원들에겐 높은 급료와 성과금 제공을 유지하면서 경쟁력 상실을 공급자에게만 전가시키면 언젠가 부메랑으로 돌아올 것은 자명한 이치다.

또한 가격이 싸다고 기존의 거래선을 바꾸기에 앞서 품질이나 서비스에서 기존 거래처와 차이점은 무엇인지 새 공급자가 지금 제시한 가격으로 향후 지속적인 서비스 제공이 가능한지도 철저히 검토해서 결정해야 한다.

어쩔 수 없이 거래처를 옮기는 경우도 기존 공급자에게 최소한의 대비가 가능한 시간을 주고 이해를 구하는 것이 중요하다. 그러나 무엇보다 우선할 것은 기존의 공급자가 지속적으로 경쟁력 있는 제품을 공급할 수 있도록 평소 협력관계 유지가 매우 중요하다. 정기적으로 회의를 개최하여 현안과 협력방안 그리고 양사간 고충을 듣고 해결하면서 신뢰를 쌓아나가야 한다. 대부분 자사의 공급자가 경쟁사의 거래처인 경우도 많음으로 정기적 만남을 통해 친분 관계를 돈독히 하다 보면 경쟁사 동향 등 다른 중요한 사업 정보를 얻는 기회도 된다.

마케팅은 비즈니스의 중요한 영역으로 오랫동안 많은 전문가를 양성해 왔지만 구매 분야에서는 전문가를 찾기가 어려운 게 현실이다. 그러나 구매에 실패하고 마케팅에 성공할 수 없음을 전제한다면 능력 있고 충성심이 강한 정예요원을 양성해 구매에 배치하는 게 무엇보다 중요하다. 그리고 공급자를 갑과 을의 관계가 아닌 파트너로 존중하면서 긴밀한 협력을 얻어야 성공 가능성이 더욱 높아짐을 잊지 말아야 할 것이다.

그렇다면 서비스 에이전시를 활용하는 것은 어떨까. 하지만 에이전시에서는 인재를 활용할 뿐 키우지 않는다는 제약이 있다. 소멸되고 있다는 하소연에다 에이전시들이 매너리즘에 빠진다고 불평한다. 이런 부정적인 지적들의 원인은 에이전시 구성원들 각자에게 '자신이 곧 하나의 브랜드'라는 개념이 희박하기 때문이다. 좋은 인적 브랜드들을 많이 보유하고 있는 에이전시가 곧 훌륭한 에이전시다. 아무 상표 가치 없는 수백 명의 구성원이 자랑인 시대는 지나갔다.

PR 에이전시들은 모두가 모든 것을 할 수 있다고 말한다. 하지만 정작 아무것도 제대로 하지 못하는 경우도 있다. 에이전시가 성장하기 위해서는 에이전시가 자랑하는 핵심 서비스가 존재해야 한다. 그것이 복수이거나 다수이면 더더욱 좋다. 단, 가장 잘 할 수 있는 것만을 핵심이라고 말하여야 한다.

서비스 에이전시의 마케팅은 달라야 한다. 기존의 마케팅보다는 명성관리에 더 가깝다. 재미있는 것은 PR 에이전시들의 경우 자신들이 명성관리 서비스를 한다고 하면서도 스스로에 대한 명성관리는 힘들어 한다는 것이다. 맥을 잡지를 못한다는 것인데 PR 에이전시가 잘 되고 있는가 잘못 되고 있는가 하는 질문에 대해서도 이해관계자들의 마음속에 그 정답이 있게 마련이다.

다시금 서비스업에서의 마케팅을 핵심적인 요소로 정리해 볼 때 가장 먼저 생각해 볼 요소는 서비스업에 대한 소신 있는 철학이 필요하다. 그리고 고객을 믿고 무조건 신뢰하는 것이 최우선시 되어야 한다. 그리하여 자기분야에서 독보적인 명성을 쌓아야 하며 그 명성을 기반으로 고객 접점에서의 최고의 품질을 제공하는 것이 필수인 것이다. 그리고 경쟁적인 면에서도 전문화 되는 것은 지극히 당연한 요소라 하겠다.

시대별로 본 우리나라 행정구역

배우리

1. 일제강점기의 행정 구역

일본 제국은 식민지 조선을 철저히 장악하여 대륙진출의 교두보로 삼고자 했다. 동시에 조선을 일제의 발전을 위한 수탈의 대상으로 여겨 물적 기반을 만들고 통제를 강화하였다. 면(面)을 말단 행정단위로 설정하고 1914년 대대적으로 행정구역을 통폐합한 조치는 그 대표적인 예이다.

1910년 9월 30일 공포, 10월 1일 시행된 〈조선총독부지방관관제〉에

배우리 _ 서울 마포 출생(1938년). 옛 이름은 상철(相哲). 출판사 편집장. 이름사랑 원장. 땅이름 관련 TBC방송 진행. KBS 생방송 고정출연. 한글학회 이름 관련 심사위원. 기업체 특별강연. 연세대학교 강사(8년). 국어순화 추진위원. 자유기고가협회 명예회장. 이름사랑 대표. 1970년부터 이름짓기 활동을 해 오면서 지금까지 1만여 개의 이름을 지었다(하나은행, 한솔제지 등과 연예인 이름 등). 전국의 신도시 이름(위례신도시 등), 지하철 역이름(선바위역 등), 도로 이름, 공원 이름 등에도 그가 지은 이름이 상당수 있다. 1980년대 초부터는 지명 연구에 전념, 서울시 교통연수원, 연세대학교 등에서 수년간 이 분야의 강의를 해 왔다. 현재는 국토교통부 국가지명위원, 국토지리정보원 중앙지명위원이며 한국땅이름학회 명예회장, 서울시 교명제정위원으로 있다. 저서 《고운이름 한글이름》(1984), 《우리 땅이름의 뿌리를 찾아서》(1994), 《사전 따로 말 따로》(1994), 《글동산 말동네》(1996), 《배우리의 땅이름 기행》(2006), 《우리 아이 좋은 이름》(2008) 외 땅이름 관련 10권.

따라 한성부는 경성부로 개칭되고 경기도의 하부 행정구역이 되었다. (13도 12부 317군)

　　한성부 → 경성부
　　옥구부 → 군산부
　　무안부 → 목포부
　　동래부 → 부산부

　1911년 4월 1일 조선총독부는 경성부에 군·면제를 도입하는 등 부분적인 도(道)·부(府)·군(郡)·면(面) 간의 경계 변동을 하였다.

　1914년 4월 1일 조선총독부에 의하여 대대적인 행정구역 개편이 이루어졌다.(13도 12부 220군). 부는 이전까지의 부와 다르며, 1995년 도농복합도시 이전의 시에 해당한다.

　많은 군현들이 이때에 조정되거나 없어졌는데, 예를 들면 경상북도에는 여러 군현을 조정−축소하여 1부 23군을 두었는데, 대구부를 도청소재지로 하여 달성군, 경산군, 영천군, 경주군, 영일군, 영덕군, 영양군, 청송군, 안동군, 의성군, 군위군, 칠곡군, 김천군, 상주군, 예천군, 영주군, 봉화군, 문경군, 성주군, 고령군, 청도군, 선산군, 울도군 등으로 조정되었다.

　경기도에서는 항구 주변을 제외한 인천군과 부평군을 합하여 부천군으로, 시흥군, 안산군, 과천군을 합하여 시흥군으로, 안성군(安城郡)·양성군(陽城郡)·죽산군(竹山郡)의 3개 군을 병합하여 안성군으로 개편하고, 충남 연기군, 전의군, 공주군 일부를 연기군으로 통폐합하는 등의 개편으로 많은 군현들이 없어졌다. 대구부를 분해하여, 도시 지역인 대구면만 대구부(大邱府)로 남기고, 대구면을 제외한 대구부의 나머지 면과 현풍군이 달성군으로 개편되었다.

　1945년 8월 15일 13도 22부(경성부, 인천부, 개성부, 대전부, 군산부,

전주부, 목포부, 광주부, 대구부, 부산부, 마산부, 진주부, 해주부, 평양부, 진남포부, 신의주부, 함흥부, 원산부, 청진부, 나진부, 성진부, 홍남부) 218군 2도 체계로 광복을 맞는다.

2. 광복 후 행정 구역

1944년 10월 1일 : 함경남도 함주군 홍남읍을 홍남부로 승격시켰다. 이로써 우리는 13도 22부 218군 2도 체제로 광복을 맞이하였다. 군 하위 단위인 읍면은 107읍 2,243면이었다. 미군정시대에는 일제하의 지방제도가 그대로 계승되고 일부 지방행정구역이 개편되었다.

즉 1945년 11월에 38도선 이남에 연접한 행정구역을 조정하고 1946년 7월 전라남도에서 제주도를 분리시켜 도로 승격시키고, 경성부를 경기도의 관할로부터 떼어 서울특별시로 독립시켰다.

이리하여 1948년 8월 15일 대한민국 정부수립 당시의 남한지역의 행정구역 수는 1특별시 9도 14부 133군 1도 8구 73읍 1,456면으로 되었다. 그 해 11월에 공포된 〈지방행정에 관한 임시조치법〉도 이 관할구역을 그대로 승계하였다.

22부는 경성부(京性府), 인천부(仁川府), 개성부(開城府), 대전부(大田府), 군산부(群山府), 전주부(全州府), 목포부(木浦府), 광주부(光州府), 대구부(大邱府), 부산부(釜山府), 마산부(馬山府), 진주부(晉州府), 해주부(海州府), 평양부(平壤府), 진남포부(鎭南浦府), 신의주부(新義州府), 함흥부(咸興府), 원산부(元山府), 청진부(淸津府), 나진부(羅津府), 성진부(城津府), 홍남부(興南府) 등이다.

부(府)는 지금의 행정 체제로 보면 시(市)에 해당한다고 할 수 있다.

3. 군정 당시의 행정 구역

미 군정은 일제 강점기의 행정 구역을 그대로 존속시켰으며 이후 서

서히 일본식 잔재를 청산해 가기 시작했다.

1946년 6월 1일 : 강원도 춘천군 춘천읍을 춘천부로, 충청북도 청주군 청주읍을 청주부로 승격시켰다. 춘천군은 춘성군으로, 청주군은 청원군으로 개칭되었다.

1946년 8월 1일 : 전라남도에 속해 있던 제주도(島) 일원을 관할로 제주도(道)가 신설되었다. 제주도에 북제주군, 남제주군의 2군을 설치하였다.

1946년 9월 28일 : 경기도 경성부를 서울특별자유시로 승격시키고 경기도에서 분리했다.

1947년 2월 23일 : 전라북도 익산군 이리읍을 이리부로 승격시켰다.

1948년 4월 1일 : 정(町)을 동(洞) 또는 로(路)로, 정목(丁目)을 가(街)로 개칭하고, 일본식 동명을 한국식 동명으로 되돌렸다

4. 현재

정부 수립 당시에는 1특별자유시 9도 14부 218군 체제였는데 일제시대에 만들어진 도(道) · 부 · 군 · 도(島) 체제에서 도 · 시 · 군 체제로 전환했다.

1960년대에 도와 같은 역할을 하는 직할시(直轄市)가 부산이 최초로 탄생한 이후 1989년까지 5개의 직할시가 탄생했다. 이후 행정의 불편을 막고 원래 한 지역이었으나 시와 군으로 갈라진 곳들을 재통합하기 위해 1995년 도농복합시가 출범했으며, 기존의 직할시가 광역시(廣域市)로 개칭되고 1997년 울산광역시가 탄생했다. 최근에는 기존의 시 · 도보다 막강한 권한을 가진 특별자치도(特別自治道)와 특별자치시(特別自治市)도 출범했다. 지금은 복잡한 행정 체계의 간소화와 함께 그 수를 줄이기 위해 지자체 간의 통폐합을 추진하고 있다.

대한민국의 지방 행정 체계는 시(특별시, 광역시, 특별자치시)·도 (도, 특별자치도)−시(자치시)·군·구(자치구)−동(행정동)·읍·면 의 3단계로 구성되어 있다. 1특별시, 6광역시, 1특별자치시, 8도, 1특별 자치도가 광역 지방 자치 단체를 구성하고 있으며, 74시 85군 69구가 기초 지방 자치 단체를 구성하고 있다. 특별시는 구를 하위 행정 기구 로 둘 수 있으며, 광역시는 군도 둘 수 있다. 도는 시와 군을 둘 수 있다. 최근에는 3단 체계의 비효율을 강조하며 2단계로 줄이려는 움직임도 있다.

1특별시(特別市) : 서울특별시(特別市)

6광역시(廣域市) : 부산광역시(釜山廣域市), 대구광역시(大邱廣域市), 인천 광역시(仁川廣域市), 광주광역시(光州廣域市), 대전광역시(大田廣域市), 울산광 역시(蔚山廣域市)

1특별자치시(特別自治市) : 세종특별자치시(世宗特別自治市)

8도(道) : 경기도(京畿道), 강원도(江原道), 충청북도(忠淸北道), 충청남도(忠 淸南道), 전라북도(全羅北道), 전라남도(全羅南道), 경상북도(慶尙北道), 경상남 도(慶尙南道)

1특별자치도(特別自治道) : 제주특별자치도(濟州特別自治道)

5. 북한의 행정 구역

북한이 통치하고 있는 행정구역은 1945년 광복 당시에는 강원도 일 부를 포함하여 6개 도, 9개 시, 89개 군, 810개 읍·면이었다. 그러나 북 한은 단독정권 수립 이전인 1946년 9월 평양시를 평안남도에서 분리하 여 특별시로 승격시켜 임시수도로서의 성격을 부여하는 등 한반도 분 단을 기정사실화 하는 데 진력하였다.

이어 경기도 연천군 일부와 함경남도 원산시와 문천군을 포함시켜 강원도를 신설한 것을 시작으로 하여 여러 차례에 걸쳐 행정구역을 개편하였다.

평양과 나선을 직할시, 남포를 특급시로 두었고, 양강도와 자강도를 신설하였다. 그리고 황해도를 남도와 북도로 나누었고, 휴전선 이북의 강원도를 광복 당시의 함경남도 원산까지 확대하였다.

북한의 행정 구역

1952년 12월에 북한은 행정단위 가운데 면(面)을 폐지하여 도(특별시·직할시)－시(군·구역)－리(읍·노동자구)의 3단계 행정구역체제로 개편했다.

그리고 군 지역을 재분할하여 그 수를 증가시키는 한편, 400명 이상의 임금노동자가 거주하는 광산·어촌·공장지대에 '노동자구'로 지칭되는 행정단위를 별도로 설치하였다.

북한은 광복 이래 60여 차례의 행정구역 개편을 거쳐 2009년 2월 현재 9개 도, 2개 직할시, 25개 시, 33개 구역, 147개 군, 2개 구, 2개 지구, 147개 읍, 3,230개 리, 1,137개 동, 267개 노동자구의 편제를 가지고 있다.

북한은 사회주의 체제를 기반으로 하고 있기 때문에 중앙집권을 강화하려는 의도가 크고 행정구역의 수를 남한의 행정구역과 같은 수준으로 맞추려는 정치적 의도가 크게 작용한다.

또한 지명을 보면 공산주의와 관련된 지명이 많다. 이는 공산주의의 선전과 우상화를 위해 설정된 것들이다. 예를 들면 함경북도의 성진시를 북한군 총사령관(6.25당시) 이름을 따서 김책시, 후창군은 김형직군(김일성 아버지), 경흥군은 은덕군(김일성의 은혜와 덕을 기림). 김정숙(신파)군, 김형권(풍산)군, 낙원(퇴조)군 같은 이름들도 공산주의 선전과 김일성 일가의 우상화를 위한 것이다.

영웅거리, 충성동 같은 이름들도 그러한 흐름의 이름들이다.

휴전협정 이후 북한과 남한의 행정구역이 조정된 지역은 아래와 같다.

북한 : 경기도 개성시, 개풍군, 장풍군, 판문군 일원, 연천군, 파주군 일부와 황해도 옹진군 옹진반도 일대(백령도, 연평도, 대청도 제외)

남한 : 경기도 연천군(북한 수복지역 제외), 포천군 일원, 가평군 일부, 강원도 춘천시 이북지역(철원 · 화천 · 양구 · 인제 · 고성군 일부, 양양군 · 속초시 일원)

강원도는 1945년 38도선이 생김에 따라, 양양, 고성, 인제, 양구, 화천, 금화, 평강, 철원, 회양, 통천, 이천의 11개 군이 공산 치하에 들어갔다. 그러나 1950년 한국전쟁을 계기로, 양양, 인제, 화천, 고성, 양구, 금화, 철원, 통천, 일부 등을 수복하고, 그 나머지 고성군의 장전읍, 고성읍 등과 양구군과 회양군의 일부와 통천군, 금화군, 철원군, 평강군, 이천군 등의 일부가 북한 지역으로 넘어갔다.

의연한 국민

송낙환

대체 이 나라는 왜 이러는가? 중요한 국가적 정책이 결정될 때면 마치 난리라도 난 것처럼 극렬한 반대의 시위가 등장한다. 이마에 빨간 띠를 두르고 팔을 휘두르며 집단으로 저항하는 듯한 모양새의 시위가 그야말로 연일 TV 화면을 장식한다. 소고기 파동 때 그러했고, 제주 강정마을 해군기지 건설 때도 그러했다. 그러더니 또 사드 배치가 결정되자 기다리기라도 했다는 듯 이러한 전문 시위꾼들의 시위가 시작되고 있다.

빨간 색은 사회주의 국가에서는 피를 상징하는 색이다. 사회 현안을 다룰 때, 자본가와 노동자라는 이분법으로 분류하고 반대편을 폭력으로 제압해야 한다는 폭력적 의미의 색깔로 빨간 색이 사용되고 있는 것이다. 그런데 언젠가부터 이 빨간 색이 시위꾼들 사이에서 나타나더니

송낙환(宋洛桓) _ 사단법인 겨레하나되기운동연합 이사장. 한국수필가협회 회원. 평양꽃바다예술단, 겨레평생교육원, 겨레뉴스, 겨레몰 회장. 코리아미디어엔터테인먼트 회장. 민주평통 개성금강산위원회 위원장. 통일부 통일교육위원.

이제는 거의 일상적으로 빨간 색이 등장한다.

시위꾼들의 이마에는 으레 빨간 띠가 질끈 묶여 있고, 목에는 빨간 수건이 둘러져 있다. 이 나라가 자유로운 경쟁을 통한 시장 경제를 지향하는 자유민주주의 국가인가 아니면 집단주의를 추구하는 사회주의 국가인가, 구분이 안 될 정도의 혼란한 모습이 시위 사태 속에는 늘 섞여있다. 대다수의 국민들은 선량하고 양심적인 국민들임에도 불구하고, 목소리 높은 사람은 이러한 시위꾼들이고 언론에 등장하는 이들 또한 이러한 전문 시위꾼 모습을 한 사람들 뿐이다.

그러니 마치 이 나라가 아직도 사회주의를 추구하는 세력이 많은 혼란한 사회인 것처럼 외국인들에게는 비쳐지고 또 우리 국민들에게도 그렇게 비쳐지고 있다는 점이 우려스러운 일인 것이다. 언론도 차제에 이러한 전문적 혼란을 부추기는 세력의 언론 등장을 자제하고 양심적이고 선량한 일반 국민들의 목소리를 언론에 많이 나오게 하여 우리 사회의 혼란을 줄이는 데 앞장서야 하지 않을까 생각된다.

이런 혼란한 시위에 더하여 가관인 것은 정치인들이 그 시위가 가세하고 있다는 점이다. 사드 배치 지역으로 결정된 해당 군의 군수와 이 지역 출신 국회의원이 반대 시위에 극렬하게 동참하고 중앙의 정당 지도자들도 지역의 시위에 부화뇌동하는 듯한 태도를 보이는 이도 여럿 보인다. 참으로 안타까운 일이다. 표를 의식하여 그렇다고는 하지만 정치인이 대국을 보지 못하고 작은 일에 목숨을 걸면 소인배나 다를 것이 없다고 평가받을 것이다. 오히려 군민들을 설득하고 국가를 위해 우리가 인내하고 참자고 설득하는 자세를 가진다면 그러한 정치인들에게 더 많은 표가 갈 것이라는 사실을 왜 정치인들은 알지 못하는가.

우리 국민들의 정치적 수준은 높다. 따라서 성주 군민들의 정치적 수준 또한 높을 것으로 생각된다. 정치인들이 일시적 인기를 위해 머리에

띠를 둘렀는가, 아니면 국가의 백년대계를 위해 욕을 먹을 각오를 하고 나섰는가 다 알고 있다. 천만에 착각하지 말라. 전문 시위꾼 속에 섞여 주먹을 휘두른다고 해서 절대 표가 가지 않을 것이다.

주요한 국책이 결정될 때마다 반대를 일삼는 이들이 이렇듯 판을 친다면 외국 사람들이 우리를 볼 때에 어떻게 보겠는가. 3류 국가로 보지 않겠는가. 국가가 3류이면, 그 국가를 만든 이들이 국민이니 그 국민 또한 3류 국민이라고 외국인들은 손가락질하지 않겠는가. 참으로 개탄스럽고 걱정스러운 모습이 아닐 수 없다. 어떤 이는 우리 국민성을 일러 냄비 근성이라고 비판적으로 표현하는 이들도 있지만 반대를 위한 반대를 일삼는 소수의 극렬분자들에 의해 나라꼴이 이렇듯 3류 국가로 비쳐지고 있으니 이에 대한 대책이 시급하다 하지 않을 수 없다.

사드 배치에 대해 설명하려 내려간 국무총리가 설명은 고사하고 시위꾼들에게 갇히듯 포위당한 채 계란과 물병 세례를 받고, 제대로 설명하지도 못한 채 올라왔다니 도대체 이러한 나라꼴을 접하고 있는 많은 선량한 국민들의 걱정을 어떻게 해소해 줄 것인가. 사태를 이렇게 이끌어 가고 있는 전문 시위꾼들에 대하여 정부의 강력한 대처를 호소하는 이들이 많다는 점을 정부는 분명하게 인식해야 한다. 이번 기회에 이러한 세력을 뿌리 뽑겠다는 각오로 정부는 사회를 평온하게 만드는 데 나서야 할 것이다.

그러면 도대체 사드가 뭐가 문제이기에 그렇게 난리를 치고 있는가. 단순하게 생각해보자. 북한이 핵을 개발하여 사실상의 핵보유국이 되었고, 그로 인해 동북아의 안보 균형이 심각하게 위협받게 되었으며, 이로 인해 가장 큰 피해를 받을 수 있는 국가는 한국이 될 수 있다는 점은 아무도 부인하지 못할 것이다. 이러한 상황에 대한 대비로 사드를 배치하여 국가의 안보를 지키자는 것이다. 국가 안보는 99%로도 안 된다는 말이 있는 것처럼 가능한 한 보다 철저히 하는 것이 나라를 지키고 국민들의 생명과 재산을 지키는 데 더 유리한 것이 아닌가.

우리가 살고 있는 나라를 지키고, 우리들의 소중한 생명과 재산을 지키자는 데 사드 배치의 목적이 있지 않은가 말이다. 그런데 왜 그렇게 난리라도 난 듯한 사태가 연일 벌어지고 있는가. 그렇다면 시위꾼들은 나라를 지키지 말고, 정부가 국민의 생명과 재산을 지키는 데 소홀이 해도 괜찮다는 말인가. 참으로 이해가 안 되는 일이다.

사드 반대론자들은 대개 중국의 반대, 그리고 전자파의 피해 등을 들어 반대를 하고 있다. 그러나 그러한 논리는 반대를 위한 반대에 불과한 것처럼 논리의 근거가 미약해 보인다. 중국이 반대한다고 해서 우리의 국가 안보를 위해 중요한 사안을 처리 못한다면 우리가 어떻게 독립된 국가라고 할 수 있겠는가. 중국은 중국의 입장에서 중국의 안보를 위해서 한국의 사드 배치에 대해 반대할 수도 있겠지만 그렇다고 해서 우리가 우리의 안보를 소홀히 한다면 그것이야말로 사대주의적 발상이 아닌가.

주변국들과의 선린우호 관계를 위해 꾸준히 중국을 설득하고 이해를 구하는 노력을 해야겠지만, 우리의 이러한 노력에도 불구하고 끝까지 중국이 반대한다면 그것은 중국의 자유로운 의사로서 우리로서는 어쩔 수 없는 일이다. 우리나라는 중국의 안보를 위해 있는 것이 아니라 우리의 안보를 위해서 존재하는 것이기 때문이다.

특히 중국이 사드에 신경 쓰고 있는 이유는 사드 포대에 따라오는 엑스밴드 레이더의 성능 때문인 것으로 알려지고 있다. 엑스밴드 레이더의 탐지 거리는 5천 킬로 정도로 사실상 중국의 전역을 커버하는 것으로 알려지고 있나. 때문에 중국의 극렬한 반발을 불러오고 있지만 바꾸어 생각해 보면 중국이 동북지역에 배치하고 있다는 둥펑 미사일들의 움직임이 사전에 포착되어 한반도의 안보에 오히려 순기능적 효과를 가져올 수 있다는 점도 생각해 볼 수 있을 것이다.

7월 13일자 문화일보 보도에 따르면 한국과 미국 정보당국은 중국이 한국과 인접한 동북부지역 등에 '중국판 사드 레이더'와 탄도 미사일을 배치해 한반도를 겨냥하고 있는 것으로 파악하고 있다. 최근 중국 군사현황에 정통한 정보 소식통에 따르면 중국 인민해방군은 백두산 인근 지린성, 산둥성, 랴오닝성에 중국 전략지원군 예하 3개 유도탄 여단의 둥펑(東風·DF) 계열 미사일 600여 기를 배치해 한국군과 주한미군 기지 등을 조준하고 있다고 한다.

특히 산둥성 라이우시 부근의 제822여단은 우리 서부해안까지만 도달할 수 있는 사거리 600km의 DF-15 미사일을 주력으로 운용하고 있는 것으로 알려졌다. 중국은 제822여단에 탐지거리 500km 이상의 JY-26 레이더를 배치해 한반도 서부지역 등을 손바닥처럼 들여다보고 있다고 한다. 헤이룽장성 솽야산과 푸젠성에는 탐지거리 5500km의 대형 X밴드 레이더로 일본과 서태평양 일대까지 감시하고 있다고 한다. 한 군사 소식통은 "중국의 JY-26 레이더는 지난 2013년 3월에 오산 미공군 기지에 전개된 F-22 랩터 전투기의 이착륙 상황을 세세하게 탐지할 정도로 성능이 뛰어나다"고 말했다.

이와 관련, 미국 전략국제문제연구소(CSIS)는 올 초 '아시아·태평양 재균형 2025' 보고서에서 "중국은 한국과 일본에 위치한 미군기지를 타격할 수 있는 육상기반 순항 및 탄도미사일을 수백 대 보유하고 있을 것으로 추정된다"며 "이러한 미사일들에 대비하기 위해 최소한 이들과 동일한 수의 요격미사일들을 미국, 한국, 일본에 배치해야 한다"고 건의했다.

권명국 전 공군 방공포 사령관은 "중국의 사드 배치 반대 논리는 자기들은 미사일로 한반도를 겨누고 있으면서 한국에는 무방비로 가만히 있으라는 격"이라며 "군사주권에 위배된다"고 말한 바 있다.

한편 사드 반대 논리로 내세우고 있는 전자파 유해 논란은 사실상 거론할 대상이 되지 않는다. 우리가 일상적으로 사용하고 있는 휴대폰, 컴퓨터, 전자제품 등 모든 현대 문명의 이기들은 대부분 전자파가 있다. 그렇다고 해서 우리가 그러한 문명의 이기들을 사용하지 않을 수 있는가. 전자파가 엄청난 피해를 준다면 모르지만 정부는 그 피해가 미미한 수준이라고 설명하고 있지 않은가.

이제 반대를 위한 반대 시위대가 거리를 뒤덮는 국민들을 식상하게 하는 사회적 행태는 사라져야 한다. 정부가 어려운 결정을 내릴 때, 오히려 밀어주고 격려해 주는 풍토가 정말로 보고 싶다. 우리 국민은 어려운 때일수록 현명한 판단을 하는 의연한 국민임을 믿고 싶다.

성가곡 '고요한 밤 거룩한 밤'의 고향을 찾아

송 일 봉

1971년 12월의 어느 날. 서울 변두리의 한 초등학교 교실. 밖에는 눈이 내리고 있었다. 아이들은 선생님께 운동장으로 나가 눈싸움을 하자고 조른다. 하지만 허름한 풍금 앞에 앉은 선생님은 아이들과 함께 성가곡 '고요한 밤 거룩한 밤'을 부른다. 어느 정도 시간이 흐른 후. 선생님은 이 노래가 만들어지게 된 유래에 대해 차분하게 설명한다. 아이들은 마치 동화 같은 이야기에 금세 빠져든다. 지금의 교육 현장과는 사뭇 다른 1970년대 초등학교 교실의 풍경이다. 그 학생들 가운데 유독 선생님의 이야기에 집중하는 아이가 있었다. 그 아이는 나중에 꼭 그 마을을 가봐야겠다는 굳은 결심을 한다.

송일봉 _ (사)한국여행작가협회 회장 역임. 연세대 사회교육원 땅이름 연구과정을 수료했고, 해외여행전문지 코리안 트레블러 편집부장과 대한항공 기내지 모닝캄 편집장을 지냈다. 현재 AK문화아카데미, 삼성노블카운티 문화센터 등에서 22년째 여행전문강사로 활동하고 있다. 한국청소년연맹, 중앙선거관리위원회, 재정경제부, 대한병리학회 등에서 강연을 했으며, 저서로 《주제가 있는 여행》, 《이번 주말엔 어디 가면 좋을까》, 《세계의 아름다운 곳 50선》, 《1박2일 힐링여행》, 《대한민국 대표여행지 1000》(공저) 등이 있다.

시간은 흘러 1993년. 당시 나는 한 항공사의 기내지 편집장을 하고 있었다. 그 항공사는 세계 곳곳의 주요 도시에 대부분 취항하고 있었기에 기획의도만 좋다면 어디든지 취재를 할 수 있었다. 그런 만큼 항상 새로운 취재 아이템을 찾기 위해 머리를 짜내야 했다. 뭔가 좀 색다른 아이템은 없을까? 유럽까지 가는 비행기 안에서 지루하지 않게 읽을 수 있는 여행기사는 없을까? 그 여행지가 동심을 불러일으키는 곳이라면 더욱 좋을 텐데…. 그 때 나는 불현듯 어린 시절에 배운 '고요한 밤 거룩한 밤'이 머리에 떠올랐다. 그리고 이왕이면 노래가 만들어진 12월 24일의 풍경을 담을 수 있으면 좋겠다는 생각을 했다.

부랴부랴 12월 20일에 출발해 잘츠부르크의 크리스마스 마켓을 취재한 후 12월 24일 오번도르프에 도착하는 일정을 만들었다. 오번도르프 취재를 마친 후에는 이문열의 소설에도 등장하는 그라츠를 들른 후 1월 1일 비엔나에서 새해를 맞이하는 일정까지 포함시켰다. 취재 준비는 차질 없이 진행되었다. 항공권과 숙박, 현지교통편 등이 모두 확정되었다. 나의 오번도르프 여행은 그렇게 시작되었다.

해마다 12월이 되면, 특히 크리스마스가 가까워지면 음악의 도시 잘츠부르크를 찾는 외국인 관광객들의 숫자가 눈에 띄게 늘어난다. 본래 오스트리아 사람들은 크리스마스를 차분하고 경건하게 보낸다. 12월 초에 집집마다 크리스마스 트리를 장식하느라 조금 분주할 뿐, 정작 크리스마스 이브가 되면 미리 예약해 놓은 레스토랑에서 온 가족이 함께 단란한 저녁 식사를 즐긴다. 크리스마스 휴가를 맞아 스키장이 있는 휴양지로 온 가족이 함께 여행을 떠나기도 한다.

그래서 크리스마스를 전후한 잘츠부르크 시내 번화가는 다른 때에 비해 오히려 적막감이 감돌 정도로 한산하다. 이와는 반대로 잘츠부르크 근교의 작은 마을인 오번도르프(Oberndorf)는 세계 각국에서 찾아온 여행자들로 매우 붐빈다. 이곳이 바로 세계적으로 유명한 성가곡 가운데 하나인 '고요한 밤 거룩한 밤'이 처음 만들어진 곳이기 때문이다.

'고요한 밤 거룩한 밤'의 탄생 배경

지금으로부터 198년 전인 1818년 12월 24일. 오번도르프에 있는 '성 니콜라우스 성당'의 신부였던 요제프 모어(Joseph Mohr, 1792~1848년)와, 이웃 마을인 안스도르프의 교사였던 프란츠 그루버(Franz Gruber, 1787~1863년)에 의해 '고요한 밤 거룩한 밤'은 탄생했다. 당시 26세의 젊은 신부였던 요제프 모어가 '고요한 밤 거룩한 밤'을 작사하게 된 것은 그해 여름 홍수 때 물에 잠겨 못쓰게 된 오르간 때문이었다. 오르간으로 연주하기에 적합하도록 만들어진 기존의 찬송가 대신에, 기타 연주로 가능한 새로운 노래를 급히 만들어야 한다는 그의 의지가 세계적인 명곡을 만들게 된 계기가 되었다.

모어 신부와 그루버 교사의 초상화가 걸려 있는 성당 내부

성당 입구에서 고요한 밤 거룩한 밤을 연주하는 연주자들

요제프 모어 신부에게는 다행히 예전에 써놓은 시 한 편이 있었다. 그는 자신이 쓴 시에다 곡을 붙이는 일을 프란츠 그루버에게 부탁했다. 요제프 모어의 부탁을 받은 프란츠 그루버는 아름다운 가사에 반해 금세 곡을 붙이게 되었다. 프란츠 그루버는 안스도르프 성당의 성가대 지휘자이면서 오르간 연주자였기에 어느 정도의 음악적 재능은 갖고 있었다. 이렇게 만들어진 성가곡 '고요한 밤 거룩한 밤'은 '성 니콜라우스 성당'의 1818년 12월 24일 자정미사 때 첫선을 보였다.

그러나 '고요한 밤 거룩한 밤'은 한동안 고요하게(?) 묻혀 있었다. 몇 년의 시간이 지난 후. 1825년에 오르간 제작자인 칼 마우라커(Carl Mauracher)는 '성 니콜라우스 성당'에 들렀다가 우연히 오르간 옆에서 '고요한 밤 거룩한 밤' 악보를 발견했다. 그리고는 악보를 베껴 자신이 살고 있는 티롤로 가져갔다. 당시 티롤에는 '스트라써 어린이합창단'이 왕성하게 활동하고 있었다. 해외 공연을 자주 다니던 이 어린이합창단은 '고요한 밤 거룩한 밤'을 그들의 주요 레퍼토리에 포함시켰다. 마침내 '고요한 밤 거룩한 밤'은 독일 전역에서 큰 인기를 얻었고, 점차 세계적으로 널리 퍼져 나갔다. 영어로는 존 프리먼 영(John Freeman Young, 1820~1885년) 주교에 의해 1859년 처음 번역되었다. 우리나라에는 감리교에서 1895년에 발행한 찬미가를 통해 처음 알려지게 되었다. 그 후 1931년에 신정 찬송가를 통해 더욱 널리 보급되기 시작했다. 당시 본래 가사의 한 소절인 '조용하고 환한 밤'이 '어둠에 묻힌 밤'으로 번역된 것은 일제강점기의 어두운 현실에 영향을 받은 것으로 알려져 있다.

오번도르프의 상징, '성 니콜라우스 성당'

잘츠부르크에서 북쪽으로 20km쯤 떨어져 있는 오번도르프는 잘자흐 강을 끼고 독일과 국경을 이루는 작은 마을이다. 오번도르프에서 작은 다리를 건너면 독일의 라우펜(Laufan) 마을이다. 정말 그림처럼 평온하고 아름다운 마을이다. 게다가 오번도르프는 '고요한 밤 거룩한 밤'이 만들어진 곳이다. 이 정도면 충분히 여행자들의 관심을 끌 수 있는 명소로 손색이 없다. 하지만 안타깝게도 우리나라 대부분의 여행 관련 서적이나 웬만한 지도에는 나와 있지도 않은 작은 마을이다. 우리에겐 아직 낯선 곳일 수밖에 없다. 유럽은 물론이고 미국이나 일본에서는 크리스마스 이브에 이 도시를 방문하는 여행 프로그램이 상당한 인기를 끌고 있음에도 불구하고….

'성 니콜라우스 성당'은 '고요한 밤 거룩한 밤'과 아주 잘 어울리는 성당이다. 멀리서 보면 마치 마을을 지키는 작은 망루처럼 보일 정도다. 하지만 지금의 성당이 요제프 모어 신부가 '고요한 밤 거룩한 밤'을 만들었던 당시의 성당은 아니다. 1800년대 후반에 잘자흐 강의 범람으로 인해 지반이 침하되면서 철거되었기 때문이다. 현재의 성당은 1924년에 완공되었다. 그 해에 '고요한 밤 거룩한 밤' 탄생 100주년 기념행사를 개최했다. 본래는 1918년에 100주년 기념행사를 개최해야 했지만 제1차 세계대전(1914~1918년)의 여파로 미뤄진 것이다. 당시 기념행사에서는 프란츠 그루버의 손자인 펠릭스 그루버가 요제프 모어가 사용했던 기타로 '고요한 밤 거룩한 밤'을 연주하기도 했다. 1937년에는 요제프 모어 신부와 프란츠 그루버 교사를 기억하기 위해 '고요

성 니콜라우스 성당 옆에 있는 작은 우체국

한 밤 성당(Stille Nacht Kapelle)' 이라는 별명도 붙였다.

'성 니콜라스 성당' 옆에는 기념품 판매장과 자그마한 우체국이 있다. 우체국 안에는 여행자들이 간단하게 편지나 엽서를 쓸 수 있는 책상도 마련되어 있다. 고향에 있는 가족이나 친구들에게 '오번도르프에서의 감동' 을 전하려는 여행자들로 하루 종일 붐비는 곳이다. 우체국 한 모퉁이에서 정성스럽게 편지를 쓰는 할아버지의 모습에서는 그가 소년 시절에 '고요한 밤 거룩한 밤' 을 처음 배우면서 가졌던 꿈과 희망을 엿볼 수 있다.

12월 24일에는 '크리스마스 특별열차' 가 운행되기도

12월 24일 오후에는 잘츠부르크─안스도르프 구간에 크리스마스 특별열차가 운행된다. 통나무집을 연상시키는 기차 객실은 크리스마스 장식으로 꾸며져 있고, 오스트리아 전통의상을 입은 사람들이 객실을 돌아다니며 와인을 따라준다. 안스도르프에서 오번도르프까지는 마을 길을 따라 약 20분 동안 걸어서 이동한다. 198년 전에 요제프 모어와 프란츠 그루버 교사가 걸었던 그 길을 따라….

'성 니콜라우스 성당' 에서는 지금도 198년 전과 똑같은 모습으로 미사를 드리고 있다. 성당 내부의 조그만 창문에는 요제프 모어 신부와 프란츠 그루버의 모습이 스테인드글래스로 예쁘게 장식되어 있다. 해마다 12월 24일이 되면 이곳 '성 니콜라우스 성당' 에서는 수많은 여행

12월 24일 운행하는 잘츠부르크 - 안스도르프 구간 크리스마스 특별열차

자들이 모인 가운데 경건한 기념미사가 열린다. 오스트리아에서는 크리스마스 기간 중 12월 24일을 가장 중요하게 여긴다. 심지어 12월 24일 이전에는 라디오방송에서조차 '고요한 밤 거룩한 밤'을 선곡하지 않을 정도다.

오번도르프에 해가 지면 '성 니콜라우스 성당' 앞의 키 큰 가문비나무는 근사한 크리스마스 트리로 변한다. 성당 입구에서는 오스트리아 전통의상을 입은 청년들이 아름다운 성가곡들을 연주한다. 기념미사는 늦은 밤까지 계속된다. 마지막은 '성 니콜라우스 성당'을 찾은 모든 사람들이 함께 '고요한 밤 거룩한 밤'을 부르는 것으로 대미를 장식한다. 좁은 성당 안으로 들어가지 못한 세계 각국의 여행자들은 성당을 둘러싼 채 저마다의 언어로 '고요한 밤 거룩한 밤'을 합창한다. 어쩌면 일생에 단 한 번밖에 없을지도 모를 가슴 벅찬 감동의 순간을 만끽하는 것이다.

개방의 물결 넘치는 호치민 시를 가다

신용준

한 때 '동양의 진주' 라 알려졌던 사이공, 격변의 역사 속에서 사이
공 시는 그 이름도 호치민 시로 바뀌면서 오랜 시간 동안 장막
에 가려진 채 전쟁과 가난의 묵은 허물을 벗어던지지 못하고 있었다.
그러나 이제 호치민 시는 달라지고 있다. 물밀듯이 밀어닥치는 개방의
바람으로 호치민 시는 옛날의 영화로운 모습을 되찾고 다시금 동양의
진주로 빛을 발하려 하고 있다. 상하의 나라, 아오자이의 나라 베트남
이 통일 이후 경제입국의 청사진을 펼쳐가고 있다.

7월 8일 아시아나 항공에 몸을 실은 필자는 호치민 시(구 사이공 시)
탄손나트 공항에 발을 내렸다. 서울에서 6시간 만에 도착한 공항의 규

신용준(申瑢俊) _ 제주 출생(1929년). 성균관 총연합회 고문. 성균관 자문
위원, (사)성균관유도회총본부 고문. 제주한림공고 교사를 시작으로 저
청중, 세화중, 애월상고, 제주대부고 등 교장. 제주도교육청 학무국장.
제주대학교 강사. 제주한라전문대 학장. 한라대학교 총장. 한국교육학회
종신회원. 대한민국무공수훈자회 제주도지부 고문. 한국수필작가회 이
사. 언론중재위원회 중재위원, 운영위원. 한국문예학술저작권협회 회
원. 1952년 화랑무공훈장에 이어 1970년에는 대한민국새항군인회상 표창, 1973년 국무총
리 표창, 1976년 국방부장관 표창, 1982년 국민포장, 1990년 세종문학상, 1998년 국민훈장
모란장, 제 38회 제주보훈대상(특별부문) 등 수상. 저서《아! 그때 그곳 그 격전지》(2010).

모는 우리의 지방공항보다도 훨씬 작은 시골의 간이역이 연상될 정도의 허름한 수준이었다. 공항에서 받은 이색적인 느낌은 공항내를 왕래하는 서틀버스마다 큼직한 글씨로 펩시콜라 표시를 하고 있다는 점이다. 이러한 미국 콜라의 광고가 나붙기 시작한 것은 이미 수 년 전부터라는 말을 들었을 때 소련, 중국 등 미수교 사회주의 국가에 미국 자본이 진출할 때 어김없이 그 선봉장 역할을 해 온 펩시콜라가 베트남에서도 그 역할을 충실히 수행하고 있다는 것에 경이스런 느낌을 갖게 되었다.

호치민 시의 독특한 광경은 넓은 거리를 가득 메우고 달리는 오토바이의 물결이었다. 특히 아침 저녁의 러시아워에는 남녀노소를 가릴 것 없이 다 오토바이로 출퇴근을 하는 탓에 거리마다 온통 오토바이의 물결이다. 출근 때 폭 20미터의 길을 가득 메우고 달리는 오토바이의 대열은 외래인으로 하여금 위압감마저 느끼게 한다.

베트남에서 가장 활기찬 도시는 호치민 시다. 필자는 그 도심 한복판, 이를테면 서울의 광화문 네거리에 서 있다. 사이공이던 옛 수도는 간판이 내려지고 호치민 시로 바뀌었다. 처음 찾아온 나에게 낯선 것은 시청건물 정면에 세워진 호치민 동상이었다. 북이 남을 무력으로 밀어붙인 흡수통일의 상징탑처럼 비친다. 동상의 주인공은 해방전쟁의 임무가 끝났음을 일러주듯 저 유명한 정글모(호치민 모자)를 벗은 채 무릎에 어린 소녀를 안고 있다. 하지만 가난한 평화상(像)은 허전하기만 하다. 그 동상 뒤에는 프랑스 식민지의 시청건물이 빼어난 건축미를 여전히 뽐내고 있다.

베트남의 도로 사정은 자전거나 오토바이의 전용도로이다. 간혹 있는 교통 신호등은 자전거를 위한 신호등이며 날이 밝으면서부터 늦게까지 자전거와 오토바이의 물결로 넘쳐 흐른다. 저 사람들이 무엇하러

저렇게 쏘다닐까. 한차에 3, 4명의 가족이 탄 것과 남녀 연인들이 탄 것으로 보아 바람 쐬러 또는 드라이브하는 것 같기도 하고 전화보급 실태가 인구 1천 명당 1대꼴이라니 직접 말로 전하기 위하여 마을과 마을 사이를 다니는 것은 아닐까 하는 생각도 들었다.

군인과 지프와 전쟁경기가 흥청대었을 옛거리엔 '시클로'라 불리는 세발인력거와 자전거, 오토바이 그리고 외제차가 뒤엉켜 구른다. 외제차라야 고물딱지들이어서 시꺼멓게 내뿜는 배기가스에 숨이 막힌다.

1975년 4월 미국, 남월남과의 어려운 전쟁을 승리로 이끌고 통일을 이룩한 베트남 공산정권은 그후 20년 가까이 사회주의 중앙통제경제의 비참한 실패를 맛본 데다가 미국의 금수조치로 서방제국과의 경제교류가 차단됨으로써 세계 최빈국(1인당 국민총생산 2백 달러)으로 전락하였다. 그러나 1986년부터의 개혁정책에 따라 시장경제체제 채택과 서방자본 도입의 활성화로 국민의 생산의욕이 제고됨으로써 베트남의 경제는 활성화되기 시작했으며 정치사회체제도 이에 따라 사회주의체제를 유지하면서도 각 산업, 사회분야에서 많이 완화되어가고 있다.

시 중심가에 위치한 벤탐시장을 둘러보았다. 이 시장은 주로 중국계 상인들이 상권을 쥐고 있는 인근의 촐롱시장과 더불어 호치민 시의 상거래의 중심지이며 서울의 남대문이나 동대문시장과도 비견할 수 있는 거대한 시장이다. 시장 입구의 탑에는 금성사의 간판이 서 있고 상가에는 대우, 삼성, 현대 등의 간판 및 광고판이 부착되어 있어 한국 기업의 진출을 가시화하고 있었다.

베트남의 현재 상황을 설명할 때 빼놓을 수 없는 것이 '도이모이'일 것이다. 적화통일 11년째인 1986년 12월, 베트남 공산당 제6차 대회는 도이모이 정책을 채택했다. 내부 정리를 끝낸 베트남이 새로운 각오로 내건 중흥(中興)의 깃발이었다. 쇄신(刷新)이랄까, 유신(維新)이랄까, 베트남식 페레스트로이카라고 할 수 있는 도이모이는 식료품과 소비재, 수출품의 세 분야에 있어서 증산개혁을 기치로 내건 우리나라의 '새마을운동'이었다. 베트남 지도부는 '도이모이 개혁정책'을 적극 추진하고 '과거는 과거, 현재는 현재'라는 식으로 국가 발전에 도움만 된다면 어떠한 나라와도 교류협력하고 있다.

공산화 통일된 베트남은 사회주의 경제체제의 한계를 시인하고 1986년부터 사유재산제를 허용하였으며 땅은 국가소유로서 매매는 불가하나 사용권이 인정되어 있으며 사용권 양도와 상속도 가능하다고 한다.

중국의 모택동 사후 등소평이 실권을 잡으면서 '검은 고양이면 어떻고 흰 고양이면 어떠냐, 쥐 잡는 것이 고양이'라는 유명한 말과 일맥상통하며 인민공사제도를 폐지함으로써 식량의 자급자족을 가져왔다. 그 결과 우선 쌀 생산량이 급증하여 식량 수입국이던 베트남은 단숨에 세계 제3위의 쌀 수출국으로 변했다.

이어 1988년 12월 베트남 국회는 헌법 전문의 수정을 결의했다. 과거 전쟁 상대국이었던 중국, 프랑스, 일본, 미국에 대해 비판적인 표현을 삭제한 것이다. 그리고 1991년 중국과의 관계를 정상화했고, 1992년에는 이스라엘, 우리나라와도 국교를 맺었다. 이런 일련의 개방조치와 함께 통제경제를 축소하고 시장경제 도입을 실시하자 프랑스를 필두로 EC(유럽공동체)의 침투가 급속히 이루어졌고 우리나라는 물론 아시아 여러나라의 투자도 활발해졌다.

도이모이정책이 본격적으로 가동된 것은 이후 5년 뒤인 1990년 이후, 특히 1993년 제정된 '베트남 외국투자법 개정'은 중국에 이어 베트남을 세계 최대의 투자대상국으로 만들기에 이르렀다. 도이모이의 효과는 현재 베트남의 이곳저곳에서 발견할 수 있다. 대표적으로는 쌀의 경우도 도이모이 이전에는 타이 등에서 수입하는 입장이었지만, 이제는 거꾸로 외국에 수출하는 나라가 된 것이다.

이와 함께 외교적으로 볼 때도 철천지 원수관계에 있던 미국과 연락 대표부를 갖기 시작한 것을 비롯해 중국과도 우호관계를 맺고 한국과 외교 정상화는 물론 앞서 언급했듯이 직접 항공노선을 갖기에 이르렀다.

도이모이 독트린 선언 후의 베트남은 내적 체제는 공산주의체제이나 외형적인 모습에서는 도저히 공산주의국가라고 믿어지지 않을 정도이다. 자유분방하고 너도 나도 자기 살 길을 찾아서 활발하게 움직이는 모습은 자유 자본주의사회의 모습과 별로 다르지 않다. 거리에 즐비하게 서 있는 각종 광고판과 TV에서의 상품선전 모습에서도 이를 입증하고 있다. 구석구석에 크고 작은 점포와 노점상들의 활발한 움직임에서 베트남의 미래를 짐작할 수 있을 것 같다.

자본주의적 요소를 도입하는 과정에서 자본주의 특유의 '돈맛' 과 함께 부정부패까지 들어온 감도 없지 않다. 여기에 사회주의 특유의 관료주의 폐단까지 겹쳐 이를 더욱 촉매하고 있다.

그리고 도이모이가 성공했다고 하는 지금도 국민소득은 겨우 2백여 달러 수준이다. 푸른 야자수 사이를 롱(삿갓)을 쓰고 하얀 아오자이 자락을 너풀거리며 걷던 자존심 강한 아가씨들이 단돈 5달러에 헤픈 웃음을 팔고 있음을 어떻게 이해해야 할까.

거리를 가득 메운 자전거와 오토바이의 무질서한 흐름, 그 사이를 산뜻하게 빠져 나가는 대우자동차의 모습은 한국인 여행자의 어깨를 공연히 으쓱하게 만들어 준다.

우리 돈으로 하루 1천 원 벌이를 하는 인력거꾼은 거의 절반을 교통

순경에게 뜯긴다고 했다. 작은 도둑이 나가고 큰 도둑이 들어온 격이란다. 그래도 그는 행복하다 했다. 왜냐하면 고향에 가면 그나마도 일자리가 없기 때문이다. 부패의 먹이사슬이 거미줄 같다는 얘기다. 전문성 없는 공산실세들이 구석구석 노른자위를 차지하고 '도장'을 쥐고 있어 기름을 치지 않으면 서류가 돌지 않는다.

공무원의 성분은 공산당 출신이며 돈맛이 들어 부정부패가 만연하고 있다고 한다. 공항의 출국수속에서 돈을 주어야만 쉽게 통과될 수 있었다. 돈으로써 만사형통하기 때문에 되는 것도 없고 안 되는 것도 없다는 식이다. 민원을 처리함에 있어서도 밖에서 만나 노점에서 술집까지 가야 일이 처리된다고 하니 활기찬 모습에서의 희망과 부정부패의 겉돌림이 어떻게 전환을 이룰지 두고 볼 일이다. 경찰의 집중단속을 받고 있는 '매춘'의 광범위한 확산도 염려된다니 상상도 할 수 없는 일이었다.

전쟁 당시 치열했던 전적지도 모두 관광지로 단장되었다. 호치민 시 부근의 쿠치(땅굴)도 베트남에서 빼놓을 수 없는 볼거리의 하나가 되었다. 옛 베트공사령부 사령관 책상 앞에 차례로 앉아서 낄낄거리며 기념사진을 찍는 여행자의 모습은 역사를 모르는 어린아이의 천진난만함처럼 보인다.

월남전 당시 사이공 주둔 미군 시설에 빈번한 기습공격을 가한 베트공 게릴라의 본거지였던 쿠치 터널은 캄보디아 국경과 접경되어 호치민 시 근처까지 약 2백 제곱킬로미터의 넓은 지역에 사이공강을 끼고 지하 30미터 전후의 땅굴을 거미줄처럼 파 놓았다. 쿠치 땅굴은 남북거리 약 30킬로미터, 동서거리 약 10킬로미터, 총길이 250킬로미터의 땅굴이 구축되어 있었다. 이 지역의 지질은 석회질의 점토에다 정글의 나무 뿌리로 얽혀 있어 굴을 파도 허물어지지 않으며 물이 스며들지 않도록 되어 있다. 땅굴의 구조는 보통 3층으로 구축되어 있었으며 회의실, 의료실 등 작전에 필요한 시설을 두루 갖추고 있었다. 베트남인의 체격은 미국인의 3분의 1정도 밖에 되지 않으니 개미굴과 같이 얽혀 있는 땅굴 속으로 추격하기도 어렵거니와 미군의 전투는 전차, 헬리콥터, 포격전이 위주였기 때문에 지역을 점령한다는 것은 매우 어려웠을 것이다. 결국 미군은 손을 들 수 밖에 없었다. 지금은 관광명소로 널리 알려진 이 지역에 들어가면 입구에 터널의 유래와 이곳을 거점으로 한 베트콩 게릴라들의 활약상을 설명하는 비디오 상영장이 마련되어 있었다.

어쨌든 베트콩은 바로 사이공의 코 앞에서 1만 5천 명의 게릴라들의 거점을 두고 1968년 테트(Tet, 월남의 구정) 공세를 위시하여 쉴새없이 미군과 월남군을 기습하고 괴롭혀 왔던 것이다. 미군측에서는 이들을 섬멸하기 위해 B-52 폭격기를 보내 매일 수십 톤의 폭탄을 투하하였고, 아울러 대량의 고엽제를 살포하였으나 땅굴 속 깊숙이 잠복한 게릴라들을 토벌하기에는 역부족이었다. 이러한 미군의 최첨단 무기의 물량 공세를 이겨낸 베트남인의 외세항거정신은 실로 놀라운 것이며 과거 중국 지배 1천 년, 프랑스 지배 100년과 미군과 전투 8년을 감내해 내면서 끝내 승리를 차지한 그들의 민족주의적 저항과 인내력은 세계 어느 나라 민족과도 비견할 수 없을 정도로 강인한 것으로 평가될 만하다.

이러한 쓰라린 역사적 경험을 가지고 있지만 현재 베트남인의 자긍심은 대단하다. 그들은 프랑스, 일본, 미국과도 싸워 이겼으며 통일 후에 국경 분쟁으로 인하여 영토 주장의 엄두조차 내지 못하고 있다.

18세기 후반 프랑스의 지배를 받은 베트남은 오늘날 독자적인 문자를 사용하고 있다. 이 문자는 프랑스의 알렉산드리아 신부가 제정하였다고 한다. 문자 해독률은 87퍼센트로 동남아에서 1위를 차지하는 교육수준과 함께 부지런함으로 유명한 베트남의 민족성은 큰 저력이 아닐 수 없다. 과거보다 현실을 중시하고 체면보다는 실이익을 추구하는 베트남인에게 교육에 대한 열정은 너무나 당연한 얘기일지도 모른다. 베트남의 자식교육에 대한 열기는 신기할 정도다. 누더기옷에 맨발로 시클로(자전거)를 끄는 부모이지만 아이는 깨끗하고 정갈하기가 선진국 아이들 못지 않다. 못 배운 부모들의 한과 부(富)에 대한 꿈이 어우러지면서 자식에게 투자하는 교육 열풍이 휩쓸고 있다.

교육제도, 학제 등을 질문하였다.

베트남의 교육제도는 초등학교 5년, 중학교 4년, 고등학교 3년, 대학교 4년인데, 매학기는 9월에 시작해 다음해 5월에 끝나고 6월부터 3개월간이 방학이며 초등학교 과정이 의무교육으로 되어 있다.

베트남의 미래를 짊어지고 나아갈 주역들로 대우받는 대학생은 병역의 의무도 면제받는다. 교수도 부족하고 시설도 터무니없이 부족하지만 대학의 분위기는 자율적인 편이고 학생 중심적이다. 시험날짜도 학생과 교수들이 상의해서 결정하고 시험점수를 공개해 불만이 있는 학생에게는 재시험의 기회를 준다.

베트남의 대학생들은 필사적으로 공부에 매달린다. 여전히 대학의 문은 좁고 입학 후에도 공부를 열심히 하지 않으면 1년에 한 번씩 치르는 엄격한 학년 진급시험을 통과할 수 없기 때문이다.

대학에서 학생들은 방학기간 중에도 학교나 기숙사에서 공부에 열중이다. 비록 학교의 여러가지 시설이나 환경 등 질적인 면이나 양적인 면 모두가 부족하나 학구열만은 누구 못지않게 뜨겁다.

거듭되는 전쟁과 항쟁으로 전 재산을 송두리째 빼앗기기도 하고 오랫동안 혼란 속에서 살아온 베트남인들은 돈을 모으고 재산을 축적하는 일보다 자식의 미래에 투자하는 것이 훨씬 더 현명하다는 것을 일찍부터 알고 있었다. 그러나 개혁과 개방경제를 수용하면서 그들의 이러한 교육열이 어떻게 결실을 맺을지는 미지수다. 강인한 정신력과 우수한 민족성을 가진 베트남인들이 자신들의 미래가 걸린 자녀교육에 집착하는 것은 어쩌면 너무나 당연한 일인지도 모른다.

식민지시대에는 학교도 아주 적었고 교육을 등한히 여겼으나 현재는 학교도 많아졌고 학구열이 높아졌으나 시설은 빈약하다. 교과과정에 있어서는 건국 지도자 호치민의 강력한 민족주의 사상의 보편화를 위하여 외국, 특히 서양 식민지 문화로부터의 탈피를 강조하는 나머지 외국어, 외국문화 등 외국문물의 교육을 등한시하였다.

베트남은 외국의 개인 여행이 허가된 지 얼마 안 된 나라이다. 입국지점과 출국지점이 비자에 명기되는 사실에서 보듯 숙박도 외국인 전용 호텔에서 해야 한다. 호텔은 3등급이 있는데, 고급은 1~2백 달러, 중급은 30~50달러, 싼 곳은 하룻밤에 5달러짜리도 있다고 한다.

월남어 혹은 안남어(安南語)로 불리는 베트남어가 있다. 1천 년간에 걸쳐 중국 문화의 영향을 받으면서 13세기 한때 한자로부터 '추놈' 이란 베트남 문자가 만들어졌으나 어려워서 생활화 되지 못했다. 중국어로부터 차용한 어휘에 민족어의 어휘를 보충하는 형태로 베트남어는 형성되었고, 17세기 초까지는 한자가 유일한 공식문자였다. 현재의 국어인 보조 부호를 사용한 로마자체계는 17세기 선교사에 의해 발명, 보급된 것이다. 과거의 역사가 반영되어서 베트남어 외에 중국어, 프랑스어도 널리 쓰이고, 영어나 러시아어에 유창한 사람도 제법 많다.

필자가 베트남인을 만나면서 감탄했던 점은 놀라울 정도로 영어에 유창하고 또 열심히 공부하고 있다는 사실이었다. 이같은 모습은 학교에 다니는 학생들뿐만 아니라 거리에서 중국차를 파는 아주머니, 가게 주인을 비롯해 심지어는 씨클로를 끄는 사람과 스님들조차 영어 단어 외우기에 정신이 없는 등 베트남 전지역에서 볼 수가 었었다. 호치민 시의 경우 6개월에 18달러만 내면 평일 매일 2시간씩 영어를 배울 수가 있는데 현재 학원수가 백여 개나 된다.

영어뿐만 아니라 일본어, 중국어 등 현재 베트남은 마치 외국어 학습 경쟁이라도 하듯 외국어를 배우는 사람들이 급증하고 있다고 한다.

이것도 개방화 물결의 한 단면이라고 생각해 봤다.

종교의 주류는 대승불교이지만 유교, 도교도 생활에 깊이 스며 있다. 가톨릭교도도 6백만 명쯤 되어 어떤 마을을 가더라도 훌륭한 성당이 하나씩은 있다. 가톨릭 교도들은 토요일 저녁과 일요일 아침 미사에 참여하고 불교도들은 음력 1일과 15일, 가까운 절에 가서 향을 피우고 참배하며 소원을 빈다.

박물관은 한때 프랑스박물관 부설 인류고고학연구소로 사용되던 건물을 1958년 개조하여 사용하고 있었다. 이곳에는 선사시대부터 1945년 해방에 이르기까지 베트남의 구석기, 신석기시대 유물, 고대 베트남 문명시대 유물과 기타 유물들이 다량 전시되어 있었으나 외국 관광객 입장에서 안타까운 것은 모든 전시물의 설명이 거의 베트남어로만 표기되어 있어 전시물의 진가를 제대로 감상할 수 없다는 점이었다. 박물관 고고학 관계실 네 모퉁이 기둥에 제주의 돌하르방 비슷한 것이 있어 눈길을 끌었다.

호치민 시 남동쪽 약 130킬로미터에 위치한 붕타우를 향해 버스편으로 달렸다. 도로는 국도로 베트남의 수도 호치민과 연결되는 국토의 대동맥인데 왕복 2차선의 좁은, 그것도 오랫동안 보수되지 않은 빈약한 도로였는데 그 위를 낡은 트럭, 버스 그리고 오토바이 등이 서로 앞을 다투면서 무질서하게 달리는 광경은 1950년대의 한국 도로를 연상케

하였다.

도중에 차량을 세워 민가에서 점심을 먹었다. 우리나라식 우동과 같은 것으로 포(Pho)라고 불렀다. 과일점에서 과일을 먹었는데 종류가 다양했으며 값도 싼 편이나 맛은 별로였다. 그리고 농가에서 수박을 사먹는 기회에 농가주택을 살펴볼 수 있었다. 남루한 옷차림과 노파를 비롯한 여인과 아이들, 농경사회의 대가족제도를 연상케 했다. 주택은 통풍이 잘 되도록 하나의 공간으로 되어 있으며 발 또는 커튼으로 간이칸막이가 쳐져 있었다.

이윽고 목적지인 붕타우에 도착하였다.

호치민 남동쪽 약 130킬로미터 지점에 위치한 아름다운 해변도시 붕타우는 1920년 프랑스 총독의 별장으로 지어졌다가 나중에 월남의 티우 대통령의 별장으로 사용되었던 건물이 있는 곳이다. 붕타우는 1964년 9월 한국군 최초의 파월부대인 이동외과병원과 태권도 교관단이 상륙한 곳이기도 하다. 월남전 때 미군들의 휴양지였던 이곳은 아직도 개발이 되지 않아 20여 년 전의 미군기지가 그대로 남아 있다. 월남의 마지막 대통령이었던 티우가 이곳에서 망명길에 올랐고 보트피플의 정처 없는 항해의 시발점도 바로 붕타우다.

해변을 따라 길게 펼쳐져 있는 해수욕장의 모래가 아주 곱고 수심도 얕고 파도 역시 잔잔해 외국인 관광객들이 줄을 잇고 있었다. 투숙한 호텔은 위 이동외과병원을 개축한 것으로 비교적 좋은 시설이었다.

'동양의 진주'로 불렸던 호치민(구 사이공)이나 해변 휴양지 붕타우 등 곳곳에 위락시설이 신축되고 있고 거리마다 유흥업소가 들어서는 등 외국 관광객 유치를 위한 움직임이 베트남에서도 활발하게 일고 있다.

임금과 물가 수준은 초, 중학교 선생은 월 3, 40달러 정도이며 30년간

근속한 교장선생은 50달러 정도이다. 막노동자의 일당은 2달러(현지 화폐 2만동)이다. 인력거의 가격은 200달러 정도이며 이로 인한 월 수입도 2백 불 정도 된다. 환율은 1달러 : 10000동이다.

베트남의 국화는 연꽃이다. 이 연꽃의 실상은 다음과 같다. 차연화지실상(此蓮花之實相)이라 하여 연꽃의 네 가지 특성을 들고 있다.

① 열어피(熱於避) : 더운 곳을 피하여 냉철하고 이성적인 꽃이다.

② 화즉실(花卽實) : 꽃이 피면서 열매도 함께 익어가고 열매가 까맣게 익었을 때 꽃이 만개한다(착실히 내실을 기한다).

③ 불착수(不着水) : 물에 닿지 않으니 굳은 절개를 지키는 꽃이다.

④ 처염상정(處染常情) : 더러움을 타지 않고 항상 깨끗하다. 시궁창(고인 물)에서도 우아하고 아름다운 꽃을 볼 수 있다. 베트남인의 자존심과 희망을 국화에서도 느끼게 한다.

베트남인의 상징인 아오자이 차림이 청바지로 바뀌어져 아오자이 차림의 여성을 많이 볼 수 없었다. 청바지를 입고 코카콜라를 마시며 거리를 활보하는 '신세대 여성'들을 쉽게 볼 수 있었다. 가끔 만나는 아오자이 차림에게 웃음을 던지면 반드시 베트남인들은 반응이 있었다. 표정이 웃음으로 변하는 것이다. 필자의 경우 백이면 백 사람 모두에게서 그러한 모습을 확인했다. 그러면서도 수줍어하는 듯한 눈동자이다. 인간적인 정을 하나씩 잃어가는 우리의 모습과는 너무도 대조적인 따뜻하고 포근한, 인간의 숨 쉬는 모습을 베트남인들을 보면서 강하게 느낄 수 있었다.

키가 작고 까무잡잡한 얼굴에 당차게 생긴 젊은 여성들의 새까만 눈동자는 흑옥(黑玉)처럼 반짝인다. 거기에다 전통의상인 아오자이가 열대의 바람에 휘날리며 자전거를 타고 가는 모습을 보면 볼품 있는 여체가 그대로 드러난다. 이것을 보는 것도 나그네의 즐거움이 아닐 수 없다.

　그리고 더더욱 놀라운 것은 '코리안' 이라는 말을 할 때 나타나는 베트남인들의 남다른 관심이었다. 독립국가로서 첫 출병이란 거창한 명분하에 행하여졌던 어두운 역사에 대해 베트남인들은 얼마나 고통을 받았을까? 그러나 베트남인들이 대하는 자세를 보건대 한국인에 대한 원망, 증오, 분노 같은 것은 어디에서도 볼 수 없었다. 오히려 한국에 대해 우호적인 자세를 보건대 천진스러울 만큼 여유와 관용의 모습이었다. 백마부대 군인이 자기 친구를 도와주었다느니, 한국군과 함께 일했다느니, 도로를 만들어 주었다느니 등.

　한국군의 참전이 있었다고는 하더라도 의료지원단을 비롯하여 학교, 교량, 도로 등의 사회간접시설 지원에 공헌한 바도 있었기 때문일까?

　한국은 1964~1973년간의 월남전 개입 사실에도 불구하고 미국의 20년에 걸친 대 베트남 금수정책으로 인한 서방제국의 내 베트남 경제협력의 공백상태를 틈타서 1992년 대 베트남 수교 후 발빠른 경제, 통상, 투자면의 과감한 진출을 통해서 경제진출의 확고한 교두보를 구축한 바 있다. 이제 한국인들은 월남전의 악연을 잊고 상호 발전의 동반자로서 베트남으로 몰려가고 있다.

　그러나 무엇보다도 과거 11세기에 걸친 외세침략에 대한 베트남인의 저항심과 자존심을 과소평가해서는 안 되며 장기적인 안목에서 양국간의 협력관계를 구축해야 할 것이다. 또한 비경제분야, 즉 종교, 문화 등 분야의 진출에도 그들의 종교, 문화, 역사 등을 고려, 그들의 감정을 자극하는 독선적 우월적 태도도 지양해야 할 것이다.

　베트남 20년은 종전, 통일, 해방, 패망 네 가지 말 뜻을 쓰는 이마다 다르게 사용한다. 종전이라지만 빈곤과의 전쟁은 끝나지 않았다는 것이다. 통일이라지만 군사적 통일일 뿐 남북 이질화의 골은 좀체 메워지지 않는다. 패망은 누구의 패망인가. 패망한 것은 당시 전쟁담당자였을 뿐 베트남인이 패망한 것은 아니다. 해방은 외세를 몰아낸 한 세기에 걸친 대장정(大長征)이었지만 외세를 등에 업은 독재를 쓰러트렸을 뿐 새로운 공산독재가 외세를 불러들이지 않고는 경제를 한 발자국도 전진시킬 수 없다.

냉전이 종식되고 자유민주주의와 시장경제를 기조로 한 경제 발전, 인권과 복지증진 등의 보편적 가치가 전체적으로 확산되어가고 있는 현 상황하에서 공산주의 이념하에서 무력을 통한 민족통일에는 성공했지만 통일 20년이 지나 비로소 자유, 개방의 첫걸음을 디디고 있는 통일 베트남의 현실은 역사의 아이러니를 느끼게 한다.

7천 3백만에 달하는 우수한 노동력과 외국자본 및 기술의 결합으로 풍부한 농산물의 생산 근대화와 역시 풍부한 석유, 석탄 등 광물자원의 개발이 가능해지면서 지속적인 경제발전(연간 약 9퍼센트 이상)을 이룩할 것으로 보인다. 따라서 베트남은 고도의 경제성장을 이루어 21세기 초반에는 중진국의 대열에 진입할 가능성이 높다. 베트남인의 꿈과 미래, 조용하면서도 속에서부터 알차게 내일을 준비하는 베트남인을 보면서 '우리는 그때 일밖에 생각하지 않았다' 고 이야기하던 6,70년대 한국인의 모습이 가슴에 와 닿는다.

'새벽종을 울리며 일했던' 밝은 표정의 1960년대 우리 모습들을 다시금 되새기기에 충분했다. 그리고 그 기억들은 한국인이라면 누구에게나 즐거운 추억일 것이다.

끝으로 한 마디, 월남전 당시 한국군과 월남인 사이에 태어난 2만여 명의 혼혈아들에게 이제는 조금 잘 살고 있는 아버지의 나라로서 국가적 책임을 질 때가 되지 않았는지.

베트남! 우리에게는 남다른 의미로 와 닿는 나라다.

호치민 시에 머물면서 베트남은 가능성이 활짝 열려 있는 젊은 국가이며 더운 나라 사람들답지 않게 근면하고 총명한 베트남인들은 어느새 근대화를 추진하던 1970년대 한국인의 모습과 닮아 있다는 것을 확인할 수 있었다.

(구고에서, 1993)

어린이가 되어

오서진

20 16년 5월 5일 어린이날, 쉰 중반이지만 부모님 생각에 오늘만큼 어린이가 되어본다.

1970년대 초반, 아동기 때 어린이날이란 단어가 낯설었던 기억이 난다. 우리 부모님은 생존해 계시면 아흔아홉이신데, 엄숙한 우리 집안 풍토상 어린이날은 존재하지 않는다.

어른들이 계시는 집안에서 특히 할머니 아버지 어머니 삼촌 등 집안 친척들이 즐비했던 가풍에서 어린이날의 추억은 없을 수밖에 없다.

어머니날은 존재했던 기억이 난다. 어머니날이면 할머니와 어머니께 카네이션을 달아드렸고, 안마도 해 드리고, 집안일도 돕던 기억이 새롭다.

오서진 _ 사회복지, 가족복지 전문가. 세종대 과학정책대학원 노인복지 및 보건의료 석사 졸업. 사회복지 및 가족, 노인, 청소년 관련 총 25개의 자격 취득. 사단법인 대한민국 가족지킴이 이사장, 월간 『가족』 발행인, 국제가족복지연구소 대표, 한국예술원 문화예술학부 복지학과 교수, 극동대학교 사회복지연구소 위탁 연구위원, 노동부 장기요양기관 직무교육 교수, 각 교육기관 가족복지 전문교수, 각 언론 칼럼니스트, 법무부 범죄예방위원, 사례관리 가족상담 전문가 등으로 활동. 저서로 《건강가족 복지론》, 《털고 삽시다》 등 상재.

어린 시절 5월의 우리 집 아침은 다양한 소리로 시작되곤 했다. 아버지께서 싸리비로 마당 쓰는 소리, 어머니의 우물가 펌프질 소리….

방문 열고 나가 보면 아버지는 넓은 정원에서 화분마다 물을 주고 계셨다. 5월의 우리 집 앞마당은 아름다운 꽃밭이었다.

부모님은 꽃과 동물을 많이 사랑하셨다. 오소리, 꿩, 앵무새, 돼지, 개, 토끼, 오리 등 온갖 동물들을 다 키우셨다.

5월의 화단엔 장미가 많았다. 지금도 나는 어린 시절을 회상하며 장미꽃을 무척 좋아한다.

어머니는 텃밭의 여린 새순 채소로 겉절이를 담으셨다. 무엇보다 아버지께서 신 김치를 싫어하셨기 때문이다. 그때는 냉장고도 없던 시절이라 5월만 되도 날이 더워 금방 쉬어버리고 음식도 쉽게 상하곤 했었다.

어머니는 부엌을 떠나지 못하셨고 훗날 허리가 구부러진 노인이 되셨다.

어머니에게서는 항상 분내가 났다. 여인의 향기를 돌아가시는 순간까지도 지키려고 애쓰셨다.

어머니의 아침은 새벽 4시 반, 군불 때는 일로 시작하셔서 열두 시 반 할머니의 반화장저고리와 치마를 숯불 다리미로 다림질 마감하는 순간까지 집안일을 하셨다.

어머니는 18세에 시집와서 고된 시집살이를 겪으시다 62세가 되어서야 할머니(시어머니)가 돌아가심으로써 진정한 자유를 얻으셨다.

어머니는 꽃을 무척 아끼고 사랑하셨다. 아버지는 그런 어머니를 위하여 평생 화단을 가꾸셨고, 우리 집 마당은 늘 꽃밭이었다. 그리고 겨울이면 방마다 화분으로 그득했다.

5월이 오니 문득 오래 전에 작고하신 부모님 생각에 흐드러진 능수화와 유자 넝쿨 앞에서 아버지와 함께했던 사진을 들여다본다. 아름다운 소녀적 꿈을 평생 간직한 채 소중하게 품고 살아간다. 오늘 어린이날에 오래 전 작고하신 부모님 생각에 잠시 머무른다.

문득 어린이가 되어 부모님 곁으로 돌아가고 싶은 그리운 시간이다. 오늘 어린이가 되어 꿈속에서라도 부모님과 해후하고 싶다. 우리 모두 어린이가 되어 부모님을 그리워하는 시간이 되길 잠시 생각해 보았다.

베이징(北京)에서 되살려본 10월 홍익문화

우원상

파 란만장한 중국의 오랜 역사(歷史)를 넘어 동양사(東洋史)가 점철(點綴)된 거대한 대륙의 중후(重厚)한 인상이 강하게 와 닿았다. 아침의 북경거리는 출근하는 인파(人波)와 자전거(自轉車)의 물결이 온 시가지를 뒤덮은 듯 범람했다. 그 당시 자동차 왕래는 드문 편이었으나 무궤도전차(無軌道電車)와 2층버스가 이색적이었다. 특히 거대한 인파의 범람(氾濫)은 6.25 한국전쟁 당시 중공군의 인해전술(人海戰術)이 나올 만도 했구나 싶다.

또한 천안문(天安門) 광장을 답사(踏査)할 시에 중국문화대혁명(中國文化大革命, 1966~1969) 당시 이 광장을 매운 인파의 영상(映像)이 떠오르고 근래의 '민주화시위사건'(民主化示威事件, 1989)에서는 하늘을 찌르는 함성과 총성이 뒤섞인 아주 삼엄한 분위기가 연상되기도 했다.

 **우원상(禹元相)** _ 황해도 평산 출생(1929년). 대종교 선도사. 한겨레얼살리기운동본부 감사. 한국민족종교협의회 감사. 종교인평화회의 대의원. 한국종교연합(URI) 이사. 한국자유기고가협회 이사. 한국 땅이름학회 이사. 민주평화통일자문회의 자문위원. 저서 《전환기의 한국종교》(공저), 《홍제천의 봄(땅이름 유래)》 등.

자금성(紫金城)은 대륙적인 거대함보다도 거기에 얽힌 유서 깊은 역사성이 먼저 가슴에 와 닿았다. 청조(淸朝)의 면모를 보는 듯했다. 나도 모르게 우리(서울)의 궁전(宮殿)들과 견주어졌다. 자금성은 덩치는 엄청나게 크지만 거칠다는 느낌과 우리 창덕궁, 경복궁 등은 아담하면서도 자연과의 조화를 이룬 짜임새 있는 공예성(工藝性)이 우수하다고 비유(比喩)되었다.

앞으로 다가오는 미래의 대세(大勢)는 이 거대한 대륙의 물결이 봇물 터지듯 강대하게 번져 나가면서 오랜 동안 역류(逆流)하던 서세동점(西勢東漸)의 물결과 크게 부딪치는 소용돌이가 일겠구나 싶은 예감이 들었다.

한밝메(백두산, 2744m) 등정을 중심으로 시간이 허용되는 대로 연길(延吉), 용정(龍井), 목단강(牧丹江), 도문(圖們), 동경성(東京城), 화룡(和龍) 등등 우리 독립운동 유적지 일부를 탐방했다. 가는 곳마다 선대 어르신들의 모습을 떠올리면서 다시 한 번 머리를 조아렸다.

그 후 1992년도에 한·중(韓中) 수교(修交)가 이루어지면서 방중(訪中)의 길이 트이자 고려대학(高大)의 노길명(盧吉命) 교수가 운동권 학생 20여 명을 인솔하여 중국 수학여행을 다녀왔는데 동삼성(東三省, 옛 만주) 지역에 들어서면서 학생들이 "우리 땅 우리 고장" 하더란다. 그때 현지의 안내원들이 듣고 "여기가 왜 당신네들 땅이냐"고 따지면서 말다툼이 벌어져서 노 교수는 이를 말리느라고 군힘을 뺐다고 들었다. 우리 혈족(血族)은 고금을 통하여 그 '얼' 이 전류(電流)처럼 교류하는가 보다.

귀국하는 노정(路程)에 차질이 생겼다. 연길(延吉)에서 북경 가는 비행기를 정비한답시고 무료 5시간이나 늦게 출항하는 바람에 북경에서 예정했던 만리장성 답사가 어렵게 됐다. 그 당시 중국 국내의 항공노선은 거의 구형(舊形)인 프로펠러 비행기로 운용되고 있다고 들었다. 다음날은 홍콩으로 떠나는 첫 여객기에 예약이 돼 있었다. 힘들여 이 멀리까지 왔다가 그냥 가자니 섭섭한 정도가 이만 저만이 아니었다.

나는 야간등정이라도 하자고 관광안내원을 윽박질렀다. 아직 한가위달이 남아있고 날씨도 좋으니 오히려 낮 관광보다 좋은 달밤의 비경(秘景)을 구경하게 될 것이라고 일행을 달랬다. 예전의 가을 달밤에 서울의 북한산(北漢山)을 야간 등반했던 체험에서 나온 발상이었다. 막상 만리장성 길목에 도착하니 야간근무자도 보안경비원도 모두 혀를 차며 놀라는 표정으로 몰려들었다. 여태껏 야간 관광객은 받아본 적이 한번도 없었단다. 나는 마음속으로 기네스북에 오를 일이네, 하면서 이러저러 사정을 해서 간신히 입장표를 끊었다.

굽이굽이 장성(長城)을 따라 역사적인 등반을 시작했다. 달빛에 젖은 만리장성을 타고 오르는 정경(情景)이 우리 카메라에 담겨질 수 있을까? 산성루(山城樓) 모서리에 걸린 저 둥근달이 장성(長城)에 얽힌 많은 애환과 사연을 머금고 있는 표정으로 우리를 맞이하는 듯하여 정겨우면서도 가슴 시려 옴을 느꼈다. 그리고 만리장성 북녘 너머에 펼치어진 달빛에 덮여 잠들어 있는 저 넓은 대지(大地)를 굽어보면서 고대의 역사 속에 묻히어 보았다. 이 장성(長城)은 동북아지역의 우리 조상족(祖上族), 동이족(東夷族), 배달족 또는 백두산족을 막기 위해 축성(築城)된 것이 아니던가.

우리 조상의 넋이 달빛에 서리어 휠휠 내려다보는 듯 이 달빛이 닿는 곳마다 어디에나 옛 넋의 함성이 있으리니 백두산 한밝메에서 정기(精氣)를 돋우고 만주벌 바람이 되어 시베리아를 오가다가 몽고사막을 지나 바이칼호 호숫가에 여울이 되었다가 흑룡강 물줄기를 따라 연해주(沿海州)를 거쳐 저 멀리 바다 건너에도 들르려니……

참으로 언젠가 해원(解寃)해 드릴 후손들의 깨우침이 있기나 할 것인

가. 어쩌다가 이 넓은 천지 다 마다하고 좁디좁은 한 구석 꽂이(반도)로 몰렸는가. 조선조 때 북방 육진(六鎭)의 명장 김종서(金宗瑞)의 시조가 떠오른다.

　　삭풍(朔風)은 나무 끝에 불고 명월은 눈속에 찬데
　　만리변성(萬里邊城)에 일장검(一長劍) 짚고 서서
　　긴 파람 큰 한소리에 거칠 것이 없어라

　진실로 장성에 어울릴 만한 장엄한 시폭(詩幅)이다. 절세의 명장다운 시상(詩想)이 아닐 수 없다.

　상달인 10월은 계절적으로도 좋은 달일 뿐 아니라 개천명절(開天名節)의 달이라는 데에 더 큰 역사적 의의(意義)가 있다고 본다. 아득한 옛날 으뜸 갑자(上元 甲子)년 상달 상날(10월 3일)에 한 어르신께서 하느님 뜻(天意)을 받들어 홍익인간 이화세계(弘益人間 理化世界)의 지상낙원을 이룩하고자 먼동이 트는 이른 새벽에 백두산(한밝메)에 내리신 개천의 날이며, 그 후 교화기(敎化期)를 거치며 두 돌 갑자 지난 무진(再周甲子 戊辰)의 해 상달 상날에 삼천단부(三千團部)의 백성들이 모여 만장일치(滿場一致)의 추대로 임금을 세우니 비로소 처음 나라가 열린 개국일(開國日)이다. 따라서 개천절은 개천 개국의 두 가지 뜻을 간직하고 있다.
　또한 우리의 개국은 어떤 강력한 약육강식(弱肉强食)을 일삼는 패권자(覇權者)에 의해 건국(建國)이 된 것이 아니라 총체적인 민의(民意)에 의해 평화적으로 이루어진 조국(肇國 : 비로소 나라를 세움)으로서 홍익인간 사회의 효시(嚆矢)라 하겠다.
　그러므로 개천(開天)도 개국(開國)도 이 지상에 홍익인간의 대이념(大理

恋) 실현을 위한 하늘·땅·사람을 하나로 아우른(天地人合一의) 현묘(玄妙)한 대역사(大役事)가 이루어진 것이다. 따라서 우리 한 겨레는 홍익이념 실현의 사명(使命)을 띠고 태어난 천손천민(天孫天民)이라 할 수 있다.

이 만장일치의 추대사상은 신라(新羅)의 화백(和白)제도로 계승되었으며, 홍익인간 이념은 세세손손 이어져 오늘의 대한민국 교육이념으로 교육법 첫머리에 부각되어 있다. 따라서 우리의 개국년도(開國年度)가 서기전(BC) 2333년이므로 이것이 바로 단기원년(檀紀元年)이다. 이에 따라 다음과 같은 공식(公式)이 나온다.

*단기-2333=서기 *서기+2333=단기

또한 1990년도에 개천절과 추석(한가위)이 한 날이었는데 그런 달(月)이 또 없나 했더니 19년 만에 한 번씩 온다는 것을 알았다. 이미 2009년에 한 번 지나갔다. 앞으로 2028년에 또 다시 돌아온다. 그때에는 내가 이 세상에 있기나 할까나(?)

앞으로 개천절 경축의 의의(意義)는 '홍익인간' 이념으로 재조명되어야 한다. 개천(開天)도 개국(開國)도 홍익인간 재세이화(弘益人間 在世理化)를 위한 하느님의 대역사(大役事)이기 때문이다. 따라서 홍익인간 이념이 수반되지 않은 개천절은 있을 수 없다.

홍익인간 이념은 인류 최대의 복지평화 사상이며 상호협화(相互協和)와 자력갱생(自力更生)을 위한 인류의 희망봉이다. 모든 사조(思潮)와 종파를 초월한 박애(博愛), 자비(慈悲), 인의(仁義)와 경천(敬天)·숭조(崇祖)·애인(愛人)을 아우른 인류의 이상향(理想鄕)일 뿐만 아니라 대자연을 사랑하는 친환경적인 사상의 극치이며 지상낙원을 뜻한다.

이러한 인류구원의 이상향을 지니고 있으면서도 외래문물에 파묻혀 코앞에 피고 있는 우리 '홍익의 꽃'을 외면하고 있음을 어이하리요.

여러해 전에 우리 국회의원 몇몇이 교육법의 '홍익인간' 교육이념의 뜻이 모호하고 막연하다 하여 '민주, 자주, 반공…… 등' 네다섯 가지 문구(文句)를 내세워 교육법을 개정하자고 발의 준비를 하고 있었다. 이 사실이 언론을 통해 세상에 알려지자 물 끓듯 비등(沸騰)하는 사회 여론에 놀라 수그러지고 말았는데 지금 생각해도 터무니없는 착각이었다고 여겨진다.

교육이념(敎育理念)이 무슨 정치구호인가! 좌우를 가르는 정치적인 이데올로기인가! 홍익이념을 어렵게 생각하지 말자. 각자가 '홍익인간'을 생활화하면 된다고 본다. 일상생활에서 나의 언행(言行)이나 나의 거동이 홍익인간에 어긋나지 않냐만 잊지 않으면 자동적으로 생활화 된다고 단언하고 싶다.

특례(特例)가 있다. 재작년인가? 국토교통부에 대통령이 초도순시를 나갔을 때 '전상억' 행정사무관이 현황을 브리핑하면서 국토교통부 직원은 모두 '홍익공무원'의 긍지로 근무한다고 강조한 일이 있다고 들었다. 참으로 고무적인 반가운 소식이었다. 그러한 자세가 바로 홍익이념의 생활화가 아니겠는가.

또 하나의 여적(餘滴)이 있다면 '홍익인간' 이념을 세계화하는 절호(絶好)의 기회를 거의 반세기 동안이나 놓치고 허송(虛送)한 것이 참으로 아쉽다. 바로 '새마을운동'이다. 근면(勤勉) 자조(自助) 협동(協同)을 근간(根幹)으로 삼아 우리의 등불 구실을 해 왔고 지구촌 수십 개국에서 새마을교육을 받아갔으며 오늘날에도 미얀마에서 새마을운동이 한창 무르익어가고 또한 베네수엘라가 뒤따르고 있다.

이 새마을운동에 우리 동방의 이상향인 '홍익인간 이화세계'를 정점(頂點)에 올려놓고 발원(發源)했더라면 대한민국의 국제적 지위(地位)도 높아지고 세계평화 기류(氣流)의 승화도(昇華度)도 높였을 것이라고 믿는다.

나는 1980년대 초엽에 새마을지도자연수원의 수업을 받으면서 지금
과 같은 주장을 서면으로 건의한 바도 있다(그 당시 연수원 측에서는
그 건의안을 영원히 보관한다 했다). 그런데 지금까지 활용되지 않았
으니 무용지물이 아닌가!

이제부터 새롭게 시작해도 늦지 않다고 본다. 홍익인간 이념은 인류
의 영원한 이상향(理想鄕)이기에 그렇다는 것이다. 다만 오늘의 부조리
한 우리 현실이 홍익인간 이념의 발상지답지 않아서 초조할 따름이다.
하루 속히 홍익인간 사회다운 질서가 이루어질 수 있도록 너나없이 우
리 모두가 하나로 힘을 모두어야 할 때라고 여겨진다.

이제부터 모든 사회활동은 '홍익문화가족' (弘益文化家族)이라는 신조
(信條)로 훈훈한 사회분위기가 형성되도록 노력해야 할 것이다. 몽매에
도 잊지 못하는 우리의 소원인 남북통일도 홍익인간을 기치(旗幟)로 삼
아 평화적으로 한겨레의 동질성(同質性)을 회복하는 것이 우선시 되어야
한다고 본다.

아직도 약제강점(弱勢强占)을 일삼고 있는 열강(列强)들에 대해서도 대
등한 처지가 되려면 우리가 먼저 '홍익문화선진국' (弘益文化先進國)으로
이름나야 설득과 대화의 장이 이루어질 수 있을 것이다. 특히 이웃나라
인 중국의 동북공정(東北工程)이 포물선을 그리며 다가오고 있는 것을
어떻게 맞이해야 할 것인가? 가슴 벅찬 역사적인 과제(課題)가 아닐 수
없다.

끝으로 홍익인간 이념에는 우리 한겨레의 정통사상과 '一三一'의
삼일철학(三一哲學)이 내재되어 있다는 것을 숙제로 남기면서 이만……
한밝메의 10월이여! 홍익문화의 날로 승화되어 통일의 달로 이어지이
다. 위대한 상달(上月)이여!

외도, 혼외관계

이 선 영

외도란 무엇인가?

외도(外道)라는 말의 본뜻은 '바르지 않은 길 또는 노릇'을 의미한다. 매우 넓은 뜻으로는 '어떠한 도리에서 벗어나는 것'인데 부부사이에서는 어느 한 쪽에게서 상대방에 대한 애정을 앗아가는 것이라는 뜻을 내포하고 있다. 그것이 직업일 수도 있고 스포츠나 취미 또는 배우자가 몰두해 있는 어떤 관심사, 부모에 대한 과도한 애정 등을 들 수 있다. 그러나 우리가 외도라고 하면 '성적 일탈(devitation)'을 떠올리게 된다.

'바람 피운다'가 다소 완곡하게 표현한 것이라면 '혼외 성관계' '오입' '불륜' '간통'(간통죄는 없어졌지만) '간음' 등이 비슷한 뜻으로 쓰인다. 여기서 '혼외 성관계'를 '결혼한 남녀가 배우자가 아닌 자와

이선영(李善永) _ 천도교 선도사. 용문상담심리전문대학원 졸업. 가족문제상담전문가. 상담심리사. 웰빙－웰다잉 교육강사. 천도교 중앙총부 교화관장. 사단법인 민족종교협의회 감사.

맺는 모든 형태의 성적 결합 관계'라고 정의한다면 그 외의 것들은 구체적인 상태를 설명한 용어라고 할 수 있다.

'오입(誤入)'은 사전적인 정의로 '남자가 제 아내 아닌 다른 여자와 성적으로 상관하는 일'이라는 뜻으로서 남성중심의 표현이라고 할 수 있다.

'불륜(不倫)'은 '인간의 윤리에 반하는 행위'를 뜻하는 말로서 인간 도리에 어긋나는 다양한 행위를 의미하지만 일반적 의미로는 혼외 성관계의 뜻으로 굳어져서 쓰이고 있다.

'간통(姦通)'은 혼인한 사람이 배우자가 아닌 다른 사람과 성관계를 갖는 것으로서 법적 개념이 강하며 이에 대해서는 형법 제241조에는 범죄로 규정한 바가 있었다.

'간음(姦淫)'의 사전적 정의는 간통과 유사하여 부부가 아닌 남녀가 성적인 관계를 맺는 행위를 뜻하는데 법적 개념보다는 상태를 설명하거나 윤리 도덕적 신앙적 차원에서 이 행위에 대한 죄로써 묘사할 때 흔히 쓰는 용어이다.

이외에도 '부정' '사통' '살림을 차렸다'는 말을 쓰기도 한다.

우리나라에서는 혼외관계를 '기혼자가 배우자 이외의 사람과 자발적으로 성적인 관계를 맺는 경우'로 정의하고 있다. 즉, 외도가 성립되기 위해서는 두 사람 모두가 기혼자이거나 적어도 한 사람은 기혼자여야 한다.

외도의 여러 모습

외도의 유형을 정서적 몰입, 성적인 몰입, 두 가지의 결합으로 구분하는 사람도 있고 정서적 관계, 동성애, 매매춘, 사이버 성행위, 배우자의 허락 유무 등으로 구분한 학자도 있다.

비밀스런 외도와 배우자가 알고 있지만 여러 가지 이유에서 모르는 척 덮어두는 모호한 외도로 구분하기도 한다. 또 하룻밤의 정사, 정서적 몰입, 장기간의 몰입(동거), 매매춘으로 분류하는 이도 있다. 다른 학자는 갈등회피 외도, 빈둥지 외도, 성중독 외도로 분류하였고, 그 밖에도 외도당사자의 입장에서 보면 우연한 외도, 바람 피우기, 낭만적인 외도, 부부간의 합의에 의한 외도로 분류하기도 한다.

또한 외도와 결혼생활과의 관계를 보는 시각에서는, ① 외도는 결혼생활의 불만족에 의해 유발되는 것으로서 결혼의 정당성을 침해한다. ② 외도는 결혼생활을 향상시키는 긍정적인 관계이다. ③ 외도는 결혼과는 무관하다고 보기도 한다.

외도가 성관계 이상으로 배우자에게 신뢰감을 상실하게 하고 심각한 정신적 심리적 상처를 주는 데 초점을 맞춘다면, 정서적으로 친밀한 이성관계 뿐만 아니라 사이버상의 이성관계도 외도에 포함할 수 있다는 주장을 하는 사람들도 있다.

최근에는 인터넷의 보급으로 사이버 외도(온라인 외도)가 있는데 사이버공간은 가정과 사회로부터 소외된 사람들의 자기표현의 공간이 되고, 익명으로 이루어진다는 환경조건 때문에 단순한 동기에서 시작한 인터넷 채팅이 성적으로 숨김없이 대담해져 가정파탄이나 사회적 범죄에 이르기도 한다. 사이버 외도는 일차적으로는 이메일, 가상 채팅방, 양방향 게임과 같은 교류로 시작하여 유지되는 낭만적 혹은 성적 관계로 시작한다. 하지만 남성과 여성은 실제로 생동감이 있다는 이유로 사이버 외도에 들어서서 남성들은 온라인상의 성 파트너를 물색하는 반면 여성들은 정서적인 외도에 참여하는 경향이 있다.

이렇듯이 보는 관점에 따라 외도는 여러 모습이지만 크게 나눈다면 신체적 접촉인가 혹은 정서적 관계인가, 지속적인 관계인가 혹은 일회성 관계인가, 직접적으로 접촉하는가 혹은 가상공간을 통한 간접적 접촉관계인가 하는 것이다.

왜 외도를 할까?

미국의 학자가 재미있는 연구를 한 바 있다(1992). 공항에서 약 300명의 중간 계층의 교육을 받은 여행자들을 대상으로 외도에 대한 17가지의 '정당한 명분'을 조사한 후 그 결과들을 요인 분석하였더니, ① 새로움, 호기심, 흥분을 포함하는 성적 요인 ② 이해, 동료애, 자존감의 향상 등을 포함한 정서적인 친밀감 ③ 직장에서의 승진, 배우자에 대한 복수와 같은 외적인 동기 ④ 사랑과 애정 그리고 '사랑에 빠지는 것'을 포함한 애정 차원의 네 가지로 정리되었다. 간단히 말하면 외도는 성 중심의 정당화와 사람 중심의 정당화가 있다는 것이다.

남성은 성적인 외도를 더 시인한다. 이에 반해 여성은 정서적 관계 즉 정서적으로 친밀한 것을 추구한다. 남성이나 여성이 신체적으로 동시에 정서적으로 깊은 관계를 갖는 것은 가장 심각한 형태의 외도라고 할 수 있다.

외도를 하고자 하는 결정은 우리를 둘러싼 주변에서 많은 영향을 받는다. 외도를 정당화하거나 미화시키는 많은 드라마나 영화, 소설은 또 어떤가. 또 컴퓨터를 이용한 성의 상품화가 극에 달하고 있다.

게다가 성적으로 편리한 시설 즉 다양하고 은밀한 데이트 장소, 쉽게 찾을 수 있는 러브호텔, 넉넉한 주머니 사정, 구입하기 쉬운 피임기구 등도 성적 유혹을 외도로 이끄는 요인이 된다.

직업을 가진 여성이 늘어나는 현상은 남성에게나 여성에게나 외도의 가능성을 높였다고 할 수 있다. 직장에서 아내 이외의 여성을 만날 기회가 많아지고 남편 이외의 남성을 만날 기회도 많아졌다는 것은 외도 증가의 주요 원인이 된다.

외도는 윤리의식의 부재로부터 시작된다는 것은 분명한 사실이지만 외도하는 모든 사람들이 윤리의식이 없는 것은 아니다. 아는 것과 행동하는 것의 괴리가 있기는 하지만 투철한 윤리의식만이 외도를 막을 수 있다고 보기는 어렵다. 왜냐하면 성윤리는 해가 갈수록 그 의식이 흐려지는 경향이 있다. 한 조사에 따르면 기혼여성 중의 42%와 미혼여성의 44%가 '처음 만난 사이라도 마음에 들면 성행위를 할 수 있다'고 답했고, 기혼남성중 75%와 미혼의 74%가 같은 대답을 했다고 한다. 그리고 '결혼 후 배우자 외에 다른 상대와 성행위를 한 적이 있다'고 답한 이들도 전체 응답자의 44%가 되었다고 하며 75%라고 나온 통계도 있다. 과거에 비해 외도가 많아지는 것은 윤리적 억압기제들이 느슨해지는 사회적 영향을 무시할 수 없다.

외도와 개인심리적 영향에 관심을 갖고 있는 사람들은 부부 각자의 원가족(부모, 형제 등)에서 어떤 양육을 받았는지, 나의 부모의 결혼만족도가 어느 정도였는지, 또는 부모의 외도를 경험했는지, 나의 자아존중감이 어느 정도로 형성되었는지가 나의 외도와 관련이 있다는 연구결과를 내놓고 있다.

배우자의 외도, 혹은 나의 외도

1. 남성의 외도

기혼남성은 외도로부터 친밀감을 추구한다기보다는 섹스, 탈출, 자극을 추구하는 경향이 있다. 따라서 외도를 하게 되면 부부관계의 친밀감에서 느끼는 압박감이 줄어든다고도 한다. 많은 남성들이 보다 친밀한 단 한 사람과의 관계보다는 두 개의 부분적인 관계를 더 선호한다는 주장을 하는 이도 있다.

자기중심적 성격장애를 가진 사람은 다른 사람의 욕구는 고려하지 않고 자신의 권력과 명예와 재물에 대한 욕구를 충족시키는 데 집착하게 된다. 반사회적 성격을 가진 사람은 자신의 쾌락을 위해서 자기중심적 욕구를 가지게 된다. 남성에게는 성중독이 나타나기도 한다. 구체적으로는 외도에 중독된 상태에 빠진 남성들도 있다. 이들은 관계에 대한 강박적 증상을 갖게 되어 외도를 통해 마음의 안정을 얻게 되는 이상심리로 나타나기도 한다.

한편으론 남성들이 성적 만족을 위해서만이 아니라 보살핌을 받고 싶은 감정 충족을 얻기 위해서 어머니의 사랑을 받기 원하는 아이들처럼 여성의 사랑을 받기를 원한다. 중년기에는 그러한 위로를 받기 위해 '그런 상황'을 만들어 가는 것이 외도라고 보일 수 있다.

2. 여성의 외도

일반적으로 여성은 처음부터 성관계를 기대하면서 외도를 시작하지는 않는다. 자연스럽게 친밀한 이성관계를 이루고 결혼생활에서 부족한 정서를 보충하려다가 성적인 일탈로 이어지게 된다.

여성들의 여가시간이 늘어난 것도 큰 이유다. 성적 접촉이 가능한 장소가 늘어난 것, 인터넷을 통한 성적 대화나 접속이 쉬워지게 된 것을 원인으로 꼽기도 한다. 외도에 있어서 여성은 정서적 친밀감을 위주로 하기 때문에 남편이 외도를 했을 경우 매춘 여성과의 하룻밤의 정사에는 너그럽게 대할 수 있지만 성관계는 하지 않았다 해도 문자대화나 사이버공간에서의 친밀감을 갖는 것에 대해서는 더 충격과 분노를 갖게 된다.

3. 배우자의 외도

남성과 여성이 중년기에 이르러서는 성적 매력을 과시하거나 욕구의 충족을 위해 혼외관계를 가진다. 연령이 더해 감에 따라 늦기 전에 자신을 과시하려는 시도가 나타나기도 한다.

또는 처음부터 잘못된 결혼이라고 생각했거나 결혼생활의 불만으로 인해서 배우자와 결혼생활을 더 이상 유지해 나가기는 어렵고 이혼도 쉽지 않을 것 같을 때에 먼저 외도를 시도하여 불화를 일으키거나 이혼의 빌미를 제공하는 경우도 있다. 배우자가 먼저 외도를 했을 때 또는 배우자로부터 극히 부당한 대우를 받을 때 그것을 보복하기 위한 수단으로 외도를 하기도 한다. 앞의 경우와 뒤의 경우는 이미 서로 신뢰를 상실했기 때문에 결혼생활의 파탄을 두고 하는 행위이다.

배우자의 외도는 결혼한 사람이 겪는 가장 고통스럽고 파괴적인 경험 중의 하나이다. 결혼할 때 서약했던 신성한 약속이 배신당했을 때 오는 그 고통은 당사자가 아니면 이해하기 어려울 것이다. 상대 배우자에게 배신감, 수치스러움, 자존감 하락 등으로 엄청난 스트레스가 되는 충격적인 사건이다. 아래는 남편의 외도를 겪는 부인의 심정을 잘 표현한 글로서 최명희의 소설《혼불》의 한 부분이다. 쓰라리고 독한 슬픔을 '가슴애피' 라고 하였다.

창자 어디서부터 쥐어틀며 쓰라린 기운이 가슴 속으로 밀고 올라와 그러는 것이다. 백반을 들고 있는 것만큼이나 시고 떫은 침이 금방 한 모금이 괸다. 마땅하게 뱉을 수가 없어서 그대로 삼키면 살 속에서 생채기가 난 듯 쓰리며 캥겼다. 바늘로 속을 긁어내는 것도 같았다. 가슴애피, 이 쓰라리고 독한 슬픔….

어떤 사람은 배우자의 외도를 알게 되면 마치 3도 화상을 입은 것 같다고도 한다. 고통은 말할 것도 없고 상처를 회복하기도 쉽지 않다는 뜻이다.

외도의 영향

외도를 통해서 성적인 쾌락이나 정서적 친밀감을 얻었다 하더라도 그 달콤한 선택의 뒤에 따라오는 결과는 본인뿐 아니라 배우자 그리고 자녀들과 더 나아가 사회에까지 큰 상처를 안겨준다. 결혼만족도가 떨어져서 외도를 하는 게 아니라 외도가 결혼을 불행하게 만든다.

배우자의 외도를 알게 되었을 때 피해 배우자는 당황하면서 배신감을 느끼게 된다. 이런 감정은 불면증이나 화병을 불러일으키게 하고 심하면 자살을 기도하기도 한다. 자신이 스스로 성적으로 소외당했다는 피해감과 함께 그동안 수없는 거짓의 대상이 되었다는 것, 결혼생활에서의 사랑행위가 다 거짓이었다는 것에 이성을 잃게 된다. 이런 정서적 파괴는 배우자의 사망에서 발생하는 감정보다 훨씬 고통스러운 상태에 이르게 된다.

외도가 발생한 부부가 이혼하지 않고 외형적으로 회복이 이루어진 것처럼 보일 때 피해 배우자는 불신이 가시지 않는 심리상태가 지속되어 이른바 '의처증' '의부증' 이라는 망상증 때문에 결혼생활에 행복을 느낄 수 없게 된다. 서로 깨진 신뢰를 회복하기까지는 오랜 시간과 노력이 필요하다.

자녀들은 외도하는 부모에게서 생겨나는 갑작스런 변화 때문에 매우 놀라고 불안해 하면서 거부감을 느낀다. 그리고 자신들도 옳지 못한 짓을 해 버리고 싶은 충동에 사로잡히게 된다. 자녀들은 부모의 외도를 혐오하게 되면서 성장하지만 그러한 자녀들이 성장한 후에 부모처럼 외도하게 될 가능성이 매우 높아지는데 이런 현상을 '잠재적 외도자' 가 된다고 말할 수 있다. 또는 외도한 부모의 성(아버지 혹은 어머니)을 극도로 혐오하여 이성을 기피하는 경우도 발생한다.

외도의 해결

상담현장에는 최근 들어서 외도문제를 해결하고자 찾아오는 부부 혹은 개인이 눈에 띄게 늘어나고 있다. 부부가 함께 상담소를 찾아오는 경우에는 초기에는 부부 각자에 대한 개인상담을 시작하는 경우가 많은데 개인상담을 하면서 외도가 드러나는 경우도 있고 외도 때문에 부부상담에 같이 오는 경우도 있다.

외도 때문에 발생한 문제를 해결하기 위해서는, ① 부부가 인내하고자 하는 의지가 있는지 ② 외도를 한 배우자의 변화하고자 하는 의지가 있는지 ③ 다른 배우자가 용서할 의지가 있는지 ④ 외도가 일어나게 된 원인을 직면하고자 하는 의지가 있는지를 먼저 살펴본다.

그리고 상담의 전 과정에 걸쳐서는, ① 외도가 급작스럽게 발견되어서 위기상황에 있는지 ② 외도가 만성적인 문제인지 ③ 외도가 끝났는지 ④ 아직도 외도의 파트너를 만나고 있는지 ⑤ 언제, 어떻게 외도를 알게 되었는지의 상담을 통해, 다시 부부관계를 회복하게 될 때까지의 목표로, ① 결혼생활을 지속할 것인가? 별거 또는 이혼할 것인가에 대해 부부 어느 쪽이든 확신을 갖게 하기 ② (외도가 끝난 상태에서는) 문제를 잘 들어주고 분노와 절망을 표현함과 동시에 문제에 대한 토의를 할 수 있게 하기 ③ 외도의 의미를 이해하기 위해서 외도가 왜 일어났는지 또 원가족은 어땠는지 살펴보기 ④ 결혼생활의 의지와 희망을 갖게 하고 트라우마에서 회복되어 신뢰를 다시 쌓기를 세우게 된다.

외도는 어느 한쪽의 책임이 아니라 부부 모두의 책임이므로 외도를 예방하고 해결하는 길도 역시 서로 신뢰하며 동시에 무관심에서 벗어나 견제하는 기능도 발휘할 수 있어야 할 것이다.

보편성과 특수성

정 상 식

우 리 고전문학 작품 중에《춘향전》만큼 국민적 사랑을 받는 작품
도 드물다. 그래서 우리는 흔히 이 작품을 한국 고전소설의 백
미(白眉)라 일컫는다.《춘향전》이 어째서 훌륭한 작품인가 하는 소위 문
예미학적인 측면은 접어두고, 다만 오랜 세월 동안 우리 한국인에게 사
랑을 받아왔다는 한 가지 사실에만 유의해서 보면, 이 작품이 그만큼
한국인의 정서에 잘 맞는다는 말이 될 것이다.

나는 여러 해 전에 한국문학을 공부하러 온 어느 외국인에게《춘향
전》을 강독해 준 적이 있다.《춘향전》속에서 가장 절정을 이루는 대목
은 무어니 해도 '어사 출도' 장면이다. 옥에 갇힌 춘향의 운명이 거의
절망에 이르렀을 때, 이 장면 전환의 극적인 처리는 문학에서 대단히
중요시되는 시추에이션(Situation)이다.

정상식(鄭相植) _ 경남 창녕 출생(1933년). (社)大乘佛敎 三論求道會 敎
理硏究院長, 호는 骸癯. 중고등학교 설립, 중·고 교장 21년 근무. 경성
대학교 교수, 총신대학교 교수 등 역임. 현재 (사)대승불교 삼론구도회
교리연구원 원장. 저서《기독교가 한국재래종교에 미친 영향》,《최고인
간》,《인생의 길을 열다》외 다수.

숨 막히는 긴장과 초조 뒤의 박진감 있는 통쾌한 장면 전환은 독자 혹은 관객으로 하여금 안도의 숨을 몰아쉬게 하고 영웅 같은 어사 이도령에게 박수갈채를 보내게 하기에 충분하다. 사실 이런 장면에 이르러 아무런 거리낌 없이 환호를 보내게 되는 것이 우리 한국인의 마음이요 정서다. 그런데 나에게 배우던 그 외국인은 한국인이 후련해 마지않는 바로 이 대목에서 표정을 일그러뜨리며 못마땅해 하였다. 그 이유를 물었더니 그의 대답은 다음과 같았다.

이야기가 후반에 접어들어 이도령이 암행어사가 되어 남대문을 나설 때부터 사실 자기는 이 작품이 좀 이상한 방향으로 전개되지 않나 하고 의아해 했다는 것이다. 그랬는데 마침내 이도령이 자기의 연인이 있는 남원 땅으로 직행하더니 곧바로 연적인 변사또를 먼저 숙청하는 것을 보고는 실망을 금치 못했다고 한다.

암행어사라는 공직을 이용하여 개인의 연적을 타도하는 일, 결국 사적인 원한을 갚는 일에 맨 먼저 매달린 게 아니냐는 것이었다. 이러한 이도령의 행위도 못마땅하려니와, 이러한 행위를 작중 인물들이 모두 당연시하는 것이 도무지 마음에 들지 않는다고 하였다.

의외의 해석에 놀랐지만 내가 정작 놀란 것은 한 번도 그런 식의 생각을 해 보지 않은 나 자신에 대해서였다. 이 개명된 21세기 민주사회에 살고 있다는 나 자신도 지금까지 이도령의 그러한 행위에 대하여 별다른 거부 반응을 일으키지 않고 있었기 때문이다.

그 외국인의 시선이 옳으냐! 혹은 《춘향전》의 그 장면을 아무런 거부 반응 없이 보아온 우리가 옳으냐 하는 것이 문제는 아니다. 그 외국인은 서구적 민주사회의 정의라는 '보편성(普遍性)'에 입각해서 보았기 때문에 그것이 이상하게 보였던 것이고, 우리는 한국적 사고체계라는 '특수성(特殊性)' 속에서 그것을 보아왔기 때문에 그것이 별 무리 없이 받아들여졌던 것이다. 옳고 그름, 좋고 나쁨을 떠나 한국인에게는 한국인만이 이해할 수 있는 특수성이 있다.

사실 우리에게는 외국인으로서는 결코 이해할 수 없는 부분이 굉장히 많다. 요즘은 보기 드문 일이라고 생각되지만, 예전에 나는 이런 상황을 목격한 적이 있다. 내가 탄 영업용 택시가 곡예운전으로 다른 차들을 마구 앞지르며 바쁘게 달리고 있었다. 그런데 어느 지점에 이르렀을 때 앞에 가는 승용차 한 대 때문에 더 빨리 갈 수가 없었다. 택시 기사는 경음기를 몇 번 울려 비키라는 신호를 했지만 그 승용차는 비켜주지 않았다. 그러자 약이 오른 이 사람이 어찌어찌해서 앞지르기를 해서는 그 승용차 앞을 가로막더니 차에서 내린다. 그래서 차도 한가운데서 시비가 붙었는데, 물론 법규를 위반한 것은 무리한 앞지르기를 계속한 택시 기사였지만 그가 오히려 더 기승이었다.

"왜 비켜달라고 신호를 보내도 안 비켜 주는 거냐! 나는 이것으로 먹고 살아야 하는 사람이고 당신은 자가용 아니냐? 나는 이것으로 여러 식구를 먹여 살려야 한다. 그러니까 당신이 양보를 해야지!"

만약에 이런 말을 현대의 서구인이 들었다면 이 택시 기사의 논리를 이해할 수 있을까? 야만이라며 혀를 내두르지나 않으면 다행일 것이다. 그런데 한국사람 정서에는 이런 것이 어느 정도 통한다. 자가용 승용차가 대중화되어 더 이상 그것이 경제적 여유의 상징물로는 인식되지 않는 요즘이니까 사정이 많이 달라졌지만 한때는 이런 논리가 오히려 더 정당성을 지니던 시절도 있었다. 어쨌든 한국 사람이라면 그것을 옳다고까지는 않더라도 어느 정도 이해는 하게 되는 것이다.

세계가 함께 이해할 수 있고 인정하는 보편성이 있는가 하면, 한국인에게만 이해되고 한국인에게만 인정되는 특수성이 있다. 이것은 자잘한 일상적 문제에서부터 체제나 이념, 사상과 같은 거대한 정신의 문제에까지 확대 적용할 수 있다.

우리가 보편성을 외면한 채 특수성 안에만 갇혀 있을 때, 우리끼리는 얼마든지 교감하고 어울려 살 수 있다. 그러나 세계인과 더불어 호흡할 수 없고 세계와 소통할 수 없으며, 나아가 세계 속에서 나의 생존조차 확보할 수 없게 된다. 지금 '김일성주의'라는 특수성만을 달랑 고집하며 고립을 자초하고 있는 북한의 현실이 이를 잘 입증하고 있다.

거꾸로, 특수성을 완전히 무시한 채 보편성만을 향해 달려 나갈 때도 문제가 있기는 마찬가지다. 세계와의 교류 속에서 나의 생존을 확보할 수 있고 현상유지도 가능하다. 그리고 어느 정도의 발전도 이룰 수 있을 것이다. 하지만 그때 발전하는 것은 결코 나 자신이 아니다. 나 자신은 결코 세계의 중심에 서지 못하고 변방에 머무르게 되는 한계가 있는 것이다. 따라서 관건이 되는 것은 보편성과 특수성을 조화롭게 접목시키는 일이다. 이 접목이 성공적으로 이루어졌을 때 우리는 비로소 우리 자신을 세계에 이해시킬 수 있고 우리를 세계의 중심에 놓을 수 있다. 그리고 그 세계의 중심에서 우리 자신의 비약적 발전과 번영을 꾀할 수 있다. 사실 오늘날 우리가 부르짖고 있는 '세계화'도 세계적 보편성과 한국적 특수성을 얼마만큼 성공적으로 접목시키느냐에 그 성패가 달려 있다고 할 것이다.

그러면 보편성과 특수성을 조화롭게 접목시키기 위해, 그래서 우리가 세계의 중심으로 달려나가기 위해 맨 먼저 해야 할 일은 무엇인가? 그것은 무엇보다도 우리 자신의 특수성을 정확히 파악하는 일이다. 오직 우리만이 지녔고 오직 우리만이 이해할 수 있는 것, 그러한 정신적 가치의 총체인 우리의 전통문화의 본질을 알고, 우리의 정신상의 특질을 인식하는 일은 그래서 중요하다. 이러한 이해가 선행되고, 그 바탕위에서 접목의 방법론을 모색하는 노력을 기울여야 할 것이다.

정동 2번지에서 여의도동 18번지까지

최계환

19 51년 부산 피난시절 KBS아나운서 시험에 낙방한 다음해 충북 청주에서 합격 1년을 근무하였다(청주시 북문로 1가). 그러나 서울중앙방송국에 오는데 또 다시 시험을 거쳐야 한다기에 세 번째 시험을 치루고 나서야 정동 2번지에 있었던 KBS 중앙방송국에 근무할 수 있었다.

고인이 되신 윤길구 선배가 아나운서 계장이었고 정동1기인 이순길, 강영숙, 김인숙 그리고 나까지 모두 18명이 아나운서의 전부였다. 방송은 콜사인, 공지사항, 일기예보 등 간단한 것이었다.

1957년에 남산사옥으로 옮겨와서는 공개방송 뉴스 등도 담당하였다. 희망의 속삭임, 누구일까요(공개방송으로 학생대상의 퀴즈프로) 등도 담

최계환(崔季煥) _ 경기도 장단 출생(1929년). 호는 지산(志山). 건국대학교 국문과 졸업. 연세대 교육대학원 졸업. KBS, MBC 아나운서실장. TBC 보도부장, 일본 특파원. KBS 방송심의실장, 부산방송 총국장. 중앙대학교, 서울예술대학 강사. 대구전문대학 방송연예과장, 명지대학교 객원교수, 영애드컴 고문, (주)서울음향 회장 등 역임. 서울시문화상(1969), 대한민국방송대상 등 수상. 방송 명예의 전당 헌정(2004년). 저시 《빙송입문》, 《아나운서 낙수첩》, 《시간의 여울목에서》, 《설득과 커뮤니케이션》, 《착한 택시 이야기》. 역서 《라스트 바타리온》, 《인디안은 대머리가 없다. 왜?》 등 다수.

당했던 기억이 난다. 특히 기억에 남는 방송은 난청지역 해소를 위한 이동방송이었다.

1959년 가을 근 두 달 동안 진주와 밀양을 잇는 이동방송이었다. 방송차는 각각 그곳 시청 뒷마당에 세워놓고 간단한 프로그램을 직접 제작하여 현지에서 방송하는 것이다.

밀양에서는 영남루 광장에서 노래자랑 공개방송도 하였고, 진주에서는 가두방송도 실시하였다. 현지 주민들의 열렬한 환영 속에 잊지 못할 시간들이었다.

나중에 1360KHz의 이동방송차는 KBS여수방송국이 되었다가 지금은 순천방송으로 되었다.

1961년 봄에 서울에서의 첫 민간방송 MBC에 가게 되어 12월 2일(인사동 15번지 동일가구 5층) 첫 개국방송을 하게 되었다. 문화방송에서는 '64만환문답'(퀴즈프로), '노래 실은 역마차'(노래는 흘러 수십 년, 인정도 흘러 수십 년, 노래와 인정이 얽히는 가운데 우리의 어버이는 늙어갔고 또 우리도 이렇게 이마에 주름이 그어질 것입니다. 그리운 노래 정다운 노래를 꿈과 낭만에 실어보는 노래 실은 역마차, 몇 번째 시간입니다) 등을 담당하였는데 당시 종로예식장에서의 공개방송에는 늘 초만원의 방청객으로 잔칫날이었다.

지금도 기억나는 출연자 가운데는 고인이 되신 기미독립선언문 서명 33인중의 한 분인 이갑성 할아버지와 이청담 스님의 모습을 잊을 수가 없다(사진을 간직하고 있음).

지금도 인사동에 가면 문화방송 초창기의 열띤 방송이 전국으로 넘쳐 흘렀던 기억을 잊을 수가 없다. 특히 CM(광고방송)이 신기하고 정겨웠던 것 같다.

1963년에는 박정희 대통령과 윤보선 님의 대결이었던 대통령선거 방송을 24시간 철야방송한 기억이 지금도 기억에 새롭다. 스튜디오 밖에는 흰 눈이 펄펄 날리고 있었는데…….

문화방송의 초창기 3년은 아나운서 책임자로서 최선을 다한 시간들이었는데 더 오래 근무할 수 없이 1964년에는 또 다른 방송으로 옮겨야만 했던 것이 지금도 미안함을 같이하고 있다.

1964년 5월 9일 낮 12시 라디오 서울(동양방송 TV-Radio의 전신)의 개국방송을 하게 된 것이다.

"전국의 여러분 안녕하십니까. 여기는 서울에서 방송해 드리는 여러분의 라디오 서울입니다. 오늘 1964년 5월 9일 정오 온누리에 축복의 메아리가 번지는 가운데 장엄한 출발의 신호를 울린 RSB 라디오 서울은 호출부호 HLKC 주파수 중파 1390KHz 출력 20Kw로 지금부터 하루 스무 시간 방송의 그 서막을 올려드리겠습니다. 곧 라디오 서울의 시보가 정오를 알려드리겠습니다. (一시보와 함께 팡파레一) 찬란한 5월의 태양이 우리 앞에 빛나고 있습니다. 대지에 넘치는 새로운 생명의 힘이 지금 우리들 가슴 속에 용솟음치고 있습니다. 역사는 다시 한 번 우리에게 용기와 의지를 약속했습니다. 국민의 소리 RSB!! 우리는 함께 호흡을 나누는 라디오 서울의 가족, 우리는 사랑과 이해로움에 젖은 간격 없는 여러분의 이웃임을 다짐합니다. 우리는 전진합니다. 우리는 창조합니다. 우리는 자유의 화신, 우리는 평화의 역군임을 선언합니다. HLKC, 여러분의 라디오 서울은 1964년 5월 9일 오늘에서 비롯되는 영원한 국민의 횃불임을 선언합니다."

그 라디오 서울이 동양 TV와 합쳐서 서소문 시절로 접어들게 되는 것이다. 오늘의 중앙일보와 같이 TBC가 출발한 것이다.

당시 아나운서와 기자가 합쳐서 63명이었는데 초대 보도부장이 된 것이다.

아나운서 출신이 보도를 담당하게 된 것도 내가 처음인 것 같고, 일본 특파원으로 근무하게 된 것도 내가 유일한 경우인 것 같다. 근 2년간 일본특파원(1966~1967년)으로 근무하면서 현지중계나 공개방송도 할 수 있는 기회가 있었다.

1967년 초에는 오사카 마이니치 방송 공개홀에서 500여 명의 재일교포들과 장수무대 녹화방송도 하였다(세 번이나 재방송되었음).

장수무대는 온 가족이 함께하는 가족프로그램으로 할아버지 할머니부터 손자 손녀까지 출연하는 가족공개방송으로 정말 보람있는 프로그램이었는데 1970년에 다시 KBS로 돌아오는 바람에 없어져서 정말 아쉬움이 지금까지 남아있는 프로그램이었다.

친정집인 KBS를 떠난 지 10년 만에 다시 돌아온 것은 여의도동 18번지 지금의 KBS 본관이다. 문화방송, 동양방송에서 모두 초대 아나운서 실장을 했는데 KBS에 돌아오니 또 아나운서 실장을 하라는 것이다.

1973년 한국방송공사의 초대 아나운서 실장 말이다. 우리 방송사상 진귀한 기록임에 언제나 고마움과 아름다움을 잊지 않고 지내고 있다(모두에게! 모든 방송인에게, 특히 우리 아나운서의 선후배들에게!). 방송공사 시절엔 토요초대석(양주동 박사와 같이), 우리집 만세, 아홉시 스튜디오(아침마당의 전신) 등의 프로그램을 담당하였으며, 1973년 봄에는 하와이 교포 이민 70주년 기념행사의 취재를 위하여 열흘간 하와이에 다녀왔다. 정부에서는 민관식 문교부장관과 청와대에선 육영수 여사 대신 박근혜 대통령(당시 서강대학교 전자공학과 4학년 학생)이 같이 갔었다.

하와이주정부에서는 일주일 동안을 한국주간으로 선포하여 거리에서나 백화점에서나 하와이 섬 전체가 아리랑 가락이 넘쳐나는 한 주일이었다.

하와이주 의회에서의 연설을 끝낸 박근혜(당시 학생) 씨가 "한국의 정치에 대해 묻는 기자 질문에 "여러분이 아는 바와 같이 나는 지금 서강대학교 전자공학과 4학년 학생인데 학생이 무슨 정치를 알겠는가?"라고 대답하자 모든 기자들이 "원더풀!"을 연발하던 모습을 지금도 생생하게 기억하고 있다.

그해 가을엔 하와이에 같이 갔던 이민홍 카메라맨과 같이 괌과 튜럭섬의 취재를 다녀왔다. 괌에는 우리의 현대건설이 모든 면을 완전히 주도하고 있어서 취재하는 우리들도 선망의 대상이 되었었고, 튜럭섬에는 아주토건이 진출하여서 정말 자랑스런 2주일의 취재활동을 할 수 있었다.

또 그곳에는 제동산업도 나가있어 고래잡이로 외화벌이를 하여 너무도 큰 기쁨과 보람의 시간이었다. 튜럭섬에서는 '우리집 만세' 공개방송도 녹음하여 방송하였다(현지주민도 참가하였음).

1976년 방송심의실장을 거쳐 1978년에는 KBS 부산방송국장으로 부임하게 되었다. 지금은 남천동에 있는 부산방송국이 당시에는 초량동에 있었다.

울산과 진주, 마산방송국이 모두 부산국과 한 울안에 있어서 시청료 징수원의 수만 해도 700여 명에 이르는 대식구였다. 크고 작은 일들이 곳곳에서 일어나서 꽤나 바쁜 시간의 연속이었다. 그러나 기관장의 입장에서는 복된 시간의 흐름도 맛볼 수 있었다.

그런데 바로 부마사태를 맞은 것이다. 그리고 1979년 박정희 대통령의 시해사건에 이어 비상계엄령에 따라 근 한 달을 방송국에서 스튜디오에 묵고 있는 국군장병과 같이 생활했었다. 그때 전체 직원들 정말 고생이 많았다.

그밖에 1964년 가을 아시아에선 처음으로 18회 도쿄올림픽 중계를 위하여 근 한 달을 요요기에 있는 프레스센터에 머문 적이 있다. 선수 165명, 임원 59명 등이 참가했었다.

레슬링 자유형 플라이급에서 장창선 선수가 처음으로 은메달을 땄으며, 남자 농구에서 입상은 못했으나 김영기 선수가 혼자서 총 197점을 득점함으로써 세계 2위를 기록하여 농구의 천재로 불리웠다.

아베베 선수가 맨발로 마라톤에 골인한 것도 도쿄올림픽이었다.

요요기에 있는 숙소 문앞에는 아침마다 편지가 쌓이는데 "동무 현해탄 건너도 외국인데 막걸리 먹고 싶으면 다음 전화번호로 연락하시오" 등의 조총련의 추파도 있었다.

1976년 7월 17일, 캐나다 몬트리올올림픽 때는 개회식 중계를 담당했었다.

선수 50명, 임원 22명이 참가하였는데 우리 중계팀이 현지 공항에 내린 것은 7월 13일, 나는 개회식 중계담당 때문에 주경기장에 바로 가서 환경을 익히고 싶었다.

그런데 현장에 가 보니 그때까지도 보도블럭을 깔고 있는 것이 아닌가. 선진국도 별 수 없다고 생각했었는데 나중에 알고 보니 영어와 불어 때문에 조직위원회에서의 합의가 늦게 이루어졌다는 것이다. 몬트리올은 공용어가 불어이기에 불어를 먼저 쓰고 영어는 나중에 쓰자로 합의가 늦어지는 바람에 역대 올림픽 중에서 몬트리올올림픽만이 2천만 달러의 적자를 기록했다는 것이다.

우리나라는 이 대회에서 양정모 선수가 레슬링에서 올림픽 사상 첫 금메달을 딴 것이다. 그리고 여자 배구에서는 동메달을 기록한 대회였다.

1974년 9월 1일~15일까지 제7회 테헤란 아시안게임, 중국과 북한이 처음으로 국제대회에 출전했다.

한국은 15개 종목에 출전 금 16, 은 26, 동 15개로 5위를 기록하였다. 여자 포환던지기에서 백옥자 선수가 16m 28cm로 금(대회신기록), 수영

1500미터에서 조오련 선수가 금, 배구는 남녀 모두 은메달을 차지했다.

북한 선수들은 늘 둘 아니면 세 명이 같이 다니고 있었다. 대회가 끝나고 카스피해안에도 가보았는데 페르시아 민족의 후예들인 그들의 자존심이 몹시 강함을 알 수 있었다. 다만 그들이 존경하는 이가 누군가에 대한 대답은 "제일 존경하는 이는 징기스칸, 그 다음이 달리우스 왕이다"란 대답이었다.

30년의 방송생활 동안은 누구보다 복되고 보람 있는 시간들이었다. 늘 같이 생활해 온 선배 후배 방송 가족들에게 끊임없는 고마움과 사랑을 마음껏 드리고 싶다.

우리나라 방송이 세계적으로 더욱 크게 발전하기를 축원하면서……

2015년 11월 25일(수요일)

본 동인회(글로벌문화포럼)는 동인들의 지대한 관심과 적극적인 협조에 따라 글로벌문화포럼 · 공론동인 수필집(제7권)『한국정신문화의 세계화를 위하여』(452쪽)라는 서책을 발간하여 전국 주요도서관과 서점에 배부하는 한편, 각계 요로의 저명인사들에게 기증하다.

◇　　　◇　　　◇

2016년 1월 27일(수) 오후 6시

본 동인회는 서울 시내 종로5가에 있는 음식점 '종로바비큐'에서 회장단과 운영위원의 제5차 합동회의를 갖고, ① 2016년도의 사업계획 구체안, ② 동인지 제8권 발간계획, ③ 신규가입 희망자의 영입문제, ④ 제5회 글로벌문화포럼개최 준비 등에 대하여 협의하다.

2016년 2월 13일(토) 오후 5시

본 동인회는 서울 시내 종로5가에 있는 음식점 '종로바비큐'에서 제7차 편찬위원회를 개최하고, ① 공론수필 동인지 제8권에 대한 편찬문제, ② 회원의 개별적인 수필집, 시사평론집(사회논평집) 등의 발간내용 및 편집에 관하여 지원방법 등을 논의하다.

2016년 3월 3일(목요일) 오후 6시 강남성모병원 내

본 동인회의 회장단 및 편찬위원들께서는 지난 2월 29일자로 해외

러시아에서 특별강좌 시행중 갑자기 별세하신 박성수 동인(전북 무주 출생 · 서울대 졸업 · 전 성균관대 교수 · 국제평화대학원대학교 총장 · 문화훈장 동백장 수훈 등)의 영결식에 참석하여 박 동인님의 명복을 빌다.

2016년 3월 14일(월요일) 오후 6시 30분

본 동인회는 서울 시내 종로3가 '국일관 별실'에서 회장단 회의를 갖고 '제5회 글로벌문화포럼 및 공론동인지 제7권 출판기념회' 행사 준비에 관한 세부점검을 하다.

2016년 3월 18일(금요일) 오후 5시 30분~8시 30분

본 글로벌문화포럼 · 동인회는 서울 시내 프레스센터 19층 국화실에서 회원 · 동인 40여 명이 참석한 가운데 '제5회 글로벌문화포럼' 및 동인지 제7권 『한국정신문화의 세계화를 위하여』 출판기념회와 함께 '2016년도 제10차 정기총회'를 개최하였다.

이날 행사는 김재완 회장의 개회사를 시작으로 진행되었는데 김 회장은 이날 '글로벌문화포럼'의 기조인사도 함께 하였다.

이날 '제1부 행사'로 진행된 글로벌문화포럼의 주제는 '다문화사회에서의 상생과 평화'였는데 주제발표를 맡아주신 김종서 박사(서울대학교 부총장 겸 대학원장)께서는 논리적이면서 편안하고 이해하기 쉽

게 강의를 해 주셔서 장내의 인기를 높였다. 또한 지정토론자로 나선 본회 동인이신 한만수 박사(국제기독교언어문화연구원 원장 ·

전 관동대 대학원 원장)와 조정진 박사(언
론인 겸 작가 · 세계일보 논설위원) 등 두
분의 열띤 토론으로 동인들의 지대한 관심
을 모으기도 했으며, 여타 참석자들의 자유
토론으로 열기를 더해 보람찬 행사로 마무리되었다. 이어서 '제2부 행
사'로 동인지 제7권『한국정신문화의 세계화를 위하여』출판기념회를
가졌고, '제3부 행사'로는 정기총회가 있었는데, 특히 당해년도부터는
예산을 대폭 늘려서 연간 2회씩 동인지를 발간하자는 의견이 지배적이
었다.

2016년 4월 12일(화요일) 오후 4시

본 동인회는 서울 시내 종로5가 '종로바베큐'에서 제6차 운영위원회
를 갖고 '동인지 제8권'의 조속한 발간에 대한 계획을 협의하다.

2016년 8월 24일(수요일) 낮 12시

본 동인회는 서울 시내 세종로(광화문)에 있는 '봄살롱'에서 회장단
회의를 갖고, ① 동인지의 연간 2회 발간 대책, ② 신규 입회희망자의
가입 승인(환영)을 합의하다.

2016년 11월 3일(목요일) 오후 5시 30분

본 동인회는 서울 시내 종로5가 '종로바베큐'에서 제7차 회장단 및
운영위원회를 갖고 동인지 발간의 지연이유를 규명하는 한편, 이달(12
월) 중에는 필히 발간하도록 대책 강구를 마련하다.
또한 내년(2017) 초에 개최 예정인 '제6회 글로벌문화포럼'의 주제
를 '우리 사회, 무엇이 문제인가?'라는 명제로 잠정 결정하였다.

空論同人會 規程

제1장 총 칙

제1조 본회는 '공론동인회' 라 칭한다.

제2조 본회는 사회 각계의 전문성과 지성을 가진 인사들이 함께 모여 생활 철학을 바탕으로 건전한 사회논평과 수필 문화의 형성을 도모하고 각박한 이 사회의 밝은 등불이 되며 상생과 평화의 선 도자로서 인류사회에 크게 기여하는 것을 목적으로 한다.

제3조 본회 동인은 규정 제2조의 목적을 찬동하는 사람으로서 동인 2 인 이상의 추천을 받아야 하며 소정의 수속 절차에 따라 입회 승 인된 인사로서 구성한다.

제4조 본회의 사무실은 서울특별시에 본부를 두며 필요에 따라 각 지 역에 연락처를 둘 수 있다.

제2장 임 원

제5조 본회는 다음과 같은 임원을 둔다.
    1. 회   장   1명
    2. 부 회 장   5명

3. 고　　문　　약간명

4. 편집위원　　약간명

5. 운영위원　　약간명

6. 감　　사　　2명

제6조 본회 임원의 선출 및 임무는 다음과 같다.

1. 회장은 동인 총회에서 호선하며 본회를 대표하고 모든 위원회의 의장이 된다.

2. 부회장은 동인 총회에서 선임하며 〈총무·기획관리〉〈조직·연락〉〈재정·재단관리〉〈도서편찬·홍보〉 등의 업무를 분담 관리하고 회장을 보필한다.

3. 고문은 회장이 추대하고 회장단의 자문에 응하며, 회무 발전에 기여한다.

4. 편집위원은 회장단의 결의에 의하여 동인 중 적임자에게 위촉하며 출판·편집·홍보에 관한 업무를 협의·결의한다.

5. 운영위원은 회장의 추천에 따라 위촉하며 본회 운영의 건전한 발전을 위해 협의·결정하고 물심양면으로 협조·기여한다.

6. 감사는 동인 총회에서 호선하며, 회무·회계·재정업무를 감사할 뿐 아니라 감사결과를 총회에 보고한다.

제7조 본회 임원의 임기는 다음과 같다.

1. 회　　장　　3년

2. 부 회 장　　3년

3. 고　　문　　3년

4. 편집위원   3년

5. 운영위원   3년

6. 감   사   3년

단, 총회의 결의에 따라 연임할 수 있다.

제8조 본회 임원에 결원이 생긴 때에는 회장단의 결의에 따라 보궐하고 차기 총회에서 승인을 받아야 하며 임기는 전임원의 잔여 임기로 한다.

제3장 집 회

제9조

1. 본회의 집회는 정기총회, 임시총회, 회장단회의, 편집위원회, 운영위원회로 구분하며, 정기총회는 매년 2월 중순으로 하고, 임시총회와 회장단회의, 편집위원회, 운영위원회는 필요에 따라 회장이 수시로 소집할 수 있다.

2. 본회의 모든 회의는 각급 집회에 따라 재적정원의 과반수 이상 참가로 성립되며, 참가 인원의 과반수 이상 찬성으로 가결한다.

제4장 사 업

제10조 본회는 다음과 같은 사업을 수행한다.

1. 출판

* 동인지-봄(4월), 가을(10월)로 연 2회 간행

* 수필집―동인지 및 기타 신문 · 잡지 · 기관지에의 게재분을 자료로 하여 개인별 수필집 및 논평 칼럼집을 간행한다.
* 번역―교양을 위한 참고도서의 번역출판을 한다.

2. 정규 포럼(글로벌문화포럼) 및 연구회 운영
* 3월 · 9월에 각1회씩 교양문화포럼과 사회발전을 위한 특별 연구발표회를 실시한다. 단, 국내 행사 및 해외행사로 구분 기획할 수 있다.
* 수시로 국내외의 간담회를 개최한다.

3. 한국문화상
* 한국의 '글로벌문화상'을 위한 기금을 적립한다.
* 한국의 글로벌문화상 제도에 대한 규정은 별도로 정한다.

4. 장학제도
* 장학금을 위한 기금을 적립한다.
* 장학금제도에 대한 규정은 별도로 정한다.

5. 도서실
* 도서실을 설비하여 동인의 교양 및 연구활동에 도움을 준다.
* 동인들의 저서를 비치하여 둔다.
* 필요한 국내외의 도서 및 출판물을 구입하여 참고 · 열람하게 한다.

6. 기타 국가 · 사회의 공익을 위한 사업

제5장 재 정

제11조 본회의 수입과 지출은 다음과 같이 한다.
1. 수입

* 회비-년 200,000원으로 잠정 정하며, 단 결의에 따라 증감
  할 수 있다.
* 입회비-50,000원
* 찬조금 및 보조금
* 출판물에 의한 수입
2. 지출
   * 연락·집회 회의비
   * 사무적 비용 및 인건비
   * 출판 비용
   * 홍보 비용
   * 기타, 공익을 위한 사업비

제12조 본회의 회장단은 매년 재정·회계의 결산에 관하여 감사의 감
사를 거쳐 정기 총회에 보고하여야 하며, 총회의 승인을 받아야
한다.

제6장 부 칙

제13조 본회 규정을 위반하거나 회원의 권리와 의무를 불이행하고 본
회의 명예를 훼손하는 자는 감사의 내용심사 보고와 총회의 결
의에 의하여 제명한다.

제14조 본회 규정은 동인의 총의로 개정할 수 있다.

제15조 본회 규정에서 총의의 결의라 함은 재적동인의 과반수 출석에

과반 찬성을 의미한다.

제16조 본회 규정에 규정되지 아니한 사항은 일반 관례에 의한다.

제17조 본회 규정은 서기 1963년 10월 12일부터 효력을 발생하며, 2012년 2월 3일 본회의 부활추진위원의 결의에 따라 일부 수정한다. 다만 본회 부활추진위원회의 명칭은 2012년 2월 18일 이후부터 『空論隨筆同人會』로 환원된다.

제18조 본회 규정은 2013년 2월 15일, 동인의 총의에 따라 일부 수정한다.
본회의 명칭을 『글로벌문화포럼 공론수필동인회』로 한다.

글로벌 문화포럼 공론수필동인집 8

다문화사회의 상생과 평화

·

지은이 / 공론동인회
발행인 / 김영란
발행처 / **한누리미디어**
디자인 / 지선숙

08303, 서울시 구로구 구로중앙로18길 40, 2층(구로동)
전화 / (02)379-4514
Fax / (02)379-4516
E-mail/hannury2003@hanmail.net

·

신고번호 / 제 25100-2016-000025호
신고연월일 / 2016. 4. 11
등록일 / 1993. 11. 4

·

초판발행일 / 2017년 3월 30일

·

ISBN 978-89-7969-739-1 03810